Natalia Sanmartín Fenollera
Das Erwachen der Señorita Prim

PIPER

Zu diesem Buch

Angelockt durch eine ungewöhnliche Stellenanzeige kommt Prudencia Prim, eine unabhängige, gebildete, moderne und mit zahlreichen Titeln versehene junge Frau, in San Ireneo de Arnois an. Sie möchte in diesem kleinen Dorf, das der modernen Welt den Rücken gekehrt hat und wieder zu den essentiellen Dingen zurückgekehrt ist, als Bibliothekarin Fuß fassen. Zwar hat Señorita Prim, die Bücher liebt und selbst auf der Flucht ist vor dem Getöse der Welt, das gute Gefühl, dass dies der Tag ist, auf den sie ihr Leben lang gewartet hat. Doch wie nachhaltig sich ihr Leben verändern wird, weiß sie nicht. Denn in San Ireneo ist nichts, wie es scheint …

Natalia Sanmartín Fenollera ist – wie ihre Heldin Señorita Prim – eine Frau mit mehreren akademischen Abschlüssen. Sie ist gelernte Wirtschaftsjournalistin, studierte Juristin und hat die Journalistenschule der spanischen Zeitung El País an der Universidad Autónoma de Madrid mit dem Mastertitel abgeschlossen. Heute ist sie Journalistin bei einer großen Wirtschaftszeitung. »Das Erwachen der Señorita Prim« ist ihr erster Roman, der in der Verlagswelt international spontane Begeisterung auslöste und in zahlreichen Ländern erschienen ist.

Natalia Sanmartín Fenollera

Das Erwachen der Señorita Prim

Roman

Aus dem Spanischen von
Anja Rüdiger

Piper München Zürich

Mehr über unsere Autoren und Bücher:
www.piper.de

Für meine Eltern Miguel und Cuca in Liebe, Dankbarkeit und Bewunderung

Sie denken, dass sie sich nach der Vergangenheit sehnen, aber in Wirklichkeit ist ihre Sehnsucht viel mehr an die Zukunft gerichtet.
John Henry Newman

FSC
www.fsc.org
MIX
Papier aus verantwortungsvollen Quellen
FSC® C083411

Ungekürzte Taschenbuchausgabe
Piper Verlag GmbH, München
Januar 2015

Titel der spanischen Originalausgabe:
»El Despertar de la Señorita Prim«, Editorial Planeta, Barcelona 2013

Umschlaggestaltung: semper smile, München, nach einem Entwurf von Christina Krutz Design, Biebesheim am Rhein
Umschlagmotiv: Veronika Nehasilova
Satz: Christine Paxmann • text • konzept • grafik, München
Gesetzt aus der Bembo
Papier: Munken Print von Arctic Paper Munkedals AB, Schweden
Druck und Bindung: CPI books GmbH, Leck
Printed in Germany ISBN 978-3-492-30454-2

Die Ankunft

In San Ireneo de Arnois sprach jeder über die Ankunft der Señorita Prim. An dem Tag, als sie zum ersten Mal im Ort gesehen wurde, war sie nur eine Bewerberin auf dem Weg zu einem Vorstellungsgespräch, doch man kannte sich untereinander gut genug, um zu wissen, dass eine freie Stelle hier nicht lange unbesetzt blieb. Viele von ihnen erinnerten sich noch daran, wie es zwei Jahre zuvor mit der Lehrerin gewesen war. Gleich acht Kandidatinnen waren damals erschienen, um sich zu bewerben, doch nur dreien von ihnen wurde gestattet, sich vorzustellen. Und das nicht aus Desinteresse an der Erziehung und der Bildung der Kinder – in San Ireneo de Arnois war das Bildungsniveau hervorragend –, sondern aus der Überzeugung, dass eine große Auswahl die Entscheidung für das Richtige nur erschwere. Die Besitzerin des Schreibwarenladens beispielsweise, eine Frau, die einen ganzen Nachmittag auf die Verzierung eines einzigen Papierbogens verwenden konnte, hielt es für ausgesprochen übertrieben, mehr als einen Vormittag mit der Auswahl einer Lehrerin zu verschwenden. Und alle anderen stimmten ihr zu. In diesem Ort waren die einzelnen Familien – jede entsprechend ihrer Eigenheiten, ihrer Ansprüche und ihrer Möglichkeiten – selbst für die Ausbildung der Kinder verantwortlich. Die Schule wurde als ein unterstützendes Element – lästig, aber unverzichtbar – angesehen, das die meisten Familienväter befürworteten. Die meisten, jedoch nicht alle. Warum sollte man dem also mehr Zeit als nötig einräumen?

Den Augen des Besuchers präsentierte sich San Ireneo de Arnois als ein irgendwo in der Vergangenheit verbliebener Ort. Von Rosengärten umgeben, blickten die alten Steinhäuser stolz auf die wenigen Straßen, die in einen belebten Platz mündeten. Dieser wurde von beschaulichen Läden und einigen öffentlichen Gebäuden beherrscht, in denen man ohne jegliche Hast seinen Geschäften nachging. In der direkten Umgebung des Ortes gab es ein paar Bauernhöfe und Werkstätten, die die Läden mit den nötigen Gütern belieferten. Es war eine äußerst überschaubare Gesellschaft, die sich hier angesiedelt hatte: einige fleißige Bauern, Handwerker und Geschäftsleute, eine kleine Anzahl Akademiker und die genügsame mönchische Gemeinschaft in der Abtei von San Ireneo. Doch all diese miteinander verbundenen Individuen bildeten ein ganzes Universum, das Räderwerk einer Gemeinschaft kleiner Unternehmer, die stolz darauf war, sich selbst versorgen zu können, und dabei viel Wert auf einen freundschaftlichen, höflichen, nachbarschaftlichen Umgang legte. Gut möglich, dass diejenigen recht hatten, die meinten, dass San Ireneo de Arnois irgendwo in der Vergangenheit verhaftet schien. Und zweifellos hätte noch ein paar Jahre zuvor niemand daran geglaubt, dass der Besucher jemals von einem derart lebhaften und fröhlichen Marktgeschehen erwartet würde, wie es inzwischen der Fall war.

Doch wie war es dazu gekommen? Wenn die Señorita Prim auf dem Weg zu ihrem möglichen neuen Arbeitsplatz die Besitzerin des Papierwarenladens danach gefragt hätte, hätte diese ihr erklärt, dass all der wunderbare Wohlstand der Beharrlichkeit eines jungen Mannes und der Weisheit eines alten Mönchs zu verdanken war. Aber da die Señorita Prim auf ihrem eiligen Weg das hübsche Geschäft nicht bemerkte, konnte dessen Besitzerin ihr auch nicht mit Stolz erklären, dass San Ireneo de Arnois in Wirklichkeit eine Kolonie glücklicher Menschen war, die auf der Suche nach einem einfachen ländlichen Leben aus der modernen Welt geflohen waren.

I

Der Mann im Armsessel

1

Genau in dem Augenblick, als der kleine Septimus nach der Mittagsruhe seine Glieder streckte, seine Füße eines Elfjährigen in die Schuhe eines Vierzehnjährigen steckte und ans Fenster seines Zimmers trat, stieß die Señorita Prim das rostige Gartentor auf. Das Kind betrachtete sie neugierig. Auf den ersten Blick schien sie nicht besonders nervös zu sein; nicht mal leicht aufgeregt. Sie hatte auch nicht die bedrohliche Ausstrahlung des letzten Stelleninhabers, der stets genau zu wissen schien, welche Art von Buch man im Sinn hatte, wenn man es wagte, um eines zu bitten.

Vielleicht gefällt sie uns, sagte der Junge sich, während er sich die Augen rieb. Dann trat er vom Fenster zurück, knöpfte sich schnell die Jacke zu und eilte die Treppe hinunter, um die Tür zu öffnen.

Die Señorita Prim, die gerade in schönster Ruhe zwischen den üppigen blauen Hortensiensträuchern daherging, hatte den Morgen in der Überzeugung begonnen, dass dies der Tag sein würde, auf den sie ihr ganzes Leben lang gewartet hatte. All die Jahre über hatte sie von einer solchen Gelegenheit geträumt. Sie hatte es vor sich gesehen, sich alles ausgemalt und jedes Detail überdacht. Dennoch konnte Prudencia Prim an diesem Morgen auf dem Weg durch den Garten feststellen, dass ihr Herz kein bisschen schneller schlug und nicht einmal die leiseste Aufregung darauf hindeutete, dass der große Tag gekommen war.

Sie wurde neugierig beobachtet, das war ihr klar. So, wie die Leute sie immer ansahen, dessen war sie sich nur allzu bewusst. Doch gleichzeitig war sie davon überzeugt, dass sie diesmal nicht mit dieser gewissen Irritation, ja, diesem Misstrauen gemustert wurde, wie es sonst manchmal vorkam. Schließlich gab es nicht viele, die von sich behaupten konnten, das Opfer eines fatalen geschichtlichen Irrtums zu sein, sagte sie nicht ohne Stolz zu sich selbst. Nicht jeder lebte wie sie in dem dauerhaften Gefühl, zum falschen Zeitpunkt in der falschen Umgebung geboren worden zu sein. Den meisten fiel, anders als ihr, offenbar gar nicht auf, dass alles, was es wert war, bewundert zu werden, alles Schöne und Erhabene, spurlos verschwunden war. Die Welt, so beklagte es Prudencia Prim, hatte das Gefühl für die Harmonie, die Ausgewogenheit und die Schönheit verloren. Und längst nicht alle waren sich dieser Wahrheit bewusst, ebenso wenig, wie sie den Drang zum entschiedenen Widerstand verspürten.

Und genau diese unbeugsame Entschlossenheit war es, die die Señorita Prim drei Tage, bevor sie zwischen den blühenden Hortensien entlangschritt, dazu bewogen hatte, auf eine kleine seltsame Zeitungsanzeige zu reagieren:

Gesucht wird ein weibliches Wesen, dessen Geist sich die Unabhängigkeit von der Welt bewahrt hat und das sich in der Lage sieht, einem höflichen Mann und seinen Büchern als Bibliothekarin zur Seite zu stehen. Besondere Fähigkeiten im Umgang mit Hunden und Kindern sehr willkommen. Arbeitserfahrung nicht erforderlich. Akademikerinnen und Inhaberinnen sonstiger beruflicher Titel unerwünscht.

Die Señorita Prim entsprach nur zum Teil diesem Profil. Die Unabhängigkeit von der Welt hatte sie sich in jedem Fall bewahrt, dessen war sie sich sicher. Genau wie ihre unzweifelhafte Fähigkeit, einem höflichen Mann und seinen Büchern als Bibliothekarin zur Seite zu stehen. Allerdings hatte sie keine Erfahrung im Umgang mit Kindern und Hunden und weder mit der einen noch der anderen Spezies jemals zusammengelebt. Doch was sie am meisten beunruhigte, war die Schwierigkeit, ihr Profil jenem ausdrücklichen »Akademikerinnen und Inhaberinnen sonstiger beruflicher Titel unerwünscht« anzupassen.

Señorita Prim verfügte über eine ganze Reihe beruflicher Titel. Sie hatte einen Studienabschluss in Internationalen Beziehungen, Politikwissenschaften und

Anthropologie vorzuweisen, war Doktorin der Soziologie und spezialisiert in Bibliothekswissenschaften und in mittelalterlicher russischer Kunst. Die Menschen, denen sie begegnete, blickten jedes Mal ungläubig auf diesen außergewöhnlichen Lebenslauf, zumal es sich bei der dazugehörigen Person um eine einfache und nicht gerade karrierebewusste Angestellte handelte. Sie verstanden es eben nicht, sagte sie sich missmutig; sie verstanden eben nicht den Gedanken der Exzellenz. Wie auch in einer Welt, in der alles Bedeutende an Bedeutung verloren hatte?

»Sind Sie seine neue Bibliothekarin?«

Die Bewerberin senkte überrascht den Kopf. Dort unten, auf der Schwelle dessen, was die Eingangstür zu dem Haus zu sein schien, sah sie in die Augen eines blonden Kindes mit strengem Blick.

»Sind Sie es, oder sind Sie es nicht?«, insistierte der Kleine.

»Es wäre wohl etwas verfrüht, das zu behaupten«, entgegnete sie. »Ich bin wegen der Anzeige hier, die dein Vater aufgegeben hat.«

»Er ist niemandes Vater«, sagte der Junge nur, bevor er sich umdrehte und ins Haus rannte.

Die Señorita Prim starrte verwirrt auf die nun leere Türschwelle. Sie war sich absolut sicher, dass in der Anzeige von einem Mann mit Kindern die Rede gewesen war. Natürlich war es nicht selbstverständlich, dass ein Mann Kinder hatte, sie selbst hatte im Laufe ihre Lebens einige Männer ohne Kinder kennengelernt; aber wenn in ein und demselben Satz die Worte *Mann* und *Kinder* vorkamen, was sonst sollte man daraus schließen?

Verwundert hob sie den Blick und betrachtete zum ersten Mal eingehend das Haus, vor dem sie nun stand. Sie hatte den Garten derart in Gedanken versunken durchquert, dass es ihr kaum aufgefallen war. Es war ein altes Gebäude aus verblichenem rotem Stein mit vielen Fenstern und Fensterläden zum Garten hin. Das massive, vor sich hin bröckelnde Mauerwerk war voller Risse und Sprünge und über und über von üppig wuchernden Rosen bedeckt, die dringend der Hand eines Gärtners bedurft hätten. Der Eingangsbereich, der von vier alten, von einer immensen Glyzinie bewachsenen Säulen flankiert wurde, bot einen zugleich imposanten und verlorenen Anblick.

»Im Winter muss es da drin eiskalt sein«, murmelte sie.

Dann sah sie auf die Uhr: Es war bereits später Nachmittag. Alle Fenster waren sperrangelweit geöffnet, und der kühle Septemberwind blähte die leichten weißen Gardinen wie Segel. Es sieht aus wie ein Schiff, dachte sie, ein altes, gestrandetes Schiff. Mit leichtem Schritt näherte sie sich dem Fenster, das am nächsten lag, und stellte sich auf einen nicht mehr ganz jungen Hausherrn ein.

Durch das Fenster bot sich der Señorita Prim der Blick auf einen großen, äußerst unordentlichen Raum voller Bücher und Kinder. Es waren mehr Bücher als Kinder, deutlich mehr, doch aus irgendeinem Grund vermittelte das Kräfteverhältnis den Eindruck von Ausgeglichenheit. Die Anwärterin auf die Stelle zählte dreißig Arme, dreißig Beine und fünfzehn Köpfe. Die dazugehörigen Kinder waren gleichmäßig im Raum verteilt, sie lagen bäuchlings auf dem Teppich oder auf einem der alten Sofas, oder sie hatten sich in einen der abgenutzten Ledersessel gekuschelt. Außerdem bemerkte die Señorita Prim zwei riesige Hunde, die ausgestreckt zu beiden Seiten eines altmodischen hohen Armsessels ruhten, der mit dem Rücken zum Fenster in der Nähe eines Kamins stand. Der Junge, der sie an der Tür empfangen hatte, war auch zu sehen, er lag auf dem Teppich, in die Lektüre eines Heftes vertieft. Die anderen Kinder hoben ab und zu die Köpfe, um auf eine männliche Stimme zu reagieren, die direkt aus dem Sessel bei dem Kamin zu kommen schien.

»Lasst uns anfangen«, sagte der Mann im Armsessel.

»Gibst du uns Hinweise?«, fragte eines der Kinder.

Als einzige Antwort beschränkte sich die männliche Stimme darauf zu zitieren:

Ultima Cumaei venit iam carminis aetas;
magnus ab integro saeclorum nascitur ordo:
iam redit et Virgo, redeunt Saturnia regna;
iam nova progenies caelo demittitur alto.

»Und?«, fragte die Stimme schließlich.

Die Kinder schwiegen.

»Könnte es Horaz sein?«, fragte eines schüchtern.

»Es könnte Horaz sein«, antwortete der Mann, »ist es aber nicht. Versucht es noch einmal. Wer traut sich, es zu übersetzen?«

Señorita Prim, die die Szene hinter den schweren Vorhängen verborgen beobachtete, dachte bei sich, dass die Frage die Kinder überforderte. Sie waren zu klein, um ein Werk anhand eines einzigen kurzen Zitats zu erkennen, zumal es auch noch ein lateinisches war. Obwohl die Señorita Prim Vergil gelesen hatte, konnte sie dieses Spiel nicht gutheißen, absolut nicht.

»Ich helfe euch ein bisschen«, fuhr die Stimme aus dem Armsessel fort: »Diese Verse waren einem römischen Politiker zu Beginn des Imperiums gewidmet. Einem Politiker, der der Freund von mehreren großen Dichtern war, von denen wir bereits einiges gelesen haben, Horaz zum Beispiel. Einer dieser Freunde hat ihm diese Verse gewidmet, weil er den Frieden von Brundisium ausgehandelt hatte, der, wie ihr wisst – oder wissen solltet –, den Konflikt zwischen Antonius und Octavian beendete.«

Der Mann schwieg und sah die Kinder fragend an – so stellte es sich die Señorita Prim in ihrem Versteck jedenfalls vor –, bekam jedoch keine Antwort. Lediglich einer der Hunde erhob sich schwerfällig, als wollte er damit sein Interesse für das historische Ereignis bekunden, näherte sich träge dem Kamin und ließ sich dort wieder auf dem Teppich nieder.

»All das, wirklich alles, haben wir im letzten Frühjahr durchgenommen«, klagte der Mann nun.

Die Kinder knabberten, in Gedanken versunken, an ihren Stiften, baumelten unbekümmert mit den Beinen, stützten das Kinn in die Hände.

»Ihr ungebildete Bande«, ließ die leicht irritierte Stimme nicht locker, »was ist heute eigentlich mit euch los?«

Die Señorita Prim spürte, wie ihr das Blut heiß in die Wangen stieg. Sie hatte keinerlei Erfahrung im Umgang mit Kindern dieses Alters, das nicht, doch was sie meisterhaft beherrschte, war die Kunst des Feingefühls. Señorita Prim glaubte fest daran, dass das Feingefühl die Kraft war, die das Universum steuerte. Dort, wo es fehlte, so wusste sie aus Erfahrung, war die Welt dunkel und unheimlich. Empört von dem, was sie soeben gesehen hatte, und beinah starr vor Schreck wollte sie aus ihrem Versteck auffahren, doch das plötzliche Knurren eines der Hunde ließ sie in der Bewegung innehalten.

»Gut«, sagte der Mann nun mit versöhnlicher Stimme, »versuchen wir es mit etwas viel Einfacherem.«

»Vom selben Schriftsteller?«, fragte ein Mädchen.

»Genau. Seid ihr bereit? Ich zitiere nur einen halben Vers:

… *facilis descensus Averno* …

Eine unerwartete Welle nach oben schnellender Arme und lautes Triumphgeschrei machten deutlich, dass diesmal die Schüler die Antwort wussten.

»Vergil!«, riefen sie einstimmig im schrillen Chor. »Die *Aeneis*!«

»Das ist es, ihr habt's«, entgegnete der Mann mit befriedigtem Lachen. »Und das vorherige Zitat war aus den Eklogen, aus der vierten Ekloge. Also ist der römische Staatsmann, der mit Vergil und Horaz befreundet war …«

Bevor eines der Kinder etwas sagen konnte, erklang die klare melodische Stimme der Señorita Prim von draußen hinter den Vorhängen und erfüllte das Zimmer: »Asinius Pollio natürlich.«

Fünfzehn Kinderköpfe wandten die Gesichter zum Fenster. Von ihrer eigenen Kühnheit überrascht, trat die Señorita instinktiv einen Schritt zurück. Nur der Gedanke an die eigene Würde und der wichtige Grund ihrer Anwesenheit hinderten sie daran, wegzulaufen.

»Es tut mir schrecklich leid, auf diese Weise bei Ihnen hineinzuplatzen«, sagte sie, während sie langsam in die Mitte der Fensteröffnung rückte. »Ich weiß, ich hätte mich anders bemerkbar machen sollen, aber der Junge, der mir die Tür geöffnet hat, hat mich an der Schwelle stehen lassen. Daher bin ich zum Fenster gegangen, und so habe ich Sie von Vergil und Pollio reden hören. Es tut mir wirklich leid, Señor.«

»Sie sind die Bewerberin um die Stelle der Bibliothekarin, nicht wahr?«

Der Mann stellte die Frage ohne jede Unfreundlichkeit, fast so, als wäre ihm gar nicht aufgefallen, dass eine Unbekannte durch das Fenster seinen Unterricht gestört hatte. Immerhin weiß er, was sich gehört, dachte die Señorita Prim überrascht, er hat äußerst gute Manieren. Vielleicht war ihr Urteil über ihn zu voreilig gewesen; möglicherweise hatte sie überstürzt reagiert.

»Ja, Señor. Wir haben heute Morgen telefoniert. Ich komme auf die Anzeige hin.« Der Mann im Armsessel betrachtete sie einen Moment, lange genug, um festzustellen, dass die Frau, die draußen am Fenster stand, viel zu jung für den Posten war.

»Haben Sie Ihren Lebenslauf mitgebracht, Señorita …?«

»Prim, Señorita Prudencia Prim«, entgegnete sie.

Und sofort fügte sie entschuldigend hinzu: »Ich weiß, dass es ein ungewöhnlicher Name ist.«

»Ich würde sagen, es ist ein Name mit Charakter. Aber wenn es Ihnen nichts ausmacht, wenden wir uns zunächst Ihrem Lebenslauf zu. Haben Sie ihn dabei?«

»In der Anzeige stand, dass die Bewerberin über keine akademischen Titel verfügen sollte, daher dachte ich, Sie würden nicht nach meinem Lebenslauf fragen.«

»Sie wollen damit sagen, dass Sie keinen akademischen Titel haben? Mein Ansinnen bezog sich auf jegliche Titel, das Einzige, was ich voraussetze, sind Kenntnisse in Bibliothekswissenschaften.«

Die Señorita Prim hüllte sich in Schweigen. Aus irgendeinem ihr unbekannten Grund verlief das Gespräch nicht so, wie sie es sich vorgestellt hatte.

»Nun, die Wahrheit ist, dass ich doch ein paar Titel habe«, gab sie nach einer Weile zu, »also einige … eine Menge, könnte man sagen.«

»Eine Menge?« Der Ton in der Stimme des Mannes im Armsessel wurde ein wenig schärfer. »Señorita Prim, ich war der Meinung, die Anzeige wäre eindeutig.«

»Ja, das war sie«, sagte sie schnell, »das war sie auf jeden Fall. Aber erlauben Sie mir, Ihnen zu erklären, dass ich, vom akademischen Standpunkt aus gesehen, kein gewöhnlicher Mensch bin. Ich habe noch nie danach gestrebt, aus meinen Titeln irgendeinen beruflichen Nutzen zu ziehen, ich gebrauche sie nicht, ich erwähne sie niemals, daher …«, sie machte eine Pause, um Atem zu holen, »… können Sie sicher sein, dass sie meine Arbeit nicht beeinflussen werden.«

Als sie zu sprechen aufhörte, bemerkte Señorita Prim, dass die Kinder und die Hunde sie bereits eine ganze Weile schweigend betrachteten. Ihr fiel wieder ein, was der Junge an der Tür über den Mann gesagt hatte, mit dem sie gerade redete. War es möglich, dass von all diesen Kindern nicht eines sein eigenes war?

»Sagen Sie mir doch bitte, um welche Titel es sich handelt und um wie viele«, insistierte er.

Die Bewerberin schluckte, während sie überlegte, wie sie diese heikle Frage am besten beantworten sollte.

»Wenn Sie mir ein Blatt Papier geben könnten, würde ich es kurz schematisch darstellen.«

»Schematisch darstellen?«, rief er entsetzt aus. »Haben Sie den Verstand verloren? Wie kommt ein Mensch, dessen Titel einer schematischen Darstellung bedürfen, auf den Gedanken, sich auf einen Posten für Kandidaten ohne beruflichen Titel zu bewerben?«

Die Señorita Prim zögerte einen Moment, bevor sie antwortete. Natürlich wollte sie die Wahrheit sagen, das wollte sie unbedingt; aber sie wusste, dass sie in diesem Fall die Stelle garantiert nicht bekommen würde. Sie konnte unmöglich zugeben, dass die Anzeige bei ihr eine Art Vorahnung ausgelöst hatte, dass ihr Puls sich beschleunigt hatte, ihr Blick sich verlor, dass ihr jene wenigen Zeilen wie ein plötzliches Licht in der Dunkelheit erschienen waren. Aber genauso wenig konnte sie den Mann belügen. Denn selbst wenn sie dies im Sinn gehabt hätte – und das war definitiv nicht der Fall –, war da immer noch diese unangenehme Sache mit ihrer geröteten Nasenspitze. Señorita Prim verfügte über eine Nase von höchster moralischer Sensibilität. Sie errötete nicht, wenn sie ein Kompliment erhielt, auch nicht, wenn sie angeschrien wurde; sie hatte noch nie auf eine Frechheit reagiert oder auf eine Beschimpfung. Im Falle einer Lüge jedoch war nichts zu machen. Eine versehentliche Ungenauigkeit, eine kleine Übertreibung, eine unschuldige Schwindelei, und ihre Nase leuchtete rot wie eine Tomate.

»Also?«, hakte der Mann im Armsessel nach.

»Ich suche einen Zufluchtsort«, sagte sie schließlich.

»Einen Zufluchtsort? Meinen Sie eine Wohnung? Oder ein Versteck?« Der Mann blickte beunruhigt auf seine Schuhe. »Señorita Prim, ich bitte Sie, mir zu verzeihen, wenn ich Ihnen mit einer Frage zu nahe trete, die heikel und nicht leicht zu formulieren ist, aber dennoch unerlässlich: Sind Sie vielleicht in Schwierigkeiten? Gab es ein Missverständnis? Einen unglücklichen Vorfall? Eine Gesetzesübertretung gar?«

Die Bibliothekarin, die aus einer Familie stammte, deren Rechtschaffenheit absolut außer Frage stand, reagierte auf diese Anschuldigung mit ausgesprochener Heftigkeit: »Natürlich nicht, Señor! Ich bin eine ehrenhafte Person, ich erfülle meine Pflicht als Steuerzahler, begleiche meine Strafzettel, leiste regelmäßige Spenden an Bedürftige. Ich habe noch nie eine Straftat begangen. Es gibt keinen einzigen dunklen Fleck in meinem Leben, noch in dem meiner Familie. Wenn Sie sich überzeugen wollen …«

»Das ist nicht nötig, Señorita Prim«, entgegnete der Mann betreten. »Bitte entschuldigen Sie, da habe ich Ihre Worte wohl falsch verstanden.«

Die Bewerberin, die einige Minuten zuvor noch völlig beherrscht gewesen war, war nun deutlich aufgebracht. Die Kinder betrachteten sie stumm.

»Es ist mir unverständlich, wie Sie so etwas von mir denken konnten«, sagte sie erregt.

»Es tut mir wirklich leid«, beteuerte der Mann erneut, »wie kann ich diese Entgleisung wiedergutmachen?«

»Wir könnten sie einstellen.« Die Stimme des etwas zerzausten Jungen, der eben an der Tür gestanden hatte, erklang unerwartet aus den Tiefen des Teppichs. »Du selbst sagst immer, man solle das tun, was die Gerechtigkeit verlangt. Das sagst du andauernd.«

Der Mann im Armsessel wirkte für einen Moment leicht irritiert. Dann lächelte er dem Kleinen zu, nickte leicht, erhob sich und ging mit reuiger Miene auf die Frau am Fenster zu.

»Señorita Prim, ich denke, eine Frau, die sich auf eine solche Beleidigung hin nicht schnurstracks umdreht, um zu gehen, verdient in jeder Hinsicht mein vollstes Vertrauen. Würden Sie mir also die Ehre erweisen und die Stelle übernehmen?«

Die Bewerberin öffnete schon den Mund, um dankend abzulehnen, da hatte sie eine flüchtige Vision. Sie sah die langen, düsteren Arbeitstage in ihrem Büro vor sich, hörte die langweiligen Gespräche über Sport, erinnerte sich an schlechte Scherze, abschätzige Blicke, an mit leiser Stimme ausgestoßene Flüche. Sie horchte in sich hinein und traf dann ihre Entscheidung. Immerhin schien er ausgezeichnete Manieren zu haben. Und wer wollte nicht für einen Mann mit ausgezeichneten Manieren arbeiten?

»Wann soll ich anfangen, Señor?«

Und ohne auf eine Antwort zu warten, drehte sie sich um und ging zurück, um ihre Koffer zu holen.

2

Nachdem die Señorita Prim den Raum betreten hatte, der in den kommenden Monaten ihr Zimmer sein würde, setzte sie sich einen Moment aufs Bett und betrachtete die großen, auf die Terrasse hinausgehenden Fenster. Es gab nicht viele Möbel, aber die, die es gab, waren für ihren Geschmack genau so, wie sie sein sollten. Eine mit blauem Samt bezogene Ottomane, ein großer venezianischer Spiegel, ein georgianischer, gusseiserner Kamin, ein aquamarinfarben gestrichener Kleiderschrank und zwei antike Wilton-Teppiche. Eigentlich zu luxuriös für eine Bibliothekarin, dachte sie. Obwohl »luxuriös« nicht wirklich das richtige Wort war. Denn alles in diesem Raum schien schon sehr lange in Gebrauch zu sein. Alles wirkte etwas abgenutzt, verschlissen und leicht ramponiert. Vor einem Jahrhundert hätte man es wohl als äußerst komfortabel bezeichnet, dachte die Señorita Prim wehmütig seufzend, als sie begann, ihre Koffer auszupacken.

Ein Knacken im Holz ließ sie aufschauen. Ihr Blick fiel auf ein Bild, das auf dem Kaminsims stand. Es war ein kleines Gemälde, auf dem drei Personen dargestellt waren, von Kinderhand gezeichnet. Der Strich war nicht schlecht, hervorragend für ein Kind, überlegte sie, während sie die Malerei des kleinen Künstlers bewundernd begutachtete.

»Es ist Rubljows Dreifaltigkeitsikone«, sagte eine ihr bereits bekannte Kinderstimme in ihrem Rücken.

»Ich weiß, vielen Dank, junger Mann. Allerdings: Solltet ihr nicht anklopfen, bevor ihr eintretet?«, entgegnete sie, als sie sah, dass der Junge nicht allein war.

»Aber die Tür war offen, stimmt's?«, fragte der Kleine die drei anderen Kinder, die sich um ihn scharten und nun bestätigend nickten. »Das ist meine Schwester Tesseris, sie ist zehn Jahre alt. Das ist Deka, er ist neun, und Eksi, die Kleine, ist erst siebeneinhalb. Ich heiße Septimus. Aber das sind nicht unsere richtigen Namen«, erklärte er mit einer gewissen Vertraulichkeit.

Señorita Prim betrachtete die vier Geschwister und staunte über ihre Unterschiedlichkeit. Auch wenn der kleine Deka über das gleiche zerzauste blonde Haar wie sein großer Bruder verfügte, hatte sein gleichzeitig aufgeweckt und vollkommen unschuldig wirkender Gesichtsausdruck nichts mit der nachdenklichen Art des Kindes, das sie an der Tür empfangen hatte, gemein. Genauso wenig war zu erkennen, dass es sich bei den Mädchen um Schwestern handelte. Die eine strahlte eine heitere Schönheit aus, die andere entzückte durch ihre Lebhaftigkeit.

Tesseris flüsterte ihrem großen Bruder etwas ins Ohr und fragte danach mit leiser, sanfter Stimme: »Señorita Prim, glauben Sie, dass es möglich ist, durch einen Spiegel zu gehen?«

Die Bibliothekarin sah das Mädchen verwirrt an, dann jedoch wurde ihr klar, wovon sie sprach.

»Ich erinnere mich daran, dass mein Vater mir diese Geschichte vor dem Einschlafen vorgelesen hat«, entgegnete sie lächelnd.

Die Kleine sah ihren Bruder aus den Augenwinkeln an. »Ich habe dir gesagt, dass sie es nicht verstehen würde«, sagte sie in leicht anmaßendem Ton.

Señorita Prim beschloss, die Bemerkung zu überhören. Sie öffnete den zweiten Koffer und nahm einen Kimono aus jadefarbener Seide heraus, den sie behutsam in den Schrank hängte.

Das also war der Umgang mit Kindern, von dem in der Anzeige die Rede gewesen war, dachte sie leicht beleidigt; es ging nicht um Späße, Süßigkeiten und Märchen, sondern – wie hätte sie das ahnen sollen? – um Geheimnisse und Rätsel.

»Gefällt Ihnen die Rubljow-Ikone?«, fragte das Kind nun, wobei es einen Blick auf den Stapel Bücher warf, der aus einem der Koffer aufragte.

»Sehr«, versicherte die Bibliothekarin ernsthaft, während sie ihre Kleidungsstücke nacheinander aufhing. »Das ist ein bemerkenswertes Kunstwerk.«

Die kleine Tesseris hob den Kopf, als sie die Antwort hörte.

»Ikonen sind keine Kunstwerke, Señorita Prim, Ikonen sind Fenster.«

Die Bibliothekarin hielt in ihrer Beschäftigung inne und sah das Mädchen besorgt an. Der Mann, der in diesem Haus das Sagen hatte, hatte die Kinder eindeutig überfordert. Mit zehn Jahren sollte man nicht derart absurde Betrachtungen über Ikonen und Fenster anstellen. Nicht dass es dumme Gedanken wären, auf keinen Fall, aber es war einfach unnatürlich. Märchen und Prinzessinnen, Drachen und Ritter, Reime von Stevenson, das war es, was, ihrer Meinung nach, ein Kind dieses Alters beschäftigen sollte.

»Also hast du dieses Fenster gemalt?«, fragte sie mit gespieltem Gleichmut.

Das Kind nickte.

»Sie hat es aus dem Gedächtnis gemalt«, fügte ihr Bruder hinzu. »Sie hat es vor zwei Jahren in der Tretjakow-Galerie gesehen, sich davorgesetzt und alles um sich herum vergessen. Als wir wieder zu Hause waren, hat sie es überall hingemalt. In jedem Zimmer finden Sie so ein Fenster.«

»Das ist unmöglich«, entgegnete Señorita Prim nüchtern. »Niemand kann ein solches Kunstwerk aus dem Gedächtnis malen. Und schon gar nicht ein Mädchen von acht Jahren, die deine Schwester damals alt war. Das kann überhaupt nicht sein.«

»Aber Sie waren doch gar nicht dabei!«, protestierte der kleine Deka überraschend heftig. »Wie wollen Sie es dann wissen?«

Anstatt darauf zu antworten, ging die Bibliothekarin langsam auf das Bild zu. Sie entnahm ihrer Handtasche ein Lineal und einen Zirkel. Zweifellos waren die erforderlichen Merkmale vorhanden: das Achteck, das sich bilden ließ, der äußere und der innere Kreis sowie die halbkreisförmige Anordnung der Personen.

»Wie hast du das hingekriegt, Tesseris? Es ist unmöglich, dass du das allein gemacht hast, und dazu noch ohne es irgendwo abzumalen. Es muss dir jemand geholfen haben. Sei ehrlich, es war dein Vater oder dein Onkel oder wer auch immer sich um euch kümmert.«

»Nein, niemand hat mir geholfen«, sagte das Mädchen mit leiser, aber entschiedener Stimme. Dann wandte sie sich an ihre kleine Schwester: »Stimmt's, Eksi?«

»Nein, ihr hat niemand geholfen. Sie macht immer alles allein«, bestätigte diese ernsthaft, während sie versuchte, auf einem Bein stehend, das Gleichgewicht zu halten.

Verblüfft angesichts des geschwisterlichen Widerstands, beharrte Señorita Prim nicht auf ihrer Meinung. Hätte es sich um Erwachsene gehandelt, hätte sie die Lüge durch geschicktes Fragenstellen entlarvt. Aber ein Kind war kein Erwachsener, und zwischen Kindern und Erwachsenen gab es große Unterschiede. Ein Kind konnte schreien, konnte laut weinen, war zu den absurdesten Reaktionen fähig. Und was wäre dann? Eine Angestellte, die gleich an ihrem ersten Arbeitstag die verwundbarsten Familienmitglieder in Angst und Schrecken versetzte, würde wohl nicht lange im Dienst bleiben. Zumal sie – wie sie sich mit einem gewissen Unbehagen erinnerte – ihre Einstellung auch nur gewissen ungewöhnlichen Umständen zu verdanken hatte.

»Und was machen Kinder in eurem Alter in der Tretjakow-Galerie? Moskau ist sehr weit weg.«

»Wir waren zum Kunststudium dort«, entgegnete Septimus.

»Du meinst mit der Schule?«

Die Kinder sahen sich in heimlicher Freude an.

»Oh nein«, meinte der Kleine. »Wir sind noch nie zur Schule gegangen.«

Dieser in aller Natürlichkeit ausgesprochene Satz krachte wie ein Fels auf das bereits stark mitgenommene Gemüt der Bibliothekarin. Kinder, die nicht zur Schule gingen? Das konnte nicht sein! Eine Schar möglicherweise wilder Kinder ohne jegliche Schulbildung! Wo war sie hier eigentlich gelandet? Die Señorita Prim erinnerte sich an ihren ersten Eindruck von dem Mann, der sie eingestellt hatte. Ein zweifellos etwas seltsamer Mensch. Ein Exzentriker, ein Einsiedler, vielleicht ein Verrückter?

»Señorita Prim?« Die leise, höfliche Stimme des Mannes im Armsessel drang vom Treppenhaus her ins Zimmer, »wenn Sie sich eingerichtet haben, wäre es nett, wenn Sie kurz in die Bibliothek kommen könnten.«

Auf eine ihrer Eigenschaften war die Señorita Prim besonders stolz: ihre Konsequenz, jederzeit das zu tun, was sie für richtig hielt. Und in diesem Fall, überlegte sie, war es wohl das einzig Richtige, sich zu entschuldigen und auf der Stelle dieses seltsame Haus zu verlassen. Mit diesem Gedanken schloss sie eilig ihre Koffer, richtete ihre Frisur vor dem Spiegel, warf einen letzten Blick auf die Rubljow-Ikone und machte sich auf den Weg, um das zu tun, was sie in dieser Situation für angebracht hielt.

»Natürlich«, antwortete sie mit fester Stimme, »ich bin gleich unten.«

Der Mann im Armsessel empfing sie stehend mit hinter dem Rücken verschränkten Händen. Während die Bibliothekarin ihre Koffer ausgepackt hatte, hatte er überlegt, wie er sie am besten in ihre Tätigkeiten einweisen könnte. Das war nicht ganz leicht, denn er brauchte eine Bibliothekarin der besonderen Art. Nachdem ihr Vorgänger schon vor einer ganzen Weile das Haus verlassen hatte, war in seiner Bibliothek eine komplette Reorganisation und Neukatalogisierung dringend vonnöten. All die Romane, Fachbücher und Geschichtsbücher waren stark verstaubt, und die theologischen Werke waren mehr oder weniger im ganzen Haus verteilt. Am Vortag hatte er die Homilie des heiligen Johannes Chrysostomos in der Speisekammer zwischen den Marmeladengläsern und den Paketen mit Linsen gefunden. Wie sie wohl dahin gekommen war? Das war schwierig festzustellen. Es konnten die Kinder gewesen sein, denn sie gingen mit den Büchern genauso um wie mit ihren Heften oder Stiften; aber vielleicht war er es auch selbst gewesen. Es wäre nicht das erste und sicher auch nicht das letzte Mal, dass ihm etwas Derartiges passierte. Und im Grunde musste er zugeben, dass es das Ergebnis seiner eigenen Regeln war.

Er erinnerte sich noch sehr gut daran, dass sein Vater früher strikt verboten hatte, Bücher aus der Bibliothek zu entfernen. Das hatte ihn und seine Geschwister immer gezwungen, sich zu entscheiden, ob sie ein

Buch lesen oder draußen spielen wollten. Seine eigene Kindheit hatte er daher in Gesellschaft von Jules Verne, Alexandre Dumas, Stevenson, Homer und Walter Scott verbracht. Draußen hatten die anderen Kinder in der Sonne geschrien und getobt, er jedoch war immer im Haus geblieben, um zu lesen, und war in Gedanken in Welten gereist, von denen die anderen Kinder nicht einmal etwas ahnten. Jahre später, als er nach langer Abwesenheit nach Hause zurückgekehrt war, hatte er selbst diese Regel geändert. Es gefiel ihm, die Kinder in der Sonne lesen zu sehen, ausgestreckt im Gras, auf einem der bequemen Äste der alten Bäume sitzend, mit einem Apfel oder einem Brot im Mund, auch wenn sie dabei Spuren ihrer schmierigen Finger in den von ihm so geliebten Werken hinterließen.

»Haben Sie sich gut eingerichtet?«, fragte er nun im Bemühen, das Eis zu brechen.

»Wunderbar, danke«, antwortete die neue Bibliothekarin. »Aber ich fürchte, ich kann nicht bleiben.«

»Nicht bleiben?«

»Es gibt zu vieles, was mir etwas rätselhaft erscheint.« Señorita Prim hob leicht das Kinn.

»Ich verstehe nicht, was Sie meinen«, entgegnete er freundlich, »aber wenn ich Ihre Neugier befriedigen kann, tue ich das gern. Ich dachte, wir wären uns einig?«

Als die Bibliothekarin das Wort »Neugier« hörte, verhärteten sich ihre Gesichtszüge.

»Hier geht es nicht um Neugier, mein Herr, mir erschließt sich einfach nicht, um welche Art Familie es sich hier handeln soll. Es gibt hier Kinder, die offenbar nicht zur Schule gehen. Viele Kinder zu haben ist bereits eine Herausforderung, aber sie derart ungezügelt aufwachsen zu lassen halte ich für äußerst leichtfertig.«

»Wie ich sehe, haben Sie sich bereits mit dem Thema Schule beschäftigt«, sagte er mit einem leichten Stirnrunzeln. »Nun gut, Señorita Prim, ich widerspreche Ihnen nicht: Wenn Sie hier arbeiten, haben Sie gewiss das Recht zu erfahren, um was für eine Art Haushalt es sich hier handelt, auch wenn ich Sie daran erinnern darf, dass die Kinder nicht zu Ihrem Aufgabenbereich zählen. Für die Kinder sind Sie nicht zuständig.«

»Das weiß ich, Señor, aber die Kinder, wie soll ich es sagen, sie existieren nun einmal.«

»Allerdings, sie existieren, und je länger Sie hierbleiben, desto mehr werden Sie sich dieser Existenz bewusst werden.«

»Wollen Sie damit sagen, dass sie schlecht erzogen sind?«

»Ich will damit sagen, dass die Kinder mein Leben sind.«

Die Bibliothekarin war überrascht von dieser Antwort. Entgegen ihres ersten Eindrucks schien dieser Mann doch über ein unerwartetes Maß an Feingefühl zu verfügen, über viel größeres Feingefühl, als sie gedacht hatte, über ein sehr spezielles, zurückhaltendes und konzentriertes Feingefühl.

»Sind … sind es Ihre Kinder? Ich meine … sind auch Kinder von Ihnen dabei?«

»Sie meinen, ob ich ihr Vater bin? Nein, der bin ich nicht. Vier der Kinder sind die meiner Schwester. Sie ist vor fünf Jahren gestorben, seitdem leben sie bei mir. Die anderen sind Kinder aus dem Ort, die zwei bis drei Mal pro Woche zum Unterricht herkommen.«

Die Señorita Prim senkte diskret den Blick: Jetzt war alles klar. Nun verstand sie, warum die Kinder zu Hause unterrichtet wurden, anstatt zur Schule zu gehen. Es handelte sich eindeutig um einen Fall dessen, was die moderne Psychologie als »Pathologische Trauer« bezeichnete. Trauer um einen Verstorbenen, die einfach kein Ende nahm und das normale Maß an Trauerarbeit bei Weitem überschritt, war sicherlich ein furchtbares Leiden, dennoch war es falsch, es auf diese Art auszuleben. Zu Hause unterrichtet zu werden war einfach nicht gut für Kinder, und auch wenn es schwierig und sogar ein bisschen belastend war, hielt es Señorita Prim doch für ihre Pflicht, dies klar zu äußern.

»Ich bedauere Ihren Verlust zutiefst«, sagte sie in einem Ton, den man einem verletzten Tier gegenüber angeschlagen hätte, »aber Sie dürfen sich in Ihrem Schmerz nicht abkapseln. Sie müssen an die Kinder denken, an die Zukunft Ihrer Nichten und Neffen. Sie dürfen nicht zulassen, dass sie sich in ihrer Trauer hier im Haus einschließen und dadurch keine angemessene Ausbildung erhalten.«

Einen Moment sah er sie an, als verstehe er nichts von dem, was sie sagte. Dann senkte er den Blick, schüttelte den Kopf und lächelte flüchtig.

Die Bibliothekarin, die absolut nicht romantisch veranlagt war, ertappte sich bei dem Gedanken, wie sehr ein unerwartetes Lächeln ein dunkles Zimmer doch erhellen konnte.

»Eine angemessene Ausbildung? Sie denken also, dass ich ein trauriger Mann bin, der seine Nichten und Neffen nicht zur Schule gehen lässt, um sich nicht einsam zu fühlen?«

»Ist es denn nicht so?«, entgegnete sie vorsichtig.

»Nein, so ist es nicht.«

Der Mann ging zu einem Bartisch hinüber, der unter einem der Fenster stand und auf dem ein Dutzend edler Kristallgläser und sechs schwere Whiskygläser sich den Platz mit einer ansehnlichen Auswahl Weine und Liköre teilten.

»Möchten Sie etwas trinken, Señorita Prim? Um diese Uhrzeit nehme ich immer einen Aperitif. Einen Portwein vielleicht?«

»Vielen Dank, aber ich trinke nie.«

»Stört es Sie, wenn ich etwas trinke?«

»Duchaus nicht. Es ist Ihr Haus.«

Der Mann wandte sich um und betrachtete sie neugierig, um herauszufinden, ob das, was sie gesagt hatte, sarkastisch gemeint war. Dann trank er einen Schluck und stellte anschließend das Glas ohne Untersetzer auf den Tisch, was einen unfreiwilligen, kaum merklichen Ausdruck der Missbilligung im schönen Gesicht der Bibliothekarin hervorrief.

»Es ist so, dass ich eine sehr eigene Meinung über die Ausbildung nach allgemeinen Richtlinien habe. Aber wenn Sie sich entscheiden sollten, zu bleiben und hier zu arbeiten, genügt es zu wissen, dass ich die Erziehung meiner Nichten und Neffen persönlich in die Hand genommen habe, weil ich ihnen die bestmögliche Ausbildung ermöglichen möchte. Mit der romantischen Erklärung des trauernden Einsiedlers, die Sie mir zuschreiben, kann ich leider nicht dienen, Señorita Prim. Ich bin weder unglücklich noch deprimiert und fühle mich auch nicht einsam. Es ist einzig und allein mein Interesse, dafür zu sorgen, dass die Kinder einmal all das von sich behaupten können, was die modernen Schulen nicht zu produzieren in der Lage sind.«

»Produzieren?«

»Das ist meiner Meinung nach das treffende Wort«, antwortete er mit einem Funkeln in den Augen.

Die Bibliothekarin schwieg daraufhin. Sie überlegte, ob dieses Haus mit seinem eigenwilligen Hausherrn tatsächlich der richtige Ort für eine Frau wie sie war. Man konnte nicht behaupten, dass dieser Mann ein unangenehmer Mensch war. Er war nicht unhöflich oder beleidigend, und in seinen Augen war auch nicht jener gönnerhafte Blick auszumachen, den sie all die Jahre über bei ihrem ehemaligen Chef hatte ertragen müssen. Aber ihm fehlte offenbar die Fähigkeit, mit Kindern umzugehen, und hin und wieder auch das angemessene Feingefühl, wenn er zwar höflich, aber doch sehr direkt mit ihr sprach. Zudem empfand die Señorita Prim immer noch gewisse Vorbehalte wegen der plumpen Unterstellung, mit der er sie eine gute halbe Stunde zuvor empört hatte. Und da war noch etwas. Sein friedlicher

Gesichtsausdruck verbarg nur mühsam eine gewisse beunruhigende Art von Entschlossenheit, etwas Unerklärliches, das an Jagdtrophäen, längst vergangene Schlachten und Heldentaten denken ließ.

»Sind Sie wirklich wild entschlossen zu gehen?«, fragte er und riss sie damit aus ihren Gedanken.

»Nein. Nein, das bin ich nicht. Ich wollte eine Erklärung, und ich habe eine Erklärung bekommen. Ich kann nicht behaupten, dass ich Ihre düsteren Ansichten über unser Bildungssystem teile, aber ich verstehe Ihre Sorge, dass die Brutalität der modernen Welt den Feingeist der Kinder verderben könnte. Und meine Meinung dazu ist, wenn Sie erlauben …«

»Bitte, nur zu.«

»Ich glaube, dass Ihre Sicht der Dinge ein wenig zu radikal ist, allerdings handeln Sie nach Ihrer Überzeugung, und das ist für mich völlig ausreichend.«

»Sie glauben also, dass ich übertreibe.«

»Ja. Ich glaube, dass Sie übertreiben.«

Der Mann ging zu einem der Bücherregale, strich mit den Fingern über mehrere Bände und hielt bei einem dicken, in Leder gebundenen Werk inne, um es dann vorsichtig herauszuziehen.

»Wissen Sie, was das ist?«

»Ich fürchte, nein.«

»De Trinitate Libri.«

»Augustinus?«

»Ich sehe, Sie machen Ihrem Lebenslauf alle Ehre. Oder ringen Sie des Öfteren um Ihr seelisches Gleichgewicht?«

Die Bibliothekarin, von der Frage beunruhigt, begann, mit dem Amethystring an ihrer rechten Hand zu spielen.

»Das ist eine recht delikate und auch persönliche Frage, und wenn es Sie nicht stört, ziehe ich es vor, darauf nicht zu antworten. Das ist nichts, was Sie interessieren sollte.«

»Eine delikate Frage«, wiederholte er leise und betrachtete dabei das Buch. »Natürlich, Sie haben recht. Ich muss Sie schon wieder um Entschuldigung bitten.«

Die Señorita Prim biss sich auf die Lippen. »Ich hoffe, dass meine persönlichen Überzeugungen kein Problem darstellen. Und sollte es doch so sein, wäre es für uns beide von Vorteil, wenn Sie das jetzt gleich äußern würden«, entgegnete sie schließlich.

»Da sehe ich absolut kein Problem. Ich habe Sie schließlich nicht eingestellt, um Theologie zu unterrichten.«

»Das erleichtert mich ungemein.«

»Dessen bin ich mir sicher«, sagte er lächelnd.

Ein längeres Schweigen breitete sich im Zimmer aus, das nur von dem Lachen und den entfernten Stimmen der Kinder unterbrochen wurde, die im Garten spielten.

»Ich muss zugeben, dass ich äußerst überrascht darüber war, dass die Kinder Zahlen als Namen tragen«, sagte die Bibliothekarin nach einer langen Pause und in dem verzweifelten Versuch, das Gespräch auf weniger heikle Themen zu lenken.

»Nun ja, es sind Spitznamen.« Er lachte. »Und sie haben viel mit meiner Unfähigkeit zu tun, mir Geburtstage zu merken. Septimus ist im September geboren, sein Bruder Deka im Oktober; Tesseris im April und Eksi, die Kleine, im Juni. Ich bin ein Liebhaber der klassischen Sprachen, und dieser Trick hat mir schon mehr als einmal aus der Patsche geholfen.«

Während er sprach, wies er mit einer Handbewegung auf die Unordnung, die im Zimmer herrschte. Eine unglaubliche Menge an Büchern stapelte sich auf Tischen und Regalen, in Doppel-, Dreifach- und sogar Vierfachreihen, zwischen Bergen von Papieren, alten Karten, Fossilien, Mineralien und Muscheln.

»Ich fürchte, der Zustand meiner Bibliothek sagt alles über meine organisatorischen Fähigkeiten.«

»Keine Sorge, ich bin noch jeder Unordnung Herr geworden.«

»Das erleichtert wiederum mich ungemein, aber Sie werden mich noch dafür verfluchen.«

Señorita Prim wusste nicht, was sie darauf entgegnen sollte, und entschied erneut, lieber das Thema zu wechseln.

»Die kleine Tesseris hat mir erzählt, dass sie Ikonen aus dem Gedächtnis malt.«

»Und Sie haben es ihr natürlich nicht geglaubt.«

»Wollen Sie etwa behaupten, dass sie die Wahrheit sagt?«

Anstatt zu antworten, stellte der Mann das schwere Buch mit dem Ledereinband zurück ins Bücherregal. Dann ging er zum Kamin hinüber, griff nach einem Heft, das auf dem Sims lag, und reichte es der Bibliothekarin.

»Das ist die Liste aller Werke, die sich in meiner Bibliothek befinden. Sie ist nach Autorennamen geordnet. Ihr Vorgänger hat sie angefertigt. Es wäre gut, wenn Sie heute Abend noch einen Blick darauf werfen könnten, insofern Sie nicht zu müde sind. Dann kann ich Ihnen gleich morgen früh erklären, welche Aufgabe ich Ihnen in diesem alten, verstaubten Chaos zugedacht habe. Einverstanden?«

Señorita Prim hätte das Gespräch gern fortgesetzt, sie hatte jedoch begriffen, dass ihr neuer Chef nur noch auf ein Ja wartete.

»Absolut einverstanden.«

»Wunderbar. Wir essen um neun zu Abend, und Frühstück gibt es um acht.«

»Wenn es Ihnen recht ist, würde ich die Mahlzeiten gern in meinem Zimmer einnehmen. Ich koche selbst und kann mir das Essen mit hinaufnehmen.«

»Ich werde Ihnen Ihr Essen aufs Zimmer bringen lassen, Señorita Prim. Die Logistik funktioniert in diesem Haus. Ich hoffe, dass Sie gut schlafen werden in dieser ersten Nacht«, sagte er und reichte ihr die Hand.

Die Bibliothekarin war geneigt zu protestieren. Die Vorstellung, dass ein fremder Mann sich anmaßte, darüber zu entscheiden, wie, wann und was sie essen würde, gefiel ihr gar nicht. Diese dominante Form, Fakten zu schaffen, ging ihr sogar ziemlich gegen den Strich.

»Gute Nacht, Señor«, erwiderte sie artig, bevor sie die Treppe hinaufging.

3

Die Señorita Prim konnte nicht mit Sicherheit sagen, ob das Krähen des Hahns sie geweckt hatte oder ob sie einfach so aus ihrem unruhigen Schlaf aufgeschreckt war. Seit fast drei Wochen lebte sie nun schon in diesem Haus, und noch immer fühlte sie sich beim Erwachen ein wenig desorientiert.Verschlafen räkelte sie sich unter der Decke und sah dann auf die Uhr. Ihr blieben noch zwei Stunden, bis sie aufstehen und mit der Arbeit beginnen musste. Hier oben war sie sicher, dachte sie mit einem Seufzer. Sicher vor seinen seltsamen, sinnlosen Aufträgen, seinem unerwarteten Lächeln, dem weitere Aufträge folgten, seinen erstaunten Blicken und seinen Fragen, deren endgültigen Sinn sie nicht zu ergründen vermochte. Machte er sich über sie lustig? Eher schien es, dass er sie prüfte, was beinahe noch beunruhigender war.

Immer noch verschlafen, warf sie wieder einen Blick auf die Uhr. Sie wollte ihm und den Kindern nicht über den Weg laufen, wenn sie aus der Abtei zurückkehrten. Señorita Prim hatte sich immer für einen aufgeschlossenen Menschen gehalten, aber die Angewohnheit, vier Kinder täglich dazu anzuhalten, vor dem Frühstück ein

Kloster zu besuchen, konnte sie nicht gutheißen. Zugegebenermaßen wirkten sie nach ihrer Rückkehr immer äußerst fröhlich, trotz des langen Fußwegs, der morgendlichen Kälte und des Hungers, den sie verspüren mussten. Aber sie war sich durchaus im Klaren darüber, auf welche Weise man Kinder beeinflussen konnte.

Als sie eine halbe Stunde später das Haus verließ, schien die Sonne bereits angenehm warm. Sie durchquerte eilig den Garten und öffnete das laut quietschende Tor. Warum weigerte sich dieser Mann so hartnäckig, derartige Dinge instand zu setzen? Die Señorita Prim liebte alles Schöne, und daher störte sie dieses abgenutzte alte Tor. Die verblichenen Gemälde machten sie traurig, und mit Butter beschmierte Inkunabeln in den Regalen des Gewächshauses vorzufinden ärgerte sie.

»Dieser Mann ist eine Katastrophe«, murmelte sie verdrossen.

Anstatt die Straße zu nehmen, entschied sie sich, nach rechts auf einen schmalen Weg abzubiegen, der durch Felder und einen kleinen Wald in den Ort führte. An diesem Morgen musste sie dringend Hefte und Etiketten kaufen. Am Vortag hatte sie eine kleine Auseinandersetzung mit ihrem Chef gehabt, die fünfte seit ihrer Ankunft. Er war in die Bibliothek gekommen und hatte ihr deutlich zu verstehen gegeben, dass er seine Bücher nicht in Computerdateien aufgelistet haben wollte.

»Gut. Wenn das Ihr Wunsch ist, werde ich mich daran halten«, hatte die Señorita Prim in vorgegebenem Gehorsam geantwortet.

Er hatte noch hinzugefügt, dass auch Schreibmaschinen, so alt und verstaubt sie auch waren, keine Gnade vor seinen Augen fanden.

»Das ist durchaus in meinem Sinne«, hatte sie zwischen zusammengepressten Lippen hervorgestoßen.

Und in diesem Moment konnte sie es sich nicht verkneifen anzumerken: »Möchten Sie vielleicht, dass ich den Buchkatalog mit der Feder niederschreibe?«

Er hatte ihre Ironie mit einem freundlichen Lächeln gewürdigt und damit einmal mehr seine außerordentliche Höflichkeit, sein – wenn er wollte – bewundernswertes Feingefühl zum Ausdruck gebracht. Doch nach drei Wochen in seinem Haus war der Señorita Prim nur allzu bewusst, dass diese hypnotisierende männliche Zuvorkommenheit lediglich dazu diente, sie dazu zu bewegen, bestimmte Dinge zu tun.

»Wenn Sie auf diesem absurden Archaismus bestehen, schreibe ich auch mit der Hand. Aber ich werde Etiketten brauchen. Und in diesem Punkt lasse ich nicht mit mir reden. Das ist eine Frage der Methode, und eine Bibliothekarin ohne Methode ist keine Bibliothekarin.«

»Meine liebe Señorita Prim«, hatte er darauf erwidert, »Sie können so viele Etiketten verwenden, wie Sie möchten, natürlich können Sie das. Ich bitte Sie nur, nicht diese leuchtend grellen Etiketten zu nehmen. Ich habe nichts gegen farbige Etiketten, absolut nicht, abgesehen von meiner Überzeugung, dass man die Predigten des heiligen Bonaventura nicht in Neongrün und die Werke Vergils nicht in Pink beschriften sollte.«

Die Bibliothekarin hatte diese Äußerung als äußerst beleidigend empfunden. Mit blitzenden Augen und nach oben gereckter Nasenspitze hatte sie erklärt, dass sie nicht die Absicht hatte, neonfarbene Etiketten zu benutzen, dass ihre Berufsehre ihr verbot, solches Material zu verwenden, und dass es absolut nicht nötig war, sie darauf hinzuweisen, dass eine Bibliothek wie diese keine Etiketten in Leuchtfarben zuließ. Daraufhin hatte er sie ausgelacht und noch provozierender gesagt: »Liebe Prudencia, das war doch nur ein Scherz, nun tun Sie nicht so würdevoll! Sie wirken wie Eugène Delacroix' Gemälde *Freiheit führt das Volk* entsprungen.«

Erhitzt von der Erinnerung an diese Szene, unterbrach Señorita Prim ihre Gedanken, um auf ihrem Weg entschieden ein paar Dornenzweige zur Seite zu biegen. Wenig später, kurz bevor sie aus dem Wald trat, drangen plötzlich mehrere bekannte Stimmen an ihr Ohr. Dort, mitten auf einer Lichtung im Gras sitzend, schauten die beiden Mädchen aus ihrem Haus begeistert zu, wie ihre Brüder mit etwas gegeneinander kämpften, das wie Ruder oder Holzpfähle aussah. Die Bibliothekarin verbarg sich im Dickicht, um die Kinder zu beobachten, ohne gesehen zu werden. Die Jungen trugen alte Fechtmasken, was im Fall eines Schlags jedoch absolut keinen Schutz garantierte. Einmal mehr stellte sie sich die Frage, ob der Mann, der sie eingestellt hatte, noch ganz richtig im Kopf war. Denn inmitten der Lichtung stehend, gab er den beiden Kämpfenden genaue militärstrategische Anweisungen.

»Typisch für ihn«, murmelte sie abschätzend in ihrem Versteck vor sich hin. »Erst bringt er den Kindern das Kämpfen bei, und dann geht er mit ihnen in die Kirche.«

»Er ist nicht verrückt, wenn es das ist, was Sie denken. Und machen Sie sich keine Sorgen, er würde die Kinder niemals in Gefahr bringen.«

Die Señorita Prim fuhr aufgeschreckt herum und sah sich einem hochgewachsenen Mann gegenüber, der sie lächelnd betrachtete.

»Wer sind Sie?«, fragte sie, während sie überlegte, ob sie aus dem Dickicht flüchten oder an Ort und Stelle verharren sollte.

»Entschuldigen Sie, wenn ich Sie erschreckt habe. Sie sind die Dame, die seine Bibliothek ordnen soll, nicht wahr? Die Señorita Prim, wenn ich mich nicht irre.«

Die Bibliothekarin nickte und begutachtete den Mann verstohlen.

»Ich bin ein alter Freund der Familie. Ich kenne die Kinder praktisch seit ihrer Geburt. Wenn er für diese Kinder so etwas wie ein Vater ist, bin ich ihr Großvater.«

»Erfreut, Sie kennenzulernen, Señor …«

»Horacio Delàs. Horacio für Sie.«

Señorita Prim bedankte sich für die Freundlichkeit und wies dann auf die spielenden Kinder.

»Sagen Sie mir, Horacio, was bitte macht er da mit den Kindern? Sie auf einen Krieg vorbereiten?«

»Meine Liebe, man hat mir erzählt, dass Sie über nicht wenige akademische Titel verfügen«, entgegnete der neu Hinzugekommene mit freundlicher Ironie. »Sehen Sie genau hin. Er unterrichtet sie in ritterlichen Kampftechniken. Welches Kind weiß heutzutage schon, wie man mit dem Schwert umgeht oder mit einer Lanze oder einem Speer? Es gibt sogar Kinder, die nicht wirklich wissen, was ein Ritter ist. Sehen Sie, wenn ich mich nicht irre, ruft er ihnen gerade die sechs großen Regeln des Godefroy de Preuilly in Erinnerung.«

»Godefroy de Preuilly?«

»Sie sind nicht von hier, und es gibt keinen Grund, warum Sie ihn kennen müssten. Er war ein Ritter, der etwa Mitte des elften Jahrhunderts starb. Ihm wird die Erfindung des Turniers zugeschrieben. Angeblich stellte er die ersten Regeln für die Wettkämpfe auf. Es gibt keine eindeutigen historischen Beweise dafür, aber es sind schöne und edle Grundsätze.«

Die entfernte, aber deutlich hörbare Stimme des Mannes im Armsessel unterbrach das Gespräch: »Erste Regel: niemals den Gegner mit der Spitze verletzen; zweite Regel: nicht außerhalb der vorgegebenen Linien kämpfen; dritte Regel: niemals zu mehreren gegen einen kämpfen; vierte Regel: niemals das Pferd des Gegners verletzen; fünfte Regel: nur auf Brust und Gesicht zielen …«

»Sechste und letzte Regel«, der Spaziergänger wandte sich der Señorita Prim zu und hob triumphierend die Hand an den Hut, »niemals angreifen, wenn der Gegner das Visier geöffnet hat. Und das ist durchaus ernst zu nehmen, meine Liebe, denn auf diese Art starb Heinrich II.

von Frankreich. Denken Sie immer daran, dass während eines Turniers ein Splitter der Lanze des Grafen Montgomery das Auge des Herrschers durchbohrte.«

Die Bibliothekarin nickte lächelnd, pflückte eine späte Brombeere vom Strauch und warf einen Blick auf die Uhr.

»Entschuldigen Sie, Horacio, aber leider muss ich gehen. Ich habe noch eine Besorgung zu machen und will vor Mittag zurück sein. Ich nehme an, die Kleinen werden gleich ihre Kämpfe einstellen und sich auf den Weg ins Kloster machen.«

»Gehen Sie denn nicht mit ihnen?«

»Ich fürchte, ich bin nicht so spirituell veranlagt.«

»Das macht nichts, mir geht es genauso. Ich bin auf dem Weg zurück nach Hause. Wenn Sie erlauben, begleite ich Sie ein Stück.«

Der Spaziergänger bot ihr seinen Arm, den sie gern nahm. Zum ersten Mal seit ihrer Ankunft fühlte sie sich wohl und entspannt. Sie hatte das Gefühl, einen Verbündeten getroffen zu haben. Einen vernünftigen, besonnenen, ausgeglichenen Mann; einen Menschen, mit dem man reden konnte. Er ist ein Kavalier, sagte sie sich zufrieden, während sie nebeneinander in der angenehmen Morgensonne einhergingen. Und wer möchte nicht einen Kavalier zum Verbündeten haben?

Drei Stunden nach dieser angenehmen Begegnung machte sich die Señorita Prim auf den Weg nach Hause. Sie kam ein bisschen spät, war sich jedoch sicher, dass die

Eleganz der weißen Etiketten und der in marineblaues Leder gebundenen Hefte eine mehr als ausreichende Begründung für ihre Verspätung darstellten. »Finden Sie nicht auch, dass Ihr Hausherr ein wunderbarer Mann ist?«, hatte die Besitzerin des Papierwarenladens sie gefragt, die offensichtlich wusste, wo sie arbeitete. Die Señorita Prim teilte jedoch ihre Meinung nicht. Gewiss, er war ein ungewöhnlicher Mann, das musste sie ihm zugestehen. Es war sehr großherzig von ihm, dass er sich auf diese besondere Art der Kinder seiner Schwester angenommen hatte und sie zusammen mit einem Großteil der anderen Kinder aus dem Dorf in den klassischen Sprachen unterrichtete, auch das musste sie anerkennen. Aber wunderbar? Nein. Zumindest dann nicht, wenn es darum ging, seine Ansichten zu verteidigen. Er war absolut nicht wunderbar, wenn man mit ihm diskutierte oder anderer Meinung war; er wich nicht einen Millimeter von dem ab, was er für richtig hielt, und hatte kein bisschen Mitleid mit seinen Gegnern, wenn er feststellte, dass sie ihm unterlegen waren. Señorita Prim lebte noch nicht lange in seinem Haus, doch sie hatte bereits mehrfach die Gelegenheit gehabt, ihn in Aktion zu erleben. Er konnte der freundlichste Mensch der Welt sein, war aber durchaus auch in der Lage, der ungnädigste Mensch der Welt zu sein.

»Wie sonderbar, derartige Worte über ihn zu hören!«, rief die Besitzerin des Papierwarenladens aus. »Noch nie habe ich erlebt, dass eine Frau so über ihn spricht. Ungnädig? Das kann nicht sein.«

Natürlich war er nicht ungnädig den Kindern gegenüber, überlegte sie, während sie das Geschäft verließ; auch wenn er sie mit Strenge erzog – zärtlicher Strenge, aber eben doch Strenge – und als Herr und Meister in dieser speziellen häuslichen Schule viel von ihnen forderte. Die Señorita Prim hatte bereits mehrere Vormittage in der Bibliothek gearbeitet, während die Kinder dort ihren Unterricht erhielten. Im Schutz der riesigen Bücherstapel, die sie sortieren musste, war sie Zeugin der Leidenschaft geworden, mit der er den Kindern die komplexesten Fragen erklärte, der Klarheit, mit der er sich ausdrückte, der Art und Weise, wie er sie das Denken lehrte. Aber sie hatte ihn auch beobachtet, wenn er Fragen stellte. Man konnte nicht sagen, dass die Kinder ihn fürchteten, allerdings war deutlich ersichtlich, wie sehr sie sich nach seiner Anerkennung sehnten, um jeden Preis seine Zustimmung suchten. Es war rührend, wie sie unter Lachen und lautem Rufen miteinander scherzten und spielten, und so anders zu beobachten, wie bedrückt sie waren, wenn ihnen eine griechische Konjugation misslang und sie zusehen mussten, wie ihr Mentor enttäuscht die Brauen runzelte und den Blick senkte.

»Finden Sie nicht, dass er zu streng ist?«, hatte die Bibliothekarin an jenem Morgen ihren neuen Freund gefragt, nachdem er sie zum Abschluss ihres gemeinsamen Spaziergangs in den Ort zum Frühstück in seinen Garten eingeladen hatte.

»Dass er zu streng ist? Ich bin ein Anhänger der scholastischen Methode, Señorita Prim, erwarten Sie nicht von mir, dass ich akademische Ansprüche kritisiere. Ich habe keine allzu gute Meinung von den Erziehungsgrundsätzen der letzten fünfzig Jahre, wenn ich ehrlich bin.«

»Aber hier geht es nicht einfach nur um Ansprüche, Horacio. Seine Methoden sind archaisch und verschroben, genau wie er selbst. Ich nehme an, Sie wissen, dass er, wenn er nicht gerade die Kinder unterrichtet oder mit ihnen mittelalterliche Ritterturniere nachspielt, viele Stunden in Klausur verbringt. Manchmal schließt er sich den ganzen Tag über ein, und es kommt nicht selten vor, dass er es am Mittag oder am Abend versäumt, am Essen teilzunehmen. Glauben Sie wirklich, dass all das Teil einer pädagogischen Strategie ist?«

Ihr Gastgeber lachte amüsiert und erhob sich, um ins Haus zu gehen. Er kam mit zwei Büchern in den Händen zurück. Nachdem er wieder Platz genommen hatte, schenkte er sich eine zweite Tasse Kaffee ein und öffnete eines der Bücher.

»Meine liebe Señorita Prim, ich möchte Ihnen etwas erklären. Sicher haben Sie Rabelais' *Gargantua und Pantagruel* gelesen.«

»Selbstverständlich.«

»Gut. Was ich möchte, ist, dass Sie verstehen, dass unser ›Mann im Armsessel‹, wie Sie ihn immer nennen, in seiner Art, die Kinder zu erziehen, viel mit Gargantua gemein hat.«

»Woran genau denken Sie?«

»Lassen Sie es mich erklären. Es gibt eine Passage in *Gargantua und Pantagruel*, in der Gargantua seinem Sohn deutlich macht, was er lernen soll, ich bin davon überzeugt, dass Sie die Stelle kennen. Mal sehen ... Ja. Hier ist sie. Möchten Sie sie lesen, um sie sich ins Gedächtnis zu rufen?«

Señorita Prim nahm das Buch und begann laut zu lesen: *»Ich versteh und will daß du die Sprachen gründlich erlernest: erstens Griechisch, wie Quinctilian will; zweitens Lateinisch und demnächst Hebräisch wegen der heiligen Schrifften, auch Chaldäisch und Arabisch aus dem Grund* ... Sie wollen mir damit aber hoffentlich nicht sagen, dass er den Kindern Hebräisch, Arabisch und Chaldäisch beizubringen versucht«, unterbrach sie sich mit einer Geste des Erstaunens.

»Aber nein, auch wenn er äußerst polyglott ist, vor allem, was die toten Sprachen angeht. Nein, Arabisch lehrt er sie nicht, aber sehr wohl Griechisch und Latein und ein wenig Aramäisch, Letzteres allerdings eher aus sentimentalen als aus akademischen Gründen. Aber bitte, lesen Sie weiter.«

Señorita Prim nahm gehorsam das Buch wieder auf.

»Und deinen Stylus, im Griechischen nach Platon's Muster formirest, im Lateinischen nach Cicero. Von Historien müss' es nichts geben, das dir nicht all im Gedächtniß treu geläufig wär; wozu dir die Cosmographi der Scribenten darüber wird behülflich seyn. Von freyen Künsten, als Musik, Arithmetik und Geometri hab ich dir schon als du noch klein warst, in dei-

nem fünften bis sechsten Jahr einen Vorschmack gegeben. Geh weiter darinn: und in der Astronomi, bemeistre dich aller ihrer Canonum.«

»Ich möchte Sie nicht ermüden, erlauben Sie mir daher, dass ich den Rest zusammenfasse. Vom bürgerlichen Recht möchte Gargantua, dass sein Sohn die schönen Texte lerne und sie mit der Philosophie vergleiche. Und was die Natur angeht, bringt er seinem Sohn bei, dass die Welt eine große Schule ist. Ich verlange, dass kein Meer, See, Fluss noch Quell existiert, von dem du nicht die Fische wüsstest. Alle Vögel des Himmels, alle Bäume, Gebüsche und Sträucher der Wälder, alle Kräuter der Erde, alle Erze im Schoß des Abgrunds, alle Gesteine des Morgenlands und Mittags soll er kennen.«

»Beeindruckend«, murmelte die Bibliothekarin.

»Ja, das ist es. Er verlangt, dass er in der Medizin kundig ist und den Menschen erforscht; er will, dass sein Sohn einen tiefen Einblick in alle Wissenschaften erhält.«

»Und das Gleiche will der Mann im Armsessel für die Kinder? Aber das ist lächerlich, dazu sind sie doch noch viel zu klein.«

»Ich finde es, ehrlich gesagt, großartig. Es ist ein akademisches Abenteuer, das mich begeistert. Aber ich möchte Ihnen gern noch einen anderen Text zeigen, der zu dieser häuslichen Schule inspiriert hat, damit Sie ein wenig besser verstehen, worum es geht. Diesen Text kennen Sie vielleicht noch nicht. Es ist der Brief des heiligen Hieronymus an die römische Dame Laeta.

Hieronymus verfasste, wie Sie wissen, diese großartige Übersetzung …«

»Die *Vulgata.*«

»Genau. Er lebte viele Jahre über als Eremit in der Wüste und studierte die Heiligen Schriften, danach kehrte er nach Rom zurück, und schließlich zog es ihn nach Bethlehem. Er war zweifellos ein überragender Gelehrter, ein Mann von außerordentlicher Intelligenz, größter Leidenschaft und mit einem eisernen Willen. Extrem streng sich selbst gegenüber, äußerst fordernd. Und eines Tages, während seiner Zeit in Bethlehem, erhielt er einen Brief von einer Frau namens Laeta, die ihn um Rat zur Erziehung ihrer kleinen Tochter bat.«

»Und er empfahl ihr, sie auf den Knien mit gekreuzten Armen zu strafen?«, fragte die Señorita Prim mit einem Lächeln.

»Im Gegenteil«, erwiderte ihr Gastgeber lebhaft. »Er gab ihr ein paar meiner Meinung nach wunderbare Ratschläge. In einem Brief erklärte er Laeta, dass er es für grundlegend wichtig halte, Fremdsprachen zu lernen, vor allem Latein und Griechisch, von der frühesten Kindheit an. Er schrieb: *Denn wenn sich der zarte Mund nicht an die Sprache gewöhnt, wird sie durch den fremden Klang verdorben und fehlerhaft.* Und das, meine Liebe, ist nicht mehr oder weniger als eine der Thesen Ihres jungen Arbeitgebers. Der heilige Hieronymus empfiehlt, wie könnte es anders sein, die tägliche Lektüre der Schriften.«

»Also steckt tatsächlich ein Ziel dahinter?«

»Eines Tages werden wir über unsere Ziele reden. Bis dahin genießen Sie einfach, was Sie sehen … und nehmen Sie daran teil. Ich bin sicher, Sie können die Fragen der kleinen Eksi über die Charakterschwächen der Heldinnen in der englischen Literatur wesentlich besser beantworten als er.«

Zu Hause angekommen, öffnete die Señorita Prim das Gartentor und ging gedankenverloren über den herbstlichen Hortensienweg. Noch nie hatte sich ihr die Möglichkeit eröffnet, irgendeinem Kind irgendetwas beizubringen. Ehrlich gesagt, hatte sie sich überhaupt noch nie mit dem Gedanken beschäftigt, irgendjemandem irgendetwas beizubringen. Sie wusste nicht, ob sie überhaupt dazu in der Lage wäre, außerdem hatte er sie nicht darum gebeten und würde es vielleicht gar nicht erlauben. Sie erinnerte sich noch gut an seinen düsteren Gesichtsausdruck am Tag ihrer Ankunft, als sie ihm gestanden hatte, dass sie über eine ganze Reihe akademischer Titel verfüge.

»Er mit seiner verdammten Arroganz«, murmelte sie wütend.

Sie würde sich nicht mit den Kindern beschäftigen. Schließlich hatte sie genug mit ihrer eigentlichen Arbeit zu tun.

4

Etwas mehr als einen Monat nach der Begegnung mit Horacio Delàs bemerkte die Señorita Prim erste Bemühungen der Ortsbewohner, sie aus ihrer Einsamkeit zu lösen. Zunächst achtete sie nicht weiter darauf; letztendlich war es ja auch irgendwie schmeichelhaft, im Zentrum der Gespräche zu stehen. Die Einwohner von San Ireneo waren äußerst traditionell, und daher fragte man sich möglicherweise, warum eine junge, hübsche Frau wie sie nicht verheiratet war oder nicht zumindest eine feste Beziehung hatte. Daher wunderte sich Señorita Prim nicht, als die Eigentümerin des Blumengeschäfts, Señora Oeillet, sie eines Tages mit einem Augenzwinkern fragte, wo sie denn ihren Trauring gelassen habe.

»Ich bin nicht verheiratet, wenn Sie das meinen«, antwortete die Señorita Prim lächelnd, während sie ein paar *papaver rhoeas* begutachtete, wie sie die Blumen nannte, die der Rest der Welt unter dem Namen »Klatschmohn« kannte.

Die Señora Oeillet bestätigte, dass sie genau das gemeint habe. Denn die Frauen in San Ireneo de Arnois hatten normalerweise einen Ehemann. Es war nicht obligatorisch, aber es gehörte sich so. Außerdem, so meinte sie, zähle die Señorita Prim zu den Frauen, die besonders für die Ehe geeignet seien. Ein hübsches Gesicht, eine gute Figur, hervorragende Manieren, äußerst gebildet; all diese Eigenschaften wiesen doch darauf hin, dass sie für die Ehe wie geschaffen sei.

»Sie sind sehr freundlich, aber ich habe nicht die Absicht zu heiraten«, entgegnete die Bibliothekarin mit Nachdruck. »Ich bin nicht für die Ehe. Meiner Meinung nach macht es keinen Sinn zu heiraten.«

Die Floristin lächelte ausgesprochen liebevoll, was die Bibliothekarin überraschte. Sie hatte angesichts ihrer Bemerkung nicht mit einem Lächeln gerechnet. Eine erzürnte Geste, ein Ausruf des Erstaunens, ein Wutanfall, etwas in der Art wäre wohl eher die passende Reaktion gewesen. Frauen wie die Señora Oeillet, die die Mitte ihres Lebens längst überschritten hatten und mit der Würde eines alten Dampfschiffs ausgestattet waren, regten sich normalerweise auf, wenn man sich öffentlich gegen die Ehe aussprach. Das war die übliche Antwort, die zu erwartende Reaktion in derartigen Situationen. Und Señorita Prim, die in einem von Disziplin geprägten Heim aufgewachsen war, schätzte es sehr, wenn die Menschen reagierten, wie es sich gehörte.

»Ich bin absolut Ihrer Meinung«, rief die Eigentümerin des Blumengeschäfts schließlich nach einem tiefen Seufzer aus. »Die Ehe hat sich heutzutage zu einer bloßen juristischen Vereinbarung gewandelt, mit all dem Papierkram, den kalten Behörden und Standesämtern, der Gütertrennung und all den Gesetzen, die dem Ganzen die Natürlichkeit nehmen. Wenn ich Sie wäre und in der heutigen Zeit heiraten wollte, würde ich mich auch dagegen wehren.«

Señorita Prim, die nun ihre Aufmerksamkeit auf einen Tisch mit *zinnias elegans* richtete, fragte sich, ob ihre Gesprächspartnerin möglicherweise den Verstand verloren hatte. Hatte sie ihr nicht eben noch erklärt, dass sie dafür geschaffen schien zu heiraten? Hatte sie nicht von ihrer Berufung für den Stand der Ehe gesprochen? Hatte sie nicht ihr hübsches Gesicht, ihre hohe Bildung und ihr hervorragendes Benehmen gelobt?

»Ich hoffe, ich trete Ihnen nicht zu nahe«, fuhr die Floristin fort, »aber ich frage mich oft, wie man darauf kommen kann, dass ein Beamter eine Rolle bei einer Eheschließung spielen kann. Das ist doch ein Widerspruch in sich. Sie sind sicher meiner Meinung, dass man viel über eine Hochzeit sagen kann, aber keinesfalls, dass sie etwas mit Bürokratie zu tun hat.«

Señorita Prim, die sich nicht für die Zinnien entscheiden konnte, stimmte zu, dass die Bürokratie und das Heiraten zu zwei sich ausschließenden Realitäten zählten. Während sie den Strauß *papaver rhoeas* bezahlte, dachte sie über die erstaunliche Tatsache nach, dass sie und die Señora Oeillet sich in diesem Punkt vollkommen einig waren, obwohl sie das Problem aus unterschiedlichen Richtungen angingen. Das, was jede von ihnen über die Ehe dachte, unterschied sich deutlich. Aber genauso deutlich stimmten sie offensichtlich darin überein, dass eine Eheschließung nicht zur Diskussion stand.

Die Bibliothekarin hatte den Blumenladen gerade verlassen, als sie praktisch mit dem Mann im Armsessel zusammenstieß. Überrascht und unangenehm berührt, macht sie eine Bemerkung über eine dringende Erledigung auf dem Postamt, die er offensichtlich zu ignorieren beschloss.

»Die Señorita Prim mit Mohnblumen geschmückt ... das könnte der Titel eines Gemäldes sein. Erlauben Sie mir, dass ich Ihnen den Strauß abnehme? Darf ich Sie ein Stück begleiten?«

»Sehr freundlich von Ihnen«, entgegnete sie kühl.

Der Mann im Armsessel nahm die Blumen und ging schweigend an ihrer Seite.

»Ich sah Sie im Gespräch mit Hortensia Oeillet. Und natürlich hat sie Sie gefragt, ob Sie verheiratet sind, habe ich recht?«, fragte er lächelnd.

»Diese Frau hat eine seltsame Vorstellung von der Ehe«, antwortete die Bibliothekarin.

»Was Sie mit diesem kryptischen Satz sagen wollen, ist, dass sie nicht Ihrer Vorstellung entspricht, nehme ich an.«

»Natürlich nicht. Ich bin absolut gegen die Ehe.«

»Wirklich?«

»Ich halte sie für eine überflüssige Institution, völlig veraltet.«

»Es ist interessant, dass Sie das sagen«, überlegte er laut, »weil ich genau den gegenteiligen Eindruck habe. Mir scheint, dass gerade heutzutage jeder heiraten will. Ich weiß nicht, ob Ihnen aufgefallen ist, wie sehr die Ansprüche in dieser Hinsicht steigen, ganz zu schweigen von all den Menschen, die ihr Vertrauen in die Ehe dadurch bekräfigen, dass sie so oft wie möglich heiraten. Es ist wirklich interessant, dass Sie sich gegen die Ehe aussprechen. Meiner Meinung nach ein Zeichen für einen unschuldigen Geist.«

»Sie sind natürlich dafür.«

»Absolut. Ich bin ein großer Verfechter der Ehe, und daher lehne ich es vollkommen ab, dass sich die Behörden mit dem Heiraten befassen. Ich sehe das genauso wie Hortensia: Ein Beamter ist bei einer Hochzeit fehl am Platz. Ausgenommen natürlich, es handelt sich um seine eigene oder er gehört zu den Gästen.«

Die Señorita Prim senkte den Kopf, um ein Lächeln zu verbergen.

»Denken hier alle so wie die Señora Oeillet und Sie?«

»Ich würde sagen, sie sind hier, *weil* sie so denken wie die Señora Oeillet und ich, was etwas anderes ist.«

Die Bibliothekarin verstand den Sinn dieser Antwort nicht, aber sie unterdrückte den Wunsch, etwas zu erwidern. Sie wollte nicht weiter über das Thema diskutieren. Ihr Selbsterhaltungstrieb sagte ihr, dass sie bei diesem Streitgespräch den Kürzeren ziehen würde. Sie hatte sich immer für eine große Polemikerin gehalten, man hatte sie dafür gefürchtet, aber nun hatte sie jemanden vor sich, der ihr auf diesem Gebiet weit überlegen war. Jemanden, der sie verstörte, der ihre Argumente bis zur absoluten Unglaubwürdigkeit verdrehte und jede Diskussion auf unwegsames Gelände führte, sodass sie sich unsicher und lächerlich fühlte.

»*Vereinigung der Feministinnen von San Ireneo*«, las sie laut die Aufschrift eines kleinen Schildes an einem Haus, das beinahe komplett mit Efeu bewachsen war. »Es überrascht mich, dass es hier in San Ireneo Feministinnen gibt. Das ist doch eine viel zu moderne Erscheinung für diesen Ort, finden Sie nicht?«, meinte sie scherzend.

Anstatt auf ihre Frage zu antworten, blieb ihr Begleiter stehen, senkte den Blick, um ihr in die Augen zu sehen, und brach in Gelächter aus.

»Glauben Sie das wirklich? Glauben Sie tatsächlich, dass der Feminismus eine moderne Erscheinung ist?«, fragte er immer noch lachend. »Prudencia, Sie sind einfach entzückend.«

Die Señorita Prim öffnete den Mund, um zu sagen, dass sie diese Äußerung für äußerst respektlos halte, doch sie besann sich eines Besseren.

»Es kommt darauf an, was Sie zum Vergleich heranziehen«, antwortete sie stattdessen schlecht gelaunt. »Natürlich gibt es modernere Erscheinungen, aber Sie werden mir sicher nicht darin widersprechen, dass der Feminismus zu Beginn ein Befreiungsschlag war. Und bitte nehmen Sie zur Kenntnis, dass ich nicht zu den Anhängerinnen dieser Bewegung zähle. Sie werden mich niemals in diesen Reihen marschieren sehen.«

»Es erleichtert mich, das zu hören.«

Die Bibliothekarin wurde rot und schwieg.

»Dennoch muss ich Ihnen sagen, dass ich Ihre Meinung über den vermeintlichen Befreiungsschlag in den Anfängen der Bewegung nicht teile«, fuhr er fort. »Offensichtlich haben Sie noch nie von der berühmten Axt der Carry Nation gehört.«

Señorita Prim biss sich auf die Lippen. Sie wusste genau, was nun kommen würde. Sie kannte diesen Mann bereits gut genug, um es vorhersagen zu können. Die Anspielung auf diese Axt und ihre Besitzerin war nur ein Köder, damit er anschließend wieder eine seiner brillanten Lehrstunden erteilen konnte. Diese Befriedigung gönnte sie ihm nicht, sie wünschte sich inständig, ihm diese Genugtuung nicht zu verschaffen, doch schließlich siegte ihre Neugier.

»Die Axt der Carry Nation?«

»Sie wissen nicht, wer sie war?«

»Ich habe absolut keine Ahnung. Haben Sie sie erfunden?«

»Erfunden? Wie kommen Sie denn darauf?«, protestierte er leicht beleidigt. »Zu Ihrer Information: Carry Nation war die Gründerin der Temperenz-Bewegung, einer Gruppierung, die gegen die Herstellung und den Verkauf von Alkohol kämpfte, und zwar bereits vor dem Prohibitionsgesetz. Sie war zweifellos eine nette alte Dame, aber sie hatte die schlechte Angewohnheit, mit einer Axt in der Hand und einer Bande von gleichgesinnten Freundinnen in die Saloons einzudringen und alle Flaschen zu zertrümmern, die ihren Weg kreuzten. Die Chronisten jener Zeit berichten, dass sie einen Meter achtzig groß war und fast achtzig Kilo wog, Sie können sich also die Wirksamkeit dieser ›Befreiungsschläge‹ vorstellen. Angeblich ließen ihre Anhängerinnen nach ihrem Tod Folgendes auf ihren Grabstein schreiben: *Sie hatte sich dem Kampf gegen den Alkohol verschrieben und getan, was sie konnte.*«

»Und was hat all das mit dem Feminismus zu tun?«, fragte die Señorita Prim unfreundlich, nachdem sie heimlich zugeben musste, dass sie begann, das Gespräch zu genießen.

»Lassen Sie mich fortfahren. Sie haben die unangenehme Angewohnheit, ältere Leute zu unterbrechen. Die Bewegung um Carry Nation hielt daran fest, dass der Alkoholismus die häusliche Gewalt fördere, weswegen sie sich eng an die ersten Frauenrechtsbewegungen anschloss. Viele dieser fanatischen Furien, die in den Saloons alles kurz und klein schlugen, zählten zu den überzeugten Feministinnen, denen Sie den Befreiungsschlag zuschreiben. Und bitte nehmen Sie zur Kenntnis, dass ich Carry Nation noch für eine der gemäßigteren Feministinnen halte. Die wirkliche Dummheit kam erst viel später.«

Señorita Prim biss sich erneut verärgert auf die Lippen.

»Und dennoch erlauben Sie, dass es in diesem reizenden Ort Feministinnen gibt?«, fragte sie mit offener Ironie, als sie das Postamt erreichten.

Der Mann im Armsessel blinzelte, um seine Augen vor der Sonne zu schützen, und schüttelte nachdenklich den Kopf.

»Möchten Sie die Damen kennenlernen? Sie unterstützen allerdings eine andere Art von Feminismus, als Sie es sich möglicherweise erhoffen.«

»Und woher wissen Sie, was ich mir erhoffe? Wenn es Ihnen nichts ausmacht, möchte ich die Damen gern kennenlernen. Ich bin überzeugt, es wäre eine interessante Erfahrung«, entgegnete sie, während sie sich auf die Zehenspitzen stellte, um ihm die Blumen zu entreißen.

»Mit Sicherheit«, meinte er, bevor er sich anschickte, die Straße zu überqueren. »Und wie es scheint, sind Sie mit der Vorsitzenden ja bereits gut bekannt. Es handelt sich um unsere gemeinsame Freundin, die freundliche, lächelnde Hortensia Oeillet.«

Hortensia Oeillet ließ es sich nicht nehmen, der Señorita Prim eine formelle Einladung zu schicken. Darin versicherte sie, dass die Vereinigung der Feministinnen von San Ireneo sehr erfreut wäre, sie bei ihrem nächsten Treffen begrüßen zu dürfen, das am folgenden Dienstag stattfinde. An dem Morgen, an dem die Einladung eintraf, war die Bibliothekarin jedoch mit einer ganz anderen Sache beschäftigt. Vor etwas mehr als drei Dekaden – wenn auch niemand genau wusste, wie viel mehr – war sie an genau diesem Tag geboren worden. Das war ein Grund zu feiern, denn Prudencia Prim war der Meinung, dass die Tatsache, dass nur die Lebenden ihren Geburtstag feiern konnten, ein großer Vorteil gegenüber den Toten war und angemessen gewürdigt werden musste. An ihrem Geburtstag stand die Señorita Prim um Punkt sieben Uhr morgens auf und begann mit den Vorbereitungen für ihren Kuchen. Sie legte eine Schürze um, band sich das Haar zurück und befolgte haargenau das alte Rezept, das ihre Großmutter ihrer Mutter vererbt hatte und das diese, in der festen Überzeugung, dass ihr ein außerordentlich langes Leben vergönnt war, ihrer Tochter bereits zu Lebzeiten überlassen hatte.

Der Kuchen der Señorita Prim erfreute sich größter Beliebtheit in dem kleinen Kreis ihrer Freunde und Bekannten. Allerdings war es noch niemandem gelungen, herauszufinden, mit welchen Zutaten diese lockere, weiche Köstlichkeit zubereitet wurde. Er ist einfach mit Liebe gemacht, behauptete sie zur Ablenkung. Aber alle vermuteten, dass es dabei weniger um Liebe ging als darum, irgendeine besondere Zutat in den Teig zu mischen. »Nur der verdient es zu wissen, der es selbst herausfindet«, befand die Bibliothekarin, wenn sich die Vorwürfe häuften, dass sie ihr Geheimnis allzu konsequent für sich behalte.

»Señorita Prim, wussten Sie, dass Emily Brontë Deutsch lernte, während sie den Herd in der Küche überwachte?«, fragte an jenem Morgen die kleine Eksi überraschend, während sie sich bemühte, eine kleine Teigmenge zu einem eigenen kleinen Kuchen zu formen.

»Nein, Liebes, das wusste ich nicht, aber es ist sehr interessant. Das hat dir sicher dein Onkel erzählt, richtig?«

»Nein, von solchen Dingen hat er keine Ahnung. Das weiß ich von Onkel Horacio. Er hat mir erzählt, dass sie mit dem Deutschbuch in der Hand durch die Küche ging und dabei das Brot im Ofen im Auge behielt. Ist das nicht schön?«

Die Señorita Prim glaubte nicht, dass es besonders schön gewesen war, in der Nähe eines Kohleofens in einer eiskalten, veralteten Küche Fremdsprachen zu lernen, aber das sagte sie nicht. An diesem Morgen war sie ausgesprochen zufrieden. In einer unverhofften Geste der Großmut hatte der Mann im Armsessel den Kindern den Tag freigegeben, damit sie ihr bei der Zubereitung des Kuchens helfen konnten. So befanden sich die drei älteren Kinder derzeit auf ihre Anweisung hin auf der Suche nach aromatischen Kräutern zur Dekoration des Kunstwerks im Garten, während die Kleine in Form einer Miniversion des Kuchens ihren Beitrag leistete.

Auch die Köchin war eine Weile in der Küche beschäftigt gewesen, um ein Geburtstagsmenü vorzubereiten, das jedem Eindringling in ihrem Reich deutlich machen sollte, wer in diesem Haus am Herd das Sagen hatte.

Mit mehlbestäubten Armen und von der Anstrengung geröteten Wangen betrachtete die Bibliothekarin zufrieden die schöne alte Küche, die wie alles an diesem Ort den Zahn der Zeit nicht verleugnen konnte. Diese Küche war für sie der Inbegriff einer perfekten Kindheit. Einer Kindheit, die nach frisch gebackenem Brot, nach Krapfen, Schokoladenkuchen, Plätzchen und Zuckerkringeln duftete. Einer Kindheit, wie sie selbst sie nicht erlebt hatte, die jedoch – wie sie zugeben musste – in diesem chaotischen Haushalt zur alltäglichen Realität zählte.

»Señorita Prim, glauben Sie, dass es irgendwo auf der Welt in Wirklichkeit einen Mann wie Mr Darcy gibt?«, fragte Eksi nun, die mit ihren siebeneinhalb Jahren Fortsetzungsgeschichten für ihre Geschwister schrieb.

Die Bibliothekarin, die einige Wochen zuvor überrascht festgestellt hatte, dass sich ein so kleines Mädchen bereits für diese Art Literatur begeisterte, hörte auf, den Teig zu kneten, säuberte sich die Hände an der Schürze und wandte sich dem Kind zu.

»Ich denke, dass Jane Austen große Bewunderung verdient, weil sie den perfekten Mann erschaffen hat. Aber weil du ein sehr intelligentes Mädchen bist, weißt du selbst, dass es keinen perfekten Menschen gibt, das heißt …«

»Es gibt niemanden auf der Welt, der so ist wie Mr Darcy«, meinte Eksi fröhlich.

»Na ja, mit so absoluter Sicherheit würde ich das nicht sagen.« Das unerwartete Eintreten des Mannes im Armsessel überraschte die Señorita Prim zutiefst, was sie jedoch meisterhaft zu verbergen wusste.

»Also gibt es doch jemanden wie ihn?«, fragte die Kleine ihren Onkel, der ihr zur Begrüßung zärtlich etwas Mehl auf die Nase stupste.

»Ich habe keine Ahnung, Eksi, und ich muss zugeben, dass diese Geschichte mich langweilt. Was ich eigentlich sagen wollte, ist, dass ich ernsthaft daran zweifele, dass Mr Darcy der perfekte Mann ist. Mehr noch bezweifle ich sogar, dass die Autorin auch nur einen Moment daran dachte, dass ihr Protagonist auch nur ansatzweise perfekt sein könnte.«

Señorita Prim, die sich mit ganzer Kraft darauf gestürzt hatte, den Teig zu kneten, hob den Kopf und rüstete sich darauf, einzugreifen.

»Ich fürchte, Sie irren sich da ein wenig. Es ist möglich, dass Sie die Persönlichkeit dieser Figur nicht vollständig begreifen, da Sie demselben Geschlecht angehören, und man weiß ja, dass diese Tatsache die Sicht auf die Dinge trübt, aber jede Frau wird eindeutig feststellen, dass Mr Darcy ein Mann ist, der es versteht, im richtigen Moment genau das Richtige zu sagen.«

»Was nicht ungewöhnlich ist«, entgegnete er, »wenn man bedenkt, dass er eine literarische Figur ist und dass jemand für ihn die Dialoge schreibt.«

»Genau. Und deshalb habe ich Eksi erklärt, dass jemand wie er in Wahrheit nicht existiert, nicht existieren kann, nirgendwo auf der Welt«, rief die Señorita Prim triumphierend mit zum Himmel gereckter Nasenspitze.

»Meine liebe Prudencia, hören Sie auf, mir Fallen zu stellen«, entgegnete er, während er ein kleines Stück Teig probierte, das dem kleinen Mädchen in die Schürze gefallen war. »Ich habe ja bereits gesagt, dass ich nicht infrage stelle, dass auf der Welt kein Mensch wie Mr Darcy existiert, sondern dass die Figur des Mr Darcy überhaupt einen perfekten Menschen darstellt. Der Roman heißt, wie Sie sich erinnern, *Stolz und Vorurteil*, weil Mr Darcy stolz ist und Elizabeth Bennet Vorurteile hat. Und das bedeutet, dass Mr Darcy nicht perfekt sein kann, denn Stolz ist eine der schlechtesten Charaktereigenschaften überhaupt.«

»Wie Sie zweifellos aus eigener Erfahrung wissen«, erwiderte die Señorita Prim und schlug sich erschreckt über das, was sie gesagt hatte, die Hand vor den Mund.

Eine eisige Stille legte sich über die Küche, die nicht einmal die kleine Eksi, die das Duell fasziniert verfolgte, zu unterbrechen wagte.

»Ich … das wollte ich nicht sagen. Verzeihen Sie. Ich weiß nicht, wie das über meine Lippen kommen konnte«, entschuldigte sich die Bibliothekarin mit zitternder Stimme.

Der Mann im Armsessel stellte seine Nichte auf den Boden, bevor er den Kopf hob, um sich an seine Angestellte zu wenden.

»Es ist möglich, dass ich diese Antwort verdient habe, Señorita Prim«, sagte er ruhig. »Und wenn es so ist, entschuldige ich mich dafür.«

»Oh nein, ich bitte Sie! Sie müssen sich nicht entschuldigen!« Die Bibliothekarin wurde rot. »Ich wollte das nicht sagen. Es war nicht meine Absicht, glauben Sie mir.«

Er fixierte sie schweigend.

»Ich glaube Ihnen tatsächlich«, meinte er schließlich. »Was Sie wahrscheinlich eher sagen wollten, ist, dass ich dominant, hochmütig und starrköpfig bin, stimmt's? Und es ist durchaus möglich, dass Sie recht haben, das will ich gar nicht abstreiten.«

Señorita Prim legte sich die Hand an die Stirn und schluckte, bevor sie erneut etwas sagte.

»Bitte, ich bitte Sie, damit aufzuhören. Was kann ich tun, um das wiedergutzumachen?«

Der Mann im Armsessel ging um den riesigen Holztisch herum und stellte sich direkt vor die Señorita Prim.

»Also, Prudencia, ich weiß, dass Sie mich nicht beleidigen wollten; zumindest nicht ernsthaft. Dafür reicht ein Blick auf Ihr entsetztes Gesicht. Ich schlage Folgendes vor: Wir vergessen diesen unerfreulichen Moment und schließen einen Waffenstillstand«, sagte er und streckte ihr die Hand hin.

Die Bibliothekarin wischte sich ihre Hand mit gesenktem Kopf an der Schürze ab, bevor sie sie ihm reichte.

»Sie sind sehr großzügig. Aber meinen Sie wirklich, dass Sie das so einfach vergessen können? Sie hätten durchaus das Recht, mich zu entlassen, nachdem ich Ihnen so etwas an den Kopf geworfen habe.«

»Sicher hätte ich das Recht, aber ich werde mich hüten. Dazu machen Sie Ihre Arbeit zu gut. Außerdem fürchte ich, dass dies nicht das letzte Mal sein wird, dass ich Ihnen etwas verzeihen muss«, meinte er und nutzte den Moment der Verwirrung, um schnell einen Löffel in den Teig zu tauchen und zum Mund zu führen.

»Meine Glückwünsche, der ist wirklich gut. Sind da Mohnsamen drin?«

Die Señorita Prim, die sich immer noch schämte, riss die Augen auf.

»Wie sind Sie denn darauf gekommen?«

Der Mann im Armsessel grinste, dann nahm er sich einen Apfel und ging, nachdem er seiner Nichte zugezwinkert hatte, auf die Küchentür zu.

»Sie sollten froh sein, dass ich Ihr Geheimnis gelüftet habe«, meinte er, bevor er die Küche verließ, »auf diese Weise sind wir endgültig quitt.«

Als sich die Tür hinter ihm schloss, seufzte die Señorita Prim tief. Sie blickte einen Moment aus dem Fenster, dann bestäubte sie sich die Hände mit Mehl und widmete sich wieder dem Kuchenteig.

»Señorita Prim?«, fragte die kleine Eski von der anderen Seite des Tisches her, »finden Sie nicht, dass unser Onkel auch immer das Richtige sagt?«

»Schon möglich, Liebes, schon möglich«, murmelte die Bibliothekarin mit rotem Gesicht. Sie ging zum Ofen hinüber, öffnete ihn vorsichtig und stellte mit Schwung, man könnte sogar sagen mit ein klein wenig Euphorie, ihren wunderbaren Kuchen hinein.

5

Der Sitz der *Vereinigung der Feministinnen von San Ireneo* führte über einen kleinen von Chrysanthemensträuchern gesäumten Weg. Am Dienstagnachmittag um Punkt fünf, wie es in der Einladung gestanden hatte, klingelte die grazile Erscheinung der Señorita Prim an der Tür, bereit, endlich den harten Kern der feministischen Interessenvertretung des Ortes zu treffen. Das Erste, was sie überraschte, war die Tatsache, dass sie von einer kleinen Frau mit rosiger Haut, gestärkter Schürze und blütenreiner Haube empfangen wurde. Señorita Prim hatte gehofft, dass eine Versammlung von Feministinnen ohne derartige Konventionalismen auskäme. Natürlich hatte sie keinerlei Erfahrung auf diesem Gebiet, aber der Gedanke, dass bei einem solchen Treffen derartige Damen bedienten, erschien ihr befremdlich. Dennoch würdigte ihr ausgeprägter Sinn für schöne alte Traditionen das freundliche Willkommenslächeln, die Höflichkeit, mit der sie die Treppen hinaufgeleitet wurde, und die Art und Weise, wie sie sich, beinah wie durch Zauberkraft, plötzlich mitten im Salon befand.

»Meine liebe Freundin, was für eine Freude, Sie hier zu sehen!«

Hortensia Oeillet trat, etwa zehn weitere Damen im Gefolge, auf sie zu. Die Frauen scharten sich um sie, boten ihr einen Stuhl an, und einen Augenblick später hielt sie eine Tasse Schokolade und einen Teller mit zwei duftigen Windbeuteln in den Händen. Die Señorita Prim bedankte sich für die Einladung, lehnte jedoch gewandt die Ehre ab, ein paar Worte zu sagen, bevor die Vorsitzende der Vereinigung die Sitzung eröffnen würde. Während sie der einen oder anderen Dame vorgestellt wurde, fiel ihr auf, dass die meisten der Anwesenden berufstätig waren, was sie in einer Runde, die sich für die Rechte der Frauen einsetzte, nicht weiter überraschte. Doch sehr bald schon bemerkte sie eine seltsame Eigenheit. Wie in solchen Gesprächen üblich, kam man sehr schnell darauf zu sprechen, welchen Beruf die soeben Vorgestellte ausübte. Dabei war es gewöhnlich so, dass Prudencia Prim sich nach dem erlernten Beruf des Gegenübers erkundigte, woraufhin der Gesprächspartner normalerweise mit einem Hinweis auf seinen Berufsabschluss antwortete, egal, ob es sich um einen Arzt, einen Juristen, einen Wirtschaftsfachmann oder einen Universitätsdozenten handelte. Bei der Versammlung der *Feministischen Vereinigung* jedoch verliefen die Gespräche etwas anders als sonst.

»Sie sind also Pharmazeutin?«, fragte die Señorita Prim beispielsweise eine der Damen. »Wo befindet sich denn Ihre Apotheke? Ich meine, eine auf dem Marktplatz gesehen zu haben.«

»Oh, ich bin zwar Pharmazeutin, aber ich habe keine Apotheke. Ich leite eine kleine Zeichenschule. San Ireneo braucht nicht mehr als eine Apotheke, und die gab es bereits, als ich herkam. Aber es wurde jemand gesucht, der das Zeichnen unterrichten konnte, verstehen Sie?«

Die Señorita Prim, die rein gar nichts verstand, wandte sich als Nächstes an eine elegante Dame, die, wie man ihr vorab gesagt hatte, früher einmal eine der bekanntesten und teuersten Diätkliniken des Landes geleitet hatte.

»Sagen Sie«, begann die Bibliothekarin freundlich das Gespräch, »wie kommt es, dass eine Frau mit Ihrer beruflichen Qualifikation sich entschieden hat, in einem so kleinen Ort zu leben?«

»Das ist im Grunde ganz einfach«, antwortete die Dame lächelnd, »allerdings scheint es mir, dass man Ihnen nicht die ganze Geschichte erzählt hat. Ich bin inzwischen in einer anderen Branche tätig. Sie haben sicher schon meine Bäckerei gesehen. Sie befindet sich direkt am Marktplatz, neben Hortensias Blumenladen.« Sie machte eine kleine Pause, als sie Prudencias verblüffte Miene sah. »Ich merke, Sie sind überrascht. Ich habe die Klinik vor fünf Jahren verlassen, kurz bevor ich hierhergezogen bin. Ich hatte so gut wie alles erreicht, es blieb nicht mehr viel, was ich noch hätte tun können, und mir stand der Sinn nach einer etwas bodenständigeren Tätigkeit. Und was gibt es Bodenständigeres als das Backen? Allerdings muss ich zugeben, dass ich das Glück habe, hier in San Ireneo über meine Zeit frei verfügen zu können. Daher habe ich mich entschieden, mich auf die Backwaren für den Nachmittag und den Abend zu konzentrieren. Also gibt es bei mir hauptsächlich Baguette, Kuchen und Torten, also das exquisitere Gebäck.«

»Eine so radikale Veränderung des Lebens halte ich für sehr mutig«, murmelte die Señorita Prim nicht wirklich überzeugt und setzte sich lieber wieder auf ihren Stuhl neben dem Kamin.

Sie hatte es sich gerade bequem gemacht, als sie von einer großen blonden, recht korpulenten Frau angesprochen wurde, die ihr energisch die Hand entgegenstreckte.

»Erlauben Sie mir, dass ich mich vorstelle. Ich heiße Clarissa Waste und bin die Herausgeberin der hiesigen Zeitung, der *Gaceta de San Ireneo*. Möglicherweise haben Sie meine Kollegin Herminia bereits kennengelernt?«

Die Bibliothekarin entgegnete, dass sie noch nicht das Vergnügen gehabt hatte, jemanden namens Herminia kennenzulernen. Dann erklärte sie, dass sie überhaupt zum ersten Mal mit einer Journalistin rede.

»Nun, ich fürchte, dass Sie darauf dann noch ein wenig länger warten müssen. Ich bin nämlich gar keine Journalistin, sondern eher so etwas wie eine Kleinunternehmerin. Emma Giovanacci, die etwas mollige Dame, die gerade bei Hortensia steht, ist Journalistin; oder besser, sie war es, bevor sie hierherkam. Derzeit konzentriert sie sich auf die Gründung unseres Instituts für die Erforschung der mittelalterlichen Ikonographie und gleichzeitig darauf, bei sich zu Hause etwa zwanzig Kinder aus dem Ort zu unterrichten. Fragen Sie mich nicht, wie sie das macht, es ist mir ein Rätsel.«

Señorita Prim stimmte zu, dass die Fähigkeit zur Doppelbelastung einiger ihrer Geschlechtsgenossinnen ein noch unerforschtes Gebiet sei, dem sich die Wissenschaft dringend einmal widmen sollte. Anschließend fragte sie Clarissa, was sie gemacht habe, bevor sie Verlegerin wurde.

»Ich war eine viel beschäftigte Hausfrau und Mutter. Das bin ich immer noch, so etwas will man ja nicht missen, aber nun ist die Zeitung hinzugekommen. An einem anderen Ort als diesem wäre das nicht möglich. Ah, ich sehe, Sie wissen es noch nicht: Unsere Zeitung erscheint nachmittags. Das Blatt wird am Vormittag gemacht, wenn die Kinder bei der Señorita Mott in der Schule sind oder an dem wunderbaren Unterricht über Homer und Aischylos teilnehmen, den Ihr Chef erteilt. Wissen Sie, unsere Philosophie hier besagt, dass sich alles Wichtige am Morgen ereignet.«

»Und wenn doch einmal etwas Wichtiges am Nachmittag geschieht?«, fragte die Bibliothekarin überrascht.

»Dann berichten wir am nächsten Tag darüber, was sonst?«

Diese neuen Erkenntnisse weckten die Neugier der Señorita Prim, und sie wagte eine weitere Runde durch den Salon. So erfuhr sie, dass zahlreiche Familien in San Ireneo ihre gesamte Zeit und ihr gesamtes – oft aus einer exzellenten Ausbildung herrührendes – Wissen der persönlichen Erziehung der eigenen Kinder und dem Unterrichten anderer Kinder widmeten, einer Tätigkeit, die ein enormes soziales Prestige mit sich brachte. Viele dieser Frauen führten nebenbei ihre eigenen Geschäfte, kleine Unternehmen, die ihren Sitz oft im Erdgeschoss der Wohnhäuser hatten, um den Rhythmus des Familienlebens nicht allzu sehr durcheinanderzubringen. Die Zeiteinteilung schien kein Problem darzustellen. Jeder teilte die Überzeugung, dass die Frauen, wenn möglich mehr noch als die Männer, über die Möglichkeit verfügen mussten, ihre Zeiteinteilung frei zu gestalten. Daher verwunderte es niemanden, dass die Buchhandlung von zehn bis zwei geöffnet hatte, die Notarin von elf bis drei ihre Klienten empfing und die Zahnklinik um zwölf Uhr mittags ihre Türen öffnete und sie um fünf Uhr nachmittags pünktlich wieder schloss.

Als die Señorita Prim sich gerade ihre dritte Tasse Schokolade eingeschenkt hatte, verschaffte sich Hortensia Oeillet inmitten des heiteren Stimmengewirrs Gehör.

»Señoras, bitte setzt euch. Wir sollten nun mit der Sitzung beginnen, es ist schon beinahe halb sechs.«

Alle anwesenden Damen – die Señorita Prim zählte etwas mehr als dreißig – nahmen Platz und schenkten der Vorsitzenden ihre Aufmerksamkeit, die mit einem Blatt Papier in der Hand die Tagesordnung vorstellte.

»Das erste Thema, dem wir uns zuwenden wollen, ist die unerträgliche Situation unserer lieben Amelia bei Richter Basett.«

Zustimmendes Gemurmel erfüllte den Salon. Die Frau, die neben der Señorita Prim saß, erklärte dieser mit leiser Stimme, dass die junge Amelia einer Sklavin ähnlich im Haus eines pensionierten Richters lebte und diesem seit sechs Jahren half, seine Memoiren zu vollenden.

»Stellen Sie sich vor, das Mädchen arbeitet mehr als acht Stunden am Tag. Das ist rückständig und darf nicht geduldet werden.«

Als die Bibliothekarin diese Worte hörte, fiel ihr zum ersten Mal auf, dass sie selbst nie mehr als fünf oder sechs Stunden täglich in der Bibliothek des Mannes im Armsessel arbeitete. Bisher hatte sie diesen entspannten Arbeitsalltag den Extravaganzen ihres Chefs zugeschrieben; erst jetzt wurde ihr klar, dass es sich dabei um ein feststehendes Prinzip in San Ireneo handelte.

»Unsere Freundin Amelia«, sagte in diesem Moment Hortensia Oeillet, »sieht sich gezwungen, Arbeitszeiten einzuhalten, die mit den Richtlinien von San Ireneo nicht zu vereinbaren sind. Der Richter wurde bereits mehrfach darauf hingewiesen, aber er scheint es nicht wahrhaben zu wollen. Wie ihr wisst, wird Amelia im April des kommenden Jahres heiraten« – erneutes Murmeln, diesmal beglückwünschend, erfüllte den Saal – »und es ist gut möglich, dass sie bald Mutter werden wird. Wir müssen diese verfahrene Situation also so schnell wie möglich lösen.«

Ein von mehreren Hochrufen begleiteter Applaus krönte die Worte der Vorsitzenden. Als Nächstes erhob sich eine zierliche Frau mit großen Augen und ausdrucksvollem Gesicht und ergriff das Wort.

»Das ist Herminia Treaumont«, flüsterte die Sitznachbarin der Señorita Prim zu, »sie ist die Chefredakteurin der *Gaceta de San Ireneo*. Bevor sie herkam, war sie Professorin für Isabelinische Dichtung an der Universität von Pennsylvania.«

Herminia Treaumont sprach mit klarer, angenehmer und perfekt modulierter Stimme.

»Meine lieben Freundinnen, ich glaube, dass unsere Vorsitzende Amelias berufliche Situation deutlich dargestellt hat. Einige von euch wissen, dass sie sich mir bereits mehrfach anvertraut hat und dass ich ihre Schwierigkeiten im Haus des Richters sehr gut kenne, wobei ich allerdings auch weiß, dass sie ihn im Grunde sehr schätzt. Doch aufgrund ihres Arbeitspensums ist es ihr kaum möglich, sich mit jemandem zu treffen oder sich der Bildung und der Lektüre zu widmen, was, wie ihr wisst, zu den Grundsätzen unserer kleinen Gemeinschaft gehört.«

Die Rednerin machte eine Pause, um einen Schluck Wasser zu trinken, und fuhr fort: »Als Amelia hierherkam, sicher erinnern sich einige von euch daran, war sie ein junges Mädchen, das sehr von sich und ihrer Liebe zur Literatur überzeugt war. Ihr Leben änderte sich, als sie nach ein paar Monaten an diesem Ort feststellte, dass das, was die Welt ›Literatur‹ nennt, in San Ireneo als Zeitverschwendung gilt. Ich erinnere mich noch gut an den Morgen, als sie mit vor Begeisterung glänzenden Augen und einem alten Gedichtband von John Donne in der Hand in mein Büro kam. Hier in San Ireneo wurde ihr klar, dass die Intelligenz, diese wunderbare Gabe, im Stillen wächst und gedeiht und nicht von Lärm umgeben. Und ebenfalls hier wurde ihr bewusst, dass der menschliche Verstand genügend Zeit, sinnvolle Arbeit und Disziplin braucht, um zu wachsen.«

Ein weiterer lauter, frenetischer Beifall ließ den Saal erbeben.

»Sie ist wunderbar, finden Sie nicht auch?«, meinte die Frau neben der Señorita Prim flüsternd. »Ich lese jeden Dienstag ihre Kolumne. Das sollten Sie auch tun, Sie werden begeistert sein.«

»Daher möchte der Vorstand der *Vereinigung der Feministinnen* folgenden Vorschlag unterbreiten«, fuhr Herminia Treaumont fort. »Wie ihr wisst, hat Amelia einen außerordentlich guten Geschmack. Sie ist in der Lage, aus einem Stoffrest, einer ausrangierten Teekanne, einem halben Dutzend Rosen und einem alten Spiegel ein Kunstwerk zu erschaffen. Daher haben wir uns überlegt, dass unsere Vereinigung eine Sammlung veranstalten könnte, um Amelia darin zu unterstützen, ein kleines Dekorationsgeschäft zu eröffnen – einen solchen Laden gibt es in San Ireneo noch nicht, und ich glaube, wir alle würden davon profitieren. Damit wäre sie von den Einschränkungen, die das Angestelltendasein mit sich bringt, befreit. Ich fürchte, dass ihr zukünftiger Ehemann nicht gerade erfolgreich in seinem Beruf ist. Daher können die beiden nicht nur von seinem Gehalt leben, im Moment jedenfalls nicht.«

»Aber wer wird dann dem Richter helfen, seine Memoiren zu vollenden?«, warf eine der Anwesenden in besorgtem Tonfall ein.

»Seine Memoiren? Seine Memoiren? Zum Teufel mit seinen Memoiren«, entgegnete die Rednerin mit unerwartetem Eifer und wurde sofort mit rauschendem Applaus unterstützt.

Nach der nun folgenden Abstimmung, bei der einstimmig entschieden wurde, die vorgeschlagene Sammlung durchzuführen, konnte zum nächsten Punkt der Tagesordnung übergegangen werden. Dabei ging es um die Möglichkeit, ein kleines Theaterensemble zu gründen, um die literarische Bildung der Kinder im Ort auf diesem Gebiet zu vervollständigen. Alle Anwesenden waren einverstanden. Schließlich sei es unmöglich, Shakespeare, Racine oder Molière nur anhand von Büchern zu studieren, erklärte die Vorsitzende entschieden. Genauso könne man Aischylos oder Sophokles nur wirklich verstehen, wenn man sich aus der Enge der Schulbank befreie. Es sei unvorstellbar, Corneille oder Schiller zu lieben, fuhr Hortensia Oeillet voller Leidenschaft fort, ohne ihre in kraftvoller Schönheit verkörperten Helden auf der Bühne gesehen zu haben.

»Bravo! Bravo!«, rief die Señorita Prim, die so mitgerissen war, dass sie aufsprang, während um sie herum frenetischer Beifall aufbrandete, mit den Füßen getrampelt und mit Löffeln an Tassen geschlagen wurde. Einige Minuten später, als Señorita Prim gerade ihre vierte Tasse Schokolade genoss, erhob sich lächelnd eine mollige Frau, die ihre Sitznachbarin als Emma Giovanacci identifizierte, um den letzten Punkt der Tagesordnung zu präsentieren.

»Das dritte und letzte Thema dieser Sitzung betrifft die Suche nach einem Ehemann für die neue Einwohnerin von San Ireneo, die junge Señorita Prim.«

Die Bibliothekarin zuckte zusammen. Bleich und zitternd erhob sie sich, stellte ihre Tasse auf dem Tisch ab und suchte den Blick der Vorsitzenden der Versammlung.

»Entschuldigen Sie, Hortensia«, sagte sie frostig, »aber ich verstehe nicht ganz, was das zu bedeuten hat.«

Eine bedrückende Stille legte sich über den Saal.

»Liebe Emma, wie kommst du dazu …?«, stotterte die Vorsitzende an die Frau gewandt, die den letzten Punkt der Tagesordnung vorgelesen hatte. »Hast du denn nicht gesehen, dass die Señorita Prim hier ist, hier bei uns?«

Entsetzt starrte die Rednerin auf das Blatt, das sie in der Hand hielt.

»Aber es steht auf der Tagesordnung!«, stöhnte sie, nachdem sie nun begriffen hatte, dass es sich bei der Person, die auf ihrem Zettel erwähnt war, um die hübsche junge Frau handelte, die die ganze Zeit über neben dem Kamin gesessen hatte und sich nun hektisch nach ihrer Handtasche umsah.

Als die Bibliothekarin gefunden hatte, was sie suchte, eilte sie in Richtung Tür, um den Ort fluchtartig zu verlassen, ohne auf die fürsorgliche Begleitung der rosigen Frau mit dem weißen Häubchen zu warten, die wie so viele andere Frauen des Ortes an der Sitzung teilgenommen hatte. Umsonst bat Emma Giovanacci um Entschuldigung, umsonst flehte Hortensia Oeillet die Davoneilende unglücklich an zu bleiben. Und ebenso ergebnislos versuchte Clarissa Waste mit beruhigenden Worten zu erklären, dass die Suche nach passenden Ehemännern unter den Feministinnen von San Ireneo üblich sei.

»Und Sie wollen Feministinnen sein?«, rief die Bibliothekarin entrüstet in den Saal. »Denken Sie denn in der heutigen Zeit immer noch, dass eine Frau in der Abhängigkeit von einem Mann leben sollte?«

»Aber, meine Liebe, überlegen Sie doch mal …« Die sanfte, aber deutlich vernehmbare Stimme von Herminia Treaumont ließ die Señorita Prim innehalten. »Sie leben im Haus eines Mannes, Sie arbeiten den ganzen Tag nach den Anweisungen eines Mannes und bekommen von diesem Mann Ihr Gehalt, der damit an jedem Monatsersten Ihre Ausgaben deckt. Leben Sie wirklich in der Illusion, sich aus der Abhängigkeit der Männer befreit zu haben?«

»Das ist nicht das Gleiche, und das wissen Sie genau«, entgegnete die Bibliothekarin mit rauer Stimme.

»Natürlich ist es nicht das Gleiche. Doch die meisten der verheirateten Frauen in diesem Ort sind nicht im Entferntesten so von ihren Ehemännern abhängig wie Sie von Ihrem Chef. Als Unternehmerinnen verdienen einige von ihnen sogar den Großteil des Familieneinkommens, und andere helfen, viel Geld zu sparen, indem sie selbst für die Bildung ihrer Kinder sorgen und auf diese Art den Betrag in verfügbares Einkommen umwandeln, den der Rest der Welt für schlechte Schulen verplempert. Keine von ihnen muss um Erlaubnis fragen, wenn sie etwas Persönliches zu erledigen hat, wie Sie es vermutlich während der Arbeitszeit tun müssen. Keine muss ihre Meinung für sich behalten, wie es bei Ihnen während der Gespräche mit Ihrem Chef sicher oft der Fall ist.«

Die Señorita Prim öffnete den Mund, um zu protestieren, aber etwas im Blick der Frau ihr gegenüber veranlasste sie, ihn wieder zu schließen.

»Keine von ihnen«, fuhr Herminia Treaumont fort, »käme auf die Idee, ein medizinisches Attest beizubringen, wenn sie mal krank ist, oder muss herablassende Blicke ertragen, wenn sie etwas derart Natürliches wie eine Schwangerschaft ankündigt. Sehen Sie dort oben auf dem Kamin die eingerahmten Zeilen?«

Widerwillig richtete Señorita Prim den Blick auf die Wand.

»Das hat vor vielen Jahren der Mann geschrieben, dem ich nach meinem akademischen Mentor und meinem Vater den größten Dank schulde. Und leider glaube ich, dass nie etwas zu dem Thema gesagt wurde, das mehr der Wahrheit entspricht. Lesen Sie es und sagen Sie mir ja nicht, dass es nicht auch heute noch stimmt.«

Die Señorita Prim las schweigend:

Da sagen Millionen junger Frauen: »Wir lassen uns nichts mehr diktieren!«, und dann gehen sie hin und werden Stenotypistinnen.[1]

»Eines können Sie mir glauben, meine Damen, wenn ich tatsächlich heiraten wollte, würde ich mir den Mann dazu schon selbst suchen«, sagte die Bibliothekarin ener-

---

1 Das Zitat ist von Gilbert Keith Chesterton.

gisch, bevor sie den Raum mit einem Türenknallen und himmelhoch gereckter Nasenspitze verließ.

»Kommen Sie, Prudencia, regen Sie sich doch nicht so auf! Das ist es wirklich nicht wert.«

Horacio Delàs bot der Señorita Prim eine dampfende Tasse Lindenblütentee an, die diese freundlich ablehnte.

»Sie ahnen nicht, wie unangenehm das für mich war«, murmelte sie. »Sie ahnen nicht, wie sehr ich mich schäme.«

Nach ihrem überstürzten Abgang von der Versammlung der Feministinnen hatte sich die Bibliothekarin in das Haus des einzigen männlichen Ortsbewohners geflüchtet, den sie außer ihrem Chef kannte.

»Dies ist ein eigenartiger Ort voller seltsamer Leute«, sagte sie seufzend.

»Ich hoffe, dass Sie von mir nicht auch so denken, denn vergessen Sie nicht, ich lebe auch hier«, entgegnete ihr Gastgeber, während er ihr ein Glas Cognac reichte, das sie unter diesen besonderen Umständen dankbar entgegennahm.

Die Señorita Prim versicherte, dass sie nicht von ihm gesprochen habe. Seit ihrer Ankunft in San Ireneo hatte sie versucht, sich in das Leben im Ort zu integrieren, doch ihre Bemühungen waren umsonst gewesen. Es gab viele, zu viele unbeantwortete Fragen, nicht zuletzt ihren Chef betreffend. Wer war er? Mit was beschäftigte er sich? Warum ging er jeden Morgen zur Abtei? Warum forschte er tagelang in alten Büchern und verpasste dabei sogar die Mahlzeiten? War er eine Art urbaner Eremit? Denn von solchen hatte die Señorita Prim schon einmal gehört. Verrückte, die sich dem Gebet verschrieben hatten, in dauerhafte Anbetung versunkene Mystiker, die in den Städten lebten wie die ersten Eremiten in der Wüste oder wie diese geheimnisvollen russischen Starzen. War der Mann im Armsessel also vielleicht einer von ihnen?

»Nur damit das feststeht: Ich habe nichts gegen Eremiten und schon gar nichts gegen urbane Eremiten. Ich habe schon immer jegliche Form der Spiritualität respektiert«, stellte sie klar.

»Natürlich, meine liebe Freundin, aber glauben Sie mir, er ist kein Eremit.«

»Aber was ist er dann? Sie müssen zugeben, dass sein religiöser Eifer über das normale Maß hinausgeht.«

»Sicher tut er das. Und ansonsten ist Ihnen nichts aufgefallen? Haben Sie wirklich nicht gemerkt, dass Sie für einen Konvertiten arbeiten?«

»Einen Konvertiten?«

»Ich war davon überzeugt, dass Sie es wissen.«

»Ich hatte keine Ahnung. Von was ist er konvertiert?«

»Vom Skeptizismus selbstverständlich. Von was sonst? Sie sind sicher meiner Meinung, dass dies der einzige Drache ist, vor dem man fliehen sollte.«

Verblüfft fragte sich die Bibliothekarin, ob der Cognac ihr vielleicht nicht bekommen war.

»Aber Sie haben schon festgestellt, dass er nicht wie alle anderen ist, oder?«, vergewisserte sich Horacio.

Die Señorita Prim stimmte zu, dass der Mann im Armsessel irgendwie besonders war.

»Womit beschäftigt er sich also den ganzen Tag?«, fragte sie, bevor sie das Cognacglas erneut an die Lippen setzte.

»Er beschäftigt sich damit, die Dinge zu erforschen.«

»Davon kann man nicht leben.«

»Er unterrichtet.«

»Fünfzehn Kinder, die nicht einmal fürs Essen bezahlen.«

»Das stimmt, aber es ist eine seiner Beschäftigungen. Wenn Sie wissen möchten, was seine Haupteinnahmequelle ist, kann ich Ihnen sagen, dass er einen hervorragenden Ruf als Spezialist für tote Sprachen hat. Er ist an zahlreichen Veröffentlichungen beteiligt, und ein oder zwei Mal im Jahr hält er eine Reihe von Vorträgen an verschiedenen Universitäten. Neben all dem, was ihm mehr Ehre als Geld einbringt, verwaltet er einen großen Teil des Vermögens seiner Familie. Tatsächlich braucht er nicht viel zum Leben. Er ist ein sehr genügsamer Mensch, wie Sie sicher schon feststellen konnten.«

»Eine Reihe von Vorträgen? Mir war nicht klar, dass die Beherrschung von Latein und Griechisch dafür ausreicht«, bemerkte die Señorita Prim und lachte auf.

Horacio Delàs betrachtete sie in einer Mischung aus Überraschung und Bestürzung.

»Latein und Griechisch, sagen Sie? Meine liebe Prudencia, ich bin erneut sprachlos. Ihr Chef beherrscht etwa zwanzig Sprachen, von denen gut die Hälfte tote

Sprachen sind. Und wenn ich ›tote Sprachen‹ sage, meine ich damit nicht nur Aramäisch oder Sanskrit. Ich spreche von der ugaritischen, der syrochaldäischen, der karthagisch-punischen Sprache oder den alten Dialekten des Koptischen wie das Sahidische oder das Fayumische. Ich habe ja bereits gesagt, dass Ihr Arbeitgeber nicht wie alle anderen ist. Er geht jeden Morgen zu dieser Abtei, weil er ein treuer Anhänger der alten römischen Liturgie ist. Und er hat sich in diesen kleinen Ort zurückgezogen und beschäftigt sich mit derart unbedeutenden gutnachbarschaftlichen Tätigkeiten, weil er es war, der, inspiriert von jenem alten Mann, der die Abtei inzwischen kaum noch verlässt, diese Kolonie gegründet hat.«

»Kolonie? Was meinen Sie damit?«

Einmal mehr bedachte Horacio Delàs seinen Gast mit einem ungläubigen Blick.

»Aber, Prudencia, wollen Sie mir etwa sagen, dass Sie nicht wissen, dass San Ireneo ein Rückzugsort für all diejenigen ist, die vor den Wirren und der Unruhe der modernen Welt fliehen wollen? Denn genau das ist es, was so viele verschiedene Menschen aus allen Teilen der Welt hierherzieht! Ich fange an zu glauben, dass Sie diese Stelle in völliger Ahnungslosigkeit angenommen haben. Sagen Sie mir nicht, dass Ihnen bis jetzt noch nichts Ungewöhnliches an unserem Lebensstil aufgefallen ist!«

Wohl unter dem Einfluss des Cognacs gestand die Señorita Prim, dass es ihr nicht entgangen war. Sie war bereits lange genug vor Ort, um sich ein Bild gemacht zu haben, auch wenn es ein eher impressionistisches Bild war. Wenn sie ehrlich war, war sie noch nicht über die ersten Skizzen hinausgekommen. Sie hatte jedoch bereits die ein oder andere Besonderheit feststellen können. In diesem abgelegenen Ort waren Familien der unterschiedlichsten Herkunft zu Hause. Und jede von ihnen verfügte über ein eigenes Haus, ein kleines Geschäft oder ein Stück Grund und Boden. Die Primärgüter wurden alle im Ort produziert und sorgten für einen regen Handel. Sie hatte bisher noch nicht besonders darauf geachtet, unter anderem, weil sie noch nicht gerade viele Dinge eingekauft hatte. Wenn ihr etwas fehlte, zum Beispiel Schuhe, Strumpfhosen oder sonst etwas für den persönlichen Bedarf, notierte sie es sich für ihren nächsten Besuch in der Stadt. Etwa alle vierzehn Tage erledigte sie dort alles Nötige.

Inzwischen war ihr jedoch etwas Rätselhaftes aufgefallen: In der Umgebung von San Ireneo de Arnois gab es keinerlei Industrie, Fabriken oder Bürogebäude. In allen Geschäften wurden Waren von hoher Qualität verkauft, in kleinen Werkstätten oder auf den Bauernhöfen handwerklich hergestellte Produkte aus der Gegend. Die Kleidung stammte aus drei oder vier Schneiderwerkstätten, die Schuhe aus wenigen Schuhmachereien; das Papierwarengeschäft fertigte nach Wunsch; die Lebensmittelläden lockten mit frischen Waren, hausgemachten Konserven, Milch vom selben Tag und frisch gebackenem Brot aus der Bäckerei in der Nachbarschaft. Zunächst hielt die Señorita Prim all dies für ein besonders ökologisches Bewusstsein, doch sehr bald wurde ihr klar, dass sie sich irrte. Was auch immer diesen Ort nährte, grün war es nicht. Es handelte sich wohl einfach um eine ruhige, friedliche Gemeinschaft von Hauseigentümern. Die Lebensqualität in San Ireneo war bei allen Bewohnern ähnlich, und das Zusammenleben gestaltete sich äußerst harmonisch, das musste die Señorita Prim anerkennen.

»Sind Sie so eine Art Distributisten?«

»Ja, das sind wir. Und noch vieles mehr. Ich bin wirklich überrascht, Prudencia. Ich habe gedacht, Sie hätten sich über uns erkundigt, bevor Sie hergekommen sind.«

»Aber gibt es wirklich noch Menschen, die an so etwas glauben? Ich dachte, dass diese antiquierten Vorstellungen von einer traditionellen, einfachen und familiären Wirtschaft schon lange nicht mehr existieren.«

»Sie existieren durchaus noch. Und Sie befinden sich an dem Ort, an dem beinah alle Vertreter dieser Spezies versammelt sind. Sie stammen aus den verschiedensten Ländern, oder sind Ihnen all die internationalen Namen hier auch noch nicht aufgefallen?«

Señorita Prim schwieg verblüfft. Dann sagte sie:

»Was mich trotzdem wundert, ist, dass auch Sie dazuzählen. Ich wäre nie darauf gekommen, dass Sie jemand sind, der derartigen Utopien anhängt.«

Ihr Gastgeber nahm einen großen Schluck Cognac und sah sie verständnisvoll an.

»Eine Utopie wäre es zu denken, dass man die Zeit zurückdrehen und die heutige Welt sich komplett neu organisieren könnte. Aber an diesem Ort ist nichts utopisch, Prudencia. Das, was es hier gibt, ist ein außerordentliches Privileg. Um heutzutage ein ruhiges, einfaches Leben führen zu können, muss man sich in eine solche kleine Gemeinschaft zurückziehen, in einen solchen Ort, der von dem Lärm, der hektischen Betriebsamkeit und der Feindseligkeit der Metropolen unberührt ist. In einen Winkel wie diesen, wo man sehr wohl weiß, dass – für alle Fälle – in zweihundert Kilometern Entfernung eine riesige, kraftstrotzende Großstadt vorhanden ist«, meinte er lächelnd.

Die Señorita Prim stellte nachdenklich ihr Glas auf dem Tisch ab.

»Und so, wie es aussieht, scheinen hier alle glücklich zu sein.«

»Das stimmt in jeder Hinsicht.«

»Man kann also davon ausgehen, dass Sie alle aus der Stadt geflüchtet sind. Demnach sind Sie alle so etwas wie gesetzlose Romantiker, oder?«

»Wir sind aus der Stadt geflüchtet, das stimmt. Aber nicht alle aus den gleichen Gründen. Einige von uns, wie der alte Richter Basett und ich, haben uns dafür entschieden, nachdem wir das Leben so weit wie möglich ausgekostet hatten, denn wir wissen nur allzu gut, dass es ein seltenes Privileg ist, einen derart ruhigen und kultivierten Ort gefunden zu haben. Andere, wie Herminia Treaumont, sind Reformisten, nicht mehr, nicht weniger. Sie sind zu dem Schluss gekommen, dass der moderne Lebensstil den Frauen zu viel abfordert, den

Familien ein unnatürliches Leben aufzwingt und den Menschen die Fähigkeit nimmt, Dinge infrage zu stellen. Sie möchten eine andere Art zu leben ausprobieren. Und es gibt eine dritte Gruppe, zu der Ihr Mann im Armsessel gehört. Diejenigen, die sich vor dem Drachen des Skeptizismus in Sicherheit bringen wollen. Sie wollen ihre Kinder vor dem Einfluss der Welt schützen, zu einer reinen Lebensform zurückkehren, den Glanz alter Kulturen wiedererstehen lassen.«

Horacio Delàs machte eine Pause, um sich noch etwas Cognac einzuschenken.

»Damit Sie mich richtig verstehen, Prudencia: Man kann sich nicht seine eigene Welt kreieren, aber ein eigenes Dorf, das schon. Wir alle hier gehören dem Club der Flüchtigen an. Ihr Chef ist einer der wenigen Einwohner, die familiäre Wurzeln in San Ireneo haben. Er ist vor einigen Jahren hierher zurückgekehrt und hat das Ganze in Gang gesetzt. Wussten Sie, dass die Familie seines Vater schon seit Jahrhunderten hier lebt?«

Señorita Prim, die den Erklärungen ihres Freundes mit großer Aufmerksamkeit gefolgt war, seufzte resigniert.

»Sagen Sie, Horacio, gibt es noch etwas, das ich über diesen Ort wissen sollte?«

»Allerdings, meine Liebe«, antwortete er augenzwinkernd, während er genüsslich seinen Cognac trank, »aber ich denke nicht daran, es Ihnen zu verraten.«

6

»Warum haben Sie sich eigentlich entschieden, diese Stelle anzutreten?«, fragte der Mann im Armsessel ein paar Tage später die Señorita Prim, während er unbekümmert ein paar Stücke Ananas aß.

Die Bibliothekarin antwortete nicht. Sie war eifrig damit beschäftigt, eine fünfbändige Ausgabe der *Historia ecclesiastica gentis Anglorum* von Beda dem Ehrwürdigen zu säubern und zu etikettieren, und tat so, als hätte sie die Frage nicht gehört. Es war ein heller Tag, und die Sonnenstrahlen fielen nicht nur auf die dicke Staubschicht, die die Bücher bedeckte, sondern brachten auch den dunklen Honigton ihrer Haare zum Glänzen.

»Na los, Prudencia, Sie haben mich sehr wohl gehört. Ich möchte gern wissen, warum eine Frau mit Ihrer Ausbildung sich in die Dunkelheit dieser Bibliothek verkriecht.«

Señorita Prim hob den Kopf in dem Bewusstsein, dass es keine Möglichkeit gab, seiner Frage auszuweichen. Seit dem Vorfall in der Küche an ihrem Geburtstag hatte sie nur noch mit ihm gesprochen, wenn es sich aus Arbeitsgründen nicht vermeiden ließ. Sie wollte nicht mit ihm reden, sie war in ihrem Inneren fest davon überzeugt, dass sie es nicht tun sollte. Aus irgendeinem Grund war sie äußerst angespannt und konnte kaum ihre Verwirrung verbergen, wenn sie sich zufällig im selben Raum befanden oder auf dem Flur begegneten. Sie beobachtete ihn verstohlen, wie er in aller Ruhe im Novembersonnenlicht seine Ananas aß. Dann senkte sie den Blick und entschloss sich zu einer Antwort.

»Ich denke, ich wollte den Lärm nicht länger ertragen.«

Der Mann im Armsessel konnte ein Lächeln nicht verbergen.

»Señorita Prim, seit ich Sie kenne, haben Sie mir noch nie eine enttäuschende Antwort gegeben. Es ist eine Freude, Ihnen eine Frage zu stellen. Sie speisen einen niemals mit einer kurzen, knappen Antwort ab. Es lag also am Lärm … Meinen Sie den Lärm der Großstadt?«

Die Bibliothekarin, die immer noch das Werk Bedas des Ehrwürdigen in den Händen hielt, schenkte ihm einen nachsichtigen Blick.

»Ich meine den Lärm in meinem Kopf, das Getöse.«

Er sah sie interessiert an.

»Das Getöse?«

»Genau.«

»Würden Sie so nett sein, mir das etwas genauer zu erklären?«, fragte er, während er ihr ein Stück Ananas anbot.

Die Señorita Prim legte das Buch und den Staubwedel beiseite, band sich die Schürze ab und nahm das Stück Obst entgegen. Währenddessen schob ihr Chef zwei alte Lehnstühle an eines der Fenster und bat sie höflich, sich zu setzen.

»Erzählen Sie mir von dem Getöse. Ich wäre nie auf die Idee gekommen, dass in einem so hübschen Kopf ein Sturm tobt.«

»Haben Sie noch nie so ein inneres Getöse gespürt?«

Bevor er antwortete, schnitt er vorsichtig ein weiteres Stück Ananas ab, teilte es in der Mitte und bot ihr die eine Hälfte an.

»Ehrlich gesagt habe ich fast mein ganzes Leben damit zu tun gehabt.«

Die Bibliothekarin hörte überrascht auf zu kauen.

»Wirklich? Das hätte ich bei Ihnen gar nicht vermutet. Wie ist es Ihnen gelungen, es zum Schweigen zu bringen?«

Von der Sonne geblendet, schloss der Mann im Armsessel die Augen und stemmte die Schuhe gegen einen alten Blumentopf.

»Es ist mir nicht gelungen.«

»Sie hören es also noch immer?«

»Ich habe nur gesagt, dass es mir nicht gelungen ist, es zum Schweigen zu bringen.«

»Aber wenn Ihnen das nicht gelungen ist, heißt das doch, dass Sie es immer noch hören«, insistierte die Señorita Prim irritiert.

»Sagen wir, es ist mir weitestgehend gelungen, aber nicht aus eigener Kraft. So gebildet, wie Sie sind, erkennen Sie sicher den feinen Unterschied.«

»Sie nutzen jede Gelegenheit, um auf meinen akademischen Abschlüssen herumzureiten«, entgegnete sie brüsk. »Warum tun Sie das?«

Er wandte den Kopf und sah sie einen Moment stumm an, bevor er antwortete.

»Können Sie es sich nicht denken? Sie sind das perfekte Produkt des modernen Bildungssystems, Prudencia, und für jemanden wie mich, der damit auf Kriegsfuß steht, ist das eine ständige Herausforderung. Außerdem«, fügte er scherzend hinzu, »möchte ich Sie daran erinnern, dass ich um einiges älter bin als Sie.«

Die Señorita Prim nahm sich noch ein Stück Ananas und sah ihn argwöhnisch an. »Ich gehe davon aus, dass Sie mindestens das Alter von Beda dem Ehrwürdigen haben.«

»Sagen wir, ich bin Ihnen einige Jahre voraus.«

»Sagen wir, Sie sind mir genau fünf Jahre und sechs Monate voraus.«

Der Mann im Armsessel, der die Augen wieder geschlossen hatte, öffnete sie gerade noch rechtzeitig, um zu sehen, wie die Bibliothekarin eilig aufstand und wieder zu ihrem Regal ging. Er folgte ihr mit dem Rest der Ananas und einem Messer in den Händen.

»Bitte erzählen Sie mir von Ihrem Lärm, Señorita Prim.«

»Warum sollte ich das tun?«, widersprach sie mit leicht geröteten Wangen.

»Weil ich Sie kennenlernen möchte. Sie sind jetzt fast zwei Monate hier, und ich weiß so gut wie nichts über Sie.«

Die Bibliothekarin wandte ihm den Rücken zu, stieg eine alte Holzleiter hinauf und stellte die *Historia ecclesiastica* von Beda dem Ehrwürdigen ins Regal.

»Ich denke nicht, dass es da viel zu erzählen gibt.«

»Sie könnten es wenigstens versuchen.«

»Wenn ich es tue, lassen Sie mich dann in Ruhe arbeiten?«

»Sie haben mein Wort.«

Nach einem Seufzer drehte die Señorita Prim sich um und setzte sich auf die dritte Sprosse der Leiter.

»Ich muss gestehen, dass ich keine Ahnung habe, wie ich es am besten beschreiben soll«, begann sie. »Man könnte sagen, dass es – zum Glück wenige – Tage gibt, an denen ich das Gefühl habe, dass in meinem Kopf eine Zentrifuge wütet. An diesen Tagen bin ich kaum zu ertragen, und ich schlafe auch nicht gut. Es fühlt sich an, als wäre da ein Loch in meinem Kopf, ein Loch, wo sich etwas befinden müsste, wo aber nichts ist, absolut nichts außer diesem betäubenden Lärm …« Sie machte eine Pause, blickte in das besorgte Gesicht ihres Chefs und lächelte schief. »Sehen Sie mich nicht so an, es ist nichts Schlimmes; viele Leute leiden darunter, mit ein paar Tabletten kriegt man es in den Griff. Aber wie Sie gesagt haben, kennen Sie es ja selbst.«

»Wieso glauben Sie, dass es nicht von allein verschwindet?«

»Ich weiß es nicht.«

»Sie wissen es nicht?«

Die Bibliothekarin fasste sorgfältig ihr langes Haar im Nacken zusammen, bevor sie endlich etwas sagte.

»Also … Manchmal denke ich … es hat etwas mit der Angst vor Verlusten zu tun.«

Sie zögerte, aber das Interesse in seinem Blick ließ sie fortfahren.

»Wie soll ich es erklären? In gewisser Weise habe ich mich immer für eine moderne Frau gehalten; eine unabhängige Frau mit einer umfassenden akademischen Bildung. Nun, das wissen Sie ja und halten es mir immer wieder vor …« Der Mann im Armsessel wollte protestieren, wurde jedoch geflissentlich ignoriert. »Aber ich muss zugeben, dass ich gleichzeitig eine schmerzhafte Sehnsucht verspüre, den verrückten Wunsch, den Lauf der Zeit anzuhalten, verlorene Dinge zurückzuholen. In dem Bewusstsein, dass alles, absolut alles, Teil eines Weges ist, auf dem es kein Zurück gibt.«

»Was bedeutet für Sie ›alles‹?«

»Das Gleiche wie für Sie, denke ich. Das gesamte Leben, Schönheit, Liebe, Freundschaft, die Kindheit; vor allem die Kindheit. Früher, vor gar nicht allzu langer Zeit, habe ich immer gedacht, dass ich gefühlsmäßig in ein anderes Jahrhundert gehöre, ich war davon überzeugt, dass ich zum falschen Zeitpunkt geboren wurde und dass mich aus diesem Grund Vulgarität, Hässlichkeit und mangelndes Feingefühl derartig abstoßen. Ich habe gedacht, diese Sehnsucht, die ich in mir trage, habe mit einer vergangenen Schönheit zu tun, aus einer Zeit, die längst vorbei ist.«

»Und heute?«

»Heute arbeite ich für jemanden, der definitiv in einem anderen Jahrhundert lebt, und weiß jetzt, dass das nicht mein Problem ist.«

Der Mann im Armsessel ließ ein heiteres, ansteckendes Lachen hören, das die Bibliothekarin zufrieden erröten ließ. »Dafür sollte ich Sie eigentlich entlassen. Ich habe Ihnen ja gesagt, dass ich Ihnen sicher noch öfter würde verzeihen müssen.«

Señorita Prim erhob sich lächelnd und griff nach einer beschädigten Ausgabe des *Monologion* des Anselm von Canterbury, um es vorsichtig zu säubern, bevor sie sich wieder setzte.

»Jetzt sind Sie dran«, sagte sie. »Warum hören Sie es?«

Er zögerte einen Moment. »Aus dem gleichen Grund wie alle anderen, denke ich. Es ist eine Art Kriegslärm.«

»Das ist eine Metapher, aber sie ist typisch für Sie«, unterbrach sie ihn lachend. »Was hat Ihren Krieg denn ausgelöst? Sie müssen zugeben, dass es immer eine Ursache gibt. Es kann an einem unbeugsamen Charakter liegen oder an einer labilen Persönlichkeit. Oder an einer Krankheit, einer moralischen Schwäche, der Angst vor dem Tod, der Vergänglichkeit aller Dinge … Was ist Ihre Entschuldigung?«

»Sie irren sich, Prudencia, es sind nicht all diese Dinge, sondern nur eines. Das, was den Krieg in meinem Kopf auslöst, ist etwas, das nicht da ist, das fehlende Teil. Und wenn ein Teil fehlt – in einem Puzzle zum Beispiel –, wenn ein Teil fehlt, funktioniert das Ganze nicht. Mögen Sie Puzzles?«

»Damit geht es mir wie den meisten Menschen mit allem, was sich ihnen widersetzt; ich kann nicht genießen, was ich nicht beherrsche.«

»Die Menschen, die gern Puzzles machen«, fuhr er fort, »können ganze Nächte mit der Suche nach einem einzigen passenden Teil verbringen. So war es bei meiner Schwester. Manchmal konnte man sie noch um ein Uhr morgens über einem Puzzle sitzen sehen. Natürlich spreche ich nicht von einem kleinen Kinderpuzzle, sondern von diesen gigantischen Dingern, die sich aus Tausenden kleiner Teilchen zusammensetzen. Sie wissen, was ich meine?«

»Natürlich.«

»Gut, und was ich zu erklären versuche, ist, dass es Menschen gibt, die sich eines Tages bewusst werden, dass ihnen ein wichtiges Teil in ihrem Puzzle fehlt, dass sie es nicht vollenden können. Sie merken, dass etwas nicht funktioniert oder dass gar nichts funktioniert, bis sie das fehlende Teil finden oder, besser gesagt, finden dürfen.«

»Das klingt irgendwie esoterisch«, murmelte die Bibliothekarin. »Oder gnostisch.«

»Überhaupt nicht. Es handelt sich um eine unbestimmte Ahnung, nicht um eine Weisheit für Eingeweihte. Es ist eher die Art Entdeckung, die Edgar Allan Poe in *Der entwendete Brief* beschreibt. Haben Sie die Geschichte je gelesen? Natürlich haben Sie sie gelesen. Also wie in Poes Geschichte befindet sich der entwendete Brief oder das fehlende Teil genau hier, im selben Zimmer, vor unseren Augen, aber man kann es nicht sehen, ist sich seines Vorhandenseins nicht bewusst. Bis eines Tages …«

Die Señorita Prim rutschte unbehaglich auf der Leitersprosse hin und her.

»Ich muss mit dem *Monologion* weitermachen«, meinte sie in dem für sie typischen professionellen heiterneutralen Ton.

Der Mann im Armsessel sah sie aufmerksam an.

»Wie immer zieht sich die Señorita Prim in ihren schützenden Panzer zurück, wenn sich etwas Übernatürliches nähern könnte. Was beunruhigt Sie daran, über Dinge zu reden, an die Sie sowieso nicht glauben? Das scheint mir unlogisch.«

Bereits mit der Säuberung eines weiteren Buches beschäftigt, hüllte sich die Bibliothekarin in Schweigen. Was sollte sie auch sagen? Es beunruhigte sie nicht im Geringsten, über Dinge zu sprechen, an die sie nicht glaubte; sie war sich sicher, dass etwas, das nicht existierte, sie nicht beeinflussen konnte; es war nicht das Übernatürliche, das sie fürchtete. Es waren die Auswirkungen, die das Gespräch mit dem Mann im Armsessel und seine Überzeugungen auf sie haben könnten. Wie hätte sie ihm auch erklären sollen, dass sie fürchtete, irgendwann an etwas zu glauben, das nicht existierte, nur weil er daran glaubte?

»Keine Angst, Prudencia. Kein Mensch kann allein mit dem eigenen Willen sich selbst oder andere verändern. Das braucht Sie nicht zu beunruhigen. Wir sind fremdbestimmt, erinnern Sie sich? Sosehr wir uns auch bemühen, wir haben es nicht in der Hand, es geht nicht alles von uns selbst aus.«

»Ich bin keine Thomistin«, entgegnete die Bibliothekarin nüchtern, die es bereits bereute, etwas von ihren Ängsten preisgegeben zu haben.

Er sah sie überrascht an, wie ein Vater, dessen Tochter ihm gerade erklärt hat, dass sie stolz darauf ist, nicht lesen zu können.

»Und genau das ist Ihr großes Problem, meine liebe Señorita Prim.«

7

Die Entschuldigung der *Vereinigung der Feministinnen* kam wenige Tage später in Form von zwölf roten Rosen *Comte de Chambord* bei der Bibliothekarin an. Zwölf Rosen hätten als Entschuldigung durchaus ausgereicht, aber zwölf *Comte de Chambord* waren mehr als eine Entschuldigung, sie waren ein besonders exquisites Friedensangebot. Señorita Prim erkannte hinter der Wahl der Blumen sogleich die Hand der Expertin in Person von Hortensia Oeillet, ebenso wie sie Herminia Treaumont hinter den poetischen Versen vermutete – wen, wenn nicht sie? –, die das beigelegte Schreiben einleiteten:

Geh und fang den Stern im Fall!
Sei's der ein Alraunkind schuf!
Sag, wo sind die Jahre all?
Wer schnitt Spalt in Teufels Huf?
Gönn mir der Sirenen Singen!
Lehr mich, mich dem Leid entschwingen,
Und find,
Welcher Wind
Hilfreich ist dem guten Kind!

Unter dem Gedicht war zu lesen:

Liebe Prudencia,

werden Sie uns irgendwann verzeihen? Wir können Ihnen nicht verübeln, wenn dem nicht so ist. Untröstlich, reuevoll und zutiefst beschämt schicken wir Ihnen ein wenig von der Schönheit aus alten Zeiten, gemeinsam mit der alleraufrichtigsten Bitte um Entschuldigung.

Hortensia Oeillet

PS.: Herminia war der Meinung, dass die Verse John Donnes Ihnen ebenfalls den Tag verschönern würden. Sind sie nicht wunderbar?

»Allerdings«, murmelte die Bibliothekarin befriedigt, während sie ihre empfindsame Nase in den Strauß senkte.

Seit dem Tag des unglücklichen Zwischenfalls hatte die Señorita Prim immer wieder an das sonderbare Benehmen der Damen der *Vereinigung der Feministinnen* denken müssen, die sie zu ihrer Versammlung eingeladen hatten. Und je länger sie darüber nachdachte, desto verzeihlicher erschien ihr das, womit man sie gekränkt hatte. Das sollte nicht heißen, dass sie das Vorgehen billigte, doch aus irgendeinem Grund hatte sich ein wenig Nachsicht in das Bild eingeschlichen, das sie von den Damen hatte. Natürlich hatten sie sich rücksichtslos und äußerst unhöflich ihr gegenüber verhalten, von Feingefühl und Takt keine Spur, aber irgendwie drängte sich der Bibliothekarin die Vermutung auf, dass sich hinter diesem ungeschickten Komplott eine gewisse Art von Liebe verbarg.

Liebe? Als ihr der Gedanke zum ersten Mal kam, schreckte sie auf. Sie war kein sentimentaler Mensch, aber ehrlicherweise musste sie zugeben, dass in der Art, wie diese Frauen angeboten hatten, einen Ehemann für sie zu suchen, eine gewisse – plumpe, ungeschickte, mütterliche – Form von Liebe unverkennbar war. Während sie den Blumenstrauß mit ein paar geübten Handgriffen in einer Kristallvase arrangierte, sagte sie sich, dass, wenn die Frauen von San Ireneo einen Ehemann für das größte Glück hielten, das eine Frau erlangen konnte, und sich bemühen wollten, einen solchen für sie zu finden, sie nicht das Recht hatte, dies zu verurteilen. Wenn sie entschieden hatten, ihre Zeit und ihre Fürsorge darauf zu verwenden, warum sollte sie das als Beleidigung empfinden, wenn es doch als aufrichtiges, nettes Geschenk gemeint war?

Außerdem hatte sie in Wahrheit überhaupt nichts gegen die Ehe. Natürlich hatte sie in der Öffentlichkeit immer das Gegenteil behauptet, aber wie viele Frauen ihrer Art verschmähte die Señorita Prim im Gespräch mit anderen vor allem das, was sie insgeheim niemals zu erlangen fürchtete. Erneut rief sie sich die hochroten Gesichter von Hortensia Oeillet und Emma Giovanacci in Erinnerung sowie die besänftigenden Worte Herminia Treaumonts. Wenn eine so besondere und intelligente Frau wie Herminia die Ehe für einen so wertvollen Schatz hielt, wie konnte sie dies dann auf eine derart unnachgiebige Art in Zweifel ziehen? Hatte sie sich jemals wirklich intensiv mit dem Thema befasst? Hatte sie sich bei irgendeiner Gelegenheit hingesetzt und das Für und Wider dieser Lebensform aufgeschrieben? Hatte sie dies getan? Señorita Prim musste zugeben, dass dem nicht so war.

Andererseits konnte man auch nicht sagen, dass sie voll und ganz für die Ehe eingenommen war. Sie war wohl einfach nicht für eine eheliche Beziehung geschaffen, sagte sie sich, während sie sich in eine Wolldecke hüllte, um auf dem Balkon vor ihrem Zimmer den Sonnenuntergang zu genießen. Für die Ehe brauchte es eine gewisse Anpassungsfähigkeit, einen gewissen Konformismus, die Fähigkeit, Kompromisse einzugehen und sich zu binden. Eine solche Frau war die Señorita Prim definitiv nicht. Sie hasste es, nachzugeben. Es war nicht so, dass sie es grundsätzlich ablehnte – in einem abstrakten Sinne hatte sie eine gewissen Nachgiebigkeit immer geschätzt –, aber im konkreten Fall war sie dazu einfach nicht in der Lage. Es widerstrebte ihr, von ihren Ansichten abzurücken, wie sie bei verschiedenen Gelegenheiten bereits hatte feststellen können.

Auch wenn sie sich über diesen inneren Widerstand manchmal ärgerte, erfüllte er sie in gewisser Weise auch mit Stolz. Warum sollte sie beispielsweise die Behauptung unterstützen, dass ein gewisser Komponist einem anderen überlegen wäre, wenn sie fest davon überzeugt war, dass es nicht stimmte, dachte sie in Erinnerung an eine hitzige Diskussion zu diesem Thema im Haus von Freunden. Warum sollte sie kompromisshalber zustimmen, dass musikalisches Talent sich nur schwer vergleichen ließe, wenn sie anderer Meinung war? Warum sollte sie nur um des lieben Friedens willen vorgeben, dass die Überlegenheit des einen gegenüber dem anderen zum größten Teil von der seelischen Verfassung des Zuhörers abhing? Die Señorita Prim hielt diese Art Kompromisse für intellektuell nicht vertretbar. Und auch wenn sie manchmal im Interesse irgendwelcher zwischenmenschlicher Beziehungen einen solchen Kompromiss einging, war es ihr doch im Grunde ihres Herzens zuwider.

Der Himmel verfärbte sich allmählich rosa, als sie hörte, dass es an der Tür klopfte.

»Prudencia«, hörte sie den Mann im Armsessel sagen, »ich habe etwas im Ort zu erledigen, und leider ist gerade keiner von den Angestellten im Haus. Könnten Sie so nett sein, ein wenig auf die Kinder zu achten? Sie spielen noch im Garten. Es tut mir leid, dass ich Sie darum bitten muss, aber ich habe keine andere Wahl.«

Auch wenn sie es bedauerte, dass sie den Sonnenuntergang nun doch nicht betrachten konnte, versicherte sie freundlich, sich um die Kinder zu kümmern. Es waren keine normalen Kinder, überlegte sie, als sie die Treppe hinunterging. Sie lasen keine normalen Bücher, sie spielten keine normalen Spiele, sie sagten nicht einmal normale

Dinge. Das bedeutete nicht, dass sie unangenehm waren oder schlecht erzogen – in Wahrheit musste sie zugeben, dass es entzückende Kinder waren –, doch sie ähnelten in keiner Weise den Kindern ihrer Freunde oder denen, die man auf der Straße sah oder in Restaurants. Wenn sie mit ihnen sprach, hatte sie oft das Gefühl, dass sie die Fragen stellten. Es waren die Kinder, die das Gespräch bestimmten. Und sie waren es auch, die die Unterhaltung mit den eigenartigsten Informationen würzten, die die Señorita Prim für absolut nicht altersgemäß hielt.

»Heute haben wir etwas über die Archimandriten und die russischen Starzen gelernt, Señorita Prim. Kennen Sie die Geschichte vom Staretz Ambrosius und den Truthennen?«, hatte Tesseris sie eines Tages gefragt, während sie hinter dem Rücken der Köchin ein paar mit Käse überbackene Toasts zubereitete.

Die Señorita Prim entgegnete, dass sie ein wenig über die Starzen wisse, dass sie aber noch nie etwas von diesem Ambrosius, geschweige denn von irgendwelchen Truthennen gehört habe. Kaum hatte die Bibliothekarin diese Wissenslücke offenbart, wurde sie Zeugin eines ungewöhnlichen kindlichen Vortrags über den Staretz Ambrosius und das Kloster von Optina, die Übereinstimmungen zwischen diesem und dem Staretz Sossima und einer Geschichte von ein paar Truthennen, die sich hartnäckig zu fressen weigerten.

»Eines Tages sollte eine Bäuerin für einen Großgrundbesitzer dessen Truthennen versorgen«, erklärte das Mädchen. »Sie war sehr traurig, weil die Hennen zu sterben drohten und der Großgrundbesitzer sie deswegen entlassen wollte. Als die Pilger im Kloster ihr Klagen hörten, lachten sie und sagten ihr, sie solle den Mönch nicht mit derartigen dummen Nichtigkeiten belästigen. Doch der Staretz Ambrosius ging zu ihr, hörte ihr aufmerksam zu, und als sie geendet hatte, fragte er sie, was sie den Hennen zu fressen gegeben habe. Dann riet er ihr, das Futter zu wechseln, und segnete sie. Als die Frau gegangen war, fragten alle den Mönch, warum er seine Zeit wegen ein paar Hennen vergeude. Wissen Sie, was er ihnen sagte?«

»Ich habe keine Ahnung«, antwortete die Señorita Prim leicht überfordert.

»Er sagte ihnen, dass sie blind seien, so blind, dass sie nicht in der Lage seien zu erkennen, dass das Leben dieser Frau von diesen armseligen Hennen abhing. Der Staretz Ambrosius teilte die Probleme nicht in große oder kleine auf, wie jeder andere es tut. Er sagte immer, dass die Engel in den einfachen Dingen zu finden seien und dass es dort, wo sich die Dinge verkomplizierten, keine Engel gebe. Er hielt das Kleine für wichtig.«

Man konnte wirklich nicht behaupten, dass es normale Kinder waren, dachte die Bibliothekarin seufzend, während sie in den Garten eilte. Als sie den nun verblühten Hortensienweg entlangging, wandte sie sich nach rechts zu einer kleinen Gartenlaube, die aus den Kronen von sechs großen Platanen gebildet wurde, welche der Jahreszeit geschuldet allmählich ihre Blätter verloren. Dort, auf zwei gusseisernen Bänken, befand sich das Hauptquartier der Kinder. Als diese nun sahen, wie die Señorita Prim ihr Heiligtum betrat, rückten sie sofort ein Stück auseinander.

»Euer Onkel hat mich gebeten, euch im Auge zu behalten. Deshalb bin ich gekommen, um nachzusehen, was ihr so treibt«, gab sie ehrlich Auskunft.

»Wir machen nichts Besonderes, sondern haben in einem Buch aus der Zeit, als wir noch klein waren, gelesen«, entgegnete Septimus.

»Aha, und was habt ihr gelesen?«, fragte die Bibliothekarin, während sie unauffällig das kleine gelbe Buch betrachtete, das der Junge in der Hand hielt.

»Die Geschichte von einem Frosch, der gern Auto fährt«, antwortete Septimus mit der Überlegenheit dessen, der glaubt, etwas zu wissen, auf das der andere niemals kommt.

Señorita Prim lächelte wohlwollend.

»Von einem Frosch, der mit einer Maus, einer Ratte und einem Dachs befreundet ist?«

Die Kinder nickten überrascht.

»Sie kennen es? Es ist ein altes Buch, ziemlich alt. Es existierte schon, als unsere Großmutter noch ein kleines Mädchen war. Es ist also wirklich sehr, sehr alt«, erklärte Septimus todernst.

Die Bibliothekarin unterdrückte ein Lächeln.

»Ich habe es auch gelesen und viel daraus gelernt.«

»Gelernt? Warum? Es ist doch nur ein Kinderbuch«, rief Tesseris mit großen Augen aus.

Die Señorita Prim verschränkte die Arme vor der Brust und blickte über die Köpfe der Kinder auf den Horizont.

»Weil es mehr ist als ein Kinderbuch: Es ist Literatur. Und aus Literatur kann man immer viel lernen. Sie wird gedeutet, auf ihre Aussage und ihre Wirkung hin untersucht.«

Die Kinder starrten sie an, während das milde Licht des späten Nachmittags, das durch die gelben Blätter der Bäume drang, zitternde Schatten auf ihre Gesichter zeichnete.

»Unser Onkel sagt, dass man die Bücher damit kaputtmacht«, wandte Septimus schließlich ein. »Er hasst diese Textanalysen und hat uns noch nie dazu angehalten.«

Eine Welle kalter Entrüstung durchlief die Bibliothekarin.

»So, so«, murmelte sie unwirsch. »Das hat er also gesagt. Wie ist es ihm denn dann gelungen, euch beizubringen, Vergil an einem einzigen Satz zu erkennen? Wie soll das gehen, ohne einen Text zu untersuchen und zu analysieren? Es ist doch so, dass ihr Teile der *Aeneis* auswendig könnt, oder? Denn ich meine, mich daran zu erinnern, am Tag meiner Ankunft genau das miterlebt zu haben.«

»Wir können viele Gedichte und Geschichten auswendig; das ist das Erste, was wir mit allen Texten machen«, erklärte Tesseris mit ihrer weichen Stimme. »Er meint, dass man so lernt, die Bücher zu lieben, dass das viel mit dem Erinnern zu tun hat. Er sagt, dass wenn ein Mann sich in eine Frau verliebt, er sich als Erstes ihr Gesicht einprägt, um sich an sie erinnern zu können, an die Farbe ihrer Augen und ihres Haars; ob sie Musik mag, ob sie lieber Schokolade isst oder Plätzchen, wie ihre Geschwister heißen, ob sie Tagebuch schreibt, ob sie eine Katze hat …«

Die Señorita Prim blickte nicht mehr ganz so streng. Da war es wieder, dieses seltsame, dunkle, konzentrierte Feingefühl, dieses irritierende männliche Ego, gemischt mit unerwarteten Momenten der Zärtlichkeit.

»Und genau so ist es mit den Büchern«, fuhr Tesseris fort. »Während des Unterrichts lernen wir Textstücke auswendig und tragen sie laut vor. Und dann lesen wir die Bücher, reden darüber und lesen sie dann noch einmal.«

Die Bibliothekarin zog sich langsam die Jacke aus und setzte sich zu den Kindern auf die Bank.

»Das heißt, euer Onkel meint, dass man Bücher genießen sollte, anstatt sie zu analysieren?«

»Ja, aber das meint er nicht nur von Büchern. Das Gleiche gilt für Musik und Bilder. Erinnern Sie sich an den Tag, als Sie angekommen sind? Sie haben die Rubljow-Ikone gesehen und sie mit einem Zirkel abgemessen, wissen Sie noch?«, fragte Tesseris.

Die Señorita Prim errötete, weil sie fürchtete, dass dieses Kind gerade dabei war, ihre Art der Kunstbetrachtung infrage zu stellen.

»Ich erinnere mich«, sagte sie dann.

»Sie haben mir nicht geglaubt, als ich gesagt habe, dass mir kein Erwachsener beim Malen geholfen hat. Die

Erwachsenen hätten mir geraten, einen Zirkel zu benutzen. Mein Onkel hat mir erklärt, dass eine Ikone ein Fenster zwischen dieser und der anderen Welt ist, dass er es so von den alten Starzen gelernt hat, dass die alten Athoniten es genauso machen, dass sie immer so gemalt haben.«

Señorita Prim rutschte nervös auf der Bank herum. Diese Kinder hatten etwas Beunruhigendes, auch wenn sie nicht genau sagen konnte, was es war. Etwas irgendwie Verstörendes, das mit einer strahlenden, besänftigenden Unschuld einherging und mit dieser zärtlichen Hochachtung, mit der sie jedes Wort aus dem Mund des Mannes im Armsessel wertschätzten.

»Ihr liebt ihn wohl sehr, was? Ich meine euren Onkel.«

»Ja«, sagte der kleine Deka, während seine Geschwister nickten. Und sogleich fügte er hinzu: »Und er sagt immer die Wahrheit.«

»Soll das heißen, dass alle anderen lügen?«, fragte die Bibliothekarin, überrascht von dieser Behauptung.

»Die Leute belügen uns Kinder«, sagte Septimus ernst, »alle tun es, und niemand hält das für falsch. Als unsere Mutter gestorben ist, haben alle gesagt, dass sie nun ein Engel ist.«

»Und das stimmt nicht?«, murmelte die Señorita Prim mitfühlend.

Septimus sah seine Schwester an, die heftig den Kopf schüttelte.

»Kein Mensch kann zu einem Engel werden, Señorita Prim. Die Menschen sind Menschen, und die Engel sind

Engel, das sind zwei verschiedene Dinge. Denken Sie mal an Bäume und Hirsche. Glauben Sie, dass ein Baum ein Hirsch werden könnte?«

Die Bibliothekarin verneinte.

»Vielleicht ist es nur der Versuch, etwas zu erklären, eine Art Legende. Habt ihr etwas gegen Legenden? Und was ist mit Märchen? Mögt ihr keine Märchen?«, fragte sie in der Hoffnung, das Thema wechseln zu können.

»Doch, wir mögen Märchen«, entgegnete Eksi schüchtern. »Sogar sehr.«

»Und welches habt ihr am liebsten?«

»Die Geschichte der Erlösung«, antwortete die große Schwester schlicht.

Die Señorita Prim war so verblüfft von dieser Antwort, dass sie nicht wusste, was sie darauf sagen sollte. Diese seltsame Behauptung bewies, dass es dem Mann im Armsessel trotz seiner enormen Anstrengungen, trotz seiner Beharrlichkeit und seiner Überheblichkeit nicht gelungen war, den Kindern auch nur die Grundzüge des Glaubens zu vermitteln, der ihm so wichtig war. Offensichtlich war er nicht in der Lage gewesen, den historischen Hintergrund seiner Religion hinreichend zu erklären. Wie war das möglich? All die morgendlichen Ausflüge zur Abtei, all die theologischen Texte, die ganze klassische Liturgie, all die mittelalterlichen Spiele, und was hatte er damit erreicht? Neben ihr saßen vier Kinder, die davon überzeugt waren, dass all die Texte, die ihm so viel bedeuteten, nichts weiter als Märchen waren.

»Aber Tesseris, die Geschichte der Erlösung ist doch kein Märchen im eigentlichen Sinn. Märchen sind Geschichten voller Phantasie und Abenteuer, sie sollen die Menschen unterhalten. Sie sind nicht in einer bestimmten Zeit angesiedelt und erzählen niemals von Personen oder Orten, die es wirklich gibt.«

»Ja, das wissen wir«, sagte das Mädchen. »Wir wissen, dass das kein normales Märchen ist. Die Geschichte der Erlösung ist ein wahres Märchen.«

Die Bibliothekarin lehnte sich nachdenklich auf der alten gusseisernen Bank zurück.

»Du willst sagen, dass sie Ähnlichkeit mit einem Märchen hat, ist es das?«, fragte sie irritiert.

»Nein, natürlich nicht. Die Geschichte der Erlösung ähnelt keinem Märchen, Señorita Prim, sondern die Märchen und Legenden ähneln der Geschichte der Erlösung. Ist Ihnen das noch nicht aufgefallen? Es ist etwa so, wie wenn man einen Baum abmalt. Der Baum sieht nicht aus wie die Zeichnung, sondern die Zeichnung ähnelt ein wenig – nur ein wenig – dem realen Baum.«

Der Señorita Prim war heiß geworden. Es war eine fiebrige, drückende Hitze. Sie blieb noch lange sitzen. Die Sonne war in der Ferne fast schon untergegangen, als sie schließlich aufstand, den Kindern erlaubte, noch ein bisschen am Karpfenteich zu spielen, und dann langsam in ihr Zimmer zurückging.

II

Der Winter in der russischen Steppe

1

Mitte November bekam Señorita Prim die Gelegenheit, die Mutter ihres Chefs kennenzulernen. Sie kam unangekündigt, trug einen eleganten Hut, und hinter ihr ging eine Bedienstete, die einen Berg Koffer schleppte. Die Kinder empfingen sie mit Freudengeheul, was der Bibliothekarin zeigte, dass sich hinter dem imposanten Auftritt eine aufmerksame, hingebungsvolle Großmutter verbarg. Dieser Eindruck verfestigte sich, obwohl sich bald herausstellte, dass ein Großteil der kindlichen Freude die mitgebrachte Bulldogge sowie die zahlreichen Geschenke betraf.

Das Erste, was der Señorita Prim an der Mutter des Mannes im Armsessel auffiel, war ihre außerordentliche Schönheit. Eine schöne, elegante Frau ist ein Kunstwerk, hatte ihr Vater immer gesagt. Und wenn das stimmte, und die Bibliothekarin glaubte fest daran, dann war diese Dame mindestens ein Botticelli, ein Leonardo da Vinci oder ein Raffael.

»Wo ist mein Sohn?«, fragte sie mit rauchiger Stimme, während die Bedienstete ihr half, die eindrucksvolle Silberfuchsstola abzulegen.

»Ich fürchte, er ist gerade in der Abtei«, antwortete die Bibliothekarin.

»In der Abtei«, wiederholte die alte Dame säuerlich. »Wenn er sich weniger mit der Abtei beschäftigen und dafür mehr diesem Haus widmen würde, wäre hier alles bedeutend besser in Schuss. Und Sie sind …?«

»Entschuldigen Sie, ich hätte mich vorstellen müssen. Ich bin Prudencia Prim und kümmere mich um die Bibliothek.«

Die alte Dame musterte sie eine Weile schweigend. Sie betrachtete aufmerksam ihr Gesicht, begutachtete ihre Figur, ließ den Blick über ihre tadellose Frisur schweifen und bat dann ihre Bedienstete, ihr eine Tasse Kaffee zu bringen.

»Und was ist mit ihm? Kümmern Sie sich auch um ihn?«

Die Bibliothekarin wurde dunkelrot. Auch wenn die gerade angekommene Dame eine Schönheit war und die Señorita Prim Schönheit sehr schätzte, war sie nicht bereit, gewisse Anspielungen hinzunehmen. Und von allen möglichen Anspielungen war es diese, die sie am allerwenigsten dulden konnte.

»Ich verstehe nicht, was Sie meinen«, entgegnete sie brüsk.

Die gerade Angekommene hob erneut den Blick, um sie anzusehen, und lächelte ironisch.

»Vor allem anderen muss ich Ihnen sagen, dass es mir gar nicht gefällt, mir den Hals zu verrenken, wenn ich mich mit jemandem unterhalte. Seien Sie bitte so nett und setzen Sie sich, Señorita Prim. Zu den Zeiten meines Vaters war ein Bibliothekar nicht einfach ein Angestellter, sondern eine Vertrauensperson und nicht ganz so ungnädig. Ich bin eine Frau, die nicht mit der Zeit geht, und möchte meine Gewohnheiten ungern ändern.«

Señorita Prim setzte sich gehorsam in einen Lehnstuhl. Sie hatte ihre Arbeit unterbrochen und war sich schmerzlich der Tatsache bewusst, dass Herodots *Neun Bücher zur Geschichte* sie in der Bibliothek erwarteten.

»Ich wollte Sie nicht beleidigen, aber Sie müssen zugeben, dass Ihr Chef ein besonderer Mensch ist. Oder ist Ihnen das noch nicht aufgefallen? Ich brauche da kein Blatt vor den Mund zu nehmen, er ist schließlich mein Sohn. Wenn es eine Frau auf der Welt gibt, die ihn durch und durch kennt, dann bin ich das, Señorita Print.«

Die Bibliothekarin öffnete den Mund, um ihren Namen zu korrigieren, besann sich dann jedoch eines Besseren. Es war offensichtlich, dass diese Frau sich nicht gern unterbrechen ließ, geschweige denn Widerspruch duldete. Dabei konnte dies eine heilsame Erfahrung sein, die sie in ihrem Leben sicher noch nie gemacht hatte.

»Er ist ein angenehmer und großzügiger Chef, ich habe keinen Grund, mich zu beklagen. Und was seinen

Charakter betrifft, verstehen Sie sicher, dass ich es für angebracht halte, mich dazu nicht zu äußern.«

Die alte Dame schwieg, während sie sich die Handschuhe auszog.

»Ich bin erleichtert, das zu hören, Señorita Prim. Es freut mich, dass zutrifft, was man über Sie sagt. Ich muss Ihnen etwas gestehen: Ich habe die schlechte Angewohnheit, die Menschen auf die Probe zu stellen, bevor ich ihnen auch nur das geringste Vertrauen schenke. Sie haben sicher bemerkt, dass ich innerhalb nur einer halben Minute eine negative Anspielung auf die Gründe ihres Aufenthalts in diesem Haus gemacht habe, Sie aufgefordert habe, sich schlecht über Ihren Chef zu äußern, und Ihren Namen absichtlich falsch ausgesprochen habe. Und Sie haben mit Würde auf meine Anspielung reagiert, haben die Aufforderung höflich abgelehnt und haben über meinen Irrtum hinweggesehen. Ihr Verhalten ist tatsächlich und ohne jeden Zweifel so tadellos, wie mein Sohn es mir versichert hat.«

Diese Worte verwirrten die Bibliothekarin. Der Gedanke, von einer unbekannten Frau auf die Probe gestellt worden zu sein, war nicht gerade angenehm. Dennoch fühlte sie sich nicht beleidigt. Nicht nur, weil sie die Prüfung offensichtlich bestanden hatte, sondern weil ihr Chef trotz seiner Vorurteile gegenüber Akademikern derart positiv über sie gesprochen hatte.

»Sie sind sehr freundlich«, stotterte sie.

»Ich bin nur ehrlich.«

Während die alte Dame den ersten Schluck Kaffee trank, ging die Bedienstete in den Salon, machte Feuer im Kamin und schloss die Vorhänge, um den trüben grauen Tag auszusperren.

»Mögen Sie den Herbst?«, fragte die Mutter des Hausherrn unvermittelt.

»Ich finde ihn romantisch«, entgegnete die Señorita Prim und errötete sofort aufs Neue, weil sie dachte, dass diese Frau ihre Worte falsch verstehen könnte. »Ich meine natürlich romantisch im künstlerischen Sinne, nicht gefühlsmäßig.«

Anstatt zu antworten, bot die Mutter des Mannes im Armsessel ihr eine dampfende Tasse Kaffee an.

»Ich hasse den Herbst. Ich war schon immer der Meinung, dass dieser Dichter, T. S. Eliot, sich geirrt hat. Nicht der April ist der grausamste Monat, sondern der November. Der April ist ein wunderbarer Monat, mit viel Sonne, Licht und blühenden Glyzinien. Kennen Sie Italien?«

Vom seltsamen Verlauf des Gesprächs verwirrt, antwortete die Bibliothekarin, dass sie Italien durchaus kenne.

»Sie meinen, Sie haben dort gelebt?«

Señorita Prim erklärte, dass sie nicht dort gelebt habe.

»Dann sollten Sie es unbedingt einmal tun. Sie sollten es tun, bevor es zu spät ist.«

»Im Moment ist das wohl unmöglich«, entgegnete die Señorita Prim, von der Möglichkeit beunruhigt, dass diese deutliche Aufforderung vielleicht besagte, dass man sie loswerden wollte.

Das fröhliche, kristallklare Lachen der fremden Frau durchbrach die Stille im Zimmer.

»Wenn Sie erst einmal so alt sind wie ich, werden Sie wissen, dass alles möglich ist. Sehen Sie sich meinen Sohn an. Vor einigen Jahren hatte er noch eine brillante akademische Karriere vor sich, er war intelligent, bezaubernd, seine Zukunftsaussichten waren hervorragend. Und was ist davon geblieben? Jetzt ist er hier in diesem Nest begraben, verschanzt sich im Haus seiner Familie, mit vier Kindern am Bein, und besteht darauf, jeden Morgen vor dem Frühstück drei Kilometer zu einem alten Kloster zu pilgern. Glauben Sie mir, wenn ich Ihnen sage, dass alles möglich ist. Sie sehen es ja.«

»Aber er scheint hier doch sehr glücklich zu sein«, wagte die Señorita Prim einzuwenden.

»Ja, das ist er. Das ist er durchaus. Genau das ist ja das Verblüffende. Und ich muss zugeben, dass er an diesem Ort schon viel erreicht hat. Sie können sich nicht vorstellen, wie es hier vor ein paar Jahren noch aussah.«

Die Bibliothekarin, die schon vor einer Weile den mahnenden Gedanken an Herodots Bücher vergessen hatte, machte es sich auf ihrem Stuhl bequem, bereit, ihre nie gestillte Neugier, den Wohnort ihres Chefs betreffend, endlich zu befriedigen.

»Wie ist er nur auf die Idee gekommen, diese Kolonie zu gründen? So etwas fällt einem ja nicht einfach so ein.«

Die alte Dame stellte ihre Tasse auf den Tisch, legte den Kopf in den Nacken und schloss die Augen, als koste es sie Mühe, sich zu erinnern.

»Wenn ich das nur wüsste! Ich glaube nicht, dass es einen bestimmten Auslöser gab. Auf jeden Fall hatte es mit der Begegnung mit diesem neunzigjährigen Mönch zu tun, von dem Sie sicher schon gehört haben.«

Señorita Prim lehnte sich in ihrem Stuhl zurück und gönnte sich einen weiteren Schluck Kaffee.

»Ich erinnere mich, dass er gerade von einer Vortragsreise zurückgekehrt war«, fuhr die alte Dame fort. »Damals nahm er sich die Zeit, ein Seminar an der Universität von Kansas zu besuchen. Dort hat sich ihm dann irgendetwas offenbart, fragen Sie mich nicht, was. In jenem Sommer reiste er nach Ägypten, danach besuchte er das Kloster Simonos Petras auf der Halbinsel Athos, und er war auch bei den Benediktinern in Le Barroux. Anschließend erklärte er mir, dass er entschieden habe, einige Monate in der Abtei von San Ireneo zu leben. Stellen Sie sich das mal vor, in einem traditionellen Benediktinerkloster; er, der zwanzig Jahre lang keinen Fuß in eine Kirche gesetzt hatte. Ich glaubte, er würde es nicht aushalten, aber ein Jahr später bat er mich, in unser altes Haus einziehen zu dürfen, und soweit ich weiß, begann damit die ganze Geschichte. Aber wundern Sie sich nicht, das Leben birgt seine Überraschungen.«

Die Bibliothekarin schwieg nachdenklich.

»Aber … Was ist mit den Kindern?«, fragte sie schließlich. »Befürchten Sie nicht, dass er die Kinder zu sehr beeinflusst?«

»Befürchten?«, rief die alte Dame überrascht aus. »Meine liebe Señorita Prim, meine Enkel sind die einzigen Kinder, die ich kenne, die Dante, Vergil oder Racine zitieren können, die Klassiker in der Originalsprache lesen, die einen Großteil der bedeutendsten Musikstücke an nur wenigen Akkorden erkennen können. Was das angeht, befürchte ich gar nichts. Ich bin sogar stolz, wirklich stolz. Es zählt zu den wenigen Dingen, die ich in dieser Eremitenklause, die mein Sohn für sich gewählt hat, gutheiße – und die ich ansonsten abgrundtief hasse, das verhehle ich nicht.«

»Ich habe nicht die Bildung gemeint, sondern die Religion. Befürchten Sie nicht die Auswirkungen davon, dass sie sich viel zu früh und viel zu intensiv mit Religion beschäftigen? Sie verstehen sicher, was ich meine.«

Die alte Dame warf der jungen Bibliothekarin einen ungläubigen Blick zu, und anstatt zu antworten, ließ sie ein amüsiertes Lachen erklingen.

»Aber, meine Liebe, ich merke, dass Sie doch sehr wenig über das Haus wissen, in dem Sie leben«, sagte sie mit blitzenden Augen.

Señorita Prim sah sie fragend an.

»Was meinen Sie damit?«

Die alte Dame betrachtete sie lächelnd.

»Was ich damit meine, ist, dass es nicht mein Sohn war, der diesen Kindern ihren Glauben eingegeben hat. Er hat sich zunächst auf ganz andere Dinge konzentriert, als er sich nach dem Tod meiner Tochter entschieden hatte, sich um die Kinder zu kümmern. Damals hatte er zwar schon die Tiefen des Verstandes und die christliche Kultur für sich entdeckt und erfreute sich sehr an der außerordentlichen Schönheit des Kultus. Aber er hatte den entscheidenden Schritt noch nicht getan, er befand sich sozusagen auf der Schwelle. Verstehen Sie, was ich Ihnen sagen will? Nicht er hat es getan, sondern sie waren es. Es waren die Kinder, die ihn dorthin geführt haben, wo er heute ist.«

Die Ankunft der Mutter des Mannes im Armsessel teilte das Leben der Señorita Prim in ein Vorher und ein Nachher. Seit die alte Dame im Haus war, hatte sich das gesellschaftliche Leben der Bibliothekarin entscheidend verbessert. Die alte Dame machte sie zu ihrer ständigen Begleiterin, und schon bald war es für sie selbstverständlich, sie zu allen Verabredungen mitzunehmen, die ihren Kalender füllten.

»Heute werden wir der armen Señorita Mott einen Besuch abstatten«, sagte sie eines Tages, während sie sich dem Ort näherten. »Offensichtlich haben Sie sie noch nicht kennengelernt. Sie ist hier die Lehrerin. Ich selbst habe sie vor einigen Jahren mit ausgewählt und fühle mich in gewisser Weise für sie verantwortlich. Daher besuche ich sie jedes Mal, wenn ich in San Ireneo bin. Hier ist es. Natürlich ist es im Frühling viel schöner, aber sagen Sie selbst, ist es nicht hübsch hier?«

Die Señorita Prim gab zu, dass sie noch nie ein so schönes Schulgebäude gesehen hatte. Es befand sich mitten im Ort, direkt am Marktplatz, und war von einem Holzzaun umgeben, der vollständig mit Rosen bewachsen war, deren späte Blüten einen prächtigen Anblick boten. Das Eingangstor wurde von zwei riesigen Platanen flankiert und von einem Schild gekrönt, das die kleinen Schüler mit Stolz aufforderte: *Sapere aude* – habe Mut, dich deines Verstandes zu bedienen.

Es war fünf Uhr nachmittags. Der Unterricht war schon seit einer Weile beendet, und die Señorita Mott war damit beschäftigt, das alte Messingschild zu polieren, das an die großen Zeiten der Schule erinnerte. Sie war eine ältere Dame von etwa sechzig Jahren mit leicht untersetzter Figur und freundlichem Lächeln. Ihre Besucherinnen empfing sie mit geröteten Wangen und Metallpolitur an den Händen und geleitete sie gleich in das Gebäude.

»Gefällt Ihnen die Schule, Señorita Prim?«, fragte sie, während sie die beiden Frauen in den großen Raum führte, in dem sie den Unterricht erteilte. Dann bedankte sie sich für deren Lob. Natürlich sei es nicht ihr Verdienst, denn die Schule existiere ja bereits seit vielen Jahren. Aber jetzt, da die Señorita Prim es erwähne, müsse sie gestehen, dass jeder sie darauf ansprach, wie es ihr gelang, derart perfekte Rosen in einem Garten voller herumtobender Kinder zu züchten. Natürlich gab es einen Trick; ohne Tricks bringe eine Lehrerin es nicht weit im Leben. Ihr Trick bestand darin, jedem Kind zu Beginn des Schuljahrs einen Rosenstrauch zuzuweisen. Diese Besonderheit mache das Kind stolz und fördere das Verantwortungsgefühl. Sie betreue die Kinder nur drei Jahre lang; sie bringe ihnen vor allem Lesen und Schreiben bei, ein wenig Geometrie und Arithmetik und vielleicht noch die Grundzüge der Rhetorik.

Während sich der Redeschwall der Señorita Mott wasserfallartig über die Stille in der Schule stürzte und die empfindsame Bibliothekarin regelrecht betäubte, schwieg die Mutter des Mannes im Armsessel. Scheinbar in Gedanken versunken, schritt sie langsam durch den Raum und blieb vor der alten hölzernen Garderobe stehen, an der mit Aquarellfarbe bekleckste kleine Kittel hingen. Als sie sich umdrehte, hob sie den Blick und sah mit ihren schönen Augen der Lehrerin direkt ins Gesicht.

»Sind Sie glücklich hier, Eugenia?«

Die Frage traf die Señorita Mott völlig unvorbereitet, die leicht errötete und sich räusperte, bevor sie antwortete.

»Was für eine sonderbare Frage. Ich würde sagen, ja. Ja, natürlich. Warum sollte ich nicht glücklich sein?«

Die Mutter des Mannes im Armsessel setzte sich an eines der kleinen Pulte und betrachtete interessiert ein paar Worte, die in das Holz geritzt waren.

»Ich würde sagen, dass nicht meine Frage sonderbar ist, sondern Ihre Antwort. Warum Sie nicht glücklich sein sollten? Dafür könnte es tausend Gründe geben. Zunächst, weil das Glücklichsein nicht der natürliche Zustand des Menschen ist. Vielleicht auch, weil es ermüdend sein kann, Jahr für Jahr Kinder zu unterrichten. Oder …« – die alte Dame senkte unmerklich den Ton ihrer Stimme – »weil er nicht zurückgekehrt ist.«

Die Bibliothekarin fühlte sich auf einmal unwohl. Die Bemerkung der Mutter ihres Chefs schien auf eine Form von Liebeskummer anzuspielen. Und Prudencia Prim verurteilte Liebeskummer und seine Folgen. Es gefiel ihr nicht, was er aus den Menschen machte, sie hasste es, den Schaden zu betrachten, den er anrichtete, sie ertrug den Gedanken nicht, dass er stärker war als manche Menschen. Daher äußerte sie, noch bevor die Lehrerin etwas entgegnen konnte, den Wunsch, ein wenig zwischen den Chrysanthemen und dem Lorbeer spazieren zu gehen.

»Ich schätze Ihr Feingefühl sehr, Prudencia. Aber machen Sie sich keine Sorgen. Es ist eine alte Geschichte, und es stört mich überhaupt nicht, vor anderen darüber zu sprechen. Die Wahrheit ist, dass ich gelernt habe, damit zu leben und damit in gewisser Weise glücklich zu sein. Nein, mein Mann ist nicht zurückgekehrt, natürlich ist er nicht zurückgekehrt, aber ich warte auch nicht mehr darauf. Ich könnte nicht weiterleben, wenn ich immer noch darauf warten würde.«

»Ich freue mich, das zu hören«, entschied die Mutter des Mannes im Armsessel mit einer gewissen Härte. »Zu warten hat etwas Unglückliches. Ich warte niemals auf irgendjemanden. Mein Sohn hält es jedoch für eine Tugend.«

»Er hält das Warten für eine Tugend?«, fragte die Señorita Prim interessiert. »In welchem Sinne?«

»Natürlich in einem anderen Zusammenhang«, rief die Lehrerin traurig aus. »In Bezug auf etwas weniger Dummes und Sentimentales als die Liebe einer verlassenen Frau.«

»Ich weiß nicht, worauf er es bezieht, aber was ich sehr wohl weiß, ist, dass Sie gut daran tun, das Warten aufzugeben«, wandte die Mutter des Mannes im

Armsessel streng ein, »und jetzt sagen Sie mir, Eugenia, kennen Sie Italien?«

Die Bibliothekarin horchte auf, als sie diese Worte hörte. Diese Frau schien offensichtlich darauf fixiert zu sein, die Leute danach zu fragen, ob sie Italien kannten. Die Señorita Prim hatte nichts gegen Italien, es war in jeder Hinsicht ein wunderbares Land, aber was sollte diese Beharrlichkeit? Ihrer Ansicht nach hatte es etwas Unhöfliches, andauernd jeden zu einer Reise quer durch Europa zu drängen.

»Wie ich bereits zu Prudencia gesagt habe – gleich an dem Tag, als ich sie kennenlernte –, denke ich, dass man das Leben erst dann wirklich begreifen kann, wenn man eine Weile in Italien gelebt hat. Es ist eine Erfahrung, die einem den letzten Schliff gibt, etwas Grundlegendes für die intellektuelle und kulturelle Bildung einer Frau.«

»Nur der Frau? Und was ist mit den Männern?«, fragte die Bibliothekarin.

Die alte Dame sah sie spöttisch an.

»Die Männer? Die sollen sich um sich selbst kümmern. Wir haben schon genug mit uns zu tun, finden Sie nicht? Sie sind noch sehr jung und unerfahren, Prudencia, aber ich werde Ihnen etwas sagen. An dem Tag, an dem die gesellschaftlichen Anlässe, an denen sowohl Männer als auch Frauen teilnehmen, nicht mehr in zwei Lager gespalten sind – ein männliches, in dem über Politik und Wirtschaft geredet wird, und ein weibliches, in dem Anekdoten und Klatschgeschichten ausgetauscht werden –, an diesem Tag haben wir die Fähigkeit erlangt, etwas über die Bildung der Männer zu sagen. Und was Sie jetzt von mir hören werden, wird Sie entsetzen, aber ich werde es Ihnen nicht ersparen: Die meisten Frauen sind nicht in der Lage, ein wirkliches Gespräch zu führen. Und das Schlimme daran ist, dass sie es sehr wohl könnten, aber keine Lust haben, es zu versuchen.«

Die Bibliothekarin tauschte einen resignierten einvernehmlichen Blick mit der Señorita Mott, die sich beeilte, das Thema zu wechseln und zu erklären, dass ihrer Meinung nach die klassische Antike die Basis jeder Erziehung sei, von Männern wie von Frauen.

»Erlauben Sie mir, dass ich Ihnen eine Frage über Ihren Sohn stelle: Wo hat er sich denn seinen letzten Schliff geholt?«, erkundigte sich die Señorita Prim.

»Mir gefällt der Gedanke, dass er seine Erziehung selbst vollendet hat. Natürlich hat er von uns das nötige Werkzeug erhalten, erstklassiges Werkzeug: hervorragende Schulen, ausgezeichnete Lehrer. Aber dass er davon in dieser Weise profitierte, ist allein sein Verdienst.«

»Er ist brillant«, meinte die Señorita Mott.

»Er ist brillant, aber er hat seine Begabung verschwendet«, urteilte die alte Dame bitter, während sie sich erhob, um sich von der Lehrerin zu verabschieden. Diese begleitete ihre Gäste bis zum Tor und sagte lächelnd auf Wiedersehen.

Die alte Dame und die Bibliothekarin spazierten eine Weile nebeneinander her, jede in ihre Gedanken versunken. Obwohl Señorita Prim darauf brannte, noch mehr über die Erziehung und Bildung des Mannes im

Armsessel zu erfahren, wagte sie es nicht, das Schweigen ihrer Begleiterin zu unterbrechen. Schließlich war es diese, die das Gespräch wieder aufnahm, indem sie erzählte, dass der Ehemann von Eugenia Mott seine Frau drei Monate vor dem Umzug nach San Ireneo ohne ein Wort der Erklärung verlassen habe. Danach fragte sie die Bibliothekarin, was sie von der Lehrerin halte.

»Sie scheint ein guter Mensch und sehr aufrichtig zu sein, allerdings nicht gerade ausgesprochen intellektuell. Ich bin überrascht, dass Sie gerade sie als Lehrerin ausgewählt haben, denn ich dachte, hier in San Ireneo werde besonders viel Wert auf die Ausbildung der Kinder gelegt.«

»Halten Sie sie für gewöhnlich?«

Die Bibliothekarin sah die alte Dame entsetzt an. Wie war es möglich, dass sich eine so elegante Frau auf derart respektlose und unsensible Art an andere wandte? Sosehr sie sich auch bemühte, fand sie dafür keine Erklärung. Sie konnte sich einfach nicht an diese gefühlskalten Kommentare, diese gnadenlose Ehrlichkeit, diese autoritäre Art zu reden, zu beobachten und sogar zuzuhören, gewöhnen.

»Nein, natürlich nicht. Was ich sagen wollte, ist, dass ich mit einem … eher außergewöhnlichen Menschen gerechnet habe. Hat sie denn einen entsprechend anspruchsvollen akademischen Abschluss?«, formulierte sie vorsichtig.

»Hat sie nicht. Sie ist eine einfache Lehrerin.«

»Aber diesem auf den Klassikern fundierenden Unterricht, wie er in San Ireneo erteilt wird … nicht jeder ist dem gewachsen.«

Die alte Dame sah die Bibliothekarin erschöpft an.

»Meine liebe Señorita Prim. Haben Sie immer noch nicht verstanden, wie die Dinge hier funktionieren? Eugenia Mott ist eine einfache Lehrerin, äußerst einfach, weil die Bewohner von San Ireneo für ihre Kinder genau das wollen: eine Lehrerin ohne großartige intellektuelle Ambitionen.«

»Entschuldigen Sie, wenn ich da nachhake«, meinte die Bibliothekarin irritiert, »aber ich verstehe nicht, warum ein Ort, in dem die Kinder *Antigone* auf Griechisch aufführen, eine Lehrerin ohne intellektuelle Ambitionen bevorzugt?«

Die alte Dame blieb stehen und bedachte ihre Begleiterin mit einem ernsten Blick.

»Weil man hier im Grunde keinen Lehrer braucht, der den Kindern irgendetwas beibringt. Weil an diesem Ort die Kinder sowieso von den Erwachsenen unterrichtet werden; von ihnen lernen sie, Gedichte zu deklamieren, bevor sie lesen können; sie erläutern ihnen die Geometrie anhand des Textes von Euklids *Elementen*; sie spielen ihnen eine Motette von Palestrina vor, damit sie seine Bedeutung erfassen; sie bereisen mit ihren Kindern halb Europa, um sie Fra Angelicos Fresco *Noli me tangere* betrachten zu lassen, um ihnen den Hochaltar in der Basilika San Giovanni in Laterano zu zeigen, um ihnen die Kapitelle des Tempels der Aphrodite vor Augen zu führen.«

»Aber wozu brauchen sie dann eine solche Lehrerin?«

»Damit all das gut betreut ist, damit es bewahrt und geschützt wird. Oder, um es klarer auszudrücken: damit es nicht zerstört wird. Erschreckt Sie das? Wenn es hier eine Lehrerin mit ambitionierten Theorien über Pädagogik, Soziologie und Kinderpsychologie und all diese modernen Wissenschaften gäbe, wäre das so, als ob man einen Fuchs in den Hühnerstall lassen würde. Denken Sie einmal so: Wenn Sie davon überzeugt wären, dass die Welt das Denken und das Unterrichten verlernt habe; dass sie die Schönheit der Literatur und der Kunst nicht entsprechend würdige; wenn Sie der Meinung wären, dass die Kraft der Wahrheit verloren gegangen sei, würden Sie dieser Welt dann erlauben, Ihre Kinder zu unterrichten?«

»Jetzt verstehe ich, warum Ihr Sohn keine Bibliothekarin mit akademischem Titel wollte«, murmelte die Señorita Prim betreten.

Die alte Dame sah sie zärtlich lächelnd an.

»Ja, aber er hat Sie eingestellt, oder? Er muss in Ihnen etwas Besonderes gesehen haben, nicht wahr? Was, glauben Sie, war das?«

Die Señorita Prim antwortete, dass sie es nicht wisse, wobei sie es jedoch für möglich halte, dass es mit einem Missverständnis am Tag ihrer Ankunft zu tun habe.

»Sie betrügen sich selbst«, beharrte die alte Dame. »So sentimental ist er nicht. Sie können mir schon glauben, wenn ich Ihnen sage, dass er tatsächlich etwas Interessantes in Ihnen gesehen hat.«

Und mit der ihr üblichen Direktheit fügte sie hinzu: »Ich frage mich allerdings, was das wohl gewesen ist.«

2

Seit zehn Tagen hatte die Señorita Prim kaum ein Wort mit dem Mann im Armsessel gewechselt. Wegen seiner Beschäftigung mit den Kindern, des Unterrichts, den Klosterbesuchen und der Anwesenheit seiner Mutter hatte sie ihn so gut wie nicht zu Gesicht bekommen. Während des Frühstücks sagte sich die Bibliothekarin, dass sie gut auf seine Gesellschaft verzichten konnte. Und das stimmte. Eine Frau wie sie, in gesunder geistiger Verfassung und absolut unabhängig, war durchaus in der Lage, sich auch ohne Gesprächspartner die Zeit zu vertreiben. Allerdings musste sie zugeben, dass ihr dieser männliche Sinn für Humor, der die Arbeit mit den riesigen zu klassifizierenden Bücherstapeln ein wenig erheiterte, doch ein bisschen fehlte.

Am Nachmittag erhielt Prudencia Prim eine Nachricht von Herminia Treaumont, in der diese sie bat, sich doch der Gruppe anzuschließen, die die Weihnachtsfeierlichkeiten in San Ireneo organisierte. Während die Bibliothekarin ihren Kaffee trank, las sie das Schreiben schweigend und in dem Bewusstsein, dass an diesem Tag nicht mehr allzu viel Arbeit vor ihr lag. Daher entschied sie sich, ihren Mantel anzuziehen und ihren Hut aufzusetzen, um an der Versammlung im Teesalon des Ortes teilzunehmen.

Draußen war es kalt, und die Bibliothekarin fror schon auf dem Weg zum Gartentor.

»Möchten Sie in den Ort, Prudencia? Ich kann Sie gern mitnehmen.«

Der Mann im Armsessel hatte sie aus dem Auto heraus angesprochen. Señorita Prim zögerte, aber ein Blick in den grauen Himmel ließ sie das Angebot annehmen.

»Danke«, sagte sie, während sie sich auf dem Beifahrersitz niederließ. »Ich denke, es wird jeden Moment anfangen zu schneien.«

Er lächelte freundlich, sagte jedoch nichts darauf.

»Möchten Sie, dass ich die Heizung höher stelle?«, fragte er.

Die Bibliothekarin versicherte, dass die Temperatur im Wagen durchaus angenehm sei.

»Darf ich mir die Frage erlauben, was Sie bei dieser Kälte in den Ort führt?«

»Ich treffe mich mit Herminia Treaumont und ein paar anderen, um über die Weihnachtsfeierlichkeiten zu reden.«

»Ich sehe, dass Sie sich bestens in unsere kleine Gemeinde integriert haben. Das heißt … Sie haben den Damen schon verziehen?«

Señorita Prim, die mit größter Sorgfalt versucht hatte zu verhindern, dass ihr Chef von dem Vorfall während der Sitzung der *Vereinigung der Feministinnen* erfuhr, wurde rot.

»Ich wusste nicht, dass Sie so gut über meine Freizeitbeschäftigungen informiert sind. Ich nehme an, Sie haben es von Horacio Delàs erfahren.«

»Ich fürchte, Ihr Vertrauen in die Diskretion von dreißig Zeuginnen ist allzu groß. Diese Geschichte habe ich mindestens fünf Mal gehört, und ich muss sagen, dass ich Ihre Reaktion in allen Versionen bewundere.«

Die Bibliothekarin lachte erleichtert, wies jedoch mit einer abwehrenden Geste das Kompliment zurück.

»Ich bin nicht so nachtragend. Mir ist schon klar, dass das, was passiert ist, in bester Absicht geschah, auch wenn es mir sehr unangenehm war. Meine Reaktion darauf war nicht besonders freundlich, vor allem der Señorita Treaumont gegenüber. Sie ist eine sehr beeindruckende Frau.«

»Eine ganz besondere Frau«, stimmte der Mann im Armsessel zu.

Die Bibliothekarin, die es sich auf dem Beifahrersitz bequem gemacht hatte, verspürte auf einmal einen kleinen Stich.

»Sie ist eine sehr schöne Frau, finden Sie nicht auch?«, fragte sie, während sie verstohlen das Profil ihres Chefs betrachtete, der sich weiterhin auf die Straße konzentrierte.

»Sie ist eine der attraktivsten Frauen, die ich je kennengelernt habe, und dazu ausgesprochen intelligent.«

Eine Weile sagte keiner der beiden ein Wort. Die Señorita Prim beschränkte sich darauf, schweigend aus dem Fenster zu schauen. Die alten knorrigen Bäume, die die Straße säumten und ihre kahlen Äste in den

Himmel reckten, und das kalte graue Licht ließen die Landschaft düster und dramatisch aussehen.

»Sie war sicher einmal eine große Schönheit«, sagte Señorita Prim schließlich mit einem seltsamen Druck in der Magengegend.

»Wie bitte?«

»Ich sagte, sie muss einmal eine große Schönheit gewesen sein«, wiederholte sie geduldig.

»Meinen Sie meine Mutter?«

»Ihre Mutter? Nein, warum sollte ich plötzlich von Ihrer Mutter reden? Ich spreche von der Señorita Treaumont.«

»So alt ist sie gar nicht«, entgegnete er überrascht, »jedenfalls nicht alt genug, als dass man behaupten könnte, dass sie einmal eine große Schönheit war.«

»Meinen Sie?«

»Allerdings meine ich das. Sie ist jünger als ich und nur wenig älter als Sie.«

»Oh«, meinte die Bibliothekarin.

Er sah sie aufmerksam an und richtete den Blick dann wieder auf die Straße.

»Glauben Sie mir nicht? Es stimmt aber.«

»Selbstverständlich glaube ich Ihnen«, sagte sie, »auch wenn es mich überrascht.«

»Was überrascht Sie?«

Die Bibliothekarin, die sich wieder etwas besser fühlte und den Druck im Magen bereits vergessen hatte, öffnete ein wenig das Fenster, sodass ein Hauch der eisigen Luft hereinströmte.

»Es gibt Frauen, die das Pech haben, vorzeitig zu altern«, murmelte sie.

»Vorzeitig zu altern? Aber ich bitte Sie! In meinen Augen ist Herminia eine bildschöne junge Frau.«

Señorita Prim, deren Magen sich erneut auf unangenehme Art und Weise bemerkbar machte, schwieg.

»Warum sagen Sie nichts mehr?«

»Was sollte ich dazu sagen?«

»Ich habe einen Kommentar zu meiner Einschätzung erwartet.«

»Das möchte ich lieber bleiben lassen.«

»Warum?«

»Weil es unangebracht wäre.«

»Was wäre unangebracht?«

»Es wäre nicht angebracht, weiterhin mit einem Mann über eine andere Frau zu reden; vor allem über Dinge, von denen er nichts versteht.«

»Ah, so ist das«, sagte er und unterdrückte ein Lächeln.

Der Rest der Fahrt verlief schweigend, bis der Wagen vor dem Teesalon anhielt, wo das Festkomitee die Bibliothekarin erwartete.

»Soll ich Sie später wieder hier abholen?«, fragte er höflich, während er sich nach vorn lehnte, um ihr die Tür zu öffnen.

»Danke, das ist nicht nötig«, entgegnete sie eingeschnappt. »Ich gehe lieber zu Fuß.«

»Señorita Prim, sehen Sie sich den Himmel an; es wird bald anfangen, heftig zu schneien.«

»Das weiß ich selbst, danke.«

»Schön, wenn Sie es wissen, dann ist es ja gut. Ich wünsche Ihnen jedenfalls einen schönen Nachmittag«, sagte er stirnrunzelnd, bevor er wieder den Motor startete.

Señorita Prim richtete sich vor dem Fenster des Teesalons den Hut. Sie war irritiert, das ließ sich nicht verbergen. Diese übertriebene Schwärmerei für Herminia Treaumont hatte sie zugegebenermaßen extrem gestört. Aber so wäre es wohl jeder Frau ergangen. Oder welcher Frau wäre es nicht unangenehm gewesen, mit einem Mann im Auto zu sitzen, der eine andere in den Himmel lobte? Es war nicht gerade höflich von einem Mann, einer Frau gegenüber ein ums andere Mal die außerordentliche Schönheit einer anderen zu betonen. Es war sogar äußerst unhöflich. Und es war diese Art von Unhöflichkeit gewesen, die die Señorita Prim schließlich bewogen hatte, ihre alte Stelle zu kündigen und ihr Leben in der Stadt und sogar ihre Familie aufzugeben. Dort, wo man nicht höflich miteinander umging, war alles verloren. Das wusste sie nur allzu gut, denn sie hatte es in ihrem eigenen Zuhause beobachten müssen. Sie hatte über Jahre zugesehen, wie die Höflichkeit aus der Beziehung ihrer Eltern verschwunden war. Am Umgang mit ihrer Schwester hatte sie am eigenen Leib erfahren, was Unhöflichkeit anrichten konnte. Und jetzt, da sie an einen Ort gelangt war, wo Umgangsformen noch etwas zu gelten schienen, hatte sie im Auto eines Mannes gesessen, der die ganze Zeit über ununterbrochen von der Schönheit und den sonstigen Qualitäten einer anderen Frau geschwärmt hatte.

Herminia Treaumont war eine interessante Frau, ja und? Das war sie selbst auch! Gut, sie war attraktiv, aber konnte man über sie selbst nicht das Gleiche sagen? Natürlich stand es ihm frei, sich von dieser Frau angezogen zu fühlen, sie hatte absolut nichts dagegen, aber musste er es derart betonen? Señorita Prim hatte schon immer etwas gegen Gefühlsäußerungen in der Öffentlichkeit gehabt. Ihrer Meinung nach konnte jeder zu Hause seinen Gefühlen freien Lauf lassen, ohne dass andere gezwungen waren, dabei zugegen zu sein. Genau dafür gab es heutzutage privaten Wohnraum. Sentimentale Ausschweifungen in aller Öffentlichkeit waren ein Merkmal primitiver Gesellschaften und ebenso primitiver Individuen, überlegte sie, während sie den Kragen ihres Mantels aufstellte. Außerdem war sie seine Angestellte. War es nötig, vor einer Angestellten derartig seine Gefühle zur Schau zu stellen? Die Señorita Prim war der Meinung, dass sein Verhalten im Auto völlig unangemessen gewesen war. Sie war davon überzeugt, dass es eine Norm gab, die ein solches Benehmen einfach verbot.

Noch immer unter dem Eindruck des unerfreulichen Zwischenfalls betrat sie den Teesalon, wo ein angenehmes, von Kerzen auf den Tischen erhelltes Ambiente sie willkommen hieß.

»Señorita Prim, was für eine Freude, Sie wiederzusehen!« Die warme, ruhige Stimme von Herminia Treaumont, die sich vom Tisch erhoben hatte, um sie zu begrüßen, holte sie in die Wirklichkeit zurück.

»Ich freue mich auch, Señorita Treaumont.«

»Bitte nennen Sie mich Herminia, und erlauben Sie mir, Prudencia zu sagen. Wir sind beide jung genug, um auf übertriebene Förmlichkeiten zu verzichten, finden Sie nicht auch?« Sie zwinkerte.

»Auf jeden Fall«, entgegnete die Bibliothekarin und errötete bis in die Haarspitzen.

Trotz ihres aufgewühlten Seelenzustands nahm die Señorita Prim rege am Gespräch teil. Außer Herminia Treaumont waren noch drei weitere Frauen und zwei Männer anwesend. Einer der Herren wurde ihr als der Richter Basett vorgestellt, ein kleiner, stämmiger Mann mit buschigen Augenbrauen und Bart, dessen Augen immer dann aufleuchteten, wenn ihn das jeweilige Gesprächsthema interessierte. Der andere hieß François Flavel und war der einzige Tierarzt in der Gegend. Die Frauen waren die Señora Von Larstrom, Eigentümerin des *Hotels San Ireneo*, die betagte Señorita Miles, die sich mit jeglicher Art von Traditionen bestens auskannte, und die junge Amelia Lime, die Sekretärin des Richters. Nachdem die wichtigsten Details in Bezug auf die Vorbereitung der Weihnachtsfeierlichkeiten besprochen worden waren, die vom Chorgesang bis zum Straßenschmuck, bestehend aus Girlanden von Zweigen, Früchten und Lichtern, reichten, wandte sich das Komitee den eigentlichen Festlichkeiten zu. Länger als eine Stunde lang notierten sie alle Einzelheiten, über die noch entschieden werden musste. Danach kam man auf persönlichere Dinge zu sprechen. Señorita Prim rückte etwas näher an den Tierarzt heran und, noch immer unter dem schmerzlichen Eindruck des indiskutablen Verhaltens ihres Chefs, bemühte sie sich um besondere Höflichkeit.

»Ich liebe Tiere«, sagte sie mit einem strahlenden Lächeln.

Der Angesprochene lächelte ebenfalls und wollte gerade freundlich etwas erwidern, als die tiefe Stimme des Richters die beginnende Konversation unterbrach.

»Das liegt daran, dass Sie noch nie auf einem Bauernhof gewesen sind, habe ich recht? Ich wette, dass Sie noch nie gesehen haben, wie ein Kalb geboren wird. Fragen Sie unseren Tierarzt mal, ob es angenehm ist, den Arm bis zur Schulter in die Möse einer Kuh zu schieben. Oder hatten Sie bereits die Gelegenheit, bei einem solchen Ereignis dabei zu sein?«

Señorita Prim richtete sich auf und spannte unwillkürlich ihren Kiefer an.

»Natürlich nicht, aber ich denke, dass man Tiere auch lieben kann, ohne etwas Derartiges miterlebt zu haben.«

Der junge Tierarzt beeilte sich, dies zu versichern. Man konnte durchaus Tiere lieben, ohne ihre Fortpflanzungsorgane betastet zu haben. Unzähligen Menschen war es im Laufe der Geschichte bereits so ergangen.

»Es ist möglich, dass beides richtig ist, aber meiner Meinung nach ist es wichtig, aufrichtige Tierliebe, die eine rühmliche und nicht immer leichte Sache ist, von dem sentimentalen Getue zu unterscheiden, das manche Menschen für Tierliebe halten. Wobei ich natürlich davon ausgehe, dass Letzteres bei Ihnen nicht der Fall ist, meine Liebe.«

»Natürlich nicht«, pflichtete der Tierarzt ihm bei.

Die Bibliothekarin schwieg.

»Haben Sie einen Hund?«, fragte der Richter daraufhin.

Die Señorita Prim antwortete, dass sie leider keinen Hund habe.

»Eine Katze vielleicht? Sie sehen so aus, als hätten sie eine Katze, das habe ich im selben Moment gedacht, als ich Sie habe hereinkommen sehen.«

»Ich hatte den gleichen Gedanken«, meinte der junge Tierarzt freundlich. »Sie haben etwas Katzenhaftes an sich, wenn ich das so sagen darf.«

Die Señorita Prim versicherte herzlich, dass sie sich über das Kompliment freue, aber um ehrlich zu sein, niemals eine Katze besessen habe.

»Einen Kanarienvogel?«, fragte der Richter weiter.

Die Bibliothekarin schüttelte den Kopf.

»Eine Schildkröte?«, führte der Tierarzt an.

Die Señorita Prim musste zugeben, auch noch nie eine Schildkröte als Haustier gehabt zu haben.

»Einen Fisch vielleicht?«, knurrte der Richter, der inzwischen ein wenig ungeduldig klang.

»Ich hatte noch nie ein Haustier«, antwortete die Bibliothekarin, um der ausufernden Befragung ein Ende zu setzen. »Ich war schon immer der Meinung, dass die reinste Form der Liebe dem gilt, was man nicht hat.«

»Eine sehr gute Theorie«, brachte der Richter mit Befriedigung hervor. »Wenn wir Männer danach lebten, gäbe es keine Scheidungen, wahrscheinlich nicht einmal Hochzeiten.«

Der Tierarzt von San Ireneo sah die Señorita Prim schweigend an.

»Wollen Sie damit sagen, dass Sie Hunde in einem abstrakten Sinn lieben?«

»Genau«, entgegnete sie lächelnd.

»Und Katzen?«

»Auch.«

»Und Fische, Kanarienvögel und Hamster?«

Señorita Prim, die bereits leicht irritiert war, begrüßte das energische Eingreifen des Richters, der dem jungen François befahl, das seltsame Fragespiel zu beenden.

»Aber das ist doch unmenschlich!«, rief dieser daraufhin aus. »Ich kann nicht glauben, dass eine so reizende Frau wie Sie nur in der Theorie lieben kann.«

Señorita Prim strich sich eine widerspenstige Haarsträhne aus dem Gesicht und senkte den Blick.

»Das habe ich nicht gesagt«, sagte sie leise.

»Doch, das haben Sie«, mischte sich der Richter erneut ein. »Sie haben gesagt, dass man die reinste Form der Liebe dem entgegenbringt, was man nicht hat. Das ist eine ausgezeichnete Theorie, wie ich bereits gesagt habe, also zerstören Sie sie jetzt nicht, weil Ihnen der Mut fehlt.«

Die Bibliothekarin rutschte einigermaßen verlegen auf ihrem Stuhl herum. Auf der anderen Seite des Tisches besprachen die Frauen des Festtagskomitees, wie man die Kerzen am Weihnachtsbaum vor dem Wind schützen könne. Sie sah neidisch zu ihnen hinüber, bevor sie sich wieder ihren männlichen Gesprächspartnern zuwandte.

»Wenn es etwas gibt, dessen ich mich rühme, dann ist es mein Mut. Aber als ich vom Nichtvorhandensein eines geliebten Wesens gesprochen habe, hatte ich so etwas wie die ritterliche Liebe im Sinn. Es war eine Art dichterische Freiheit und betraf nicht die wirkliche Liebe.«

Der junge Tierarzt sah ihr in die Augen, bevor er sprach.

»Sie meinen also, dass die Liebe zu Tieren eine ritterliche Liebe ist? Eine glorifizierte Liebe?«

»Ich meine damit, dass die Liebe zu Tieren nicht wirklich Liebe ist.«

Der Richter brach angesichts dieser Erklärung in dröhnendes Gelächter aus.

»Wunderbar«, sagte er mit seiner kräftigen Stimme, »wunderbar. Sie sind mir ja eine! Das trifft die Sache besser als alles, was ich je gehört habe. Aber verraten Sie mir eines: Wenn Sie glauben, dass die Liebe zu Tieren nicht wirklich Liebe ist, und Sie noch nie ein Haustier hatten, warum, zum Teufel, haben Sie dann gesagt, dass Sie Tiere lieben?«

Die Bibliothekarin blickte den Tierarzt an, und das, was sie in seinen Augen sah, veranlasste sie dazu, ehrlich zu sein. Es brachte nichts, dieses Spiel fortzuführen. Die spontane Sympathie zwischen ihnen war völlig verschwunden. Was war anderes zu erwarten gewesen? Der Nachmittag hatte mit dem unangenehmen Gespräch im Auto schon schlecht begonnen. Es war also nicht verwunderlich, dass es auf die gleiche Art weiterging.

»Ich wollte einfach nur nett sein«, gab sie, an den Tierarzt gewandt, zu, der den Blick sofort auf das mit

Butter und Honig bestrichene geröstete Brot richtete, das auf dem Tisch stand.

»In diesem Ort ist es üblich, dass man ehrlich zueinander ist, wissen Sie? Das ist einer der Gründe, warum die meisten von uns hierhergekommen sind: um vor dem lästigen Small Talk zu fliehen«, merkte der Richter nüchtern an.

Der Rücken der Señorita Prim versteifte sich bei diesen Worten.

»Erlauben Sie mir die Bemerkung, dass das Bestreben, nett zu sein, nicht das Gleiche ist wie lästiger Small Talk, Richter Basett.«

»Das stimmt allerdings«, schaltete sich der Tierarzt ein und sah ihr wieder direkt in die Augen. »Man kann gleichzeitig nett sein und die Wahrheit sagen, beides schließt sich nicht zwangsläufig aus.«

Die Bibliothekarin wurde rot, und im selben Moment wurde ihr etwas klar, das sie verblüffte: Sie hatte gelogen, ohne sich dessen bewusst zu sein. Sie, die sich rühmte, zu einer Lüge nicht imstande zu sein, hatte völlig gelassen die Unwahrheit gesagt. Weder war sie dabei rot geworden, noch hatte es sie in Unruhe versetzt, noch hatte ihr Herz schneller geschlagen. Sie hatte versucht, diesen jungen Mann mit einer dummen, lächerlichen Lüge zu beeindrucken, ohne dass sich dabei ihr Puls beschleunigt hatte. War ihr das schon öfter passiert? Zutiefst beschämt, musste sie vor sich selbst zugeben, dass es nicht das erste Mal gewesen war. Und auf einmal baute sich in ihrem Inneren eine leise, schwerwiegende Frage auf: War es möglich, dass alles, was sie sich ihr ganzes Leben mit Stolz an die Brust geheftet hatte, wie etwa ihr Feingefühl, nichts weiter war als eine diskrete und äußerst wirksame Maske, um eine Lüge zu kaschieren? Sie hatte immer unerschütterlich zu ihren Überzeugungen gestanden, das war sicher. Aber wie war es in Momenten, wenn sie anderen gefällig sein wollte, gefallen wollte mit Dingen, die ihr nicht so wichtig waren und die nicht ihre grundsätzlichen Einstellungen betrafen? War sie in solchen Situationen nicht oft genug unehrlich gewesen?

»Entschuldigen Sie mich«, bat sie, während sie sich überstürzt erhob, »aber ich denke, ich muss gehen.«

Alle anderen am Tisch standen auf.

»Ich habe Sie doch hoffentlich nicht beleidigt mit dem, was ich gesagt habe?«, fragte der Tierarzt beunruhigt, der angesichts der Verwirrung der Bibliothekarin seine Sympathie für sie wiedergefunden zu haben schien.

»Beleidigt? Warum?«, schaltete sich Herminia Treaumont ein.

»Kein Grund zur Sorge, Herminia, wir haben nur ein wenig gescherzt«, entgegnete die Señorita Prim liebenswürdig. »Wir haben nur über Haustiere gesprochen und über die Unsäglichkeiten des Small Talks, nichts, was irgendjemanden beleidigt haben könnte.«

»Unser Gast ist wirklich eine Entdeckung, Herminia, wir haben uns wunderbar unterhalten«, meinte der Richter. »Ich frage mich, ob sie nicht vielleicht für mich arbeiten möchte, nun, da die gute Amelia mich verlassen will und mir vorwirft, ein Sklaventreiber zu sein.«

»Also bitte, reden Sie doch nicht so einen Unsinn!«, wandte Amelia betroffen ein.

Die Señorita Prim konnte sich einen Heiterkeitsausbruch nicht verkneifen.

»Das ist ein verführerisches Angebot«, sagte sie dann, »aber ich fürchte, ich habe bereits eine Arbeit, die mich voll und ganz auslastet.«

»Gut, gut, aber überlegen Sie es sich. Ich mag Frauen, die wissen, was sie wollen.«

Nachdem die Señorita Prim sich von allen verabschiedet und mit Herminia Treaumont vereinbart hatte, am folgenden Mittwoch bei ihr in der Zeitungsredaktion vorbeizuschauen, verließ sie den Teesalon. Bevor sie vor die Tür trat, schlug sie den Mantelkragen hoch und zog sich die Handschuhe an, dann machte sie sich auf den Heimweg.

Draußen färbten sich die Straßen allmählich weiß.

Sie war kaum einen Kilometer gegangen, und der Wald lag noch vor ihr, als sie hinter sich das Geräusch eines Autos hörte.

»Prudencia, darf ich Sie darauf hinweisen, dass Sie, wenn Sie mit diesen Schuhen in den Wald gehen, ihn nicht mehr heil verlassen werden und gerettet werden müssten. Erlauben Sie mir, Sie nach Hause zu fahren? Ich verspreche auch, nichts zu sagen, was Sie stören könnte. Ich verspreche sogar, überhaupt nichts zu sagen.«

Señorita Prim sah den Mann im Auto gleichzeitig erleichtert und dankbar an. Sie hatte die Widerstandsfähigkeit ihrer Schuhe im Schnee überschätzt. Die Füße taten ihr weh, sie spürte sie kaum noch, und sie wollte ihre Gesundheit nicht aufs Spiel setzen und schon gar nicht gerettet werden.

»Das ist sehr nett von Ihnen. Ich muss zugeben, dass Sie recht hatten mit Ihrer Prophezeiung, dass ich nicht zu Fuß zurückgehen kann.«

»Die Señorita Prim gibt mir recht? Ich kann es nicht fassen! Sind Sie krank? Das muss an der Kälte liegen«, scherzte er, während er sich nach vorn über den Beifahrersitz beugte, um ihr die Tür zu öffnen. Er bot ihr sogar eine Decke an. »Sie sind ja völlig durchgefroren! Möchten Sie einen Schluck Cognac? Ich weiß, dass Sie mich für einen hoffnungslosen Alkoholiker halten, aber vergessen Sie für einen Moment Ihre unbarmherzigen Urteile und trinken Sie. Das wird Sie aufwärmen.«

Die Bibliothekarin gehorchte, ohne ein Wort zu sagen, während er losfuhr und die Heizung hochstellte. Eigentlich war ihr zu kalt zum Diskutieren, doch seine letzten Worte konnte sie nicht unkommentiert lassen.

»Unbarmherzige Urteile? Sind Sie wirklich der Meinung, dass ich unbarmherzige Urteile fälle? Dabei habe ich gedacht, dass allein Ihre Religion Ihnen schon den Alkoholgenuss untersagen müsste. Ich bin wirklich überrascht, dass Sie mir unbarmherzige Urteile vorwerfen; ich habe mich immer für tolerant gehalten.«

»Tolerant?« Er lachte. »Liebe Prudencia, ich würde eher sagen, dass Sie äußerst streng und linientreu sind. Ich gebe zu, dass das in Ihrem Beruf eine hervorragende

Eigenschaft ist und ich der Erste bin, der davon profitiert, aber es muss eine große Last auf Ihren zarten Schultern sein.«

Die Bibliothekarin biss sich auf die Lippen, als sie an den Vorfall kurz zuvor im Teesalon dachte und an ihr Entsetzen darüber, wie bedenkenlos sie aus Höflichkeit gelogen hatte.

»Und was meine Religion und den Alkohol angeht, haben Sie offensichtlich etwas missverstanden, wobei ich zu Ihrer Verteidigung sagen muss, dass es dieses Missverständnis häufig gibt. Der Alkohol ist wie jedes Gut der Schöpfung nichts Schlechtes, Prudencia. Es ist der Missbrauch, der zu negativen Folgen führt.«

Zum zweiten Mal an diesem Tag musste die Señorita Prim einräumen, dass ihr Gesprächspartner recht haben könnte. Aber weder der Alkohol noch die Religion waren das, was sie gerade beschäftigte.

»Sie denken also, dass ich streng und linientreu bin. Nun, das dachte ich bis jetzt auch, aber heute musste ich nicht nur erkennen, dass es nicht zutrifft, sondern dass ich eine Heuchlerin und Lügnerin bin.«

Der Mann im Armsessel sah sie überrascht an.

»Ich war versucht, einen Scherz über Ihre Worte zu machen, aber ich sehe, dass es Ihnen ernst ist. Darf ich fragen, was passiert ist? Ich verspreche, taktvoll damit umzugehen, denn dazu bin ich durchaus in der Lage.«

Die Bibliothekarin zögerte einen Moment, dann entschied sie sich, darüber zu reden. Sie war sehr müde und wollte sich jemandem anvertrauen, das Unbehagen, das sie empfand, auf andere Schultern abladen. Ihr ganzes Leben lang hatte sie so viel Mühe darauf verwendet, ihren Schwächen nicht nachzugeben, und war aus vielen Kämpfen siegreich hervorgegangen, doch nun musste sie sich ergeben und einräumen, dass ihr Feingefühl, diese Eigenschaft, die sie zur Kunst erhoben hatte, auch nur eine Maske war.

»Wie Sie sehen«, schloss sie, nachdem sie die Geschichte über ihre angebliche Tierliebe, den Tierarzt und den Richter erzählt hatte, »bin ich auch nur eine Heuchlerin. Eine Lügnerin.«

»Ich würde eher sagen, dass Sie dumm sind«, erklärte der Mann am Lenkrad schlicht und einfach.

Señorita Prim sah ihn ungläubig an. Dann löste sie mit entschiedener Geste den Sicherheitsgurt.

»Halten Sie sofort an!«, befahl sie mit kaum verhaltenem Zorn.

»Wie bitte?«

»Halten Sie sofort an! Ich werde nicht eine Sekunde länger mit Ihnen in diesem Auto bleiben.«

Er stoppte den Wagen, machte den Motor aus und hob beide Hände.

»Warum müssen Sie immer gleich so übertreiben?«

»Übertreiben? Sie finden, dass ich übertreibe? Sie bitten mich, Ihnen mein Herz zu öffnen, versprechen, taktvoll zu sein. Und kaum bin ich in die Falle getappt und habe Ihnen meine Sorgen anvertraut, reagieren Sie mit einer Beleidigung. Sie haben mich ›dumm‹ genannt. Sie, der sich für so ritterlich hält; Sie, ausgerechnet Sie!«

»Ja, ausgerechnet ich«, entgegnete er brüsk. »Täuschen Sie sich nicht in mir, Prudencia, ich bin genauso ein Mensch wie alle anderen, vielleicht sogar schlimmer als die anderen. Ich hoffe, dass Sie das nicht überrascht, mich überrascht es nämlich nicht.«

Die Bibliothekarin schickte sich an, aus dem Auto zu steigen, aber er hielt sie zurück.

»Hören Sie mir gut zu! Ich habe Sie als ›dumm‹ bezeichnet, weil ich der Meinung bin, dass jemand, der sich über eine Sache wie die, die Sie mir gerade erzählt haben, derartig aufregt, eben dumm ist. Ich bin ein ehrlicher Mensch, vielleicht zu ehrlich, und Sie haben recht: Ich bin nicht besonders taktvoll. Doch ich denke, Sie kennen mich inzwischen gut genug, um zu wissen, dass ich, wenn auch nicht taktvoll, so aber doch ein anständiger Mensch bin. Wenn ich Sie bitte, mir etwas zu erzählen, dann tue ich das, weil ich Ihnen helfen möchte. Also hören Sie mir zu.«

»Nur wenn Sie die Beleidigung zurücknehmen«, entgegnete sie starrköpfig.

»In Ordnung, ich nehme es zurück. Aber bitte sehen Sie ein, dass es nicht als Beleidigung gemeint war; ich habe damit Ihr Verhalten beurteilt, nicht Sie selbst.«

»Jetzt fangen Sie nicht wieder mit Ihren eklektischen Haarspaltereien an; darauf falle ich nicht noch einmal herein.«

»Könnten Sie mir jetzt bitte einmal zuhören?«, beharrte er geduldig.

Die Bibliothekarin sah ihn an. Der Tag hatte schlecht begonnen. Es war falsch gewesen, die Einladung zu dem

Treffen im Teesalon anzunehmen, genauso wie sein Angebot, sie im Auto mit in den Ort zu nehmen. Hätte sie es nicht getan, hätte sie sich seine Schwärmereien über eine Schönheit, die nicht die ihre war, erspart. Dann hätte sie nicht mit dem Tierarzt geflirtet und die dumme Bemerkung über ihre angebliche Tierliebe unterlassen. Sie, die sich schon immer vor Hunden gefürchtet hatte und Katzen nicht mochte! Ja, sie war wirklich dumm gewesen.

»Sie haben recht, ich bin dumm«, sagte sie mit Tränen in den Augen.

Sanft nahm er ihre Hand und sah sie mit einem Ausdruck an, den sie nicht deuten konnte.

»Nein, Sie sind nicht dumm, Prudencia. Sie haben sich nur dumm verhalten. Bitte weinen Sie doch nicht, sonst weiß ich gar nicht, was ich machen soll. Damit kann so jemand wie ich gar nicht umgehen.« Er drückte ihre Hand. »Hören Sie mir einfach zu: Es sind ein paar Dinge geschehen, die Sie belasten, weil Sie sie nicht verstehen, mehr nicht.«

Sie trocknete sich die Tränen und lächelte verlegen.

»Zwischen Ihnen und mir läuft es wohl immer darauf hinaus, dass ich etwas nicht verstehe, das Sie längst erkannt haben, stimmt das?«

»Nein, das stimmt nicht, nicht ganz jedenfalls. Hören Sie mir jetzt zu?«

Die Señorita Prim versicherte, dass sie zuhören würde. Er startete den Motor des Wagens, bot ihr noch einen Schluck Cognac an und machte es sich im Sitz bequem. Dann begann er zu reden.

»Dem Menschen ist es nicht möglich, all seine schlechten Eigenschaften zu beherrschen, Prudencia. Und das ist keine Frage des Willens. Unsere Natur ist nun einmal nicht perfekt, sondern etwa so wie eine altersschwache Lokomotive, und die Folge ist, dass wir dazu neigen, Fehler zu machen. Sich deswegen aufzuregen ist absurd und – auch wenn Sie sich darüber ärgern – ein bisschen hochmütig. Was man in solchen Fällen tun sollte – das wird Ihnen jetzt nicht gefallen –, ist, den um Hilfe zu bitten, der die Maschine gebaut hat. So wird sie gut geölt und mit der Zeit immer besser.«

»Das ist eine religiöse Aussage, und ich bin nicht religiös. Bitte kommen Sie mir nicht mit solchen Argumenten, weil es nichts bringt«, meinte sie mit von der Kälte und vom Weinen geröteter Nasenspitze.

Er lehnte den Nacken an die Kopfstütze und lachte.

»Diese Entgegnung ist eines klaren Verstandes unwürdig, Prudencia. Und sie ist die Folge der antithomistischen Erziehung, auf die Sie so stolz sind. Die Frage, die sich bei dieser oder jeder anderen Diskussion stellt, ist nicht, ob meine Aussage religiös ist oder nicht, sondern ob sie zutrifft oder nicht. Verstehen Sie den Unterschied? Argumentieren Sie dagegen, Prudencia, wenn Sie glauben, dass das, was ich gesagt habe, nicht zutrifft, und erklären Sie mir, warum, aber sagen Sie mir nicht, dass meine Aussage nichts taugt, weil sie religiös ist. Der einzige Grund, warum meine Aussage hier oder irgendwo in der Welt nichts taugen könnte, wäre der, dass sie schlichtweg falsch ist.«

»Also gut, dann taugt sie nichts, weil sie falsch ist.«

»Wirklich? Sie glauben also, dass der Mensch in der Lage ist, Vollkommenheit zu erlangen und sie sich aus eigener Kraft dauerhaft zu bewahren? Sie sind nicht der Meinung, dass Irren menschlich ist? Sie halten den Menschen für unfehlbar?«

»Natürlich nicht. Ich weiß sehr gut, dass Irren menschlich und dass niemand perfekt ist.«

»Das bedeutet, dass Sie im Grunde einen Großteil dessen, was ich gesagt habe, für richtig halten, Sie aber die Wahrheit nur anerkennen wollen, wenn die Religion aus dem Spiel bleibt.«

Señorita Prim sah den Mann, der im Halbdunkeln neben ihr saß, an und fragte sich verbittert, warum – sogar in solch düsteren Momenten wie diesem – die Gespräche mit ihm so viel interessanter waren als alle anderen, die sie sonst führte. Warum war der einzige Mann, mit dem sie sich wirklich angeregt unterhalten konnte, gleichzeitig der starrköpfigste und unangenehmste Vertreter seines Geschlechts?

»Mir ist kalt. Würde es Ihnen etwas ausmachen, mich jetzt nach Hause zu bringen?«

»Mir etwas ausmachen? Ich stehe jederzeit gern zur Verfügung, Prudencia, und ich bringe Sie auch gern nach Hause.«

3

Dienstags und freitags vormittags gingen die beiden Kleinen zu Señorita Mott in die Schule. Auch die beiden Großen, die schon zu alt für die Grundschule waren, wurden nicht nur zu Hause unterrichtet. Dreimal pro Woche erhielten sie Sprachunterricht bei Herminia Treaumont, und an zwei Tagen gingen sie zum Biologieunterricht in die Praxis des Arztes von San Ireneo; bei Horacio Delàs lernten sie Geschichte; bei Hortensia Oeillet Botanik; Musik bei Emma Giovanacci und so weiter. Jedenfalls war es ein Dienstagmorgen, als die beiden Kleinen mit großen Neuigkeiten in den Salon stürmten.

»Großmutter! Señorita Prim! Der Ehemann der Señorita Mott ist zurück!«, rief Eksi, kaum dass sie den Raum betreten hatte, in dem die beiden Frauen sich ihren jeweiligen Aufgaben widmeten: die eine der Erledigung ihrer Korrespondenz, die andere der Katalogisierung der Werke Jonathan Swifts.

»Und sie hat für alle Kinder Bonbons mitgebracht!«, ergänzte Deka, der, mit den Büchern seiner Schwester beladen, hinter dieser auftauchte.

Die Mutter des Mannes im Armsessel hob die rechte Augenbraue und schrieb weiter, nachdem sie ihren Enkeln bedeutet hatte zu warten, bis sie mit dem, was sie gerade tat, fertig war. Señorita Prim hingegen wandte sich zu ihnen um und freute sich mit ihnen über die Neuigkeit. Auch wenn die Bibliothekarin nicht viel Erfahrung im Umgang mit Kindern hatte, wunderte sie sich doch ein wenig über die Strenge dieser Großmutter und ihre Art, der Spontaneität der Kinder durch Umgangsformen und andere Regeln Einhalt zu gebieten. Auch wenn ihr gleichzeitig eine innere Stimme sagte, dass diese Kinder wahrscheinlich so bezaubernd und wohlerzogen waren, weil sie derart zur Disziplin erzogen wurden.

»Der Ehemann der Señorita Mott ist zurückgekehrt? Was für eine aufregende Neuigkeit!«, rief die Bibliothekarin aus, während sie eine dritte Ausgabe von *Schlacht der Bücher* umsichtig zuklappte.

»In der Tat. Erzählt der Señorita Prim davon und lasst eure arme Großmutter in Ruhe ihre Korrespondenz erledigen«, schlug die alte Dame nach einem Blick auf die Bibliothekarin vor.

Die Kinder konnten nicht viele Einzelheiten über das Geschehen in der Schule berichten. Während der Pause, als sie auf dem Schulhof spielten, hatten sie die Lehrerin auf einmal sagen hören: »Mein Gott, er ist wieder da.«

Alle hatten sich zum Tor umgewandt und dort einen großen, korpulenten Mann in einem alten Mantel und schmutzigen Stiefeln gesehen, der gerührt lächelte.

»Seine Augen waren ein Quell der Tränen«, erklärte Eksi, deren frühreife Leidenschaft für die Literatur die eigene Ausdrucksweise nicht immer positiv beeinflusste.

»Du meinst, er hatte Tränen in den Augen, mein Kind«, verbesserte die Großmutter, während sie ihre Enkelin über die Lesebrille hinweg zärtlich ansah.

»Der Mann der Señorita Mott ist so groß wie die Riesen in *Gullivers Reisen*, Großmutter«, erklärte Deka.

Die alte Dame meinte, dass sie hoffe, die Entschuldigung des Señor Mott für all die Jahre der Abwesenheit sei mindestens ebenso gigantisch wie Jonathan Swifts Riesen.

»Großmutter, wenn die Señorita Mott verheiratet ist … Warum heißt sie dann nicht Señora Mott?«, fragte Eksi.

»Na ja, weil der Señor Mott eines Tages sein Zuhause verlassen hat und nicht mehr zurückgekehrt ist. Du bist noch zu klein für diese Dinge, aber wenn es etwas Schlimmeres gibt als das Witwendasein, dann ist das, mit einem Ehemann verheiratet zu sein, der verschwunden ist. Die arme Eugenia Mott konnte es nicht mehr ertragen, dass die Leute sie ständig nach ihrem Ehemann fragten.« Die Mutter des Mannes im Armsessel blickte zur Señorita Prim hinüber. »Daher beschloss sie irgendwann, sich fortan Señorita zu nennen, ein neues Leben zu beginnen und keine Erklärungen mehr abzugeben.«

»Eine sehr vernünftige Entscheidung«, bekräftigte die Bibliothekarin.

»Das denke ich auch.«

Je mehr Wochen vergangen waren, desto mehr hatte die Señorita Prim die Gegenwart der alten Dame schätzen gelernt. Zwar konnte sie deren aristokratische Kälte nicht gutheißen – das wäre gegen ihre Natur gewesen, und die Señorita Prim tat nie etwas gegen ihre Natur –, aber sie mochte die radikale Ehrlichkeit dieser Frau, die sich sowohl in Form von unbarmherzigen Urteilen als auch von aufrichtigem Lob ausdrückte. Die Bibliothekarin hatte im Charakter der alten Dame eine Erklärung für jene erstaunliche Stärke gefunden, die sie bei alten Dynastien schon immer bewundert hatte. Jene unverbrüchliche Fähigkeit, die eigenen Urteile und Gewohnheiten trotz aller Kriege, Schicksalsschläge und Umbrüche aufrechtzuerhalten. Diese lobenswerte Eigenschaft, sich stets daran zu erinnern, wer man war und woher man kam, war so viel mehr wert, als – wie es in den heutigen Zeiten üblich war – ständig ergründen zu wollen, wohin etwas führte.

»Prudencia«, sagte die alte Dame, »vielleicht sollten wir Eugenia einen Besuch abstatten. Was meinen Sie? Frauen wie Eugenia wissen oft nicht, wie man auf eine solche Art der Auferstehung reagieren soll. Ich möchte nicht, dass dieser Kerl sie noch einmal vorführt.«

Señorita Prim stimmte zu, dass in der Tat die Gefahr bestand, dass Eugenia Mott erneut vorgeführt würde, und hielt den Vorschlag der alten Dame für eine gute Idee. Und so unterbrachen die beiden Frauen ihre jeweilige Tätigkeit, erhoben sich und bereiteten sich darauf vor, in den kalten Winternachmittag hinauszutreten, um sich von der Bediensteten der alten Dame in den Ort fahren zu lassen.

Das Haus der Señorita Mott lag etwas außerhalb von San Ireneo. Es war ein kleines Steingebäude mit weiß gestrichenen Fensterrahmen, von dem sich die farbige Tür und die leuchtend roten Fensterläden wie bunte Pinselstriche abhoben. Büsche mit blühenden Winterastern verliehen dem Haus jenen alten Zauber, der die meisten Wohnhäuser in San Ireneo auszeichnete. Während sie sich dem Haus der Señorita Mott näherten, verlor sich die Señorita Prim in Gedanken, und mit einem Mal kam ihr ein bestimmter Satz in den Sinn:

Schönheit wird die Welt retten.

Wer hatte das noch gesagt? Sicher war es irgendein Russe gewesen, es entsprach genau der Art von Überlegungen, die die russischen Schriftsteller anstellten. Auf jeden Fall hatte sie den Satz irgendwo gelesen, dessen war sie sich sicher. Und sie hatte ihn auch schon bei ein paar Gelegenheiten in den unterschiedlichsten Versionen gehört. Aber ihr wollte nicht einfallen, woher er stammte. Während sie zusah, wie die Bedienstete mit dem Gartentor kämpfte, dachte sie, dass der Mann im Armsessel es sicher wissen würde.

»Die Tür ist offen, Señora. Was machen wir? Gehen wir hinein?«

»Natürlich gehen wir hinein. Die arme Frau wird sich in die Arme des Schmerzes geflüchtet haben«, entgegnete die alte Dame entschieden, während sie die Haustür energisch aufstieß und in die schmale Diele trat.

Schönheit wird die Welt retten, wiederholte die Bibliothekarin im Stillen, während sie der alten Dame zur

Wohnzimmertür folgte. Er würde wissen, wessen Zitat das war, sie würde ihn gleich nach ihrer Rückkehr danach fragen.

»Um Himmels willen, Eugenia!«

Von dem Ausruf alarmiert, reckte sich die Señorita Prim, um der alten Dame über die Schulter sehen zu können, die wie angewurzelt in der Tür stehen geblieben war und ihr den Blick ins Zimmer versperrte. Die Señorita Mott hatte sich tatsächlich in jemandes Arme geflüchtet. Und es waren Arme, die garantiert nicht die des Schmerzes waren und die Lehrerin tröstend umfasst hielten.

»Ich bin froh, dass ihr gekommen seid«, sagte der, um dessen Arme es sich handelte, während er versuchte, die der Señorita Mott sanft von seinem Hals zu lösen.

Prudencia Prim sah sich außerstande zu reagieren, als sie die Señorita Mott dort in den Armen des Mannes im Armsessel sah. Natürlich versetzte es sie nicht in Alarmbereitschaft. Sie war keine Frau, die leicht in Alarmbereitschaft zu versetzen war. Sie zog auch keine voreiligen Schlüsse; das fortgeschrittene Alter der Lehrerin sowie ihre geistige Schlichtheit verboten auch nur den Gedanken an eine mögliche Romanze zwischen den beiden. Aber irgendetwas fühlte sie. Selbstverständlich war es keine Eifersucht – die Señorita Prim verachtete die Menschen zutiefst, die sich mit Eifersucht quälten –, noch fühlte sie sich abgestoßen; wenn sie ehrlich zu sich selbst war, gab es an dem Mann im Armsessel überhaupt nichts, was sie irgendwie hätte abstoßen können. Sie musste sogar zugeben, dass vom ästhetischen Standpunkt aus gesehen ihr Chef ein durchaus ansprechender Mensch war, den sie gerne ansah. Dieses Urteil war für Señorita Prim kein Grund, sich zu schämen, noch hätte sie irgendetwas daraus abgeleitet. Ihr fest verankerter Sinn für alles Schöne erlaubte ihr eine solche Feststellung mit der gleichen Ungezwungenheit, als bezöge sie sich auf einen Schwan oder ein Pferd.

Was also fühlte sie? Die Antwort kam ihr, während sie schweigend den ruhigen Erklärungen des Mannes im Armsessel zuhörte sowie den inständigen Versuchen seiner Mutter, die verzweifelte Lehrerin zu trösten: Was sie empfunden hatte, war Neid. Sie beneidete die um so viel ältere Lehrerin? Die Señorita Prim musste zugeben, dass dem tatsächlich so war. Sie hatte diesen Neid nicht etwa empfunden, als sie die Frau in den Armen ihres Chefs gesehen hatte, sondern als sie sah, wie aufmerksam und zärtlich er mit der Señorita Mott umgegangen war, denn so hatte er sich der Señorita Prim gegenüber noch nie verhalten. Die Bibliothekarin errötete vor Scham allein bei dem Gedanken, dass jemand möglicherweise in ihren Augen lesen könnte, was sie gerade dachte. Und gleichzeitig fragte sie sich zum ersten Mal, ob jetzt nicht vielleicht der Moment gekommen war, die Frauen von San Ireneo zu bitten, ihr nun doch bei der Suche nach einem Ehemann zu helfen. Schließlich konnte eine Reaktion wie diese nur dem entspringen, was die Psychologen als Übertragung bezeichneten. Vielleicht brauchte sie tatsächlich einen Ehemann. Vielleicht sogar dringend.

»Eugenia, ich gehe davon aus, dass Sie hart geblieben sind!« Der strenge Ton in der Stimme der Mutter des Mannes im Armsessel riss Señorita Prim aus ihren Heiratsüberlegungen.

»Mutter!«, unterbrach ihr Sohn warnend.

»Denken Sie, dass ich ihm nicht verzeihen sollte?«, jammerte die Lehrerin verzweifelt. »Vielleicht sollte ich das wirklich nicht, aber ich habe so oft von seiner Rückkehr geträumt, und er scheint es wirklich zu bereuen …«

»Unsinn«, entgegnete die alte Dame säuerlich. »Natürlich bereut er es. Als er gegangen ist, war er jung und kräftig, damals war die ganze Welt ein Abenteuer. Jetzt ist er allmählich in dem Alter, in dem wir alle wissen, dass es bald vorbei sein wird.«

»Es reicht, Mutter. Hör auf!«

»Sie meinen, dass ich ihn abweisen sollte?«, fragte Eugenia Mott weinerlich.

Der Mann im Armsessel ging zu seiner Mutter hinüber, bevor diese antworten konnte, und sagte leise, aber deutlich hörbar zu ihr: »Ich möchte dich daran erinnern, dass es ihre Entscheidung ist. Es geht nicht um dein Leben und auch nicht um meines.«

»Sie hat keine Erfahrung in diesen Dingen und du auch nicht. Ich weiß genau, wie man sich in einer solchen Situation verhalten muss. Sie sollte ihm nicht gestatten zurückzukommen, sie darf nicht zulassen, dass dieser Mann auch nur einen Fuß in ihr Haus setzt.«

»Warum?«, fragte er daraufhin in einem leisen, strengen Tonfall, wie die Señorita Prim ihn noch nie bei ihm gehört hatte. »Vielleicht weil du es auch nicht zugelassen hast?«

Der Blick, den die alte Dame ihrem Sohn nun zuwarf, war so beängstigend, dass die Bibliothekarin zu spüren meinte, wie die Tür sich öffnete und ein eisiger Windzug durch das Zimmer wehte.

»Wie kannst du es wagen …?«, zischte sie zwischen den Zähnen hervor, bevor sie aufstand, ihren Mantel nahm und, gefolgt von ihrer Bediensteten, hinausstürmte.

Der Mann im Armsessel versuchte nicht, sie zurückzuhalten, aber nachdem sich die Tür wieder geschlossen hatte, setzte er sich aufs Sofa und legte die Hände vors Gesicht.

»Das ist alles meine Schuld«, stöhnte die Señorita Mott und richtete nervös den Gürtel ihres Kleides, »ich hätte Sie nicht anrufen sollen, ich hätte Sie alle in diese Angelegenheit nicht mit hineinziehen dürfen. Jetzt ist Ihre Mutter verärgert. Ich bin einfach erbärmlich. So war ich schon immer, aber ich möchte nicht, dass meine Probleme …«

»Bitte, Eugenia, beruhigen Sie sich. Das alles ist nicht Ihre Schuld und ist völlig unbedeutend. Wir sollten jetzt darüber reden, was zu tun ist, wie Ihr Leben in Zukunft aussehen soll und ob darin Platz für Ihren Mann ist.«

An dieser Stelle des Gesprächs räusperte sich die Bibliothekarin leise.

»Ja, Señorita Prim?«, sagte er, hob den Kopf und sah sie zum ersten Mal an, seit sie das Zimmer betreten hatte.

»Möchten Sie vielleicht, dass ich mich um Ihre Mutter kümmere?«

»Dafür wäre ich Ihnen sehr dankbar. Ich kann die Señorita Mott jetzt nicht allein lassen, aber ich fürchte, ich war wohl etwas zu hart zu meiner Mutter. Es tut mir leid, dass es in Ihrer Gegenwart passiert ist.«

Die Bibliothekarin spürte erneut einen Stich. Wieder war es Neid, ein seltsames, kleines, unangebrachtes Neidgefühl, vermischt mit etwas wie Mitleid.

»Machen Sie sich keine Sorgen«, entgegnete sie. »Ich werde mit ihr reden.«

Als sie das Haus verließ, entdeckte sie die alte Dame sofort. Sie saß auf einer Bank unter einem Kamelienbaum, die Bedienstete neben sich. Die Señorita Prim trat langsam näher und setzte sich schweigend zu ihr, während die Bedienstete die Gelegenheit nutzte, um das Auto zu holen. Als sie weg war, begann die alte Dame gleich zu sprechen.

»Sie fragen sich sicher, warum mein Sohn das gesagt hat.«

»Überhaupt nicht«, entgegnete die Bibliothekarin. »Das sind Familienangelegenheiten.«

»So ist es.«

»Allerdings und weil Sie es ja bereits erwähnt haben, da ist tatsächlich etwas, was ich nicht verstehe.«

Die alte Dame wandte sich ihr zu.

»Sagen Sie mir, was es ist.«

»Es überrascht mich einfach, dass Ihr Sohn derart private Dinge vor anderen angesprochen hat. Das ist so gar nicht seine Art.«

Die alte Dame hob eine zart rosafarbene Kamelie vom Boden auf und pflückte traurig die Blätter ab.

»Nein, das ist nicht seine Art. Aber er konnte wohl nicht anders.«

»Aber warum? Ich kenne keinen Menschen, der derart auf Höflichkeit bedacht ist wie er.«

»Warum? Weil er mir die Schuld gibt, meine Liebe, und wenn ein Sohn einer Mutter etwas Schwerwiegendes vorzuwerfen hat, dann ist dieses Gefühl irgendwann stärker als alles andere, sosehr er es auch vermeiden möchte.«

Die Señorita Prim hob nun ihrerseits eine Kamelienblüte auf und drehte sie nachdenklich zwischen den Fingern, während sie sie betrachtete. Es wurde bereits dunkel, und die Luft wurde kälter. Sie zog sich den Schal aus und legte ihn der alten Dame über die Schultern.

»Manchmal sagt man Dinge, ohne darüber nachzudenken. Es geschieht weniger, weil man diese Dinge wirklich meint, sondern aus einem momentanen Gefühl heraus, das der gerade herrschenden Spannung Ausdruck verleiht. Oder weil man vielleicht in einem Streit die Oberhand behalten will. Ich glaube nicht, dass Ihr Sohn dies aus einer tief empfundenen Wut heraus zu Ihnen gesagt hat, er wollte sicher einfach nur das Gespräch beenden.«

Die alte Dame zitterte so sehr, dass die kalte Luft um sie herum zu vibrieren schien, dann beruhigte sie sich und sah der jungen Frau fest in die Augen.

»Meine liebe Prudencia, es gibt für uns alle Momente im Leben, an denen wir uns Problemen gegenübersehen, denen wir uns nicht stellen wollen. Auch wenn diese Probleme bei jedem anders aussehen, geht es im Grunde immer um das Gleiche. Man muss Opfer bringen und entscheiden, wer darunter leiden wird. Entweder man trifft diese Entscheidung selbst, oder andere tun es.«

Die Bibliothekarin zupfte nach und nach die Blätter von der Kamelienblüte.

»Wenn es um die eigenen Kinder geht, dürfte es dabei eigentlich keine Schwierigkeiten geben. Sie kommen immer an erster Stelle. Man lebt für sie, passt auf sie auf, hört ihnen zu, spielt mit ihnen, unterrichtet sie, man hört nie auf, an sie zu denken. Aber eines Tages steht man vor dem großen Problem, das einem das Herz schier zerreißt, das einem in der Seele wehtut, das einen das eigene Selbstwertgefühl kostet. Irgendwann ist es da und verlangt von einem, zwischen zwei Wegen zu wählen, die beide ein Opfer verlangen. Nimmt man den rechten Weg, ist man selbst das Opfer; nimmt man den linken, trifft es die eigenen Kinder. Können Sie mir folgen?«

»Bitte fahren Sie fort.«

»So gesagt, erscheint es sehr grausam, nicht wahr? Sie fragen sich wahrscheinlich, wie man sich überhaupt für den linken Weg entscheiden kann, wie man zulassen kann, dass die eigenen Kinder leiden müssen? Aber so einfach ist es leider nicht, meine Liebe, denn wenn man sich für den anderen Weg entscheidet, dann weil einem die Realität nicht bewusst ist, weil man immer eine Entschuldigung findet. Man sagt sich, dass, wenn man selbst nicht glücklich ist, die Kinder es auch nicht sein können. Man sagt sich, dass man selbst das Recht hat, glücklich zu sein, dass man nur einmal lebt. Man sagt sich, dass es für die Kinder besser so ist, dass sie noch klein sind, dass sie es früher oder später überwinden werden. Aber die Wahrheit ist, dass man eine Wahl trifft und das immer seinen Preis hat.«

Señorita Prim wandte sich der alten Dame zu und nahm ihre kalten Hände in die ihren. Mit einem Mal sah sie die alte Frau zum ersten Mal, wie sie wirklich war, scheu, klein und zerbrechlich.

»Ich habe einmal vor einer solchen Wahl gestanden, Prudencia. Die Einzelheiten spielen keine Rolle, es reicht, dass Sie wissen, dass ich mich für den linken Weg entschieden habe. Ich habe den linken Weg gewählt.«

Das Hupen des Autos, das neben dem Haus wartete, unterbrach ihr Gespräch. Señorita Prim stand auf und geleitete die alte Dame zum Wagen, während es in kleinen Flocken zu schneien begann.

»Sie fahren jetzt besser nach Hause, so durchgefroren, wie Sie sind. Ich bleibe hier und warte auf Ihren Sohn, machen Sie sich keine Sorgen.«

»Ich mache mir keine Sorgen, meine Liebe, schon vor langer Zeit habe ich damit aufgehört«, entgegnete die alte Dame, während die Señorita Prim ihr half, ins Auto zu steigen.

Als der Wagen sich entfernte, ging sie zurück ins Haus, wo der Mann im Armsessel sich gerade von einer lächelnden, sichtlich aufgeräumten Señorita Mott verabschiedete. Als sie dann zu seinem Auto gingen, fragte die Señorita Prim vorsichtig: »Und? Ist alles in Ordnung?«

Der Mann im Armsessel zog seinen Mantel aus und legte ihn um ihre Schultern, wofür sie ihm im Stillen dankte.

»Alles in Ordnung.«

»Wird sie ihn zurücknehmen?«

»Wird sie, wenn er sich wie versprochen an die Bedingungen hält. Wir haben miteinander telefoniert, und ich denke, er meint es ernst. Allerdings möchte ich ihm den Plan gern im persönlichen Gespräch genauer darlegen.«

»Den Plan? Es gibt einen Plan?«

»Natürlich gibt es einen Plan.«

»Den Sie mir nicht verraten werden, stimmt's?«

»Stimmt genau.«

Eine Weile gingen sie schweigend nebeneinander her. Die Straßen von San Ireneo waren schon fast vollständig von Schnee bedeckt, als er fragte: »Geht es ihr gut?«

Die Señorita Prim suchte nach den richtigen Worten, bevor sie antwortete.

»Ich denke, ja, aber sie ist sehr traurig. Sie meint, dass Sie ihr die Schuld an etwas geben, was vor vielen Jahren geschehen ist.«

Der Mann im Armsessel schwieg einen Moment. Dann sagte er: »Das stimmt nicht. Ich habe ihr schon vor vielen Jahren verziehen. Als ich noch ein Kind war. Sie ist es, die sich die Schuld daran gibt, aber sie will es sich nicht eingestehen. Es ist einfacher, die Schuld bei den anderen zu suchen und sich zu verteidigen, als bei sich selbst, denn dann ist keine Verteidigung möglich.«

»Aber Sie waren heute sehr hart zu ihr. Es hat mich überrascht, wie Sie so etwas vor anderen sagen konnten.«

Während ihr Chef den Autoschlüssel hervorholte und ihr die Wagentür öffnete, fragte sich die Bibliothekarin, ob sie mit ihren Worten vielleicht zu weit gegangen war. Nachdem er den Motor gestartet und die Heizung angestellt hatte, wandte er sich ihr zu und sagte: »Das Problem meiner Mutter ist, dass es niemanden gibt, dessen Autorität sie sich beugen muss. Sie hat schon vor langer Zeit ihre Eltern verloren, ebenso ihren Ehemann. Die Meinung sonstiger Familienmitglieder zählt für sie nicht, hat sie noch nie, und am wenigsten die ihrer Kinder. Es gibt keine menschliche oder sonstige Instanz, der sie ihren Willen unterwirft, sie lässt sich nur von ihrem eigenen Urteil leiten. Und ihr eigenes Urteil ist auch das einzige Gericht, das sie tadelt, wenn sie einen Fehler gemacht hat. Stellen Sie sich vor, wie es für Sie wäre, wenn es niemanden gäbe, der sie irgendwie beeinflusst. Niemanden, der Ihnen Ihre Fehler aufzeigt, niemanden, der sich Ihnen entgegenstellt, wenn Sie einmal zu weit gehen, niemanden, der Sie korrigiert, wenn Sie sich irren.«

Die Señorita Prim sagte, dass sie sich das nicht vorstellen könne.

»Für meine Mutter gibt es niemanden dieser gesegneten Menschen, deren Aufgabe es ist, das zu sagen, was man nicht hören will. Vorhin war sie kurz davor, einen Fehler zu machen, für den eine andere, eine schwache und unschuldige Person, hätte bezahlen müssen. Das konnte ich nicht zulassen. Ich bin nicht wütend, ich gebe niemandem irgendeine Schuld, und ich klage niemanden an. Ganz im Gegenteil, ich bin ein Sohn, der seine Mutter aufrichtig liebt, glauben Sie mir.«

Die Bibliothekarin verspürte erneut das aufdringliche Neidgefühl, das sie den ganzen Nachmittag über nicht verlassen hatte. Sie waren schon fast zu Hause, als ihr einfiel, dass sie ihn noch etwas hatte fragen wollen.

»Schönheit wird die Welt retten?«, murmelte sie vor sich hin.

Der Mann im Armsessel sah sie in der Dunkelheit des Wagens neugierig an.

»Dostojewski, Prudencia. Dostojewski. Ich fange an, mir Sorgen um Sie zu machen.«

Die Señorita Prim, warm und weich in den Mantel ihres Chefs gehüllt, lächelte glücklich in der Dunkelheit.

4

In den folgenden Wochen erschlossen sich den Einwohnern von San Ireneo nach und nach die Geheimnisse des Plans, der den Ehemann der Señorita Mott zu einem sesshaften Gatten machen sollte. Je mehr Einzelheiten bekannt wurden, desto größer wurde der Enthusiasmus der Ortsbewohner. Die Lösung, die der Mann im Armsessel vorgeschlagen und beide Ehepartner für gut befunden hatten, basierte darauf, der Lehrerin von San Ireneo zu helfen, das größte Hindernis für die Wiederaufnahme der ehelichen Beziehung zu überwinden: das Misstrauen. Dafür gab es zwei Voraussetzungen. Die erste: Der reuige Señor Mott musste eine Beschäftigung finden; die zweite: Die Beschäftigung musste seiner Frau erlauben, sich sicher zu fühlen, ohne befürchten zu müssen, dass er erneut die Flucht ergreifen würde. Wie war dies zu bewerkstelligen? Die Lösung überraschte die Señorita Prim in ihrer Einfachheit. In San Ireneo de Arnois gab es keinen Kiosk. Es gab kein Geschäft, in dem man Zeitungen, Zeitschriften für Erwachsene und Kinder, Sammelbände, Sammelbilder, Stifte und Süßigkeiten kaufen konnte. Und der perfekte Standort für einen solchen Kiosk war eindeutig der Marktplatz, absolut zentral – und nur ein paar Meter von der Schule entfernt.

Zunächst verstand die Bibliothekarin nicht, worin genau der Plan bestand. Sie stimmte darin überein, dass eine würdige Beschäftigung ein Grundbedürfnis für jeden Menschen darstellte, erst recht für jemanden, der die Vergangenheit bereute und sein Leben von Grund auf verändern wollte, allerdings verstand sie nicht, warum ein einfacher Kiosk eine derart wichtige Rolle dabei spielte. Hortensia Oeillet erklärte es ihr schließlich: »Auf diese Weise kann sie ihn sehen, Prudencia. Verstehen Sie? Er befindet sich sozusagen direkt vor ihrem Fenster, wo er die *Gaceta de San Ireneo,* Krimis, Süßigkeiten und Schnittmuster zum Kauf anbietet. Das ist doch perfekt, oder?«

Die Señorita Prim sah das anders. Sie hielt es eines Mannes für unwürdig, in einem Käfig aus vier Wänden gefangen zu sein, um der Ehefrau seine permanente Anwesenheit zu beweisen. Sie war der Ansicht, dass es auch für die Ehefrau nicht gut war, in dem Bewusstsein zu leben, dass ihr Mann vielleicht nur bei ihr blieb, weil er nicht fliehen konnte. Sie fand es völlig unangemessen, dass derart intime Details einer Ehe auf dem Marktplatz vor aller Augen ausgestellt wurden. Doch sehr bald schon änderte sie ihre Meinung. Denn zwischen der Schule und dem Kiosk lag die Liebe regelrecht in der Luft.

Niemandem entging das zerstreute Lächeln, mit dem Señor Mott seine Kunden bedachte, wenn seine Frau sich dem Fenster näherte oder in den Garten trat. Jedem fiel die neue Frisur der Lehrerin auf, der moderne Schnitt ihrer Kleidung, die eleganten Schuhe, die an die Stelle ihrer bequemen Stiefel getreten waren. Auf diese Art trieb in San Ireneo die eheliche Liebe ihre Blüten in jenen kühlen sonnigen Tagen, die der Weihnachtszeit vorausgingen.

Und diese Atmosphäre war es wohl auch, die die Señorita Prim in ihrer Überzeugung bestärkte, ihre eigene eheliche Zukunft in die Hände der Frauen von San Ireneo zu legen.

»Sind Sie sicher, meine Liebe?«, fragte Hortensia Oeillet an dem Morgen, als die Bibliothekarin bei einer Tasse Tee im rückwärtigen Teil des Blumenladens die entsprechende Bitte an sie richtete.

»Nein, das bin ich nicht. Wer kann sich in einer solchen Angelegenheit schon sicher sein? Aber da ich bisher noch keinen adäquaten Ehemann für mich gefunden habe, habe ich wohl nicht sorgfältig genug gesucht.«

»Aber nein, das ist doch nicht Ihre Schuld! So funktioniert das nicht!«, protestierte Emma Giovanacci, die ebenfalls eingeladen war.

»Emma hat recht, Prudencia. Das ist keine Frage des sorgfältigen Suchens, jedenfalls nicht nur. Es ist mehr wie … Haben Sie *Der entwendete Brief* von Edgar Allan Poe gelesen?«

»Schon wieder? Jetzt sagen Sie mir nicht, dass diese Geschichte sich auch auf das Verlieben anwenden lässt?

Ich verstehe nicht ganz, warum sie in diesem Ort ständig angeführt wird. Offenbar ist sie für alles zu gebrauchen.«

»Für alles? Ich weiß nicht, was Sie meinen«, entgegnete die Floristin überrascht, »was ich aber ganz sicher weiß, ist, dass diese kleine Geschichte auf unnachahmliche Weise von der Entdeckung der Liebe erzählt. Nicht wahr, Emma?«

Ihre Freundin beeilte sich, ihr beizupflichten. Sie selbst sei das beste Beispiel dafür. Zwei Jahre vor dem Tod ihres ersten Mannes habe sich zwischen ihr und einem alten Freund ihres Gatten, einem freundlichen, ruhigen Mann namens Edmundo Giovanacci, eine Freundschaft entwickelt, und sie hatten hin und wieder einen Kaffee zusammen getrunken.

»Das ist schon viele Jahre her. Damals war ich noch jung und habe noch nicht in San Ireneo gewohnt. Ich war sehr damit beschäftigt, mir eine Zukunft aufzubauen. Ich musste hart arbeiten, weil mein erster Mann hinter meinem Rücken all unser Geld verprasst hat. Edmundo wusste, wie sehr mich das alles belastet hat, wie wenig Freude ich am Leben hatte. Also brachte er mich an einem Nachmittag in der Woche einfach an einen angenehmen Ort und bestellte zwei Tassen Kaffee. Das machte er jede Woche, acht Jahre lang.«

»Acht Jahre? Aber das ist unglaublich lang!«, befand die Señorita Prim.

»Sicher ist das eine lange Zeit, Emma war schon immer ein wenig schwerfällig.« Hortensia lachte und knuffte die Freundin in die Seite.

»Ich war noch nie ein Freund großer Veränderungen«, fuhr diese ein wenig beleidigt fort. »Deshalb bin ich schließlich auch hierhergekommen.«

Die Floristin servierte ihren Besucherinnen zwei große Stücke Apfelkuchen und füllte ihre Tassen mit dampfendem chinesischem Tee.

»Und schließlich haben Sie sich doch auf die Veränderung eingelassen?«, fragte Señorita Prim.

»Oh ja, ich hatte keine andere Wahl.«

»Warum? Hat er Ihnen ein Ultimatum gestellt?«

»Nicht buchstäblich. Edmundo ging hierher, nach San Ireneo, und irgendwann bin ich ihm gefolgt. Es hat eine Weile gedauert. Im wirklichen Leben braucht so etwas immer Zeit. Viele Wochen vergingen, ohne dass wir uns gesehen haben, bis ich eines Morgens aufstand und mir klar wurde, dass in meinem Leben eine Kleinigkeit fehlte, die mir unendlich viel bedeutete. Ich vermisste den Kaffee, unsere Gespräche, unsere Spaziergänge, das angenehme nachmittägliche Beisammensein. Vielleicht erscheint es Ihnen lächerlich, aber Sie ahnen ja gar nicht, wie wichtig solche Kleinigkeiten sind, wenn man älter wird.«

Die Señorita Prim trank einen Schluck Tee und lehnte sich behaglich in ihrem Sessel zurück. Sie wusste sehr wohl, wie wichtig die kleinen Dinge waren. Der erste Kaffee am Morgen aus ihrer Lieblingstasse aus Limoges-Porzellan. Das Sonnenlicht, das durch die Fensterläden fiel und Streifen in ihr Zimmer zeichnete. Die nur durch die Mittagsruhe unterbrochene Lektüre im Sommer. Der Ausdruck in den Augen der Kinder, wenn sie etwas erzählten, was sie gerade gelernt hatten. Es waren die kleinen Dinge, aus denen die großen sich zusammensetzten. Und auf einmal musste die Señorita Prim – ohne wirklich zu wissen, warum – an den Staretz Ambrosius und die Truthennen denken.

»… wie in einer Detektivgeschichte, Prudencia«, sagte in diesem Moment die Floristin.

»Was meinen Sie?«, fragte die Bibliothekarin verwirrt.

»Die Liebe. Ich meine die Liebe. Sie existiert bereits, glauben Sie fest daran. Sie müssen sie nur noch finden, ihrer Spur folgen, ermitteln. Genau wie ein Detektiv.«

Die Señorita Prim lachte, bevor sie antwortete.

»Aber das ist absurd! Sie wollen damit sagen, dass es bereits einen Heiratskandidaten gibt, den richtigen Kandidaten, und dass ich nur herausfinden muss, wer es ist?«

Die beiden Frauen sahen sie nachsichtig an und bestätigten, dass dem so sei.

»Gut. Etwas Derartiges habe ich noch nie gehört, aber angenommen, dass es so ist, nur mal angenommen: Wie kann ich ihn finden? Welchen Spuren könnte ich folgen?«

»Ah, die Spuren. Es gibt nur eine Spur, eine einzige«, antwortete Hortensia.

Die Bibliothekarin nahm in einer abwartenden Geste das Haar im Nacken zusammen und rückte ihren Sessel näher an den Tisch.

»Und die wäre?«, fragte sie.

»Die Harmonie natürlich. Die *αρμονία* der Griechen, die *harmonia* der Römer. Herminia könnte Ihnen das besser erläutern, sie weiß sehr viel über diese Dinge … Aber letztendlich … Wie soll ich es erklären? Ich glaube, dass die klassische Definition etwas mit dem Gleichgewicht der Proportionen als Teile eines Ganzen zu tun hat. Wie bei einer antiken Skulptur oder einem schönen Gesicht. So, wie man Blumen in einer Vase anordnet und sie auf zehn verschiedene Arten zusammenstellt, bis man an den Punkt gelangt, an dem die Seele befriedigt ist. Sie mit all Ihren akademischen Titeln wissen doch sicher, dass ›Harmonie‹ von dem griechischen *αρμόζω* kommt, was so viel bedeutet wie ›anpassen‹, ›annähern‹. Wenn Sie dieser Spur folgen, wird sich Ihre Geschichte aufklären, und Sie werden die Liebe finden.«

Die Señorita Prim dachte darüber nach, während sie an einem Stück Kuchen kaute.

»Aber ist das nicht langweilig? Ist es nicht etwas eintönig, mit der Harmonie verheiratet zu sein?«

Die beiden Freundinnen sahen sie wohlwollend an.

»Mir scheint, dass wir uns nicht deutlich genug ausgedrückt haben, Prudencia«, meinte Hortensia. »Es geht nicht um den Ehemann, Sie sollen die Harmonie nicht in ihm suchen, sondern in der Ehe. In der Verbindung beider Partner sollte sie zu finden sein.«

»Und nicht nur darin«, fügte die Freundin hinzu, »sondern auch in der täglichen Routine, besonders in der Routine. Nicht wahr?«

»Genau so ist es. So gesehen lag der arme Balzac vollkommen falsch. Davon hatte er wirklich keine Ahnung«, sagte die Floristin, während sie erneut die Teetassen füllte.

»Balzac?«, fragte die Señorita Prim, die dieser neuen Wendung des Gesprächs nicht folgen konnte.

»Es ist eigenartig, dass diejenigen, die sich mit den übelsten Worten über die Ehe äußern, genau die sind, die am wenigsten von der Sache verstehen. Sein ganzes Leben über hat Balzac die Ehe verfolgt, hat er sie verunglimpft … Und wozu? Um am Ende doch noch zu heiraten, als er schon krank und ohne Hoffnung war. Eine entsetzliche Frau, die Comtesse Hanska – ich war schon immer der Meinung, dass sie eine der Schlimmsten unseres Geschlechts gewesen ist. Also, wie sollte ausgerechnet er etwas über die Ehe wissen?«

»Aber was hat Balzac denn über die Ehe gesagt?«, fragte die Señorita Prim.

»Er hat gesagt, dass die Ehe sich ständig gegen ein Monster verteidigen muss«, erklärte Emma und runzelte die Stirn.

»Damit bezog er sich auf die Routine«, vervollständigte ihre Freundin das Ganze.

»Und stimmt das denn nicht?«

»Überhaupt nicht. Es ist nicht nur falsch, sondern der größte Irrtum der Menschheit, der schon viel Leid verursacht hat, glauben Sie mir.«

Emma Giovanacci räusperte sich. Sie rückte ein wenig näher an den Teetisch heran und fuhr fort: »Haben Sie schon einmal Blumen in der russischen Steppe wachsen sehen?«

Die Señorita Prim antwortete, dass sie leider noch nie in der russischen Steppe gewesen sei.

»Dann müssen Sie das unbedingt nachholen. Die Kalmückensteppe in der Nähe von Stalingrad ist ein überaus trauriger, karger und monotoner Ort. Wenn Sie im Winter dorthin reisen, ist das eine erschütternde Erfahrung für die Seele. Aber fahren Sie einmal im Frühling hin, und Sie werden sich wundern, was Sie zu sehen bekommen.«

Die Bibliothekarin hob die Augenbrauen in Erwartung dessen, was nun kommen würde.

»Tulpen«, flüsterte Emma Giovanacci.

»Tulpen?«

»Tulpen. Frische, zarte wilde Tulpen. Tulpen, die jedes Jahr erneut dort wachsen und die Steppe bedecken, ohne dass jemand sie gepflanzt hätte. Und darum genau geht es, Prudencia. Die Routine ist wie die russische Steppe, sie ist kein Monster, sondern darunter liegt ein fruchtbarer Boden. Wenn es Ihnen gelingt, dort etwas wachsen zu lassen, können Sie sicher sein, dass es stark und wahrhaftig ist. Vorhin haben wir über die kleinen alltäglichen Dinge im Leben gesprochen. Aber wie hätte der arme Balzac mit seiner ganzen düsteren romantischen Sentimentalität das wissen sollen?«

»Die kleinen Dinge …«, wiederholte die Señorita Prim und setzte sich in ihrem Stuhl auf. »Also gut, nehmen wir einmal an, dass ich Ihrem Rat folge und nach der Spur suche. Könnten Sie mir bei den Ermittlungen helfen? Oder muss ich es allein bewerkstelligen?«

Die beiden Frauen sahen sich amüsiert an, und schließlich antwortete die Floristin: »Die Ermittlungen sind allein Ihre Sache. Wir können nur ein wenig Orientierungshilfe leisten. Als Erstes könnten Sie beispielsweise eine Liste aller Männer anfertigen, die Sie kennen und die sich grundsätzlich zum Ehemann eignen. Dieser Liste werden wir den ein oder anderen hinzufügen. Es gibt immer Kandidaten, die übersehen werden, und was das angeht, haben wir beide – allein aus Altersgründen – mehr Erfahrung als Sie. Das ist dann die Grundlage, von der aus wir operieren können. Was halten Sie davon?«

Die Bibliothekarin, die der Gedanke an ein derartiges altmodisches detektivisches Abenteuer allmählich in brodelnde Aufregung versetzte, versicherte, dass sie eine ganze Menge davon halte.

Der erste Name, der Prudencia Prim in den Sinn kam, war der ihres ehemaligen Chefs, Augusto Oliver. Auch wenn ihr allein der Gedanke an ihn ein spontanes Unbehagen bereitete, musste sie einräumen, dass nach rein wissenschaftlichem Vorgehen er auf einer Liste möglicher Ehemänner auf keinen Fall fehlen durfte. Hatte er jemals den aufrichtigen Wunsch gehabt, sie zu heiraten? Zugegebenermaßen nein. Augusto Oliver war der Typ Mann, der gern Dinge versprach, die er nicht zu halten gedachte. Drei lange Jahre lang hatte er so getan, als hätte er volles Verständnis für die Bitte seiner Angestellten um zumutbarere Arbeitszeiten – Señorita Prim arbeitete von zehn Uhr morgens bis zehn Uhr abends –, und hatte ein ums andere Mal versichert, alles zu tun, um diesen Zustand zu ändern. Aber irgendwann wurde deutlich, dass er nicht die Absicht hatte, sein Versprechen zu halten. Señor Oliver gefiel es, zu später Stunde mit seiner fähigsten Angestellten allein zu sein. Dann verließ er üblicherweise sein Büro und stellte sich hinter sie, angeblich, um über ihre Schulter hinweg mitzulesen. Manchmal, wenn er aus dienstlichen Gründen mit jemandem gegessen und das ein oder andere Gläschen Likör getrunken hatte, ging er noch einen Schritt weiter und beugte sich nach vorn, um ihr direkt ins Ohr sprechen zu können, was sie jedes Mal sofort aufschrecken ließ. Er war ein Mann von angenehmem Äußeren oder hätte es zumindest sein können, hätte er nicht diese unangenehme Überheblichkeit ausgestrahlt.

Wenig später hatte sich das, was als kleine Unannehmlichkeit begonnen hatte, die eine Angestellte empfindet, wenn sie merkt, dass sie auf ihren Chef anziehend wirkt, in eine unerträgliche Situation verwandelt. Auf die Schmeicheleien waren Einladungen gefolgt, mit ihm auszugehen, und als diese jedes Mal höflich abgelehnt wurden, kam es zu den ersten Spannungen. Wäre es anders gewesen, wenn sie die ein oder andere Einladung angenommen hätte und mit ihm essen gegangen wäre? Das war schwer zu sagen. Wären der Chef und die Angestellte tatsächlich ein Ehepaar geworden, wenn die Señorita Prim seinen absurden Heiratsantrag am Tag ihrer Kündigung angenommen hätte?

»Aber war dieser Kerl denn wirklich in Sie verliebt?«, fragte die Mutter des Mannes im Armsessel, die der Bibliothekarin aufmerksam zuhörte, während sie gemeinsam den Weihnachtsschmuck aus großen weißen Pappschachteln nahmen.

»Natürlich nicht. Das war der typisch männliche Jagdinstinkt, die Art Instinkt, die eine Katze veranlasst, die Maus auf keinen Fall laufen zu lassen, auch wenn sie nachher unangetastet liegen bleibt. Nein, ich glaube nicht, dass er mich wirklich heiraten wollte. Er wollte einfach nur nicht als Verlierer dastehen.«

Die Mutter des Mannes im Armsessel wickelte nachdenklich ein glänzendes karmesinfarbenes Samtband von einer Spule ab.

»Sieht er gut aus?«

»Ich denke schon.«

»Ist er intelligent?«

»Nicht besonders.« Señorita Prim dachte kurz an den Mann im Armsessel.

»Ehrlich?«

»Mehr oder weniger.«

»Unterhaltsam?«

»Auf seine Art.«

»Auch auf Ihre Art?«

»Eher nicht.«

»Vermögend?«

»Sehr.«

»Dann können Sie ihn von der Liste streichen«, meinte die alte Dame entschieden. »Ein eher unehrlicher Mann ist vielleicht noch einigermaßen anständig, wenn er das Glück hat, nicht besonders gut auszusehen und eher arm zu sein. Aber wenn derselbe Mann zusätzlich Geld hat und ein attraktives Äußeres, können Sie ihn vergessen.«

Die Bibliothekarin nickte und strich den ersten Namen auf der Liste durch.

»Weiter, meine Liebe, vergeuden wir keine Zeit. Wer ist der Nächste?«

Der Nächste, erklärte die Señorita Prim sehnsüchtig, war mehrere Jahre lang ihre große Liebe gewesen, der erste Mann, in den sie sich verliebt hatte, und der erste, den sie geliebt hatte. Er war damals ein junger Lehrer gewesen, still und zurückhaltend, der mit Hingabe die philosophischen Schriften von Husserl las, ein wenig Fechtsport betrieb und Deutsch unterrichtete.

»Den kann ich Ihnen nicht empfehlen, ich kenne diesen Typ Mann sehr gut. Glauben Sie wirklich, dass er Ihnen heute noch etwas bedeuten könnte?«, fragte die Mutter des Mannes im Armsessel.

Die Señorita Prim war überzeugt, dass das nicht der Fall war, auch wenn sie zugeben musste, dass sie sich diese Frage schon öfter gestellt hatte.

»Warum ging es zu Ende?«, fragte die alte Dame.

»Ich nehme an, weil das zwischen uns nicht wirklich Liebe war«, antwortete die Bibliothekarin mit einem Weihnachtsstern in der Hand.

»Und woher wollen Sie das wissen?«

»Weil ich mehr an mein eigenes Wohl gedacht habe als an das seine. Und er auf seine Art machte es ebenso.«

»Ach, diese Selbstlosigkeit! Sie fangen an, mich an meinen Sohn zu erinnern«, sagte die alte Dame ironisch.

Señorita Prim wurde rot, entgegnete jedoch nichts.

»Hat sich der Husserl-Bewunderer damit auch erledigt?«

»Ja, der hat sich damit auch erledigt.«

Die Bedienstete der alten Dame betrat die Bibliothek, um den Damen einen Imbiss zu bringen, das Licht anzumachen, die Vorhänge zu schließen und das Kaminfeuer neu anzufachen. Ihr ruhiges und routiniertes Tun wurde von den beiden Frauen kaum bemerkt, die mit dem Auspacken des zerbrechlichen Weihnachtsschmucks beschäftigt waren und die Männer aus der Vergangenheit der Bibliothekarin Revue passieren ließen.

»Ich denke, die nächsten drei sollte ich auch von der Liste streichen«, meinte die Señorita Prim nachdenklich, als sich die Tür hinter der Bediensteten wieder schloss.

»Der Meinung bin ich auch, Prudencia. Allein die Tatsache, dass Sie sie so bezeichnen – *die nächsten drei* –, zusammengefasst und ohne jegliche Individualisierung, müsste Ihnen deutlich machen, welchen Stellenwert sie bei Ihnen haben. Glauben Sie mir: Keine Frau sollte einen Mann heiraten, den sie als Teil einer Gruppe ansieht. Das verheißt nichts Gutes.«

Die Señorita Prim lachte fröhlich und gab zu, dass keiner dieser Männer auch nur im Geringsten als Ehemann infrage komme. Sie strich alle drei Namen, und als sie zu dem sechsten Kandidaten auf der Liste kam, bemerkte sie, dass es einer der Namen war, die Hortensia und Emma hinzugefügt hatten.

»Der Tierarzt?« Die Señorita Prim lachte wieder. »Der Tierarzt? Wie sind sie wohl auf den gekommen?«

»Soweit ich weiß, hat Herminia ihn vorgeschlagen. Anscheinend hatte sie damals bei der Vorstellung ein leichtes Interesse bei Ihnen bemerkt.«

Die Bibliothekarin erinnerte sich an ihren Flirtversuch im Teesalon und errötete wieder. Blieb denn an diesem Ort nichts vor den anderen Einwohnern verborgen? Sie musste zugeben, dass ihr der junge Mann auf Anhieb gefallen hatte, und es stimmte, sie hatte ihn angelächelt, ihm ihre Aufmerksamkeit geschenkt und (erfolglos) versucht, nett zu sein, aber musste sie deswegen gleich zum Gesprächsthema des ganzen Ortes werden? Außerdem war ein Teil der Anziehungskraft, die der Tierarzt auf sie ausgeübt hatte – und das wussten die Damen von San Ireneo selbstredend nicht –, der Tatsache geschuldet, dass sie sich über den Mann im Armsessel geärgert hatte. Sie fragte sich, ob ihr der Tierarzt überhaupt aufgefallen wäre, hätte sie sich nicht kurz vorher über die gedankenlose Unhöflichkeit ihres Chefs aufgeregt. Hätte sie ihn dann auch derart demonstrativ angelächelt? Die Señorita Prim kannte die Antwort auf diese Fragen nur allzu gut.

»Wollen Sie ihm denn gar keine Chance geben?«, fragte die alte Dame neugierig. »Ich kenne Hortensia gut genug, um zu wissen, dass es für sie ein Leichtes wäre, ein Rendezvous für Sie zu organisieren, und zwar so, dass der arme Mann davon überzeugt wäre, selbst auf die Idee gekommen zu sein.«

»Ich fürchte, dass der arme Mann, wie Sie ihn nennen, nichts von einer Frau wissen will, die der Meinung ist, dass Tierliebe keine Liebe ist. An dem Tag, als Herminia uns einander vorstellte, habe ich nicht gerade mit meiner Konversation brilliert. Ich habe wohl seine Gefühle verletzt.«

Die Mutter des Mannes im Armsessel sah sie über ihre Brille hinweg überrascht an.

»Seine Gefühle verletzt? Mein Gott, was ist denn heute mit den Männern los? Zu den Zeiten meines Mannes, meines Vaters oder meiner Brüder wäre die Vorstellung, dass eine Plauderei mit einer Frau die Gefühle eines Mannes verletzen könnte, lächerlich gewesen. Ein Mann, der sich durch ein Gespräch in einem Teesalon verletzt fühlt, ist ein Schwächling. Ehrlich gesagt ist mir schleierhaft, was Sie an diesem Nachmittag in ihm gesehen haben.«

Die Bibliothekarin schwieg, während sie vorsichtig die Krippenfiguren auspackte, die jedes Jahr im Dezember den Salon des Hauses schmückten.

»Sie sind wunderschön«, sagte sie bewundernd.

»Sie sind über vierhundert Jahre alt und wurden von irischen Mönchen hergestellt. Mein Mann, der keine Schwestern hatte, hat sie von seiner Mutter geerbt und seine Mutter von ihrer Mutter und diese von ihrer Mutter, und so ging es über viele Generationen. Ich wollte sie meiner Tochter hinterlassen, aber das wurde mir verwehrt. Sie werden einmal Tesseris gehören«, sagte die alte Dame mit einem Anflug von Traurigkeit in der Stimme.

Die Señorita Prim schwieg respektvoll.

»Gut. Was machen wir jetzt mit dem in seinen Gefühlen verletzten Tierarzt?«, fragte die Mutter des Mannes im Armsessel dann, bemüht, die tristen Gedanken zu verscheuchen. »Würden Sie mit ihm ausgehen?«

»Vielleicht. Es käme ganz darauf an, wie er mich fragen würde«, antwortete die Bibliothekarin lächelnd. »Sehen wir mal weiter: Hier stehen noch zwei Namen, die ich noch nie gehört habe, und … ein Fragezeichen. Was soll denn das bedeuten?«

Die alte Dame räusperte sich und wandte scheinbar ihre ganze Aufmerksamkeit dem Weihnachtsschmuck zu.

»Das muss ein Versehen sein, es steht kein Name dabei, nur das Fragezeichen«, murmelte die Señorita Prim.

»Ich glaube nicht, dass das ein Versehen ist. Unsere lieben Freundinnen Hortensia und Emma haben sich sicher etwas dabei gedacht«, entgegnete die alte Dame lächelnd.

»Aber was soll das? Wofür steht dieses Fragezeichen? Für einen konkreten Mann?«

»Manchmal haben Sie eine merkwürdige Art, sich auszudrücken, Prudencia. Gibt es denn einen unkonkreten Mann? Einen, mit dem man ausgehen könnte?«

Die Bibliothekarin antwortete nicht.

»Natürlich steht das Fragezeichen für einen konkreten Mann. Es liegt doch auf der Hand, dass unsere Freundinnen einen Heiratskandidaten im Sinn haben, der Ihnen selbst noch nicht eingefallen ist.«

»Soll das heißen, dass ich ihn noch nicht kenne?«

»Glauben Sie, wenn Sie ihn nicht kennen würden, würde jemand sich die Mühe machen, ihn hinter einem Fragezeichen zu verstecken? Natürlich kennen Sie ihn, meine Liebe, darum geht es ja. Einen Kandidaten hinter dem Fragezeichen zu verstecken, an den Sie noch nicht gedacht haben oder an den Sie nicht denken wollen. Fällt Ihnen ein solcher Kandidat ein?«, erkundigte sich die alte Dame mit einem fragenden Blick.

Die Señorita Prim sah nach unten und kramte nervös in der Kiste mit den Krippenfiguren, bis sie schließlich einen Hirten mit einem Schaf unter dem Arm herausnahm.

»Könnten Sie bitte etwas zartfühlender mit diesen Figuren umgehen!«, sagte die alte Dame trocken. »Einen Ehemann wählt man fürs Leben, aber diese Figuren haben bereits mehrere Menschenleben überstanden. Und es wäre schön, wenn noch weitere hinzukämen.«

5

Die *Gaceta de San Ireneo* residierte in einem der wenigen größeren Gebäude im Ort, wenn man ein dreistöckiges altes Haus aus Stein und Holz als ein solches bezeichnen konnte. Es war ein schmales Gebäude, bei dem das Treppenhaus bereits die Hälfte eines jeden Stockwerks ausmachte. Wie alle gewerblich genutzten Gebäude in San Ireneo verfügte es über ein gepflegtes Metallschild und einen hübschen kleinen Garten, aber alle Ortsbewohner waren sich darin einig, dass die Zeitung sich vor allem durch ihre Chefredakteurin auszeichnete. Prudencia Prim erschien am frühen Nachmittag pünktlich und mit einem Tablett mit frisch gebackenem Kuchen zu ihrer Verabredung. Da sie nun schon drei Monate im Ort lebte, wusste sie, dass Tee, Kaffee oder Schokolade sowie süßes Gebäck und ein guter Likör unverzichtbare Elemente bei den gesellschaftlichen Zusammenkünften in San Ireneo waren.

»Auch mich hat dies zunächst ein wenig überrascht, aber dann wurde mir klar, dass es ein Zeichen der Zivilisation ist«, erklärte Herminia Treaumont, nachdem sie sich bei der Bibliothekarin für die kulinarische Aufmerksamkeit bedankt hatte, und sie bot an, ihren

Gast durch die wenigen Räumlichkeiten der Zeitung zu führen.

»Der Zivilisation? Mir scheint es eher ein Relikt der Vergangenheit«, meinte die Señorita Prim. »Wer hat denn heutzutage noch Zeit für solche kleinen Zwischenmahlzeiten?«

Die Chefredakteurin der *Gaceta de San Ireneo* zeigte ihr gerade die alte eiserne Druckerpresse, mit der die vierhundert täglichen Exemplare der Zeitung gedruckt wurden.

»Welch antikes Schätzchen! Funktioniert sie noch?«

»Natürlich funktioniert sie noch. Sie ist ein Relikt der Vergangenheit, um bei Ihren Worten zu bleiben. Denn die Zivilisation beinhaltet automatisch das Gedenken der Vergangenheit. Die Barbaren haben keine Traditionen, die sie bewahren können, keine Geschichte, die sie aufzeichnen können, nicht den Wunsch, etwas zu hinterlassen.«

»Wie zum Beispiel Tee, Plätzchen und Kuchen.«

»Und die dazu geführten Gespräche natürlich. Auch wir, die modernen Barbaren, haben unsere Grenzen. Wir nehmen uns nicht mehr die Zeit, uns an einen Tisch zu setzen und über das Göttliche und das Menschliche zu reden. Aber uns fehlt nicht nur die Zeit, sondern oft auch die Fähigkeit.«

Die Señorita Prim begutachtete interessiert ein Exemplar der aktuellen Zeitungsausgabe.

»Was Sie damit sagen möchten, Herminia, ist, dass die Traditionen ein Bollwerk gegen den Niedergang der

Kultur sind, habe ich recht?«, fragte sie. »Darin stimme ich mit Ihnen überein, aber es wäre mir nicht in den Sinn gekommen, dieses Bollwerk in den Massen an Gebäck zu vermuten, die in San Ireneo zum Kaffee oder Tee verzehrt werden.«

Beide mussten sie lachen, als sie durch die Tür in das Büro der Chefredakteurin traten, das durch eine Glaswand von der winzigen Zeitungsredaktion abgetrennt war. In dem Raum stand nur zwei Schritte neben einem mit Büchern und Papier bedeckten Schreibtisch ein kleines, mit einem blütenreinen Tischtuch bedecktes Teetischchen, darauf ein Tablett mit süßem Gebäck, eine Silberkanne, ein Milchkännchen und eine Schale mit Obst.

»Wie ich sehe, sind Sie eine äußerst zivilisierte Frau«, sagte die Bibliothekarin mit einem Lächeln. »Sagen Sie, worüber schreiben Sie hier? Gibt es Nachrichten in San Ireneo? Oder müssen Sie welche erfinden?«

»Natürlich gibt es Nachrichten in San Ireneo«, entgegnete ihre Gastgeberin. »Dort, wo eine Anzahl von Menschen zusammenlebt, gibt es immer Nachrichten. Eine andere Sache ist, was man als Nachricht bezeichnet und welchen Filter man ansetzt, um etwas als Nachricht zu bestimmen. Dies ist eine Zeitung nach altem Muster, Prudencia, wir teilen die Nachrichten nicht einfach nur mit, wir diskutieren sie auch.«

»Diskutieren? Wer? Und über was?«

»Wir alle und über alles. Über Politik, Wirtschaft, Kunst, Bildung, Literatur, Religion … Überrascht Sie das? Sehen Sie sich um, betrachten Sie Ihr eigenes Leben, begutachten Sie Ihre zwischenmenschlichen Beziehungen. Denken Sie nicht, dass das Leben eine immerwährende Diskussion ist?«

Die Señorita Prim stellte sich einen Moment sich selbst in der Bibliothek vor, während sie mit dem Mann im Armsessel über das Getöse diskutierte. Dann sah sie sich mit Hortensia Oeillet über die Ehe debattieren, mit den Damen der *Vereinigung der Feministinnen* über den Feminismus, mit der Mutter ihres Chefs über Erziehung, mit den Kindern über Märchen. Ja, in gewisser Weise war das Leben eine immerwährende Diskussion, allerdings.

»Ab und zu, im Grunde nur ein oder zwei Mal im Monat, organisieren wir öffentliche Debatten in unserem sokratischen Club, die wir anschließend veröffentlichen.«

Die Bibliothekarin nahm sich ein Plätzchen und knabberte daran.

»Ein sokratischer Club? Sie meinen einen Debattierclub?«

»Sie können sich nicht vorstellen, mit welchem Erfolg. Dort finden sich Leute aus der ganzen Umgebung ein. Manchmal erfolgen die Debatten auch nicht direkt vor Ort, sondern in Fortsetzungen. Jemand veröffentlicht einen Artikel, jemand anderes reagiert darauf, dann ein dritter, ein vierter, sogar ein fünfter, und wir anderen sehen dabei zu, wie sie die Klingen kreuzen.«

Die Señorita Prim fragte, ob ihr Chef auch an diesen Debatten teilnehme.

»Aber natürlich. Und meistens geht er als Sieger daraus hervor.«

Die Bibliothekarin entgegnete, dass sie das nicht überrasche.

»Ich bezweifle, dass Sie schon einmal sein gesamtes Waffenarsenal zu spüren bekommen haben. Sie sollten ihn einmal mit Horacio Delàs diskutieren sehen, ein beeindruckendes Schauspiel.«

»Horacio ist ein wunderbarer Mensch«, sagte die Señorita Prim.

»Wie schön, dass es Ihnen aufgefallen ist.«

Die Bibliothekarin betrachtete ihre Gastgeberin interessiert. Die Chefredakteurin der *Gaceta de San Ireneo* verfügte über die undefinierbare positive Ausstrahlung von Menschen, die stets das Richtige zu sagen wissen. Die Señorita Prim war immer schon der Meinung gewesen, dass diese Leute allen anderen etwas voraushatten. Sie äußerten nie etwas Unangebrachtes, machten sich niemals lächerlich, mussten nie ihre Worte bereuen oder ihre Kommentare richtigstellen. Sie selbst hätte gern dies Gabe besessen und bemühte sich in der Regel, nichts zu sagen, was anderen oder ihr selbst hätte schaden können. Aber es war schwierig, immer die richtigen Worte zu finden.

Herminia Treaumont allerdings beherrschte diese Kunst perfekt. Auch wenn es ihr nicht leichtfiel, konnte die Bibliothekarin nun nachvollziehen, warum der Mann im Armsessel so sehr von ihr geschwärmt hatte.

»Um die Mädchen mache ich mir manchmal Sorgen«, sagte sie dann in Erinnerung an eine Sache, die ihr schon länger auf der Seele lag.

Die Chefredakteurin sah sie verwundert an.

»Was meinen Sie damit?«

»Ich meine ihre Erziehung. Nicht in Glaubensfragen, das ist ein allzu spezielles Thema, als dass ich mir darüber Gedanken machen möchte. Ich frage mich, ob ihr Onkel immer das nötige Einfühlungsvermögen hat.«

»Wollen Sie damit sagen, dass sie nicht mit der angebrachten Sensibilität erzogen werden? Das kann ich mir nicht vorstellen, denn ihr Onkel ist ein äußerst höflicher Mann, sehr feinfühlig und zuvorkommend, das kann ich Ihnen versichern.«

Die Señorita Prim spürte einen Druck in der Magengegend, und sie fragte sich, ob vielleicht mit dem Gebäck etwas nicht in Ordnung war.

»Ich zweifle nicht an seiner Sensibilität oder seiner Zuvorkommenheit, aber Sie haben es selbst gesagt: Er ist ein Mann. Er legt den Mädchen die griechischen und lateinischen Klassiker nahe, die mittelalterliche Literatur und die Dichtung der Renaissance, die Malerei und Bildhauerei des Barock.«

»Ich freue mich, dass Sie das sagen, weil er den Barock eigentlich hasst. Wie schön, dass er sich davon nicht beeinflussen lässt«, meinte Herminia Treaumont und nahm sich etwas von dem Obst.

Señorita Prim bemühte sich, die richtigen Worte zu finden. Wäre sie eine von denen, die immer das Richtige sagten, wäre das kein Problem gewesen, aber sie war es nun einmal nicht. Daher beschloss sie, dass es vielleicht das Beste war, möglichst direkt zu sein.

»Ich habe im Haus keine Spur von *Betty und ihre Schwestern* gefunden.«

Ihre Gastgeberin sah sie überrascht an.

»Betty und ihre Schwestern?«

»Betty und ihre Schwestern.«

»Aber das ist unmöglich. Das kann ich nicht glauben.«

Die Bibliothekarin lächelte erleichtert. Einen Moment lang hatte sie gefürchtet, dass Herminia Treaumont zu den wenig einfühlsamen Seelen zählte, die unfähig waren, den essentiellen Wert zu sehen, den eine alte Ausgabe von *Betty und ihre Schwestern* für die weibliche Erziehung darstellte.

»Sie müssen sich irren, Prudencia. Möglicherweise gibt es eine separate Bibliothek für die Mädchen, ich kann mir nicht vorstellen, dass ihm ein solcher Fehler unterlaufen würde. Soweit ich weiß, hat die kleine Eksi schon Jane Austen gelesen.«

»Ja, sicher, aber Jane Austen ist Jane Austen. Die konnte er nicht so einfach übergehen, sie ist zu bedeutend, um sie einfach wegzulassen. Allerdings habe ich ihn nur einmal über Jane Austen reden hören, und da ging es einzig und allein darum, die Figur des Mr Darcy zu kritisieren.«

Die Chefredakteurin der Tageszeitung schenkte sich eine Tasse Schokolade ein und bot auch der Señorita Prim eine an.

»Ach, wissen Sie, alle Männer, die ich kenne, kritisieren an Mr Darcy herum. Sie halten ihn für nervig und impertinent.«

»Warum?«, fragte die Bibliothekarin neugierig.

»Ich nehme an, sie sind sich darüber im Klaren, dass sie selbst gewaltig an Glanz verlieren, wenn sie sich mit ihm vergleichen müssen.«

Señorita Prim schwieg einen Moment, während sie sich die Diskussion in der Küche in Erinnerung rief.

»Wir können ihn bei Gelegenheit ja noch einmal darauf ansprechen«, sagte die Chefredakteurin.

»Von meinem bescheidenen Standpunkt aus gesehen, ist das mit *Betty und ihre Schwestern* wesentlich dringender«, beharrte die Bibliothekarin. »Meiner Meinung nach ist die Kindheit eines Mädchens ohne dieses Buch einsam und verloren.«

»Das denke ich auch.«

Sie schwiegen eine Weile und tranken von ihrer Schokolade. Eine der Redakteurinnen der Zeitung klopfte an die Tür. Herminia Treaumont gab ihr einige kurze und präzise Anweisungen, bevor sie die Tür hinter ihr schloss und sich wieder zu ihrem Gast an den Tisch setzte.

»Lassen Sie mich etwas sagen, Prudencia. Die beiden Mädchen sind äußerst wohlerzogen und gebildet. Das möchte ich einfach mal festhalten.«

Señorita Prim rückte näher an den Tisch heran und sagte entschieden:

»Aber diese Perle der Literatur aus dem kleinen Ort Concord, in dem so viele berühmte Schriftsteller lebten, darf in der Kindheit eines Mädchens einfach nicht fehlen. Ich weiß, dass der intellektuelle Anspruch nicht mit dem vieler anderer literarischer Werke vergleichbar ist. Darum geht es nicht, und das wissen wir beide. Es geht um die Schönheit, das Zartgefühl, die Sicherheit. Wenn die Mädchen erwachsen werden und das Leben hart wird für sie – und das Leben wird hart für jeden von uns –, können sie immer zurückblicken und sich für einige Stunden in diese alte, bewegende Geschichte flüchten. Von der Arbeit gestresst, vom Straßenverkehr erschöpft, von der Anspannung und den Problemen gequält, werden sie, irgendwo tief in ihrem Inneren, immer eine Tür finden, die ihnen Zutritt zu dem alten Salon von Orchard House mit seinem wohligen puritanischen Transzendentalismus, dem Klavier, dem einladenden Kamin und dem wunderschönen Weihnachtsbaum gewährt.«

»Ich wollte immer so sein wie Jo March«, murmelte Herminia Treaumont sehnsüchtig.

»Ich sage Ihnen lieber nicht, wer ich sein wollte.«

»Warum?«

»Weil es deutlich macht, was für eine Kindheit ich hatte.«

»Na los, Prudencia! War es Meg?«

»Nein.«

»Amy?«

»Nein.«

»Die arme Betty?«

»Nein.«

»Aber nicht Großtante March, oder?«

»Nein, nicht Großtante March. Es war Mrs March.«

»Mrs March? Wirklich? Warum?«

Die Señorita Prim dachte einen Moment über den Grund nach. Es musste etwas mit dem Charakter ihrer eigenen Mutter zu tun gehabt haben, einer empfindsamen, künstlerisch veranlagten Frau, die jedoch in keiner Weise der Mutter der March-Schwestern ähnelte. Es gab absolut nichts, was sie mit der bodenständigen, starken und gleichzeitig zärtlichen und verständnisvollen Frau in dem Buch gemeinsam gehabt hätte. Prudencia hatte schon oft darüber nachgedacht, mit welchem Adjektiv sie ihre Mutter am ehesten beschreiben würde, und was ihr dabei in den Sinn kam, war *bedauernswert.*

»Bedauernswert?«

»Meine Mutter war immer eine überaus dramatische Person. Sie gehört zu der Art Frauen, die selbst dann um Beistand bitten, wenn sie vom Unglück verschont wurden, während es jemand anderen getroffen hat. Als mein Vater vor einigen Jahren seine Arbeit verlor, war sie diejenige, die sich tagelang einschloss, um zu weinen und zu jammern. Er blieb schweigend allein im Wohnzimmer zurück und ließ den Kopf hängen. Als mein Stipendium für die Uni nicht verlängert wurde, hat sie sich zwei Wochen lang nicht an den Esstisch gesetzt. Das Gleiche passierte, als meine Schwester von ihrem Mann verlassen wurde. Virginia konnte nicht weinen, weil sie keine Ruhe vor unserer Mutter fand, die in Sack und Asche ging und unaufhörlich über ihr Elend klagte.«

Herminia Treaumont legte ihre Hände auf die der Señorita Prim.

»Das tut mir sehr leid, Prudencia. Aber warum dann Mrs March? Wäre es nicht logischer gewesen, sich mit einer ihrer Töchter zu identifizieren?«

Señorita Prim drückte die Hände ihrer Gastgeberin.

»Ich bin immer schon eine realistische Frau gewesen, Herminia, und die realistischen Frauen waren vorher realistische Mädchen. Ich war noch ziemlich klein, als ich das Buch gelesen habe. Damals war meine Mutter nicht die, die ich mir wünschte, aber sie war nun einmal meine Mutter. Ich konnte ja nicht so tun, als ob sie nicht existierte. Was ich aber tun konnte, war, mir vorzustellen, wie ich eines Tages als Mutter sein würde: genau wie Marmee March.«

Die Chefredakteurin der Tageszeitung von San Ireneo stand auf, ging zu einem der Regale in ihrem Büro hinüber und zog ein kleines braunes Buch mit in Goldbuchstaben geprägtem Titel heraus.

»Nun, ich bin überzeugt, dass es für all das eine ganz einfache Erklärung gibt«, meinte sie seufzend.

»Ja, die gibt es«, entgegnete die Señorita Prim. »Es gibt keine Frau in diesem Haus.«

Nachdem Herminia Treaumont einen Moment in sich gegangen war, trat sie auf die Bibliothekarin zu und reichte ihr mit einer plötzlichen Entschlossenheit die Ausgabe von *Betty und ihre Schwestern* aus dem Jahr 1893.

»Sie sagen, dass es in diesem Haus keine Frau gibt? Ich denke doch, Prudencia. Jetzt ja.«

Die Señorita Prim hatte gerade Herminia Treaumont und das Verlagsgebäude verlassen, als sie eine angenehme vertraute Stimme hinter sich hörte.

»Prudencia, seit Tagen will ich Sie schon anrufen. Wie geht es Ihnen? So unglaublich es für einen so kleinen Ort auch scheint, aber ich habe Sie vollkommen aus den Augen verloren.«

Prudencia Prim wandte sich erfreut um und sah sich dem lächelnden Gesicht von Horacio Delàs gegenüber. In einen abgetragenen marineblauen Mantel gekleidet, über den er einen roten Schal geschlungen hatte, war er an beiden Armen mit Päckchen beladen.

»Ich hatte gehofft, Sie würden mir die Hand küssen, Horacio, aber wie ich sehe, ist das unmöglich«, scherzte sie.

Er verbeugte sich höflich und wies dann auf seine Pakete.

»Nichts wäre mir lieber, meine Schöne. Ich würde es sofort tun, wäre ich nicht mit dieser entwürdigenden, furchtbaren Tortur geschlagen.«

»Tortur?«

»Als was würden Sie es bezeichnen, völlig nutzlose Dinge für fünfzehn Kinder und ein Dutzend Erwachsene kaufen zu müssen?«

Die Bibliothekarin lächelte. Sie mochte diesen Mann und sie mochte es auch, wie er sich ihr gegenüber verhielt. Er strahlte eine angenehme Wärme aus, die ihr ein zufriedenes Wohlgefühl vermittelte.

»Vielleicht als eine Kunst?«

»Kunst? Warten Sie ab, bis Sie Ihr Geschenk sehen, bevor Sie so großzügig urteilen.«

»Haben Sie etwa auch ein Geschenk für mich gekauft?«, fragte sie gerührt.

»Natürlich habe ich ein Geschenk für Sie gekauft. Sie erwarten doch nicht, dass wir Sie an Weihnachten nicht bedenken, so wie ein Kind, das nicht brav war. Sie werden an den Festtagen sicher eine ganze Menge Geschenke erhalten. Ich habe nämlich festgestellt, dass Sie in unserer seltsamen Kolonie sehr beliebt sind.«

Die Señorita Prim erbebte unter ihrem weichen Kaschmirmantel, doch war es eher vor Freude als vor Kälte.

»Entschuldigen Sie, Prudencia, ich bin wirklich ein Trottel, dass ich Sie bei diesen Temperaturen hier auf der Straße festhalte. Begleiten Sie mich in den Buchladen? Ich möchte etwas für den alten Benediktinermönch kaufen, der sich vor uns in seiner Zelle versteckt.«

Die Señorita Prim war entzückt von der Aussicht, ein wenig durch die Geschäfte zu bummeln. Die Straßen von San Ireneo waren bereits weihnachtlich beleuchtet. Die Schaufenster waren mit Girlanden aus Stechpalmenzweigen und Heidekraut, brennenden Kerzen, Krippenfiguren und blühenden Weihnachtssternen geschmückt und lockten die Vorübergehenden in die Geschäfte, um nach Geschenken zu stöbern. Drinnen wurde den Kunden dann eine Tasse Tee oder heißer Schokolade angeboten, dazu Plätzchen und anderes mit Puderzucker bestreutes Gebäck.

»Welches Geschenk haben Sie für den Mönch im Sinn?«, fragte die Señorita Prim, nachdem sie das Geschäft betreten hatten.

»Ich bin eine sentimentale Seele, wissen Sie«, entgegnete ihr Freund mit einem Seufzen. »Vor einigen Tagen war ich bei ihm in der Abtei, und wir haben über die Kindheit gesprochen. Er hat mir von seiner Schulzeit erzählt, der Zärtlichkeit seiner Mutter, dem Katechismus …«

»Wollen Sie ihm etwa einen Katechismus kaufen? Einen Katechismus nach dem Konzil von Trient, nehme ich an?«, unterbrach sie ihn mit einem Lächeln.

Anstatt zu antworten, trat Horacio Delàs zu einem Regal und nahm ein kleines Buch mit abgenutztem rötlichem Einband heraus. Die Bibliothekarin blickte auf den Buchrücken.

»Claude Fleury?«

»Der *Historische Katechismus*. Eine Erstausgabe aus dem Jahr 1683, ein Juwel.«

»Allerdings«, sagte eine zarte, zuvorkommende Stimme hinter ihnen. »Sie können sich nicht vorstellen, was es mich gekostet hat, es zu bekommen. Es ist heute Morgen erst aus Edinburgh eingetroffen.«

Die Señorita Prim wandte sich um und sah sich einer streng aussehenden, äußerst schlanken Frau gegenüber, die sie mit klugen Augen musterte.

»Sie müssen die berühmte Prudencia Prim sein. Erlauben Sie, dass ich mich vorstelle. Ich bin Virginia Pille, die Buchhändlerin von San Ireneo.«

»Ich bin sehr erfreut, Sie kennenzulernen, Señora Pille«, entgegnete die Bibliothekarin und reichte ihr die Hand.

»Nennen Sie mich Virginia, jeder nennt mich so.«

»Sie müssen wissen, Prudencia, dass Sie gerade mit der mächtigsten Frau in diesem Ort reden«, sagte Horacio Delàs mit gesenkter Stimme.

Die Buchhändlerin lachte, und Señorita Prim fiel auf, wie rein und klar ihre Stimme klang.

»So ein Unsinn, Horacio. Jeder weiß, dass Herminia die mächtigste Frau im Ort ist. Hier fällt kein Blatt vom Baum, ohne dass sie davon erfährt.«

»Das ist möglich, aber alle Blätter, die in diesem Ort von Bedeutung sind, gehören zu einem Ihrer Bücher«, erklärte er zuvorkommend.

Virginia Pille lachte erneut erfreut auf.

»Ihre Buchhandlung ist wundervoll«, sagte die Bibliothekarin, nachdem sie die antiken blau gestrichenen Holzregale, die alten, etwas wackligen, mit Büchern und eingeritzten Buchstaben bedeckten Holztische, die Arbeitslampen in den Ecken der Räume und den alten silbernen Samowar neben dem Ladentisch betrachtet hatte.

»Vielen Dank. Das finde ich auch. Möchten Sie eine Tasse Tee?«, fragte die Buchhändlerin.

Während sie den Aufguss zubereitete, atmete die Señorita Prim tief ein und fragte: »Ist der Tee aus Krasnodar?«

Virginia Pille hob den Kopf und sah sie überrascht an.

»Ich merke, Sie haben einen ausgezeichneten Geruchssinn. Von mir persönlich geerntet, getrocknet und abgefüllt. Ich habe gute Freunde im alten Russland.«

»In Sotschi?«

»Genau. Sie wissen, wie er hergestellt wird, oder?«

Die Señorita Prim nickte lächelnd, während sie den intensiven Teeduft genoss, der sich im Raum ausbreitete. Nachdem sie an einem kleinen Tisch hinter dem Verkaufstresen Platz genommen hatte, bewunderte sie entzückt das alte Teeservice aus Meißener Porzellan und die aufs Schönste zusammenpassenden ungleichen Silberlöffel und dachte, dass dies ein Stück vom Himmel war.

»Ich fürchte, dass ich mit den hochgebildeten Damen nicht mithalten kann«, meinte Horacio Delàs seufzend. »Könnten Sie einen gewöhnlichen Mann, der nur ein äußerst durchschnittlicher Teetrinker ist, bitte aufklären?«

»Soweit ich weiß, werden in Sotschi bei der Ernte nur die Knospen der obersten zwei Blätter gepflückt. Das ist das Geheimnis des außergewöhnlichen Geschmacks dieses Tees«, erklärte die Señorita Prim.

»Das und die Tatsache, dass sich der Anbau nur von Mai bis September erstreckt. Den Rest erledigt das Klima«, fügte die Buchhändlerin hinzu.

Horacio Delàs trank einen Schluck und lobte freundlich die hervorragende Qualität. Dann wies er auf den alten Katechismus.

»War es sehr schwierig, ihn zu bekommen?«

»Da das Buch für ihn ist, habe ich es gern getan«, entgegnete die Buchhändlerin schlicht.

Die Bibliothekarin, die erfreut eine Sammlung von geprägten Kindergeschichten betrachtet hatte, wandte sich um und fragte:

»Was ist an diesem Mönch so besonders? Wieso ist er so beliebt?«

Die Buchhändlerin sah ihren Freund fragend an.

»Kennt sie ihn nicht?«

Er schüttelte den Kopf, woraufhin Virginia Pille den Blick senkte und ein wenig mit dem Deckel des Samowars spielte, bevor sie die Frage der Bibliothekarin beantwortete.

»Der naheliegendste Grund für seine Beliebtheit ist wohl der, dass er gemeinsam mit dem Mann, für den Sie arbeiten, diese Kolonie gegründet hat.«

»Und der weniger naheliegende?«

»Der weniger naheliegende ist, dass er der einzige Mensch ist, den ich kenne, der mit einem Bein in dieser Welt und mit dem anderen in jener Welt zu Hause ist.«

»Soll das heißen, er liegt im Sterben?«, fragte die Señorita Prim erschreckt.

»Im Sterben?« Virginia Pille ließ erneut ihr glockenhelles Lachen hören. »Nun, das will ich nicht hoffen. Wie kommen Sie denn auf diese Idee?«

»Versuchen wir, es ihr so zu erklären, dass sie sich keine Sorgen machen muss«, schaltete sich Horacio Delàs ein. »Was Virginia damit sagen will, Prudencia, ist, dass mit diesem Benediktinermönch Platons Höhlengleichnis zur Realität geworden ist. Er ist der mutige Gefangene, der aus der Höhle hinausgelangt ist und zu uns in die Welt der Schatten zurückkehrt, nachdem er die wirkliche Welt gesehen hat.«

Die Buchhändlerin von San Ireneo sah die Señorita Prim an und sagte leise: »Horacio erklärt alles immer auf sehr poetische Weise, Prudencia, aber im Grunde kann man es auch ganz einfach ausdrücken: Unser geschätzter Pater ist in der Lage, Dinge zu sehen, die wir anderen nicht sehen können.«

Als die Bibliothekarin diese Worte hörte, spürte sie eine Welle der Entrüstung in sich aufsteigen. Dinge zu sehen, die die anderen nicht sehen können? In diesem Ort lebten – das zumindest war nicht zu übersehen – mehr Exzentriker, als man sich vorstellen konnte. Die Señorita Prim misstraute generell allen Leuten, die behaupteten, unsichtbare Dinge zu sehen. In der Welt, wie sie sie kannte, einer sicheren, sauberen und angenehmen Welt, blieben unsichtbare Dinge unsichtbar. Waren sie nicht zu sehen, existierten sie auch nicht. Natürlich hatte sie nichts gegen die Hilfsmittel, die das Leben erträglicher machten und ihm eine Richtung gaben – Philosophien, spirituelle Denkweisen, Geschichten, die man den Kindern erzählte, Gefühle, Ahnungen, Empfindungen –, aber es war eine unverrückbare Tatsache, dass all dies nicht wirklich existierte, sondern nur im Bewusstsein oder im Herzen derjenigen, die es erfuhren. In der realen Welt, wie sie sie verstand, war alles irgendwie wahrnehmbar. Ob es um Poesie ging oder Kunst oder Literatur oder Musik, für alles gab es eine deutlich erkennbare Darstellung. Unsichtbare Dinge existierten nur in der Phantasie, wiederholte sie für sich selbst. Daher standen ihr nun blitzartig dunkle, geheimnisvolle Bilder vor Augen.

»Sie wollen sagen, er ist ein Mystiker?«, fragte sie kühl.

»Ja, das ist er, auch wenn er zu bescheiden wäre, sich selbst so zu bezeichnen«, sagte Horacio Delàs, während er die Buchhändlerin mit einem bittenden Blick aufforderte, seine Tasse erneut mit dem köstlichen Getränk aus dem Samowar zu füllen. »Aber man muss zugeben, dass, wenn es dieses Etwas gibt, was immer es auch sein mag, er damit seltsam vertraut ist. So würde ich als Skeptiker es formulieren.«

Die Señorita Prim lächelte ein wenig herablassend.

»Und wie macht sich das bemerkbar? Ist es etwas in seinem Blick? Ist er von einer Aura umgeben?«

»Es ist weniger das, was man in seinem Blick sehen kann, als das, was er im Blick der anderen sieht«, wandte Virginia Pille leise ein.

»Sie meinen, er kann Gedanken lesen?«, fragte die Bibliothekarin ironisch.

»Wir meinen, er weiß, was man ist.«

Prudencia Prim fühlte sich auf einmal unwohl. Die Vorstellung, dass ein alter Mann unter ihnen weilte und von den anderen wusste, was sie waren, erschien ihr beunruhigend. Und nicht nur beunruhigend, sondern auch irgendwie unangemessen. Denn es war im besten Fall eine mysteriöse und raffinierte Art, die Privatsphäre anderer Menschen zu verletzen, oder im schlimmsten Fall grober Betrug. In jedem Fall aber war etwas Unkorrektes daran, etwas Unkorrektes und Krankhaftes. Die

Señorita Prim weigerte sich strikt, ihr Sein von irgendjemandem ergründen zu lassen, und zwar aus Prinzip und endgültig.

»Und ich habe Sie für einen Mann der Wissenschaft gehalten«, sagte sie mit einer Geste des Bedauerns.

»Aber bin ich das denn nicht?«, entgegnete ihr Freund und tat verwundert.

»Nein, das sind Sie wohl nicht, wenn Sie daran glauben, dass dieser Mann wahrsagen kann.«

»Natürlich kann er das nicht. Aber das habe ich auch nicht behauptet. Ich habe lediglich gesagt, dass dieser Mann, wie Sie ihn nennen, Dinge weiß.«

Virginia Pille begann schweigend, den Tisch abzuräumen.

»Ist das denn nicht das Gleiche?«, beharrte die Señorita Prim.

»Das ist absolut nicht das Gleiche. Sie sollten unbedingt einmal zu ihm gehen und mit ihm reden.«

»Das habe ich nicht vor, vielen Dank.«

»Warum? Haben Sie Angst?«

Die Bibliothekarin verzog abschätzig das Gesicht.

»Angst? Vor einem armen neunzigjährigen Mönch?«

Horacio warf der Buchhändlerin einen vielsagenden Blick zu, dann meinte er: »Sagen Sie mir eines, Prudencia: Gibt es einen dunklen Flecken in Ihrem jungen Leben? Etwas, womit Sie leben müssen und von dem Sie sich befreien wollen? Etwas, das Ihr Gewissen belastet? Eine Furcht, derer Sie nicht Herr werden? Einen Moment der Verzweiflung?«

»Und wenn dem so wäre?«, entgegnete die Bibliothekarin und reckte das Kinn. »Gibt es den nicht bei jedem? Ich meine, geht es nicht jedem so, mit vielen Dingen?«

»Ja, Sie haben recht. Es geht jedem so. Aber was ich zu erklären versuche, ist, dass dieser Mönch davon weiß. Er dringt in das Bewusstsein anderer Menschen, er liest in ihnen wie in einem offenen Buch.«

»Das ist unmöglich.«

»Sie müssen nur zu ihm gehen. Vielleicht wird er Ihnen nichts wirklich Aufschlussreiches sagen, das macht er nicht immer. Aber das, was er sagt, wird ins Schwarze treffen, das versichere ich Ihnen.«

Nachdem das Buch bezahlt war und beide sich bei der Buchhändlerin für den Tee und das Gespräch bedankt hatten, traten sie aus dem Geschäft in die kalte, erleuchtete Nacht von San Ireneo.

»Ich muss doch sagen, dass es mich wirklich sehr überrascht hat, solche Worte aus dem Mund eines Mannes zu hören, der sich als nicht wirklich gläubig bezeichnet«, meinte die Señorita Prim draußen noch einmal.

Horacio Delàs, der nun noch mit einem zusätzlichen Päckchen beladen war – dem Katechismus von Claude Fleury –, lächelte sie nachsichtig an. »Genau das ist der springende Punkt, Prudencia. Ich bin kein Skeptiker im prinzipiellen, sondern im wissenschaftlichen Sinne. Ich erkenne alles an, vorausgesetzt, es ist empirisch bewiesen.«

»Ach ja?«, entgegnete sie. »Und gibt es einen empirischen Beweis für die angebliche Fähigkeit dieses alten Mönchs, das Sein der anderen zu kennen?«

Ihr Begleiter blieb stehen und sah ihr geradewegs in die Augen.

»Ob es den gibt? Selbstverständlich gibt es den.«

»Und was wäre das dann, wenn ich fragen darf?«

Die Señorita Prim wusste seine Antwort genau eine Sekunde, bevor Horacio Delàs sie aussprach.

»Die schwarzen Flecken in meinem Leben natürlich.«

6

Die Nachricht vom Verschwinden des Señor Mott trübte die Freude der Bewohner von San Ireneo mit der plötzlichen Heftigkeit einer Faust, die einem in den Magen gerammt wird. Die Señorita Prim erfuhr davon in der Metzgerei, als sie gerade einen riesigen Truthahn kaufte, den sie am Weihnachtsabend zubereiten wollte, ohne dass die Köchin davon erfuhr, auch wenn sie noch nicht wusste, wie sie das bewerkstelligen sollte.

»Ich habe gleich gesagt, dass der Kerl mir nicht gefällt«, meinte der Metzger. »Ich wusste es, als ich gesehen habe, wie er mit den Leuten am Kiosk umging. Er schien immer irgendwie an einem vorbeizuschauen, wie ein Löwe im Käfig, der dem Gitter entrinnen will. Die arme Señorita Mott. Männer wie der ändern sich nie.«

Die Bibliothekarin stürzte aus dem Geschäft und rannte zum Schulhaus hinüber. Dort angekommen, blieb sie außer Atem vor der Tür stehen. Sie wagte sich nicht hinein. Sie wagte es nicht, irgendetwas anderes zu tun, als dort zu verharren, wo sie war, schweigend, mit dem riesigen Truthahn im Arm. Schließlich regte sich etwas hinter den Gardinen, und sie hoffte, dass jemand sie gesehen hatte und hereinbitten würde. Wenige Minuten später wurde die Tür geöffnet, und der Mann im Armsessel ließ sie eintreten. Sein Gesicht war ernst.

»Er ist also wieder weg?«, fragte sie, immer noch atemlos von dem Lauf und dem Gewicht des Truthahns.

Das Klassenzimmer war leer. Es waren keine Kinder dort, aber auch keine Schulkittel, keine Stifte, keine Kreide an der Tafel, keine Landkarten, keine geometrischen Körper für den Unterricht. Ein Schauer lief der Bibliothekarin über den Rücken. Wer war fortgegangen? Der Señor oder die Señorita Mott?

»Sie sind beide gegangen«, sagte der Mann im Armsessel zögernd, »aber ich fürchte, nicht zusammen. Vielleicht hatte meine Mutter doch recht. Letztendlich. Es tut mir so leid für Eugenia, sie verdient es nicht, auf diese Weise behandelt zu werden.«

Señorita Prim bedauerte die Lehrerin zutiefst, aber sie verstand noch immer nicht, was geschehen war.

»Wohin ist die Señorita Mott denn gegangen? Was ist passiert?«

»Ihr Mann hat es wieder getan. Er ist am Abend nicht nach Hause gekommen. Sie hat eine Nachricht von ihm vorgefunden, dass er sich eingesperrt fühle. Daraufhin hat sie ihre Koffer gepackt und ist zu ihrer Schwester gezogen. Ich denke nicht, dass sie zurückkommt.«

Die Bibliothekarin sah ihren Chef mitfühlend an. Vorsichtig stand sie auf und setzte sich neben ihn.

»Ich halte Sie für zu intelligent, als dass Sie sich für das, was passiert ist, die Schuld geben.«

Er hob den Kopf und lächelte zerstreut.

»Ich fühle mich nicht schuldig, nur verantwortlich. Eugenia ist eine sehr empfindsame und romantische Frau, äußerst sensibel. Ich hätte vorsichtiger sein sollen und sie besser beraten müssen.«

Als die Señorita Prim den Ausdruck »äußerst sensibel« hörte, spürte sie einen kleinen Stich.

»Haben Sie etwas gegen Sensibilität?«

»Nein, gar nichts, es ist eine wunderbare Eigenschaft, aber nicht das geeignete Instrument, um klar zu denken.«

»Wollen Sie damit sagen, dass sensible Menschen wie ich nicht klar denken können?«

Der Mann im Armsessel richtete erneut den Blick auf sie und zog die Augenbrauen hoch.

»Ach so, sprechen wir jetzt von Ihnen?«

Die Bibliothekarin errötete und machte Anstalten, sich zu erheben, doch er hielt sie zurück.

»Natürlich sprechen wir nicht von mir«, sagte sie und streckte ihre Nasenspitze in die Luft. »Ich verstehe nur nicht, was Sensibilität mit Unvorsichtigkeit, Naivität oder mangelnder Klarsicht zu tun hat, denn das ist es ja offensichtlich, was Sie der armen Señorita Mott unterstellen wollen.«

»Sensibilität ist eine wunderbare Gabe, Prudencia, das würde ich nie bestreiten. Aber – ich wiederhole es – sie ist nicht das geeignete Instrument, um damit zu denken, und wenn man seine Gedanken zu sehr davon beeinflussen lässt, führt das nicht zu einem guten Ende, sondern zur Katastrophe. Es ist genauso wie mit den Ohren und dem Essen. Das Ohr ist ein wunderbares Sinnesorgan, äußerst funktionell gestaltet und bis ins letzte Detail perfekt geeignet, das Hören zu erleichtern. Aber wenn Sie versuchen, damit zu essen, wird das Ergebnis nicht überzeugend sein.«

Die Bibliothekarin lachte und entlockte damit auch ihrem Gesprächspartner ein Lächeln.

»Sie glauben also, dass Eugenia Mott versucht hat, mit den Ohren zu essen, und dass Sie nicht ausreichend streng, geschickt oder verantwortungsbewusst waren, sie davor zu warnen. Ist es das?«

»Das klingt nicht gerade schmeichelhaft, aber ich denke, ja, ich denke, so ist es.«

Nachdem die Señorita Prim eine Weile darüber nachgedacht hatte, stand sie entschlossen auf und blickte ihrem Chef direkt in die Augen.

»Erlauben Sie mir, Ihnen zu sagen, dass Sie ausgesprochen anmaßend sind.«

Er sah sie von unten her an, offensichtlich überrascht von diesem vehementen Ausbruch und dem triumphierenden Lächeln auf ihrem Gesicht.

»Möchten Sie sich mit mir streiten?«, fragte er ungläubig. »Denn sollte es so sein, muss ich Sie darauf hinweisen, dass heute nicht der geeignete Tag dafür ist.«

»Ich will mich nicht mit Ihnen streiten, überhaupt nicht«, entgegnete sie. »Ich möchte Ihnen helfen. Sie sollten wissen, dass sich nicht die ganze Welt nach Ihren Ratschlägen richtet. Es ist möglich, dass Sie das verwundert, aber so ist es nun mal. Es mag sein, dass Sie den ein oder anderen mit Ihrem Wissen und Ihrer Höflichkeit, die sogar dann noch zu spüren ist, wenn Sie unverschämt werden, beeindrucken oder blenden, aber vertun Sie sich nicht. Die Menschen Ihrer Umgebung mögen Ihnen zuhören, aber das heißt noch lange nicht, dass Sie Ihnen immer gehorchen oder Ihren Ratschlägen folgen, die Sie so oft und gern erteilen.«

Der Mann im Armsessel wirkte sichtlich verstört, was die Bibliothekarin ausnutzte, um weiterzusprechen.

»Streiten Sie es nicht ab, denn das führt zu nichts. Sie sind heute Morgen in der Überzeugung aufgewacht, dass Eugenia Mott nun wegen Ihnen und Ihrem mangelnden Verantwortungsgefühl leidet. Das dürfte nicht nur eine immense, unbegründete Last auf Ihren Schultern sein, sondern beweist vor allem, dass Sie die Bedeutung Ihres Urteils absolut überschätzen, wenn Sie mir dies zu sagen erlauben.«

»Würde es etwas ändern, wenn ich es nicht erlaube?«

Señorita Prim, offensichtlich zufrieden mit der Wirkung ihrer Worte, machte eine Pause. Ihr war nicht entgangen, dass die Verfassung ihres Gegenübers sich zu verändern begann. Sicherlich war das Unglück der Señorita Mott ein bedauernswertes Ereignis, aber ihr Verstand sagte ihr, dass der Mann im Armsessel die unglückselige Lehrerin in bester Absicht beraten hatte, und sie war nicht bereit zuzulassen, dass er sich nun deswegen Vorwürfe machte. Das, was sie gerade gesagt hatte, hörte er natürlich nicht gerne, und er war im Moment vielleicht nicht gut auf sie zu sprechen, aber er wirkte nicht mehr so niedergedrückt, und in seiner Stimme klang bereits wieder diese leichte Angriffslust mit, die ihr schon bei ihrer ersten Begegnung aufgefallen war. Dennoch war sie mit dem Ergebnis noch nicht wirklich zufrieden. Sie musste ihm noch ein bisschen mehr zusetzen, und natürlich wusste sie nur allzu gut, wie sie dies bewerkstelligen konnte.

»Wieso haben Sie Louisa May Alcott aus dem Leben von Tesseris und Eksi verbannt?«, fragte sie unvermittelt.

»Wie bitte?« Diesmal veränderte sich der Ausdruck des Mannes im Armsessel auf nachdrückliche Weise. »Prudencia, was ist eigentlich mit Ihnen los? Ist Ihnen das Frühstück nicht gut bekommen?«

»Es ist alles in Ordnung, vielen Dank. Also, wieso haben Sie das getan?« Sie warf ihm einen herausfordernden Blick zu.

Er betrachtete sie eine Weile schweigend.

»Wenn es mir meine guten Manieren nicht verbieten würden, würde ich bei Ihnen auf der Stelle Fieber messen. Wovon reden Sie, um Himmels willen?«

»Von *Betty und ihre Schwestern* natürlich.«

»*Betty und ihre Schwestern*? Was, bitte, hat *Betty und ihre Schwestern* mit all dem hier zu tun?«

Die Bibliothekarin räusperte sich, um Zeit zu gewinnen.

»Nichts im direkten Sinne, aber indirekt schon.«

Er sah sie mit wachsender Ungeduld an.

»Ich warte auf Ihre Erklärung.«

»Also«, die Señorita Prim besann sich auf ihr Improvisationstalent und sah den Mann im Armsessel ernst an. »In gewisser Weise sind wir doch alle das, was wir lesen.«

»Wie?«

»Ich habe gesagt, in gewisser Weise sind wir alle das Ergebnis unserer Lektüre.«

»Wirklich? Das ist wirklich sehr interessant und vermittelt mir die ein oder andere Vorstellung von Ihrer Persönlichkeit.«

Die Bibliothekarin richtete sich gerade auf, fest entschlossen, sich bei dieser Diskussion nicht geschlagen zu geben.

»Wir reden nicht von mir, sondern von der Señorita Mott.«

»Ich dachte, wir reden von Louisa May Alcott.«

»Sie sehen also keinen Zusammenhang zwischen dem, was Eugenia Mott passiert ist, und ihrer Lektüre, habe ich recht?«

»Ja, haben Sie.« Der Mann im Armsessel senkte den Blick und lächelte. »Prudencia, wenn Sie beabsichtigen, mich mit einem völlig absurden Gespräch abzulenken, damit ich nicht über meine Verantwortung für das Unglück von Eugenia Mott lamentiere, bin ich Ihnen dafür sehr dankbar. Aber erwarten Sie nicht, dass ich mich von der blödsinnigen Theorie überzeugen lasse, dass wir sind, was wir lesen. Das ist unter Ihrem Niveau.«

Die Bibliothekarin begann, nervös im Raum auf und ab zu gehen.

»Ich halte es nicht für Blödsinn. Natürlich kann ich nicht für Sie sprechen, aber von mir selbst kann ich sagen, dass ein großer Teil meiner Person mit der Art meiner Lektüre zu tun hat. Deshalb«, sie rang die Hände, »macht es mir Sorgen, dass ich, was die Bücher für die Mädchen angeht, einige Lücken entdeckt habe. Ich sage nicht, dass es beabsichtigte Lücken sind, wie ich zunächst gedacht habe, aber sie sind vorhanden. Und möglicherweise hat es mit der Tatsache zu tun, dass Sie – sosehr Sie sich auch bemühen – nun einmal keine Frau sind.«

»Sosehr ich mich auch bemühe …?«

Señorita Prim verzog das Gesicht.

»Was ich damit sagen will, ist …«

»Ich weiß genau, was Sie damit sagen wollen. Meine liebe Prudencia.« Der Mann im Armsessel lachte schallend, als er in diesem Moment den Truthahn bemerkte, den Prudencia immer noch umklammert hielt. »Und wenn sich jemand über den Stellenwert der Literatur im Leben dieser Kinder Gedanken macht, dann bin ich das. Ich habe nicht nur sorgfältig ausgewählt, welche Bücher sie lesen, sondern auch wann und wie diese Bücher das Leben meiner Nichten und Neffen bereichern sollen.«

Die Bibliothekarin wollte etwas erwidern, aber sein Blick ließ sie verstummen.

»Trotz des scheinbaren Chaos in meiner Bibliothek und generell in meinem Haus, dieser Unordnung, die Sie so sehr stört, gibt es nicht auch nur ein unbedachtes Komma in der Erziehung der Kinder. Nicht ein einziges der Bücher, das ihnen in die Hände fällt, ist nicht vorher von mir gelesen worden. Es ist kein Zufall, dass sie erst Carroll und dann Dickens gelesen haben und diesen wiederum vor Homer. Und es ist durchaus beabsichtigt, dass sie erst die Gedichte von Stevenson gehört haben und dann erst die Verse Tennysons und später erst die Vergils. Sie haben Schneewittchen, Peter Rabbit und die verlorenen Jungs kennengelernt und dann erst Oliver Twist, Gulliver und Robinson Crusoe, diese jedoch noch vor Odysseus, Don Quijote, Doktor Faust oder König Lear. Und das ist so geschehen, weil ich es so wollte. Sie wachsen mit guten Büchern auf, damit sie später in der Lage sind, großartige Werke zu lesen. Und bevor Sie mir noch mehr über ihre intelligenten, verwirrenden pädagogischen Theorien erzählen, sollten Sie wissen, dass ich mir durchaus dessen bewusst bin, dass jedes Kind sich von den anderen unterscheidet. Aber die Sprossen der Leiter, die sie erklimmen, habe ich geschaffen, basierend auf den Erfahrungen, die viele andere vor mir über Jahrhunderte gemacht haben. Andere, denen ich überaus dankbar bin.«

Die Señorita Prim, die ihrem Gesprächspartner aufmerksam zugehört hatte, räusperte sich leise, bevor sie darauf etwas sagte.

»Und *Betty und ihre Schwestern*? Wo taucht *Betty und ihre Schwestern* in Ihrem Bildungsplan auf? Sicher nicht in der Abteilung der großartigen Bücher, aber hoffentlich gibt es dafür noch ein freies Plätzchen unter den guten Büchern.«

»Ich muss zugeben, dass dort kein Platz dafür ist.«

»Und warum?«, wandte die Bibliothekarin ein. »Ist Ihnen denn nicht bewusst, dass die Bildung eine Sache ist, das Einfühlungsvermögen jedoch eine völlig andere? Sie wissen viel über Literatur, aber nichts über die Weiblichkeit.«

»Sosehr ich mich auch bemühe.«

»Machen Sie sich nicht darüber lustig, denn es ist wichtig. Und nur zu Ihrer Information: Herminia denkt in dieser Angelegenheit genauso wie ich. Niemand behauptet, dass Louisa May Alcott Jane Austen ist, genauso wie Stevenson nicht Dante ist.«

Der Mann im Armsessel sah sie aufmerksam an.

»Wissen Sie, was mich bei all dem überrascht, Prudencia? Sie sind doch eine moderne, energische Frau mit vielen akademischen Auszeichnungen – ich kann Sie mir beim besten Willen nicht bei der Lektüre von *Betty und ihre Schwestern* vorstellen.«

Die Señorita Prim hob ihre Nasenspitze noch höher als sonst.

»Und darf ich wissen, warum?«

»Weil es ein zutiefst kitschiger, schmalziger Roman ist, und wenn ich irgendetwas nicht leiden kann, dann übertriebenen Sentimentalismus. Ich finde es immerhin begrüßenswert, dass Herminia und Sie zu dem Schluss gekommen sind, dass Louisa May Alcott nicht Jane Austen ist, denn das ist sie allerdings nicht.«

»Haben Sie es denn je gelesen?«, fragte die Bibliothekarin. »Ich meine *Betty und ihre Schwestern.*«

»Nein, das habe ich nicht«, antwortete er ruhig.

»Dann hören Sie damit auf, hier Vorträge zu halten, und lesen Sie das Buch, bevor Sie es verurteilen.«

Der Mann in Armsessel lachte und betrachtete sie mit neuem Interesse.

»Sie fordern mich auf, *Betty und ihre Schwestern* zu lesen? Mich?«

»Ja, Sie. Das Mindeste, was man tun sollte, bevor man ein Buch verdammt, ist, es zu lesen, meinen Sie nicht?«

»Und was ist nun mit der Señorita Mott? Haben wir sie schon vergessen?«

Die Bibliothekarin zog ihren Mantel an und die Handschuhe, nahm den Truthahn, und während sie zur Tür ging, murmelte sie ärgerlich: »Natürlich haben wir sie nicht vergessen. Ich wette mit Ihnen, dass sie das Buch auch nicht gelesen hat.«

Das Essen am Weihnachtsabend war ein voller Erfolg, auch wenn ihm ein heftiger Streit mit Vorwürfen, Anschuldigungen und Tränenausbrüchen seitens der Köchin vorausging. Die Señorita Prim behauptete sich tapfer und geschickt, indem sie dem eifersüchtigen Drachen schließlich erklärte, dass sie ihm die Küche nicht streitig machen wolle, Weihnachten jedoch ein Familienfest sei, ein Anlass zu teilen und gemeinsam zu feiern. Und zusammen zu kochen sei nun mal die beste Gelegenheit dafür. Die Köchin hatte, von derartiger Eloquenz verwirrt, letztendlich nachgegeben, jedoch nicht, ohne die Bibliothekarin darauf hinzuweisen, dass Weihnachten mehr als nur das sei, viel mehr. Zumindest hatte man ihr es so beigebracht; sie hatte es von ihrer Mutter gelernt und diese wiederum von ihrer Mutter; und auch der alte Pater in der Abtei erkläre es so und auch der Herr selbst. Das, was sie erwähnt habe, sei nur ein kleiner Teil des Weihnachtsfestes, der am wenigsten wichtige, wenn sie ihr das mal sagen dürfe.

»Natürlich dürfen Sie mir das sagen, Señora Rouan, weil es die Wahrheit ist. Und an der Wahrheit ist nicht zu rütteln, wie Sie nur zu gut wissen.«

Der resignierte Blick der Señorita Prim brachte den Mann im Armsessel sogleich zum Schweigen, der, angelockt von dem köstlichen Duft des Truthahns, die Küche betreten hatte.

»Ich denke, dass dies kein Abend ist, an dem man sich streiten oder sich ärgern sollte«, sagte er schließlich, nachdem er die Spannungen zwischen den beiden Frauen bemerkt hatte. Er trat auf die Köchin zu und flüsterte ihr ins Ohr: »Überlassen Sie ihr die Küche, Señora Rouan, dieser Truthahn wird es zweifellos niemals mit Ihrem Roastbeef aufnehmen können.«

Die Köchin platzte fast vor Stolz, sagte kein Wort mehr und beendete die Zubereitung eines Soufflés, während sie gleichzeitig die drei Kuchen im Auge behielt, die in dem alten Ofen vor sich hin buken. Anderthalb Stunden später war das Essen fertig. Die Kinder waren aufgeregt, weil sie viel länger als sonst aufbleiben durften; der Tisch war festlich mit einem blütenweißen Leinentischtuch und dem alten Familiengeschirr gedeckt, und die Gäste – Horacio Delàs und der Richter Basett, die seit Jahren an diesem Tag zum Essen kamen – hatten es sich bereits im Salon bequem gemacht. Während die Señorita Prim sich umzog, konnte sie das fröhliche Stimmengewirr, die Begrüßungen und die guten Wünsche, das Lachen und den Gesang hören.

Eine halbe Stunde später, als sie an dem langen Tisch im Esszimmer saßen und während die Señorita Prim den angeregten Gesprächen lauschte und dem Mann im Armsessel hin und wieder zulächelte, verspürte sie plötzlich eine unerklärliche Sehnsucht. Sie war dabei, als die Jüngste aus dem Lukas-Evangelium vorlas und alle Anwesenden schweigend zuhörten. Und nach dem Essen ging sie bereitwillig mit den anderen und mit Kerzen, dicken Schals und Mänteln ausgerüstet in der eisigen Kälte der Nacht zur Christmette in der alten Abtei. Doch am Eingangstor des Klosters, dessen erleuchtete Fenster wie ein Leuchtturm in der Dunkelheit strahlten, verabschiedete sie sich.

»Möchten Sie denn wirklich nicht mitkommen?«, fragte Horacio Delàs. »Sie wissen, dass auch ich nicht gläubig bin, aber weil es Weihnachten ist und den anderen zuliebe gehe ich doch mit ihnen hinein. Ich verspreche Ihnen, dass Sie es nicht bereuen werden. Die alte römische Liturgie ist wunderschön.«

»Vielen Dank, Horacio, aber ich bin sehr müde«, entgegnete die Bibliothekarin freundlich, während sie zusah, wie sämtliche Einwohner von San Ireneo in kleinen oder großen Gruppen mit ihren wegen der Kälte dick eingepackten Kindern ankamen, einer Kälte, die durch die Kleidung bis in die Knochen drang.

Die Sterne leuchteten am Himmel, als die Señorita Prim sich umwandte und auf den Heimweg machte. Als sie an die Stelle kam, an der sich die Straße gabelte, blieb sie plötzlich stehen, sah auf die Uhr, und nach kurzem Zögern nahm sie den Weg, der in den Ort führte. Die freundlichen Lichter der Schaufenster waren erloschen, aber die Fenster der Häuser leuchteten in der Erwartung, dass ihre Bewohner nach dem Gottesdienst zurückkämen, und tauchten die Straßen in ein stilles, warmes Licht. Die Bibliothekarin gelangte zum Marktplatz und ging mit entschiedenem Schritt auf den Teesalon zu, der noch geöffnet zu haben schien. Drinnen waren die Tische und der Tresen leer. Erst nach einer Weile sah sie am Fenster eine Frau bei einer Tasse Tee in einem Buch lesen.

»Ich bin davon ausgegangen, dass Sie mit den anderen in der Abtei sind«, sagte die Señorita Prim.

Die Mutter des Mannes im Armsessel hob den Kopf und lud die Bibliothekarin mit einer schweigenden Geste ein, sich zu ihr zu setzen.

»Nein, ich gehe nie mit dorthin. Ist mir zu emotional. Ich verlasse gemeinsam mit allen das Haus, begleite sie den ganzen Weg über und sage den Kindern dann, dass ihre Großmutter lieber hinten sitzt. So habe ich es gemacht, seit sie denken können. Aber wissen Sie was?«

»In diesem Jahr hat es nicht funktioniert«, antwortete die Bibliothekarin lächelnd, während sie sich den Schal und die Handschuhe auszog und beim Kellner eine Tasse heißer Schokolade bestellte.

Die alte Dame sah sie überrascht an.

»Sie sind wirklich äußerst scharfsinnig.«

Señorita Prim lachte und versicherte, dass ihr Scharfsinn ausschließlich auf Erfahrung beruhe.

»Man kann die Kinder eine Weile hinters Licht führen, aber die meisten von uns Erwachsenen verpassen den Moment, wenn diese Frist abläuft.«

Die alte Dame nickte nachdenklich.

»Heute Abend habe ich sie wie immer begleitet. Ich bin mit ihnen hineingegangen, habe gewartet, bis sie mit meinem Sohn in der Familienbank Platz genommen hatten, und als ich ihnen wie immer sagte, dass ihre Großmutter sich nach hinten setzen würde, haben sie etwas Unglaubliches gesagt.«

»Lassen Sie mich raten.«

»Das erraten Sie nie. ›Zieh dich warm an, wenn du rausgehst‹, das haben sie gesagt. Ich war noch nie derartig verblüfft, in meinem ganzen Leben noch nicht. Ich wusste nicht, was ich darauf sagen sollte. Ich habe irgendetwas vor mich hin gemurmelt. Und dann – was hätte ich sonst tun sollen – bin ich eilig hinausgegangen.«

Die Señorita Prim lächelte herzlich. Sie wusste, dass dies der letzte Abend der alten Dame war, bevor sie wieder abreisen würde, genauso, wie sie gewusst hatte – zumindest war sie davon ausgegangen –, dass sie sie an diesem Ort finden würde. Nach der ehelichen Katastrophe der Eugenia Mott hatten sie kaum Gelegenheit gehabt, ein Wort zu wechseln. Es waren ausgefüllte Tage gewesen, Einkäufe mussten erledigt werden, Weihnachtskarten geschrieben, kleine Aufträge erledigt, und Liegengebliebenes musste aufgearbeitet werden. Während die Bibliothekarin an einem Zitronenplätzchen knabberte, betrachtete sie die alte Dame, die wie eine ältere Freundin für sie war. Sie hatte diese Frau zu schätzen, sie zu mögen und zu respektieren gelernt. Aber seit dem Tag ihres Gesprächs unter dem Kamelienbaum in Eugenia Motts Garten war das zarte Zutrauen, das zwischen ihnen gewachsen war, irgendwie nicht mehr vorhanden gewesen. Die Señorita Prim dachte manchmal, dass jene Geständnisse vielleicht nur einer Art romantischer Einbildung entsprungen waren, dass es sie nur in ihrer Phantasie gegeben hatte. Würde sie die alte Dame nach dieser Nacht noch einmal wiedersehen? Ihr wurde mit einem Mal ganz seltsam zumute bei dem Gedanken, dass dies vielleicht ihre letzte Begegnung war.

»Erinnern Sie sich an den Nachmittag, an dem Sie mir gesagt haben, dass die Kinder für den veränderten Lebenswandel Ihres Sohnes, den Sie so missbilligen, verantwortlich seien?«

»Natürlich erinnere ich mich daran.«

Señorita Prim machte eine Pause, um ein Stück geröstetes Landbrot mit Butter und Marmelade zu bestreichen.

»Wie ist es dazu gekommen?«

Die Mutter des Mannes im Armsessel antwortete nicht, sondern widmete sich nun ebenfalls einem Stück Brot.

»Ich meine, was ist passiert?«, fuhr die Bibliothekarin fort. »Wie können ein paar so kleine Kinder einen derart grundlegenden Wandel bewirken?«

Die alte Dame hörte auf zu essen und hob den Blick.

»Es war wegen Tesseris.«

»Tesseris?«

»Es war wegen ihrer erstaunlichen, wunderbaren Eingebungen. Hat sie Ihnen schon erzählt, dass die Erlösungsgeschichte ein wahres Märchen ist? Das ist ein unglaublicher Gedanke für ein zehnjähriges Mädchen, aber natürlich ist sie nicht die Erste, die darauf gekommen ist. Andere, wie Tolkien zum Beispiel, haben diese Idee schon vor ihr geäußert. Haben Sie schon einmal länger mit meiner Enkelin gesprochen?«

»Natürlich«, entgegnete die Señorita Prim.

»Sie ist ein außergewöhnliches Mädchen, finden Sie nicht?«

»Ja, das ist sie. Sie ist anders als alle Kinder, die ich bisher kennengelernt habe. Manchmal scheint es mir, als bewahre sie ein Geheimnis.«

Die Bibliothekarin biss sich auf die Lippen. Trotz ihrer natürlichen Abneigung gegen metaphysische Gespräche musste sie zugeben, dass dieses Kind voller tiefsinniger Erkenntnisse steckte, die anderen verborgen blieben.

»Sie war schon immer anders als die anderen, schon als sehr kleines Kind.«

»Anders? Was meinen Sie?«

Die alte Dame konzentrierte sich darauf, den Zucker zu verrühren, den sie in ihre Tasse gegeben hatte.

»Meine Enkelin ist auf seltsame Weise mit dem Übernatürlichen verbunden, und das schon immer. Und das Interessanteste daran ist, dass sie lange Zeit gar nicht verstehen konnte, dass es nicht bei allen anderen genauso war.«

»Wollen Sie damit sagen …?« Señorita Prim schluckte. »Wollen Sie damit sagen, dass Tesseris so etwas wie eine kleine Mystikerin ist? Das können Sie nicht ernst meinen.«

Die Mutter des Mannes im Armsessel schnitt bedächtig ein Stück Kuchen ab und legte es der Bibliothekarin auf den Teller, bevor sie sich selbst ein weiteres Stück abschnitt, das sie auf ihren eigenen Teller legte.

»Nein, Prudencia, damit will ich nicht sagen, dass meine Enkelin eine Mystikerin ist. Ich habe keine Ahnung, wie Mystiker sind, aber mit Sicherheit nicht so wie sie. Allerdings war mir nicht bewusst, wie nah das Natürliche und das Übernatürliche beieinanderliegen, bis ich es an ihr gesehen habe.«

Die Señorita Prim, die dem Kuchen auf ihrem Teller keine Beachtung mehr schenkte, starrte die alte Dame an. Und währenddessen dachte sie an den Tag ihrer Ankunft.

»Als ich Tesseris zum ersten Mal begegnet bin, hat sie von einem Spiegel gesprochen. Ich war der Meinung, es ginge um *Alice im Wunderland*.«

Ein feines Lächeln glitt über das Gesicht der alten Dame.

»Tesseris bewegt sich in etwas höheren Sphären als *Alice. Videmus nunc per speculum in aenigmate.*[2] Können Sie Latein? *Wir sehen jetzt durch einen Spiegel in einem dunklen Wort; dann aber von Angesicht zu Angesicht. Jetzt erkenne ich stückweise; dann aber werde ich erkennen, gleichwie ich erkannt bin.«*

Die Señorita Prim räusperte sich. Draußen hatte es erneut zu schneien begonnen.

»Aber wenn Sie an all das glauben, warum sind Sie dann nicht bei Ihrer Familie in der Kirche geblieben? Warum wahren Sie diese Distanz?«

Die Mutter des Mannes im Armsessel nahm ihre Tasse in ihre zarten Hände und trank ihren Tee. Dann sah sie die Señorita Prim ernst an und sagte leise, fast flüsternd: »Weil ich nicht kann. Ich bin noch nicht bereit. Ich fühle mich noch nicht bereit.«

»Bereit? Bereit wofür?«

»Bereit wofür?« Die alte Dame lächelte bitter. »Bereit, die Waffen niederzulegen, meine Liebe. Bereit, dieses alte stolze Haupt zu senken und die Waffen niederzulegen.«

---

2 Erster Brief des Apostels Paulus an die Korinther.

III

Das Entwirren des Knäuels

1

Die Abreise der Mutter des Mannes im Armsessel hinterließ eine seltsame Leere im Haus. Draußen hielt die winterliche Kälte an. Der Schnee lag in einer dicken Schicht auf den Fensterbrettern, blockierte die Türen und gefror auf den Ästen der Bäume. Drinnen ging die Arbeit voran, trotz der vielen Unterbrechungen durch die Kinder, die ihre unerschöpfliche Energie darauf verwendeten, durch die Räume, Flure und das Treppenhaus zu rennen, zu spielen und sich zu verstecken. Die Señorita Prim verbrachte ihre Nachmittage damit, all die schweren verstaubten Bücher zu sortieren. Einige von ihnen hatten viele lange Jahre einfach nur in diesem alten Haus überdauert, andere, die von den Vorfahren der Familie vor langer Zeit mitgebracht worden waren, als sie sich in San Ireneo niederließen, waren immer mal wieder hervorgeholt worden und somit wahre Überlebende. Der Señorita Prim gefielen diese Bücher. Die Vorstellung, dass sie hier, in den alten Regalen, all die Zeit über still und träge dem Wechsel von Tag und Nacht beigewohnt hatten, faszinierte sie.

»Ich wundere mich, dass ich Sie noch nie habe niesen hören, Prudencia. Diese Bücher sind von mehr Staub bedeckt, als ein Mensch ertragen kann.«

Der Mann im Armsessel betrat mit Handschuhen, Mütze, Schal, dickem Mantel und schweren Stiefeln ausgerüstet die Bibliothek.

»Sind das wirklich Sie unter all dem Zeug?«, fragte die Bibliothekarin spöttisch.

»Lachen Sie ruhig, aber draußen ist es eiskalt. Man kann es nicht länger als eine halbe Stunde im Garten aushalten«, entgegnete er, während er Handschuhe, Schal, Mütze und den Mantel ablegte.

»Sie sollten die Stiefel ausziehen und sich aufwärmen. Möchten Sie etwas essen?«

»Wenn Sie etwas organisieren könnten, wäre ich Ihnen überaus dankbar. Dummerweise sind meine Finger so steif gefroren, dass ich nicht in der Lage bin, mir selbst die Stiefel aufzuschnüren«, klagte er.

Die Señorita Prim trat zu ihm. Sie beugte sich vor, achtete darauf, nicht vor ihm auf die Knie zu gehen, und begann, die Schnürriemen zu lösen.

»Das ist wirklich sehr nett von Ihnen. Und glauben Sie mir, ich weiß die Bedeutung dieser Geste zu würdigen«, sagte er, und seine Mundwinkel zuckten.

»Was meinen Sie damit?«, entgegnete sie ungehalten, während sie dem rechten Stiefel zu Leibe rückte und dabei versuchte, das Gleichgewicht zu halten, ohne sich hinzuknien.

»Dass ich die hierarchische Bedeutung zu kennen glaube, die Sie gewissen Gesten und Handlungen zuschreiben.«

»Wenn dem so wäre, würde ich das hier nicht tun, oder?«

»Aber sicher würden Sie das tun. Das liegt an Ihrem preußischen Pflichtbewusstsein.«

Die Bibliothekarin kniff die Lippen zusammen und fuhr mit ihrer Tätigkeit fort.

»Ich denke, das wär's.«

»Danke«, sagte er leise.

Prudencia Prim holte das Tablett, das die Köchin auf dem Tisch im Empfangsraum abgestellt hatte. Nach ihrem letzten Streit waren die beiden Frauen schweigend übereingekommen, sich lieber aus dem Weg zu gehen, und sie vermieden nach Möglichkeit jedes Gespräch. Sie grüßten sich, wenn sie sich auf dem Flur, in der Küche oder im Garten über den Weg liefen. Ansonsten war ihre Beziehung so kühl wie der nach wie vor herrschende Winter. Die Bibliothekarin war mit dieser Regelung durchaus zufrieden, schließlich gehörte sie ja nicht zum Personal. Wenn sie etwas brauchte, sagte sie es einer der drei jungen Frauen aus dem Ort, die das Haus sauber hielten, sich ab und zu um die Kinder kümmerten und irgendwie als Mädchen für alles fungierten. Es war nicht nötig, dass sie sich mit dem Küchendrachen unterhielt, absolut nicht. Allerdings musste man zugeben, dass Señorita Rouan ihr Handwerk beherrschte, überlegte sie, während sie die Mahlzeit auf dem Tisch am Kamin anrichtete. Die Windbeutel, die saftige Käsetorte, der leckere Möhrenkuchen und die in Dreiecke geschnittenen und auf vier kleinen Stapeln nach dem Geschmack angeordneten Sandwiches waren unübertrefflich. Auf einem von der Köchin hergerichteten Tablett fehlten nie eine Kanne mit chinesischem Tee, ein Kännchen sahniger Milch und ein paar Scheiben selbst gebackenes geröstetes und großzügig mit Butter und Honig bestrichenes Brot. Alle wussten, was sie an ihr hatten.

Der Mann im Armsessel rieb sich die Hände und betrachtete schweigend die Zeremonie, mit der die Señorita Prim den Imbiss servierte. Im Haus war es ungewöhnlich still, denn die Kinder waren im Gewächshaus, um dem Gärtner dabei zuzusehen, wie er Stecklinge zog und sich liebevoll um die Sprösslinge in den kleinen Blumentöpfen kümmerte, die darauf warteten, im kommenden Jahr in den Garten gepflanzt zu werden.

»Es ist faszinierend, wie viele verschiedene Bücher sich in diesem Raum angesammelt haben«, meinte die Bibliothekarin. »Ich habe mich mal darin versucht zu erraten, welche einmal Männern gehört haben und welche von Frauen angeschafft wurden.«

Der Mann im Armsessel lächelte, während er bedächtig in seinem Tee rührte.

»Das scheint mir keine allzu schwierige Übung zu sein. Ich halte es für relativ einfach, die Literatur, die sich an Frauen richtet, als solche zu identifizieren: Man muss sich nur das Geschlecht des Autors ansehen. Es ist eigenartig, dass Männer meistens für Leser beiderlei Geschlechts schreiben, während Autorinnen sich nur an Frauen richten. Mit einigen lobenswerten Ausnahmen natürlich.«

Señorita Prim atmete tief durch, nahm sich ein Sandwich mit Gänseleberpastete und blickte dann ihrem Gesprächspartner in die Augen.

»Ich denke nicht, dass Frauen schon immer nur für Frauen geschrieben haben«, entgegnete sie. »Das ist ein relativ modernes Phänomen. Noch vor weniger als einem Jahrhundert haben Männer genauso selbstverständlich Bücher von Frauen gelesen wie von Männern.«

»Wenn auch mit weniger Vergnügen«, meinte der Mann im Armsessel lachend.

Die Bibliothekarin legte ihr Sandwich auf ihren Teller.

»Sagen Sie mir doch bitte, worüber Sie jetzt lachen«, sagte sie in eisigem Ton.

Er betrachtete sie amüsiert.

»Über Sie natürlich. Mache ich das nicht immer?«

»Und was ist gerade so komisch an mir, wenn die Frage erlaubt ist?«

»Die Tatsache, dass Sie für alles immer eine psychologische Erklärung haben. Sie sollten lernen, die Welt so zu sehen, wie sie ist, Prudencia, nicht wie sie Ihrem Wunsch nach sein sollte. Man muss nicht besonders schlau sein, um festzustellen, dass jeder Junge mit großem Vergnügen *Die Schatzinsel* liest, während ihm schon schlecht wird, wenn er nur daran denkt, etwas lesen zu müssen wie …«

»*Betty und ihre Schwestern* zum Beispiel.«

Er nickte bestätigend.

»*Betty und ihre Schwestern* zum Beispiel.«

Die Señorita Prim reckte triumphierend die Nasenspitze in die Luft. »Dann haben Sie es also inzwischen gelesen. Oder hat ein plötzlicher Anfall von Übelkeit Sie davon abgehalten?«

Der Mann im Armsessel zog die Beine an und setzte sich aufrecht hin. Dann rückte er den Stuhl näher an den Tisch und beugte sich nach vorn, als machte er sich bereit, eine Partie Schach zu spielen. Die Bibliothekarin dagegen lehnte sich zurück und kreuzte in Erwartung einer Antwort die Arme vor der Brust.

»Ich habe es gelesen.«

Señorita Prim riss überrascht die Augen auf, hatte sich jedoch gleich wieder unter Kontrolle und sah ihn herausfordernd an.

»Und?«

»Ich muss zugeben, dass es ganz hübsch ist.«

»Ach was.«

»Daher habe ich nichts dagegen, dass die Mädchen es lesen, aber ich werde es nicht fördern.«

»Was soll das nun wieder heißen?«

»Das soll heißen, dass es trotz allem ein schmalziger, sentimentaler Roman ist.«

Die Bibliothekarin löste ihren Rücken von der Lehne des Stuhls, und ihr Gesichtsausdruck verdüsterte sich.

»Und das ist die schlimmste Sünde, der der Mensch anheimfallen kann, habe ich recht?«, sagte sie in schneidendem Ton. »Sentimental zu sein scheinen Sie ja geradezu für ein Verbrechen zu halten. Intelligente Menschen haben sich unter Kontrolle und zeigen keine Gefühle. Das machen nur gewöhnliche Menschen, ungebildete Frauen zum Beispiel.«

Der Mann im Armsessel lehnte sich zurück und streckte die Beine aus.

»Ich habe nicht gesagt, dass es etwas für gewöhnliche Menschen ist«, sagte er langsam. »Denn es ist erstaunlich, welch guten literarischen Geschmack die einfachen Leute zu manchen Zeiten bewiesen haben.«

»In Zeiten, die endgültig vorbei sind, natürlich.«

»Ich weiß nicht, ob ›endgültig‹ hier das richtige Wort ist, aber ich fürchte, ja. Aber da Sie es erwähnen: Zwischen ungebildeten Frauen und dem Sentimentalismus sehe ich durchaus einen Zusammenhang. Natürlich macht das Schlechte in unseren Zeiten auch nicht vor gebildeten Menschen halt.«

»Wie in meinem Fall.«

»Wie in Ihrem Fall, genau.«

Señorita Prim biss so fest die Zähne zusammen, dass man das Knirschen ihrer Kiefer hören konnte. Sie wollte nicht die Kontrolle über sich verlieren. Das Schlimmste, was vor diesem Mann, der sie als sentimental bezeichnet hatte, passieren konnte, war, die Kontrolle zu verlieren.

Es war ihre Pflicht, ihm zu beweisen, dass Gefühle einen Menschen nicht daran hinderten, rational zu denken, daher kämpfte sie einige Sekunden lang mit sich, die ihr ewig erschienen.

»Verraten Sie mir, wie man so kalt sein kann«, fragte sie mit erzwungener Ruhe.

Er hob den Kopf und sah sie verwundert an.

»Kalt? Ich? Sie halten mich für kalt?«

»Sie hassen Sentimentalität, das haben Sie gerade gesagt.«

»Das stimmt, ich hasse Sentimentalität, aber deswegen bin ich doch nicht kalt. Sentimentalität ist eine Sache, Gefühle eine völlig andere, Prudencia. Sentimentalität ist eine Missbildung der Vernunft oder, wenn Sie es so wollen, eine Missbildung der Gefühle, die wachsen, überhandnehmen, einen Stellenwert einnehmen, der ihnen nicht zusteht, unsinnig werden, das Urteilsvermögen beeinträchtigen. Nicht sentimental zu sein bedeutet nicht, keine Gefühle zu haben, sondern nur, dass man in der Lage ist, sie zu steuern. Das Ideal ist – und darin sind wir uns sicher einig –, mit besonnenem Verstand und gefühlvollem Herzen zu handeln.«

Die Bibliothekarin schwieg einen Moment, lang genug, um ihren Kiefer zu entspannen. Wie immer, wenn sie mit diesem Mann diskutierte, bekam sie Kopfschmerzen. Sie konnte der Logik dieses Gesprächs nicht mehr folgen. Wie waren sie an diesen Punkt gelangt? Wie waren sie von der weiblichen Literatur zur Missbildung der Gefühle gekommen?

»Dickens hat Elizabeth Gaskell gelesen, der von Ihnen so bewunderte Newman hat Jane Austen gelesen und Henry James Edith Wharton«, sagte sie langsam.

»Drei gute Schriftstellerinnen. Drei intelligente und kaum sentimentale Frauen.«

»Es geht nicht darum, ob sie gute oder schlechte Schriftstellerinnen sind oder ob sie sentimental sind oder nicht. Es geht darum, dass es eine Zeit gab, zu der große Männer von Frauen geschriebene Romane gelesen haben.«

»Genau«, sagte der Mann im Armsessel und rückte ein Stück vom Kamin weg, »aber meiner Meinung nach gibt es dafür zwei gute Gründe. Der eine ist, dass eine Frau, deren Bücher veröffentlicht wurden, damals noch als kühn galt, und der andere ist, dass die Frauen einen vernünftigen, aber anderen Blick auf die Welt boten. Heutzutage hat die Frauenliteratur die Fähigkeit verloren, uns dazu zu bewegen, unseren Blickwinkel zu verändern. Wenn ich heute ein von einer Frau geschriebenes Buch lese, habe ich den Eindruck, dass die Autorin ausschließlich sich selbst betrachtet.«

Die Señorita Prim starrte ihren Chef böse an. Wie sehr sie diese skandalöse Selbstverständlichkeit hasste, mit der er alle möglichen Dinge falsch beurteilte. Die meisten Menschen schämten sich, derartige Dinge zu denken, geschweige denn, sie zu äußern. Er sprach sie in aller Ruhe aus, beinah freudig und einfach so.

»Vielleicht betrachten die Frauen sich selbst, weil sie zu viel Zeit damit verbracht haben, andere zu betrachten«, murmelte sie zwischen den Zähnen.

»Also bitte, Prudencia, jetzt machen Sie es sich zu leicht.«

»Sie irren sich«, entgegnete sie, stand entschlossen auf und ging zu dem Regal hinüber, in dem die Bücher standen, mit denen sie gerade beschäftigt gewesen war. »Für mich ist nichts zu leicht. Ich bin eine von Gefühlen beherrschte Frau, erinnern Sie sich?«

Der Mann im Armsessel erhob sich, nahm seine Mütze, seinen Schal und seinen Mantel und ging zur Tür.

»Ich würde eher sagen, dass Sie eine Frau sind, die sich zu sehr mit sich selbst beschäftigt.«

»Ach, wirklich?«, hörte sich die Bibliothekarin mit zitternder Stimme fragen. »Und was sagen Sie von sich? Sind Sie auch mit sich selbst beschäftigt?«

Er wandte sich an der Tür um und lächelte leicht.

»Ich muss gestehen, dass ich es viel interessanter finde, mich mit Ihnen zu beschäftigen.«

In dem Moment, als der Mann im Armsessel den Raum verlassen hatte, hörte die Señorita Prim auf zu zittern, und stattdessen strömte ihr eine Flut von Tränen über das Gesicht. Sie fühlte sich beleidigt, schlecht behandelt, verhöhnt. Sie hatte dieses dialektische Spiel so satt, in dem sie immer die Maus war und er die Katze. Und dennoch gab es etwas, das sie noch mehr verstörte und ärgerte, nämlich ihre Überzeugung, dass er sich dessen nicht einmal bewusst war, dass er gar nicht vorhatte, mit ihr zu spielen, und dass ihr Drama, ihr kleines absurdes Drama, dem Verursacher ihres Ärgers völlig egal war, ganz zu schweigen von der Tatsache, dass der Verursacher ihres Ärgers – auch wenn sie es hasste – ein wichtiger Mensch für sie geworden war. Er war die Antwort auf das Fragezeichen, das Hortensia und Emma auf die Liste der möglichen Heiratskandidaten gesetzt hatten; so war es, und es nutzte nichts, es weiterhin vor sich selbst nicht zuzugeben. Sie kannte die Symptome, sie kannte sie nur allzu gut.

Was dachte er wirklich von ihr? Señorita Prim gestand sich ein, dass sie es absolut nicht wusste. Manchmal schien er sich von ihr angezogen zu fühlen, es wäre unsinnig gewesen, das abzustreiten. Aber bei anderen Gelegenheiten war es eindeutig, dass er ihr alle Fehler und Mängel zuschrieb, die ein Mensch nur haben konnte, was sie zu der Überzeugung brachte, dass sie sich diese angebliche Anziehung nur einbildete. In ihrem sentimentalen und kranken Hirn, worauf er sie von Zeit zu Zeit gern hinwies. Vielleicht tat er dies auch, weil er sich als eine Art Pygmalion sah und aus ihr eine perfekte Vertreterin ihres Geschlechts machen wollte. Die Señorita Prim erschauderte angesichts der Vorstellung, dass ihr dabei die Rolle der Galatea oder, noch schlimmer, der Eliza Doolittle zukam. Aber so schmerzhaft dies auch alles war, es war noch nicht alles. Es gab noch eine dritte Variante, die noch entsetzlicher war, so entsetzlich, dass ihr schlecht wurde, wenn sie nur daran dachte. Vielleicht verbrachte er seine freie Zeit damit, mit ihr über alles Mögliche zu streiten, weil er schlicht und einfach nichts Besseres zu tun hatte. An diesem Punkt angelangt, steigerte sich die Furcht der Bibliothekarin ins Unermessliche und ergriff sie in aller Heftigkeit. Sie musste etwas tun, um Gewissheit zu bekommen. Sie musste unbedingt etwas tun.

Nachdem sie sich diskret die Nase geputzt hatte, blickte sie durch das Fenster hinaus in den Garten. Immer noch schneite es in großen, schweren Flocken. Bei dem Wetter war es wohl unmöglich, in den Ort zu gehen, obwohl sie dringend dorthin musste. Es war an der Zeit, ein ernstes, aufrichtiges Gespräch mit den Damen von San Ireneo zu führen; der Moment war gekommen, bei diesem absurden Detektivspiel auf der Suche nach einem Ehemann die Karten auf den Tisch zu legen und mit den Damen zu beratschlagen, wie die Situation mit ihrem Chef zu beurteilen war und wie sie nun reagieren sollte. Während sie traurig in die Schneeflocken starrte und sich damit abfand, dass das wichtige Gespräch verschoben werden musste, bis sich das Wetter besserte, beobachtete sie, wie der alte Gärtner aus dem Gewächshaus kam und zur Garage hinüberging. Schnell wie der Blitz sprang sie auf die Füße, eilte aus der Bibliothek, griff nach einem warmen Mantel, einem Schal und einem Paar Stiefel und stürzte aus dem Haus, um die Mitfahrgelegenheit zu nutzen.

Die Fahrt dauerte lange und war nicht besonders angenehm, zum Teil wegen des Schnees, der die Straße bedeckte und zu äußerster Vorsicht mahnte, aber auch weil der Gärtner zu keinem Gespräch bereit war. Er war zwar einverstanden gewesen, die Señorita Prim mitzunehmen, war aber seit vielen Jahren schon gut mit der Köchin befreundet und daher nicht allzu gut auf die Bibliothekarin zu sprechen. Endlich erreichten sie den Ort, und Señorita Prim ließ sich am Haus von Hortensia Oeillet absetzen, die sie freudig überrascht empfing.

»Meine liebe Prudencia, was für ein netter Besuch an einem so hässlichen Tag! Kommen Sie rein, meine Freundin, und legen Sie den Mantel ab. Ich mache uns schnell einen Tee«, rief sie aus.

»Machen Sie sich keine Umstände, Hortensia, ich habe schon Tee getrunken. Aber eine Tasse heißer Schokolade wäre wunderbar, und bitte, könnten Sie auch noch eine große Kanne Kaffee kochen?«

Hortensia Oeillet sah ihren Gast bestürzt an.

»Kaffee? Oje, es muss etwas Schlimmes passiert sein. Sie trinken nie Kaffee.«

»Nein, nichts Schlimmes, aber es ist wichtig. Ich bin zu Ihnen gekommen, weil ich Ihren Rat brauche, Ihren und den der anderen Damen, deren Urteil ich inzwischen sehr schätze. Was ich sagen will, ist, dass es mir sehr helfen würde, wenn wir eine Art …«

»Außerordentliche Versammlung abhalten würden.«

Señorita Prim seufzte erleichtert.

»Wenn Sie es so nennen wollen?«

»So nennen wir es üblicherweise. Setzen Sie sich, meine Liebe. Ich werde Emma, Virginia und Herminia anrufen. Ich denke, das wird ausreichen, wir wollen ja nicht, dass ganz San Ireneo davon erfährt, oder?« Die Floristin lächelte verschwörerisch und ging in die Küche.

Señorita Prim sank auf ein Sofa, das strategisch geschickt neben dem Kamin stand. Hortensia Oeillets Wohnzimmer war nicht groß, aber gemütlich. Alte Fotografien, Vasen mit Kamelien, Kinderzeichnungen von Pflanzen – die Bibliothekarin erinnerte sich daran, dass ihre Gastgeberin in San Ireneo Botanik unterrichtete –, aus getrockneten Blättern gefertigte Bilder und Bücher, viele Bücher, sorgten dafür, dass es unmöglich war, sich in diesem Raum nicht wohlzufühlen.

»Es ist so schön hier, Hortensia!«, rief die Bibliothekarin aus, als ihre Freundin, mit einem Krug heißer Schokolade, Buttergebäck, Zitronenkuchen und einer Sahnetorte beladen, zurückkam und alles auf einem Tisch neben dem Feuer anrichtete.

»Gefällt es Ihnen? Es ist etwas altertümlich, aber hier in San Ireneo mögen wir es so. Wir leben immer mit einem Bein in der Vergangenheit, wie Sie bereits wissen, meine Liebe.«

Die Señorita Prim versicherte, dass es ihr bewusst sei und dass sie es allmählich zu schätzen wisse.

»Ah, es freut mich, das zu hören! Ich habe schon befürchtet, dass Sie sich nie daran gewöhnen würden, es ist ja auch nicht leicht. Wir leben hier eben ein bisschen am Rand der Erde.«

»Oder sogar *contra mundum.*« Die Bibliothekarin lachte, während sie eine Tasse Schokolade entgegennahm.

»Ja, genau. Was wollte ich gerade sagen …? Die anderen sind bereits unterwegs. Sie werden in fünf Minuten hier sein, und der Kaffee ist auch gleich fertig. Ich habe auch noch Lulú Thiberville hergebeten, ich hoffe, das stört Sie nicht.«

»Lulú Thiberville?«

»Sie ist die älteste und angesehenste Frau hier im Ort. Demnächst wird sie fünfundneunzig. Ich habe sie angerufen, weil sie unendlich weise ist und weil …«, Hortensia Oeillet zögerte und sah die Señorita Prim von der Seite an, »… sie hat immerhin schon drei Ehemänner unter die Erde gebracht. Sie haben mir noch nicht gesagt, was der Grund ist, weswegen Sie unseren Rat suchen, aber etwas in Ihrem Blick hat mir verraten, dass es sich um ein Problem, sagen wir, romantischer Natur handeln könnte, deshalb habe ich gleich an Lulú gedacht.«

Die Bibliothekarin wurde tiefrot.

»Das war eine gute Idee. Ich freue mich darauf, Lulú Thiberville kennenzulernen«, erklärte sie lächelnd.

Die Señora Thiberville war eine hässliche, dürre, kleine alte Frau mit tiefer, gebieterischer Stimme, die über die außergewöhnliche Gabe verfügte, sich stets ins Zentrum des Gesprächs zu manövrieren. Sie erschien in einen alten Pelzmantel gehüllt, dem ein leichter Geruch nach Mottenpulver anhaftete, und trug einen kleinen grauen, mit einer Feder verzierten Hut.

»Das sind Sie also«, sagte sie, kaum dass sie den Raum betreten hatte, gefolgt von den anderen Damen, die ihr halfen, in der Nähe des Feuers Platz zu nehmen, ihre Füße auf einen kleinen Schemel stellten und sich um sie herum verteilten wie die Bienen um ihre Königin.

»Also?«, fragte die alte Dame. »Was verschafft mir die Ehre dieser Einladung?«

Hortensia Oeillet stellte die Bibliothekarin kurz vor und erklärte in wenigen Worten, was sie von der Angelegenheit wusste. Die Señorita Prim sei überraschend und in offensichtlich erregtem, beunruhigtem Zustand zu ihr gekommen und habe um Hilfe gebeten. Sie habe die Einberufung einer außerordentlichen Versammlung gewünscht, eines außerplanmäßigen Treffens, wie die Damen von San Ireneo es in dringenden Fällen abzuhalten pflegten.

»Meine liebe Prudencia, seien Sie so nett und erzählen Sie uns, was Sie bedrückt.«

Von Herminia Treaumonts Lächeln ermutigt, begann die Señorita Prim zu sprechen. Mit Rücksicht auf Lulú Thiberville erläuterte sie zuerst die ungewöhnliche Methode, der sie sich auf der Suche nach einem Ehemann bedient hatte, und wie sie an diesem Nachmittag zu dem Schluss gekommen war, dass der Kandidat, der sich hinter dem Fragezeichen verbarg, ihr Chef war. Danach beschrieb sie die seltsame angespannte Beziehung zwischen ihnen beiden, die angeregten Gespräche und Vertraulichkeiten, das häufige Lächeln und die Zuvorkommenheit und die immer wiederkehrende, heftige Kritik. Sie bemühte sich, sich betont heiter zu geben, als sie gestand, dass sie sich gegen ihren Willen von ihm angezogen fühle. Sie wisse nicht, warum, denn schließlich handele es sich bei ihm um einen sehr seltsamen Mann, der offenbar extrem religiös war, über nicht besonders viel Feingefühl verfügte und unangenehm dominant auftrat. Wie jede unabhängige Frau lehnte die Señorita Prim jede Art von Dominanz rundweg ab. Eine Ehe müsse im Gegenteil auf unabdingbarer, rücksichtsvoller Gleichberechtigung basieren.

»Das ist kein guter Anfang«, unterbrach die Bienenkönigin sie von ihrem Thron aus.

»Warum?«, fragte die Bibliothekarin erstaunt.

Herminia Treaumont, von leichter Unruhe ergriffen, öffnete den Mund, um einzugreifen, doch mit einer herrischen Geste forderte die alte Dame sie auf zu schweigen.

»Das ganze Geschwätz von der Gleichberechtigung zeugt von gewaltiger Dummheit«, verkündete die alte Dame gnadenlos.

»Aber warum?«, fragte die Señorita Prim erneut.

»Meine liebe Prudencia …«, begann Hortensia Oeillet, »was Lulú sagen möchte …«

»Tu mir den Gefallen und halt den Mund, Hortensia«, fiel ihr die alte Dame ins Wort. »Ich brauche niemanden, der erklärt, was ich sagen möchte. Ich bin sicher, dass Emma und du nicht unschuldig seid an dem, was das arme Kind durchmacht. Ihr mit euren absurden fernöstlichen Theorien über die Harmonie, das Ganze und die Teile. Habe ich recht, meine Liebe?«

Die Bibliothekarin bat ihre Gastgeberin mit einem Blick um Entschuldigung und antwortete, dass man ihr in der Tat die Theorie von der Harmonie, dem Ganzen und der Teile dargelegt habe.

»Das können Sie auch vergessen. Das ist genauso dumm.«

»Lulú, bitte, ich würde gern …« Hortensia Oeillet sprach ruhig, aber entschieden.

»Hortensia«, sagte die alte Dame gereizt, »ich gehe davon aus, dass ihr, da ihr mich mit meinen fünfundneunzig Jahren zu dieser außerordentlichen Versammlung gebeten habt, an meiner Meinung interessiert seid, oder?«

»Aber natürlich, meine Liebe.«

»Selbstverständlich, Lulú«, versuchte Herminia Treaumont vorsichtig einzugreifen, »es ist nur so, dass es in diesem Punkt verschiedene Herangehensweisen gibt. Ich bin sicher, dass Hortensia und Emma die besten Absichten hatten, als …«

»Natürlich hatten sie das, Herminia, sei doch nicht lächerlich, das bezweifelt niemand.« Die winzige alte Dame richtete sich auf und warf der Bibliothekarin einen energischen Blick zu.

»Hören Sie mir gut zu, Señorita Prim, vor Ihnen sitzt eine Frau, die bereits drei Ehemänner beerdigt hat. Das verleiht mir, denke ich, eine gewisse Autorität, um über das Thema zu sprechen; und diese Autorität veranlasst mich, Ihnen zu sagen, dass die Ehe absolut nichts mit Gleichberechtigung zu tun hat. Die Basis einer guten Ehe, einer unter vernünftigen Maßstäben als glücklich zu bezeichnenden Ehe – denn das vollkommene Glück gibt es nicht, muss ich Ihnen leider sagen –, ist eben gerade die Ungleichheit. Diese ist unerlässlich, damit zwei Menschen sich gegenseitig achten können. Und was ich jetzt sagen werde, ist äußerst wichtig: Sie dürfen nicht nach einem Ihnen ebenbürtigen Ehemann suchen, sondern müssen einen finden, der Ihnen in jeder Hinsicht überlegen ist.«

Die Bibliothekarin öffnete den Mund, um zu protestieren, aber ein warnendes Aufblitzen im Blick der alten Dame belehrte sie eines Besseren.

Virginia Pille, die neben dem Kamin saß, unterdrückte ein Lächeln.

»Ich frage mich, ob das, was Sie über die Achtung behaupten, nur auf die Frauen anwendbar ist oder ob die Männer auch Frauen heiraten sollten, die sie bewundern«, merkte die Señorita Prim an.

»Natürlich sollten sie das tun. Sie sollten Ehefrauen wählen, die ihnen in einer oder verschiedener Hinsicht überlegen sind. Wenn Sie die großen Männer der Vergangenheit betrachten, die Geschichte gemacht haben, werden Sie sehen, dass die Mehrzahl von ihnen mit bewundernswerten Frauen verheiratet war.«

»Aber dann schließt die gegenseitige Achtung doch die Gleichberechtigung nicht aus, Señora Thiberville. Wenn ich meinen Mann achte und mein Mann mich achtet, sind das gleiche Bedingungen«, entgegnete die Bibliothekarin und reckte dabei ihre Nasenspitze ein klein wenig in die Luft.

Die alte Dame wandte mit einiger Mühe den Kopf und sah zu Virginia Pille hinüber, die erneut schweigend lächelte.

»Meine liebe Señorita Prim, wenn Sie ein wenig in sich gehen, wird Ihnen bewusst werden, dass man nur das bewundern kann, worüber man nicht verfügt. Man bewundert bei anderen nicht eine Eigenschaft, die man selbst besitzt, man bewundert, was man selbst nicht hat und womit die anderen glänzen. Können Sie mir folgen?«

»Wir können dir durchaus folgen, Lulú«, sagte Herminia Treaumont, während die Bibliothekarin und die anderen Damen nickten.

»Gut, schließlich handelt es sich hier nicht um Wissenschaft, sondern um elementare Logik. Wenn zwei Menschen sich gegenseitig achten und bewundern, sind sie nicht gleichgestellt, denn wenn dem so wäre, gäbe es nichts zu bewundern. Sie sind unterschiedlich, weil jeder von ihnen an dem anderen bewundert, worüber er selbst nicht verfügt. Es ist die Unterschiedlichkeit und nicht die Gleichheit, die die gegenseitige Bewunderung von zwei Menschen nährt, und deshalb hat die Gleichberechtigung in einer guten Ehe nichts zu suchen, die Unterschiedlichkeit – und zwar in vielerlei Hinsicht – dagegen schon. Alles andere ist dummes Geschwätz, leider kommt es in der heutigen Zeit häufig vor, vor allem bei Menschen, denen man nicht beigebracht hat, rational zu denken.«

Die Bibliothekarin senkte den Blick und ließ die Schelte fügsam über sich ergehen.

»In diesem konkreten Fall, Lulú, möchte die Señorita Prim von uns gern wissen, was wir ihr in der derzeitigen Situation in Bezug auf ihren Chef und die Tatsache, dass sie sich von ihm angezogen fühlt, raten.« Die klare Stimme von Virginia Pille erfüllte den Raum.

»Bewundern und achten Sie ihn, mein Kind?«, fragte die alte Dame freundlich.

»Ich denke, in vielerlei Hinsicht ja, obwohl ich vieles an ihm auch abgrundtief hasse.«

»Ah, das ist kein Hindernis, überhaupt nicht. Ich habe alle meine Ehemänner abgrundtief gehasst, aber das hat nicht verhindert, dass ich sie alle auch sehr geliebt und bewundert habe.«

In diesem Moment ließ Herminia Treaumont ein dezentes Räuspern hören. Die Bibliothekarin wandte sich zu ihr um, während Lulú Thiberville sich zurücklehnte und die Augen schloss.

»Prudencia, ich würde Ihnen gern etwas sagen«, begann Herminia. »Ich habe Sie mehrfach in Begleitung Ihres Chefs gesehen, und ich denke, dass es gut möglich ist, dass die Anziehung, von der Sie sprechen, eine gegenseitige ist. Davon bin ich eigentlich überzeugt.«

Die Señorita Prim nahm sich andächtig ein Stück Zitronenkuchen und beugte sich vor, als könne sie so besser zuhören.

»Meinen Sie das wirklich?«, fragte sie. »Ich weiß, dass Sie beide gute Freunde sind.«

Lulú Thiberville öffnete die Augen und hustete laut, was die Gastgeberin veranlasste, rasch aufzustehen und ihr aus der Küche ein Glas Wasser zu holen.

»Wir sind gute Freunde. Inzwischen. Es gab einmal eine Zeit, da waren wir etwas mehr als gute Freunde.«

Die Señorita Prim setzte sich aufrecht hin, und ihr Kiefer verspannte sich.

»Oh!«

»Natürlich ist das schon eine Weile her und längst vorbei.«

»Oh!«, wiederholte die Bibliothekarin. Ihr plötzliches Unwohlsein mit übermenschlicher Anstrengung unterdrückend, fragte sie: »Was ist passiert?«

Herminia Treaumont rückte mit ihrem Stuhl näher ans Feuer, und nach einer Pause, so, als koste es sie große Mühe, die richtigen Worte zu finden, begann sie zu erzählen.

»Ich möchte hier keine Details über diese Beziehung ausbreiten, denn sie tun nichts zur Sache, aber ich halte es für wichtig, Ihnen zu sagen, warum wir uns getrennt haben. Wir hatten eine wunderbare Zeit zusammen, aber dann wurde der Mann, den ich geliebt habe, zu dem Mann, den Sie heute kennen, und das hat alles verändert.«

»Haben Sie ihn verlassen?«

»Er hat mich verlassen.«

Die Señorita Prim stieß einen beinah unmerklichen Seufzer der Erleichterung aus.

»Sie sollten sich nicht zu erleichtert fühlen«, mahnte die Bienenkönigin, der kein Detail entging. »Wären Sie ein wenig besonnener, würden Sie Herminia fragen, warum er sie verlassen hat.«

»Warum hat er Sie verlassen?«, fragte die Bibliothekarin gehorsam.

Ein kaum hörbares Quietschen der Tür, als diese geöffnet wurde, ließ alle außer Lulú Thiberville, deren

Arthritis jede ruckartige Bewegung verbot, mit einer plötzlichen Bewegung den Kopf wenden. Eine riesige graue, langhaarige Katze lief durchs Wohnzimmer auf den Tisch zu und sprang der Gastgeberin auf den Schoß, die daraufhin zärtlich lächelte und das Tier streichelte. Auf einmal klang Herminia Treaumonts Stimme, als käme sie aus weiter Ferne, wie aus einem Traum.

»Weil ich nicht glaubte, woran er zu glauben begonnen hatte.«

Für eine Weile sagte niemand etwas. Nur das langsame Ticken der Uhr war zu hören, das die Ereignisse dieses Nachmittags klangvoll untermalte. Draußen fiel der Schnee nicht mehr so dicht. Die Flocken waren kleiner und leichter und schienen im kalten Februarwind regelrecht zu tanzen.

»Aber ich kann nicht glauben, dass das der Grund war«, stotterte die Bibliothekarin schließlich. »Sie meinen, er hat die Frau, die er liebte, nur deshalb verlassen?«

»Ich meine, dass, als diese Tür sich öffnete, alles, was ihn mit mir verband, verschwand. Es veränderte sein Leben auf ungeahnte Weise, und ich konnte und wollte dies nicht mit ihm teilen. Natürlich haben wir es versucht, Prudencia, ich schwöre, dass wir es versucht haben. Aber es war so offensichtlich, dass er in einer völlig anderen Welt lebte als ich; eine andere Sprache sprach als ich; dass er Dinge sah …«

»Bitte«, fiel ihr die Señorita Prim ungehalten ins Wort, »bitte fangen Sie nicht wieder damit an, dass er Dinge sah, die anderen nicht zugänglich waren.«

»Natürlich nicht im physischen Sinn«, erklärte Herminia ruhig. »Was ich zu sagen versuche, ist einfach nur, dass wir an einem Punkt angelangt waren, an dem, wenn nicht er unsere Beziehung beendet hätte, ich es getan hätte.«

Die Bibliothekarin stand auf und ging zum Kamin hinüber, um das Feuer zu schüren. Dabei spürte sie die Blicke der anderen Frauen in ihrem Rücken. Nur Lulú Thiberville, die mit geschlossenen Augen tief in ihrem Sessel saß, schien vollkommen entrückt zu sein.

»Heißt das also jetzt, dass die Tatsache, dass ich nicht glaube, woran er glaubt, es unmöglich macht, dass ich mich ernsthaft in ihn verlieben kann?«

Herminia Treaumont strich sanft über das Fell der Katze, bevor sie antwortete.

»Nein, meine Liebe, nein. Was ich mit all dem sagen will, ist, dass die Tatsache, dass Sie nicht glauben, woran er glaubt, dafür sorgen wird, dass er niemals zulassen wird, dass er sich ernsthaft in Sie verliebt.«

2

»Das kann alles einfach nicht wahr sein!«, murmelte die Señorita Prim zwischen den Zähnen, als sie mit eiligen Schritten Hortensia Oeillets Haus verließ. Der Nachmittag hatte auf sehr unangenehme Art geendet. Es war offensichtlich, dass all diese Frauen, mit Ausnahme der alten Lulú Thiberville, sie bedauerten. Und es war genauso offensichtlich, dass sie alle mit Herminia Treaumont einer Meinung waren. Außer ihr selbst, die sich weigerte zu glauben, dass ein so intelligenter und gebildeter Mann zuließ, dass seine Überzeugungen ihn von der Person fernhielten, die er liebte. Während sie mühsam versuchte, im Schnee einen Fuß vor den anderen zu setzen, fiel ihr auf, dass sie in diesem Moment ein viel dringenderes Problem zu lösen hatte. Wie sollte sie bei diesem Wetter zurück nach Hause kommen? Hortensia hatte gedrängt, jemanden anrufen zu dürfen, der sie abholte, aber die Señorita Prim hatte eigensinnig darauf bestanden, nicht abgeholt werden zu wollen. Nun merkte sie, wie unvernünftig es gewesen war, Hortensias Haus einfach so zu verlassen. Sie hätte auf Lulú Thibervilles Gärtner warten sollen, der für acht Uhr abends bestellt war, um die alte Dame nach Hause zu bringen.

Herminias Geständnis hatte die Señorita Prim unangenehm berührt. Es war eine unerwartete Vertraulichkeit gewesen und zeugte von erheblich schlechtem Geschmack. Die Bibliothekarin war fest davon überzeugt, dass es Dinge im Leben gab, die man für sich behalten sollte. Und wenn das nicht möglich war, warum hatte sie es ihr dann nicht in einem persönlichen Gespräch gesagt? Wäre ihr Besuch bei der Zeitung für Herminia nicht die geeignetere Gelegenheit gewesen, ihr von ihrer Beziehung mit dem Mann im Armsessel zu erzählen? Señorita Prim jedenfalls zweifelte nicht daran, genauso wenig wie an der Rolle, die Hortensia Oeillet in der Angelegenheit hätte spielen sollen. Hätte sie sie nicht warnen können? Hätte sie ihr nicht raten können, das vertrauliche Gespräch mit Herminia zu suchen? Das wäre mit Sicherheit der richtige Weg in dieser Sache gewesen.

Die ganze Geschichte war extrem schiefgelaufen, überlegte sie, während sie mit übermenschlicher Anstrengung versuchte, die Straße zu überqueren. Sie konnte nicht glauben, dass ihr Chef sich damals aus einem solchen Grund getrennt hatte. Niemals hatte er sich ihr gegenüber in irgendeiner Weise abweisend verhalten, nur weil sie andere Ansichten vertrat als er. Niemals hatte er ihr auch nur den kleinsten Hinweis darauf gegeben, dass das ein Problem zwischen ihnen sein könnte. Auch wenn sich ihre Beziehung offiziell auf die zwischen Arbeitgeber und Angestellter reduzierte, war sie doch inoffiziell weit darüber hinausgegangen. Von all den Diskussionen und Gesprächen, den Vertraulichkeiten und Wortgefechten stand nichts in ihrem Vertrag. Und all die Zeit über hatte er ihr niemals das Gefühl gegeben, dass er sie aufgrund ihrer Ansichten gering schätzte oder gar verachtete.

Vielleicht hatte sich Herminia nur etwas vorgemacht, grübelte sie, während sie versuchte, sich vor einer eisigen Windböe zu schützen. Sie war eine feinfühlige, intelligente und sensible Frau, aber all das bewahrte einen nicht vor Selbstbetrug. Die Señorita Prim hatte eine eigene Theorie über den Selbstbetrug, nach der dieser die Vertreterinnen des weiblichen Geschlechts mit größerer Häufigkeit und Härte traf als die Männer. Das bedeutete nicht, dass die Herren der Schöpfung vor dieser psychologischen Falle sicher waren, aber sie war für sie weniger bedrohlich und folgenschwer. Der Selbstbetrug einer Frau, überlegte sie, während sie versuchte, den Abhang am Wegesrand nicht hinunterzurutschen, war eine introspektive Waffe von immenser Kraft und Präzision. Eine Art Meeresungeheuer mit riesigen Tentakeln, die mit der Zeit immer länger wurden und nicht nur ihr Opfer vergifteten, sondern auch die Menschen in dessen Umfeld. Sie konnte es bezeugen; sie wusste es aus eigener Erfahrung. Sie hatte mitbekommen, wie dieses Monster den Tiefen des Bewusstseins ihrer Mutter entstiegen war und sich wie ein riesiger Kalamar des Lebens ihres Vaters bemächtigt hatte.

»Sie haben sich nicht gerade den besten Tag für Ihren Spaziergang ausgesucht, Prudencia!«

Die Bibliothekarin schätzte Horacio Delàs sehr, aber erst an diesem Abend wurde ihr bewusst, wie viel er ihr bedeutete.

»Horacio, Sie können sich nicht vorstellen, wie sehr ich mich freue, Sie zu sehen!«

Ihr Freund lachte herzlich und bot ihr seinen Arm.

»Glauben Sie nicht, dass ich in solchen Nächten öfter durch die Gegend flaniere. Hortensia hat mich angerufen und mir gesagt, dass Sie vielleicht schon in irgendeinen Abgrund gestürzt seien.«

Die Señorita Prim lächelte erleichtert.

»Das war wirklich dumm von mir.«

»Und wie man mir erzählt hat, ist es nicht das erste Mal.«

»Stimmt«, gestand sie und senkte den Kopf.

»Ist schon gut, nicht traurig sein, meine Liebe. Ich kann Ihnen ein wärmendes Feuer und ein leckeres Abendessen anbieten. Sie wissen, dass ich keinen Führerschein habe, deswegen ist die Heimfahrt nicht in meinem Angebot enthalten. Aber wir können bei Ihnen zu Hause anrufen und den Gärtner bitten, Sie nach dem Essen abzuholen. Jetzt sollten Sie sich erst einmal aufwärmen, ausruhen und etwas zu sich nehmen.«

Die Bibliothekarin entgegnete nichts, aber sie ließ sich gehorsam zum Heim ihres Freundes führen. Der öffnete das Tor zu seinem großen Garten voller Kamelienbäume und geleitete seinen Gast zum Haus. Die Fenster des alten Steingebäudes waren – wie bei allen Häusern in San Ireneo – hell erleuchtet, als wollten sie den zufällig Vorbeigehenden einladen, einzukehren. Nachdem die Señorita Prim sich ein wenig zurechtgemacht, die Stiefel gegen ein Paar viel zu große Hausschuhe ausgetauscht und ein köstliches Abendessen und dazu einen exzellenten Wein genossen hatte, wurde sie in einen Sessel am Kamin zu einer Tasse Tee gebeten.

»Ich fühle mich wie im Himmel, Horacio. Sie ahnen ja gar nicht, wie gut es mir jetzt geht. Ich würde am liebsten die ganze Nacht hierbleiben.«

Ihr Gastgeber, der sich gerade ein Glas Whisky gönnte, lächelte geschmeichelt.

»Das können Sie gern tun, aber ich glaube nicht, dass es Ihrem Chef gefallen würde. In einer Stunde wird er jemanden schicken, der Sie abholt.«

»Nein, das würde ihm nicht gefallen«, entgegnete die Bibliothekarin lächelnd. »Warum sind alle Einwohner von San Ireneo so gute Gastgeber? Immer haben sie irgendwelche Süßigkeiten, Kuchen oder einen guten Braten im Haus, ein gemütliches Feuer im Kamin und angeregte Gespräche zu bieten.«

»Das sind die betagten Freuden der alten Zivilisation, Prudencia.«

»Ja, ich denke schon«, sagte sie seufzend, während sie die riesigen Pantoffeln abstreifte und ihre nackten Füße näher ans Feuer hielt, dessen Knacken das einzige Geräusch im Zimmer war.

Durch das Fenster konnte man sehen, wie draußen der Schnee fiel, der alle Geräusche schluckte, die im Ort zu der Zeit normalerweise noch zu hören waren. Die

Señorita Prim blickte ins Feuer. Sie begann die Tragweite dessen zu begreifen, was sie im Laufe des Tages gedacht, gesagt und gehört hatte. Und das Ergebnis war nicht gerade erfreulich.

»Ich glaube, heute habe ich eine große Dummheit gemacht«, sagte sie wie zu sich selbst.

»Sie meinen Ihren waghalsigen Versuch, allein zurück nach Hause zu gehen? Das ist doch halb so schlimm, es ist ja nichts passiert. Es lohnt sich nicht, noch weiter darüber nachzudenken.«

»Nein, ich meine mein öffentliches Geständnis, dass ich mich zu dem Mann, für den ich arbeite, hingezogen fühle, wobei ich mir in dem Moment noch nicht einmal sicher war, dass es wirklich so ist.«

Die Bibliothekarin glaubte, dass ihr Gastgeber ihre Worte nicht gehört hatte, doch dann bemerkte sie, dass sie sich irrte.

»Das war wirklich dumm, oder?«

Horacio Delàs schenkte sich noch einen Schluck Whisky ein, bevor er antwortete.

»Ich würde vielleicht nicht von einer Dummheit sprechen, aber es war ein bisschen unvorsichtig.«

Die Señorita Prim lächelte, ohne den Blick vom Feuer abzuwenden.

»Wie unterschiedlich Sie beide doch sind. Er hätte kein Mitleid mit mir.«

»Natürlich hätte er das, Prudencia, seien Sie nicht so hart mit ihm. Sie kennen ihn gut genug, um zu wissen, dass er Ihnen niemals absichtlich wehtun würde.«

»Soll das eine Ermahnung sein?«, fragte sie ein wenig zu harsch.

»Überhaupt nicht, natürlich nicht. Ich kenne seine Gefühle nicht, meine Liebe, ich kann Ihnen nicht sagen, ob er mehr als Sympathie und normales Interesse für Sie empfindet. Aber haben Sie nicht gerade gesagt, dass Sie sich noch gar nicht sicher sind, ob Sie sich wirklich zu ihm hingezogen fühlen?«

Die Bibliothekarin wandte den Blick ab und antwortete nicht.

»Aha«, sagte ihr Freund. »In diesem Fall haben Sie, fürchte ich, keine andere Wahl, als herauszufinden, ob dies auf Gegenseitigkeit beruht.«

»Oder besser, ob es etwas gibt, das dies verhindern könnte.«

»Jetzt kann ich Ihnen allerdings nicht mehr folgen«, meinte er und sah sie fragend an.

In wenigen Worten berichtete die Señorita Prim, was auf der außerordentlichen Versammlung vorgefallen war.

»Glauben Sie, dass es stimmt? Halten Sie das – wenn es wirklich so gewesen ist – nicht für den Gipfel der Intoleranz? Denken Sie, dass es möglich ist? Sie kennen ihn doch gut.«

»Ich kenne ihn gut, aber ich stecke nicht in seiner Haut, liebe Freundin. Ich fürchte, die einzige Möglichkeit, mehr darüber zu erfahren, ist, ihn danach zu fragen.«

»Ihn danach zu fragen? Das ist unmöglich, denn damit würde ich ihm meine Gefühle gestehen, und das wäre nicht klug.«

»Nicht so schnell, Prudencia. Es ging doch um den Grund, warum er die Beziehung mit Herminia beendet hat, oder?«

Die Bibliothekarin nickte.

»Also sollten Sie mit ihm über Herminia reden, nicht über sich. Über seine Beziehung zu ihr sollten Sie sprechen. Ich denke, das wäre ein guter erster Schritt und dass Sie nicht mehr lange damit warten sollten. Es versteht sich von selbst, dass ich Ihnen dabei alles Glück der Erde wünsche.«

Prudencia Prim schwieg eine Weile nachdenklich. Dann stellte sie die Füße auf den Boden, zog sich Strümpfe und Schuhe an und blickte ihrem Gastgeber ernst in die Augen.

»Sie verfügen über die wunderbare Fähigkeit, wie eine Frau denken zu können, Horacio. Nein, bitte protestieren Sie nicht, ich weiß, dass Sie das nicht für ein Kompliment halten. Ich habe es aber als Kompliment gemeint, als ein absolut riesiges Kompliment.«

Bevor ihr Freund etwas darauf entgegnen konnte, kündigte das Klingeln an der Tür ihnen an, dass der Gärtner sie erwartete und der Abend zu Ende war.

In dieser Nacht schlief die Señorita Prim schlecht. Im Nachhinein konnte sie nicht mehr verstehen, wie sie so impulsiv handeln konnte. Das Geständnis, dass ihr Chef ihr mehr bedeutete, als sie es sich selbst einzugestehen wagte, hatte ihr überhaupt keine Erleichterung verschafft, sondern erfüllte sie mit Unruhe. Immer wieder musste sie daran denken, dass das Ganze, nachdem es einmal in Worte gefasst worden war, nun irgendwie aus dem Ruder lief. Die Frauen von San Ireneo de Arnois hatten, wenn auch mit den besten Absichten, ihre Gefühle als eine Liebeserklärung aufgefasst, fast wie eine Art Heiratsantrag. Warum hätte eine alte Dame wie Lulú Thiberville sie sonst in die Geheimnisse des Ehelebens einweihen sollen? Die Bibliothekarin wurde von einem Gefühl der Panik erfasst, als sie sich vorstellte, dass die Damen von San Ireneo sich nun zum Ziel setzen würden, sie mit dem Mann im Armsessel zu verheiraten. Hatten sie denn noch nie gehört, dass, wenn ein Mann und eine Frau etwas füreinander empfanden, das nicht immer unbedingt zu einer Liebesbeziehung führen musste? Und wussten sie bis heute nicht, dass nicht jede Liebesbeziehung zwingend in einer Ehe enden musste? Die Señorita Prim stand der Ehe inzwischen weniger ablehnend gegenüber, aber das bedeutete nicht, dass sie nun um jeden Preis heiraten wollte. Der nächste Gedanke, der ihr durch den Kopf ging, war noch unerträglicher. Was, wenn ihr Chef nun von dieser Versammlung bei Hortensia erfuhr? Was, wenn sie sich geirrt hatte und er sich überhaupt nicht für sie interessierte?

Von diesen Ängsten beunruhigt, sprang sie aus dem Bett, zog sich einen Mantel über und verließ vorsichtig ihr Zimmer. Im Haus war es völlig still. Auf Zehenspitzen ging sie an den Zimmern der Kinder vorbei, durch die Diele und die Treppe hinunter in den großen Empfangsraum im Erdgeschoss. Die Haustür war nicht abgeschlossen, wie in San Ireneo üblich, wo verschlossene Türen als unhöflich den Nachbarn gegenüber angesehen wurden.

Als sie in den Garten hinaustrat, nahm ihr eine eisige Windböe den Atem. Fröstelnd kalkulierte sie, dass sie nicht länger als fünf Minuten draußen bleiben durfte. Diesen Trick hatte sie schon als Kind angewandt: Wenn sie nicht schlafen konnte, stand sie mitten in der Nacht auf und ging hinaus, wo sie blieb, bis der Wind, der Regen oder die Hitze sie ihr Schlafzimmer vermissen ließen. Dann ging sie wieder hinein und konnte für den Rest der Nacht friedlich schlafen.

»Prudencia, Sie haben die seltsame Angewohnheit, die Kälte mit viel zu leichtem Schuhwerk herauszufordern. Ich an Ihrer Stelle würde zurück ins Haus gehen und ein paar warme Stiefel anziehen.«

Señorita Prim wandte sich erschreckt um, als sie die Stimme des Mannes im Armsessel hörte.

»Habe ich Sie geweckt?«, fragte sie. »Das tut mir leid, ich habe versucht, so leise wie möglich zu sein.«

Er lächelte, zog seinen Mantel fester um sich und hauchte sich in die Hände, um sie zu wärmen.

»Sie haben mich nicht geweckt. Um diese Zeit schlafe ich nie.«

»Wie eine Eule?«, fragte die Bibliothekarin in dem Versuch zu scherzen.

»Eher so wie ein Wachhund. Eksi hat manchmal Albträume und wacht zwischen zwei und drei Uhr weinend auf. Sie ist das jüngste Schaf meiner Herde.«

»Wirklich? Das habe ich noch nie gehört.«

»Sie weint sehr leise. Man muss wach sein, um es zu hören.«

Die Señorita Prim nickte nachdenklich. Dann rieb sie sich heftig die Hände.

»Was halten Sie davon, reinzukommen und etwas Warmes mit mir zu trinken? Ihnen muss doch furchtbar kalt sein, Prudencia.«

»Wenn Sie von ›etwas Warmem‹ sprechen, meinen Sie dann einen Whisky?«, fragte sie provozierend.

»Wenn ich von einem warmen Getränk spreche, meine ich eine heiße Schokolade oder eine warme Milch mit Rum. Nichts, was einen betrunken macht.«

Die Bibliothekarin lachte, und sie gingen zurück ins Haus. Der Mann im Armsessel öffnete die Tür zur Bibliothek, machte eine kleine Lampe an und ging vor dem Kamin in die Knie, um ein Feuer zu entzünden.

»Wollen Sie Feuer machen? Es ist doch warm genug hier drin.«

»Ich weiß, aber ich mag im Winter keine Räume mit erloschenem Kamin. Das Feuer ist viel mehr als nur die Möglichkeit, ein Zimmer zu beheizen, für mich ist es das Herz eines jeden Heims.«

»Darüber werde ich nicht mit Ihnen streiten«, entgegnete sie lachend. »Nicht um diese Zeit und wenn ich den Kamin nicht einmal selbst anzünden muss. Soll ich uns Kakao machen?«

»Das wäre wunderbar«, murmelte er, während er das Feuer schürte.

Señorita Prim ging hinüber in die alte Küche und kochte den Kakao. Das war die Gelegenheit, um Horacios Rat zu befolgen und ihren Chef nach seinem vergangenen Liebesleben zu fragen. Während sie langsam mit einem Holzlöffel in dem warmen Kakao rührte, wurde ihr bewusst, wie schwierig das sein würde. Wie sollte sie ihn nach einer Beziehung fragen, von der sie offiziell gar nichts wusste? Wenn es auch nicht verwunderlich wäre, dass ich davon gehört habe, überlegte sie. Nicht in einem kleinen Ort wie diesem, in dem jeder über die Vergangenheit des anderen Bescheid weiß.

Als sie in die Bibliothek zurückkehrte, brannte im Kamin ein warmes flackerndes Feuer. Sie stellte das Tablett auf dem Teetisch ab und machte es sich in einem der Sessel gemütlich. Auch der Mann im Armsessel setzte sich. Sie reichte ihm eine Tasse und nahm sich ein Stück geröstetes Brot mit Butter. Dann zog sie sich die Schuhe aus und streckte die Füße vor dem Feuer aus.

»Sie haben mir gar nicht erzählt, dass Herminia und Sie einmal ein Paar waren«, sagte sie beiläufig, wobei sie es nicht wagte, ihn anzusehen.

Er rührte in seinem Kakao und trank einen Schluck, bevor er antwortete.

»Es gibt viele Dinge in meinem Leben, von denen ich Ihnen nicht erzählt habe. Hätte ich es tun sollen? Wenn es wichtig für Sie ist, können wir gern darüber reden.«

Die Señorita Prim errötete, zog die Füße vom Feuer zurück und stellte sie auf die Sesselkante.

»Oh, das müssen wir nicht. Aber wir haben so oft über Herminia gesprochen, dass es mich ganz einfach überrascht hat, dass Sie es nie erwähnt haben.«

»Ganz einfach«, wiederholte er leise.

Sie blickten einige Minuten lang ins Feuer. Irgendwo im Haus erklang das vertraute Geräusch einer Uhr, die dreimal schlug.

»Jeder weiß, dass sentimentale Frauen auch neugierig und klatschsüchtig sind«, fuhr die Bibliothekarin plötzlich fort. »Also bitte erzählen Sie mir, warum Sie die Beziehung beendet haben.«

Der Mann im Armsessel sah sie amüsiert an.

»Wenn ich von etwas überzeugt bin, Prudencia, dann davon, dass Sie kein neugieriger Mensch sind.«

Die Señorita Prim lächelte, während sie sich aufrichtete, um den Mantel auszuziehen.

»Nein, das bin ich nicht, aber ich interessiere mich für soziologische Phänomene, erinnern Sie sich? Ich beschäftige mich sehr mit der menschlichen Natur.«

»Soziologen sind nicht an der menschlichen Natur interessiert. Sie geben sich damit zufrieden, das menschliche Verhalten in der Gemeinschaft zu studieren, was das Ganze sehr einschränkt und längst nicht so interessant ist.«

Die Bibliothekarin hob den Blick und sah ihren Chef gelassen an. Sie war fest entschlossen, sich nicht provozieren zu lassen. Natürlich würde das nicht leicht sein, nichts, was mit ihm zu tun hatte, war leicht. Es wäre naiv, das Gegenteil zu denken.

»Haben Sie Herminia verlassen?«

»Nein.«

»Sehr großzügig von Ihnen, aber ich weiß, dass es nicht stimmt.«

»Wenn Sie wissen, dass es nicht stimmt, warum fragen Sie dann? Sie kennen mich schlecht, wenn Sie glauben, dass ich mich damit rühmen würde, eine Frau verlassen zu haben«, entgegnete er brüsk.

Señorita Prim biss sich auf die Lippen. Das würde schwierig werden, sehr schwierig, äußerst schwierig.

»Ich bin mir sicher, dass Sie es nicht getan hätten, wenn es nicht einen zwingenden Grund gegeben hätte. Und natürlich weiß ich, dass ich kein Recht habe, danach zu fragen.«

»Das stimmt, Sie haben kein Recht, danach zu fragen.«

Unter normalen Umständen hätte die Bibliothekarin an dieser Stelle die Unterredung abgebrochen. Zutiefst beschämt, hätte sie sich entschuldigt und wäre die Treppe hinaufgelaufen, um sich in ihrer Schande in ihrem Zimmer zu verstecken. Aber dies waren keine normalen Umstände. In dieser Nacht war die Señorita Prim von einem Wissensdurst besessen, der sie dazu brachte, mit ihren Fragen weiter zu gehen, als die Höflichkeit erlaubte, unvorsichtig zu werden, sogar unvernünftig. Sie wollte unbedingt die Wahrheit wissen, sie musste sie wissen, es würde ihr keine Ruhe lassen, bis sie alles erfahren hatte.

»Lag es an Ihren Überzeugungen? An Ihrem Glauben, den Herminia nicht teilte?«

Er blickte nachdenklich auf die Tasse, die die Señorita Prim auf ihren Knien balancierte. Dann schüttelte er langsam den Kopf und lächelte.

»Überzeugungen, Prudencia? Sie meinen also, dass der Glaube eine Überzeugung ist? Denken Sie, er ist eine Ideologie? Etwas wie die Marktwirtschaft, der Kommunismus oder der Tierschutz?« Sein Ton klang belustigt.

»In gewisser Weise ja«, entgegnete sie selbstsicher. »Der religiöse Glaube ist eine Art, die Welt zu sehen, eine Vision davon, wie die Existenz sein sollte, abgesehen davon, dass er die Schwierigkeiten des Lebens abzumildern hilft.«

»Denken Sie das wirklich?«

»Sicher. Sie sind ja das beste Beispiel. Warum sollte ein derart besonnener, intelligenter und rationaler Mensch sich ansonsten so bemüht zum Glauben bekennen?«

Er stützte den Kopf in die Hände, und ein merkwürdiges Lächeln huschte über sein Gesicht.

»Bemüht? Sie sind wirklich ein Rohdiamant, Señorita Prim.«

»Das war nicht als Kompliment gemeint, oder?«, murmelte sie traurig.

Statt einer Antwort stand der Mann im Armsessel auf und ging zum Kamin hinüber. Er nahm den Schürhaken, entfachte das Feuer neu, und dann begann er, den Blick in die Flammen gerichtet, wieder zu sprechen.

»Niemand bemüht sich, sich zum Glauben zu bekennen, Prudencia. Ich habe so etwas einmal gesagt, aber offensichtlich haben Sie es nicht verstanden. Haben Sie mal einen Erwachsenen gesehen, der mit einem Kind Fangen spielt? Das Kind meint, es wäre schneller als der Erwachsene, aber jeder, der dabei zusieht, weiß genau, wie es wirklich ist.«

»*Console-toi, tu ne me chercherais pas, si tu ne m'avais trouvé.* Ist es das?«, murmelte die Bibliothekarin. »Tröste dich! Du würdest mich nicht suchen, wenn du mich nicht schon gefunden hättest.«

»Genau. Ich sehe, Sie haben Pascal gelesen. Niemand beginnt mit der Suche, wenn er nicht schon gefunden hat, was er sucht. Und niemand findet, was er sucht, *wen* er sucht, wenn *Er* nicht bereit ist, sich finden zu lassen. Glauben Sie mir, wenn ich Ihnen sage, dass es sich um ein Spiel handelt, bei dem ein Spieler alle Karten in der Hand hält.«

»Sie reden, als wäre es etwas Unwiderstehliches, aber das stimmt nicht. Man kann Nein sagen. Das Kind kann dem Erwachsenen sagen: ›Ich will nicht spielen, lass mich in Ruhe.‹«

Der Mann im Armsessel leerte seine Tasse. Dann machte er es sich wieder auf seinem Sessel bequem und sah seiner Angestellten fest in die Augen.

»Natürlich kann man Nein sagen. Und in vielerlei Hinsicht ist das Leben einfacher, wenn man Nein sagt. Normalerweise blickt der, der Ja sagt, sogar zurück und wird sich bewusst, dass er im Lauf seines Lebens bereits viele Male Nein gesagt hat.«

Die Bibliothekarin hob die Augenbrauen.

»Das Leben ist einfacher, wenn man Nein sagt? Das Leben ist doch viel einfacher und leichter zu ertragen, wenn man davon überzeugt ist, dass man nicht einfach nur in einem Sarg unter der Erde zerfällt. Streiten Sie es nicht ab, das ist gesunder Menschenverstand.«

Ein glühendes Holzscheit fiel krachend in sich zusammen, und er stand erneut auf, um es zurückzustoßen.

»Der rein theoretische Glaube kann für eine Weile zweifellos eine bequeme Ausflucht sein. Aber der theoretische Glaube reicht auf Dauer nicht. Der Glaube ist nicht nur Theorie, Prudencia. Ein Glaubensbekenntnis ist ungefähr so theoretisch wie ein Kopfschuss.«

Señorita Prim nagte an ihrer Unterlippe. Das Gespräch verlief absolut nicht so, wie sie es sich erhofft hatte. All das war zwar sehr aufschlussreich, aber sie hatte nicht über Glaubensbekenntnisse reden wollen, sie hatte überhaupt keine Lust, über Religion zu sprechen. Das Einzige, was sie wissen wollte, war, ob dieser Kopfschuss die Beziehung zwischen ihrem Chef und Herminia Treaumont beendet hatte.

»Also war es deswegen?«, insistierte sie. »Haben Sie sie deswegen verlassen?«

Er betrachtete sie einen Moment schweigend, als wolle er herausfinden, was sich hinter dieser Frage verbarg.

»Fänden Sie es absurd, wenn dem so wäre?«

»Ich glaube, dann würde ich denken, dass Sie sie nicht wirklich geliebt haben.«

»Nein, das stimmt nicht«, entgegnete er entschieden.

»Ich habe sie geliebt. Ich habe sie sogar sehr geliebt. Aber eines Tages oder in einem bestimmten Moment, ich weiß es nicht, wurde mir bewusst, dass sie schlief, während ich hellwach war. Ich war hinaufgestiegen wie eine Katze, die auf ein Dach klettert, und blickte auf den Horizont, auf den wunderschönen, faszinierenden und geheimnisvollen Horizont, der sich vor mir erstreckte. Ob ich sie geliebt habe, wollen Sie wissen? Natürlich habe ich sie geliebt. Hätte ich sie weniger geliebt, hätte sie mir weniger bedeutet, hätte ich unsere Beziehung vielleicht nicht beenden müssen.«

Señorita Prim, die erneut den ihr bereits bekannten Stich verspürte, räusperte sich, bevor sie sprach.

»Ich dachte, dass religiöse Menschen ihren Mitmenschen näher sind als andere.«

»Ich kann nicht für andere sprechen, Prudencia. Ich kann sagen, was für mich gilt, aber nicht, was andere betrifft. Für mich war es ein Prüfstein, die Linie, die mein Leben in zwei Hälften teilte und ihm einen absoluten Sinn verlieh. Aber es wäre gelogen, wenn ich sagen würde, dass es leicht war. Es war alles andere als leicht, und wenn jemand das Gegenteil behauptet, ist es nicht wahr. Es war ein tiefer Einschnitt, eine intellektuelle Katharsis, eine Operation am offenen Herzen. Als würde man einen Baum aus der Erde reißen und woanders wieder einpflanzen, als würde man darüber nachdenken, was ein Kind angesichts der verstörenden Schönheit der Geburt empfindet.«

Der Mann im Armsessel machte eine Pause.

»Und da ist noch etwas«, fuhr er fort, »etwas, was mit der Fähigkeit zu tun hat, über den Moment hinauszublicken, mit der Notwendigkeit, den Horizont abzusuchen, ihn genauso eifrig zu studieren wie ein Seemann die Navigationskarte. Das alles sollte Sie nicht überraschen, Prudencia, meine Geschichte ist so alt wie die Welt. Ich war nicht der Erste und werde nicht der Letzte sein. Ich weiß, was Sie jetzt denken. Würde ich es ungeschehen machen, wenn ich könnte? Nein, natürlich nicht. Würde ein wacher Mensch sein Leben verschlafen wollen?«

Señorita Prim zog ihre Jacke enger um sich und starrte auf ihre Hände, die rot von der Kälte waren. Dann war ja jetzt alles klar. Wie naiv sie gewesen war, zu denken, dass dies vielleicht nur einen Teil seiner Persönlichkeit ausmachte; wie dumm war sie doch gewesen, nicht zu spüren, dass es, was auch immer es war, sein Dasein grundlegend verändert hatte, dass das, worum es ging, etwas Mächtiges war, etwas Einschneidendes, etwas Verstörendes. Herminia hatte recht. Nie zuvor hatte sie diesen Glanz in seinen Augen gesehen. Nie hatte sie eine solche Ausdruckskraft, Überzeugung und eine solche seltsame ursprüngliche Freude bei ihm erlebt.

»Also ist es hoffnungslos«, murmelte sie seufzend. »Oder?«

Er sah sie nachdenklich an, bevor er antwortete.

»Hoffnungslos? Hoffnung gibt es immer, Prudencia. Ich habe sie nicht verloren, mein ganzes Leben besteht daraus.«

Die Bibliothekarin erhob sich und nahm vorsichtig das Tablett auf.

»Es ist sehr spät. Ich denke, ich gehe jetzt besser ins Bett. Ich bin müde, und im Gegensatz zu Ihnen habe ich in dieser Nacht jegliche Hoffnung verloren.«

Bevor der Mann im Armsessel etwas erwidern konnte, hatte die Señorita Prim leise die Tür der Bibliothek hinter sich geschlossen.

3

Prudencia Prim faltete ihren Kimono sorgfältig, bevor sie ihn in den Koffer legte. Die Wahrheit war, dachte sie traurig, während sie ein paar Schuhe verpackte, die Wahrheit war, dass es für sie keinen Grund mehr gab hierzubleiben. Die Arbeit war getan. Die Bibliothek ihres Arbeitgebers war perfekt beschriftet und geordnet. Die Geschichtsbücher standen im entsprechenden Regal, genauso wie die Philosophiebücher; die literarischen Werke und die Gedichtbände befanden sich am dafür vorgesehenen Ort; die Wissenschaft und die Mathematik hatten ihren Platz gefunden, und die Theologie – die große Leidenschaft in diesem Haus, die Königin der Bibliothek – thronte mächtig, makellos und perfekt über allem. Ab und zu betrachtete sie ihre geröteten Augen im Spiegel und dachte an das erste Gespräch, das sie, Monate zuvor, mit dem Mann im Armsessel geführt hatte:

»Wissen Sie, was das ist?«

»Ich fürchte nein.«

»De Trinitate Libri.«

»Augustinus?«

Die Señorita Primm lächelte melancholisch und fuhr fort, den größten Teil ihrer Garderobe einzupacken. Sie wollte nicht sofort das Haus verlassen. Ein paar Kleidungsstücke sollten erst einmal noch im Schrank verbleiben, denn sie wollte sich ein paar Tage Zeit nehmen, um sich zu verabschieden und in Ruhe zu entscheiden, was sie als Nächstes tun würde. Sie konnte nicht länger hierbleiben. Nicht jetzt, nachdem sie wusste, was sie fühlte und dass ihre Gefühle nicht erwidert wurden und auch niemals erwidert werden konnten. Aber wohin sollte sie gehen? Und vor allem: Wie sollte sie ihr Weggehen erklären? Langsam ging sie zum Fenster hinüber, zog die Gardine zur Seite und sah nach draußen. Es war ein kalter Morgen, und der Schnee glänzte in der Sonne wie polierter Marmor. Sie hatte lange geschlafen. Nach allem, nach dem Gespräch in der Nacht, blieb nicht mehr viel, was sie tun konnte, abgesehen davon, ihrem Chef gegenüberzutreten und ihm mitzuteilen, dass sie gehen würde.

Trotz aller Traurigkeit und der Enttäuschung, die sie erfüllte, war sie auch erleichtert. Die letzten Tage waren für eine Frau wie sie, die so viel Wert auf Ordnung, Ausgeglichenheit und klare Verhältnisse legte, zu aufregend gewesen. Sie hatte viel zu viel gegrübelt und sich Sorgen gemacht, hatte jedes Wort auf die Goldwaage gelegt, Gesten zu interpretieren versucht, Blicke analysiert. Wie sie gemerkt hatte, konnte die Liebe für die weibliche Psyche eine tonnenschwere Belastung sein. Was sie nun brauchte, war ein angenehmer und weit entfernter Ort, wo sie sich erholen konnte, ein Refugium, um zu schreiben, ein Arkadien, um sich mit Schönheit zu umgeben und sich an frischem Gras und blühenden Glyzinien zu erfreuen.

Natürlich schmerzte die Wunde, das wollte und konnte sie nicht abstreiten. Schon lange hatte ihr nicht mehr eine solche Angst den Magen zugeschnürt, war es ihr so schwergefallen, klar zu denken, war es ihr derart unmöglich gewesen, zum Horizont zu blicken und ein wenig Licht zu sehen. Aber all das würde vorbeigehen. Das wusste die Señorita Prim mit Sicherheit. Sie kannte sich selbst gut genug, um die Grenzen ihrer Trauer auszuloten. Im Frühling oder zumindest zu Beginn des Sommers würde die Sonne wieder scheinen.

»Könnte ich einen Moment mit Ihnen reden?«

Die Bibliothekarin öffnete vorsichtig die Tür des Büros des Mannes im Armsessel und streckte den Kopf hinein. Über ein Dokument gebeugt, forderte dieser sie mit einer Geste auf, einzutreten und sich zu setzen. Gehorsam nahm sie Platz. Einige Minuten lang, die die Señorita Prim dazu nutzte, sich zu überlegen, wie sie ihm ihre Kündigung nahebringen sollte, war das Knistern des Feuers das einzige Geräusch im Zimmer.

»Sehen Sie sich das an, Prudencia«, sagte er und hielt ihr das Faksimile zweier kleiner Papyrusstücke hin.

Señorita Prim seufzte und sah dem Mann im Armsessel in die Augen. Ihm war kein Schlafmangel anzumerken. Er wirkte überhaupt nicht angespannt oder nervös. Und er machte nicht den Eindruck, als ob ihr nächtliches Gespräch in irgendeiner Form seinen Gemütszustand beeinträchtigt hätte.

»Geht es Ihnen gut?«, fragte er besorgt, als er sah, wie bleich sie war. »Sie sehen müde aus.«

Die Bibliothekarin versicherte, dass es keinen Grund zur Sorge gebe und dass ihre fehlende Gesichtsfarbe ausschließlich dem wenigen Schlaf zuzuschreiben sei.

»Stimmt, wir haben sehr lange geredet gestern. Schauen Sie«, sagte er und wies auf das Dokument. »Haben Sie so etwas schon einmal gesehen?«

Die Señorita Prim betrachtete die Kopie aufmerksam.

»Was ist das?«

»Ein Faksimile des Papyrus 52, der Welt auch als Papyrus Rylands bekannt.«

»Lassen Sie mich raten … Ein Ausschnitt aus dem Buch der Weisheit? Oder vielleicht aus dem Buch Daniel?«

»Weder das eine noch das andere, Sie haben kein Glück. Es ist ein Fragment aus dem Johannesevangelium. Schauen Sie genau hin, es ist auf Koine-Griechisch verfasst. Beachten Sie besonders diese Zeilen:

ΡΗΣΩ ΤΗ ΑΛΗΘΕΙΑ ΠΑΣ Ο ΩΝ ΕΚ ΤΗΣ ΑΛΗΘΕΙ
ΑΣ ΑΚΟΥΕΙ ΜΟΥ ΤΗΣ ΦΩΝΗΣ ΛΕΓΕΙ ΑΥΤΩ
Ο ΠΙΛΑΤΟΣ ΤΙ ΕΣΤΙΝ ΑΛΗΘΕΙΑ ΚΑΙ ΤΟΥΤΟ[3]

Ich bin sicher, dass sogar eine überzeugte Jakobinerin wie Sie davon schon einmal gehört hat. Möchten Sie, dass ich es Ihnen übersetze?«

3 Jeder, der aus der Wahrheit ist, hört auf meine Stimme. Sprach zu ihm Pilatus, »Was ist Wahrheit?« (Johannes 18,37–38).

Die Bibliothekarin antwortete nicht. Sie betrachtete die beiden winzigen gelblichen Fragmente.

»Ist es sehr alt?«

»Das Älteste, was man bisher gefunden hat. Es wird auf etwa 125 nach Christus geschätzt. Ein englischer Ägyptologe namens Bernard Grenfell hat es 1920 auf einem ägyptischen Markt erworben. Mehrheitlich wird es für etwa dreißig Jahre jünger gehalten als das von Johannes in Ephesus verfasste Original. Es ist also ziemlich alt. Kommen Sie näher, ich werde Ihnen etwas zeigen.«

Der Mann im Armsessel öffnete ein riesiges Archiv in einer Ecke des Raums, dem er, soweit die Señorita Prim es sehen konnte, mehrere Faksimile von verschiedenen Papyri, Pergamenten und Codices entnahm.

»Wissen Sie, was das ist?«, fragte er auf eines davon weisend.

Die Bibliothekarin schüttelte den Kopf.

»Das ist eines der Oxyrhynchus Papyri. Haben Sie davon schon einmal gehört?«

Die Señorita Prim verneinte erneut, ohne ihren Gesichtsausdruck zu verändern.

»Wir haben sie ebenfalls Grenfell zu verdanken. Er fand sie gemeinsam mit Arthur Hunt, einem anderen britischen Archäologen, Ende des neunzehnten Jahrhunderts in einer antiken Müllkippe in der Nähe des historischen Ortes Oxyrhynchus in Ägypten. Sie gruben dort viele Textfragmente großer Werke der Antike aus; das, was Sie gerade in der Hand halten, wird Ihnen gefallen. Es ist ein Ausschnitt aus Platons *Der Staat.*«

»Wirklich?«, fragte die Bibliothekarin bewundernd.

»Wirklich. Wissen Sie, wie viele Jahre zwischen Platon selbst und den ersten Fragmenten seiner Texte liegen, über die wir verfügen?«

»Ich habe keine Ahnung.«

»Ich sage es Ihnen: etwa zwölfhundert. Unsere Texte über Platons Gedankengut und das, was wir dadurch über Sokrates wissen, die Werke, die wir gelesen haben, sind Kopien, die mehr als zehn Jahrhunderte, nachdem die Originale geschrieben wurden, entstanden sind.«

Die Señorita Prim betrachtete aufmerksam die Papyrus-Kopie, während ihr Chef ein dickes Manuskript aus dem Archiv holte.

»Und dann dieses. Haben Sie eine Vermutung, was das sein könnte?«

Die Bibliothekarin, die den Grund ihres Besuchs vergessen zu haben schien, begutachtete das Manuskript.

»Das kann ich zumindest lesen«, sagte sie lächelnd. »Es ist auf Latein geschrieben. Tacitus?«

Der Mann im Armsessel schüttelte den Kopf.

»Julius Cäsar. *De Bello Civili, Über den Bürgerkrieg*. Dieses Manuskript ist der *Ashburnhamensis,* jetzt *Laurentianus*, die älteste Ausgabe dieses Werks. Haben Sie eine Ahnung, wie alt es ist? Nein, natürlich nicht. Es ist aus dem zehnten Jahrhundert, also etwas mehr als tausend Jahre jünger als das Original. Die älteste Ausgabe von Cäsars *Aufzeichnungen über den Gallischen Krieg*, über die wir verfügen, wurde etwa 950 Jahre nach dem Original erstellt.«

»Das ist alles wirklich sehr interessant«, murmelte die Bibliothekarin.

Ihr Chef griff erneut nach dem Papyrus Rylands.

»Interessant ist wohl ein wenig untertrieben, Prudencia, es ist absolut faszinierend. Ist Ihnen klar, welche Bedeutung diesem Papyrus zukommt? Wissen Sie, wie viele Ausführungen auf Koine-Griechisch es lediglich von dem gibt, was die vier Evangelisten geschrieben haben? Etwa fünftausendsechshundert. Wissen Sie, wie viele es beispielsweise von den *Aufzeichnungen über den Gallischen Krieg* gibt? Zehn, es sind nur zehn Stück. Und nun raten Sie, wie es sich mit Homer verhält«, sagte er, während er ein weiteres Faksimile betrachtete.

Die Señorita Prim versicherte, dass sie, wenn sie einmal zu lebenslanger Haft verurteilt würde, Homer mit ins Gefängnis nehmen würde. Während der Mann im Armsessel weiterhin enthusiastisch über Papyri, Pergamente und sonstige Dokumente referierte, erinnerte sich die Bibliothekarin traurig an den Grund ihres Besuchs. Sie würde diesen Mann vermissen, das war sicher; aber nicht nur ihn, sondern alles, was mit ihm in Zusammenhang stand. Die Gespräche, die Lektüren, die Diskussionen, die Kinder, die Bücher und überhaupt ganz San Ireneo.

»Jetzt, da Sie mit der Bibliothek fertig sind«, meinte ihr Chef in diesem Moment, »könnten Sie mir dabei helfen, all dieses Material zu sortieren. Nächsten Monat muss ich in London einen Vortrag über die Bodmer Papyri halten.«

»Ich fürchte, das wird nicht möglich sein«, entgegnete die Señorita Prim und widerstand heldenhaft der Versuchung, sich zu erkundigen, um was es sich bei den Bodmer Papyri handele.

Er sah sie überrascht an.

»Warum?«

Die Bibliothekarin schlug anmutig die Beine übereinander und holte tief Luft, bevor sie sprach.

»Weil ich denke, dass meine Arbeit hier beendet ist. Ich bin gekommen, um Ihnen zu sagen, dass ich mich entschieden habe zu gehen. Ich habe meine Aufgabe erfüllt, daher sehe ich keinen Grund, meinen Aufenthalt zu verlängern.«

Ohne ein Wort zu sagen, nahm der Mann im Armsessel die Dokumente und verstaute sie wieder in dem Archiv, dem er sie entnommen hatte. Dann ging er zum Kamin hinüber, nahm einen Stapel Bücher von einem Sessel und forderte die Señorita Prim mit einer Geste auf, darin Platz zu nehmen.

»Ist etwas geschehen, das ich wissen sollte, Prudencia?«, fragte er.

»Nein, gar nichts.«

»Hat jemand in diesem Haus Sie beleidigt oder erzürnt?«

»Nein, alle waren wunderbar zu mir.«

»Liegt es an mir? Habe ich etwas gesagt, womit ich Sie verärgert habe? Eine neue Äußerung meines mangelnden Feingefühls, das Sie mir immer vorwerfen?«

Die Señorita Prim senkte den Kopf, um ihr Gesicht zu verbergen.

»Es hat nichts mit Ihnen zu tun«, erklärte sie leise.

»Bitte sehen Sie mich an«, sagte er.

Die Bibliothekarin hob den Blick, und im selben Augenblick wurde ihr bewusst, dass sie sich sofort eine Ausrede einfallen lassen musste, dass sie dringend eine Erklärung brauchte, wenn sie nicht wollte, dass er den wahren Grund ihres Weggangs herausfand oder ihn zumindest erahnte.

»Ich muss nach Italien reisen«, sagte sie plötzlich.

»Sie müssen nach Italien reisen? Warum?«

Die Señorita Prim begann zu zittern und spielte nervös mit ihrem Amethystring.

»Es ist eine Bildungsreise. Man kann die Welt erst dann wirklich verstehen, wenn man eine Weile in Italien gelebt hat.«

»Aber müssen Sie sich wirklich noch weiterbilden? Mit welchem Ziel?«, fragte er erstaunt. »Wollen Sie einen Rekord brechen?«

Die Bibliothekarin musste lächeln, als sie seinen völlig verblüfften Gesichtsausdruck sah.

»Man merkt, dass Sie Ihrer Mutter nicht wirklich zuhören«, sagte sie mit blitzenden Augen. »Sie hat eine hübsche Theorie über den positiven Einfluss, den das Leben in Italien auf die Gespräche, die Sicht auf die Dinge und die Manieren einer jeden Frau hat.«

»Meinen Sie das ernst?«

»Vollkommen ernst.«

Der Mann im Armsessel senkte den Kopf und blickte zu Boden, bevor er erneut das Wort ergriff.

»Was soll das für eine dumme Theorie sein?«

»Ich erinnere Sie daran, dass Sie von Ihrer Mutter sprechen«, meinte die Bibliothekarin mit scheinbarem Vorwurf in der Stimme. »Ich bezweifele sehr, dass sie in ihrem Leben auch nur eine Dummheit geäußert hat.«

»Nun ja, ich fürchte, in diesem Fall hat sie das sehr wohl.«

»Wie auch immer … ich werde dieses Haus auf jeden Fall verlassen. Ich muss reisen, ich bin schon viel zu lange hier.«

»Ich dachte, dass es Ihnen hier gefällt«, murmelte er.

In dem Bewusstsein, dass sie ihre Gefühle nicht mehr lange unter Kontrolle würde halten können, stand die Señorita Prim auf.

»Sie werden jetzt doch nicht sentimental werden«, meinte sie scheinbar leichthin, während sie zur Tür ging.

»Ich werde Sie vermissen, Prudencia«, sagte der Mann im Armsessel und sah auf.

»Das ist sehr freundlich von Ihnen, aber nicht die Wahrheit, und das wissen Sie auch.«

»Denken Sie das wirklich?«, fragte er mit rauer Stimme eine Sekunde, bevor die Bibliothekarin die Tür öffnete und das Zimmer verließ.

Die Señorita Prim schloss die Tür des Büros und eilte nach oben. Sie ging durch den Flur und die Treppe hinauf bis zur Diele in der oberen Etage und gelangte am Ende des Ganges schließlich zu ihrem Zimmer. Leise schloss sie die Tür, zog die Schuhe aus und legte sich aufs Bett, und nachdem sie einige Sekunden lang an die Kassettendecke gestarrt hatte, begann sie bitterlich zu weinen. Warum weinte sie andauernd? Sie war noch nie eine sentimentale Frau gewesen. Wenn sie ehrlich zu sich selbst war, was ihr in diesem Moment nicht schwerfiel, konnte man das, was sie für diesen Mann empfand, nicht als Liebe bezeichnen. Es war eine gewisse Anziehung, die gegen ihren Willen entstanden war, vielleicht eine Art Herausforderung, möglicherweise ein leichtes Verliebtsein, aber doch nicht Liebe. Weinte sie also vor Wut? Das musste es sein, seufzte sie, während sie sich die Tränen trocknete. Aus irgendeinem Grund, der wahrscheinlich mit Einbildung und Eitelkeit zu tun hatte, war sie in den letzten Tagen zu der Überzeugung gelangt, dass er ihre Gefühle erwiderte. Und möglicherweise fühlte er sich tatsächlich irgendwie zu ihr hingezogen, das war nicht auszuschließen, aber mit Sicherheit ging es dabei nicht um so etwas wie Liebe.

Mit derartigen Gedanken beschäftigt, hörte sie ein leises Geräusch an der Tür. Jemand war dort vor ihrem Zimmer stehen geblieben, schien sich jedoch nicht bemerkbar machen zu wollen. Die Bibliothekarin stand vom Bett auf und schlich zur Tür. Mit klopfendem Herzen und ohne abzuwarten, ob sich das Geräusch wiederholen würde, umfasste sie die Klinke und öffnete energisch die Tür.

»Was machst du denn hier?«, fragte sie überrascht.

Septimus' zerzauster Blondschopf wich erschrocken zurück.

»Ich habe nicht gelauscht«, betonte er.

Der Gesichtsausdruck der Señorita Prim wurde milder, und mit einer Geste forderte sie den Jungen auf einzutreten.

»Sie gehen weg, stimmt's?«, fragte er mit Blick auf den halb gepackten Koffer auf dem Bett.

»Wer hat das gesagt?«

»Der Gärtner. Er hört alles durchs Fenster. Warum weinen Sie? Hat jemand Sie geschlagen?«

Die Bibliothekarin, die gerade umständlich eine Strickjacke zusammenfaltete, schreckte auf.

»Mich geschlagen? Natürlich hat mich niemand geschlagen. Weinst du nur, wenn du geschlagen wirst?«

Der Junge überlegte einen Moment.

»Ich weine nie«, meinte er dann entschieden. »Nicht mal, wenn ich geschlagen werde.«

»Das ist gut«, hörte die Señorita Prim sich sagen. »Ich meine, ab und zu kann man ruhig mal weinen, aber nicht wegen jeder Kleinigkeit.«

»Vielleicht würde ich im Krieg weinen«, überlegte der Kleine laut. »Das wäre ein Grund.«

»Absolut«, versicherte sie.

»Hören Sie«, sagte Septimus, als er die Tränen weiterhin über das Gesicht der Bibliothekarin laufen sah, »mir wäre es lieber, wenn Sie nicht mehr weinen würden.«

»Den Gefallen kann ich dir gerade leider nicht tun. Denn im Gegensatz zu dir weine ich auch in Friedenszeiten.«

Der Kleine betrachtete eingehend ihr gerötetes Gesicht und ließ dann den Blick interessiert über die zahlreichen Kosmetikartikel schweifen, die auf dem Kaminsims standen.

»Was kann ich tun, damit Sie nicht mehr weinen müssen?«

»Ich fürchte, gar nichts«, antwortete die Señorita Prim gerührt. »Das wird dir jetzt noch nichts nutzen, Septimus, aber wenn du einmal älter bist und eine Frau weinen siehst, dann erinnere dich daran, dass es in diesem Fall das Beste ist, nichts zu tun, absolut gar nichts.«

»Das ist doch leicht.«

Die Bibliothekarin lachte, während sie sich die Tränen abwischte.

»Leicht? Warte ab, bis du erwachsen bist. Es gibt nichts Schwierigeres.«

»In den Krieg zu ziehen ist sicherlich schwieriger, und auch einen Wal mit der Harpune zu fangen«, entgegnete der Kleine, während er aus dem Fenster blickte.

»Einen Wal mit der Harpune zu fangen vielleicht schon«, räumte die Bibliothekarin ein.

»Wissen Sie was?«, sagte der Junge und sah zu Boden. »Ich glaube, wir werden Sie vermissen.«

»Ich euch auch«, murmelte sie. »Komm her. Gibst du mir einen Kuss?«

Der Junge machte sofort einen Schritt nach hinten.

»Nein«, antwortete er entschieden, »kommt nicht infrage. Ich küsse nie. Ich hasse Küsse.«

»Ich denke, auch das wird sich ändern, wenn du älter bist«, meinte die Bibliothekarin lächelnd.

»Darauf würde ich an Ihrer Stelle nicht wetten«, entgegnete Septimus, bevor er sich zur Tür wandte und eilig verschwand.

»Sie verlassen uns also«, sagte Señora Rouan seufzend, während sie die Señorita Prim einlud, an dem alten Tisch mit der Marmorplatte Platz zu nehmen.

Die Bibliothekarin setzte sich und nahm gern eine Tasse Entenbrühe entgegen, die die Köchin ihr freundlich anbot.

»So ist es, Señora Rouan, ich gehe.«

Im Kamin brannte ein wärmendes Feuer, und auf dem alten mit Brennholz betriebenen Herd köchelte etwas in einem riesigen Kochtopf vor sich hin. Draußen hatte sich die Sonne versteckt, und ein paar dunkle Wolken kündigten weiteren Schnee an.

»Wir werden Sie vermissen«, murmelte die Köchin. »Obwohl es nicht immer einfach war zwischen uns.«

»Das stimmt«, sagte die Bibliothekarin leise.

»Ich mag keine Veränderungen, habe ich noch nie gemocht. Und die Wahrheit ist …«, die Köchin blickte flüchtig zu dem Topf auf dem Herd hinüber, »… ich habe auch etwas dagegen, wenn neue Frauen ins Haus kommen. Jede von ihnen handelt auf ihre Art, und nach all den Jahren fällt es mir immer schwerer, mich darauf einzustellen.«

Señorita Prim lächelte herzlich.

»Das verstehe ich sehr gut, Señora Rouan. Und ich möchte mich für all die Gelegenheiten entschuldigen, bei denen ich Sie gestört habe oder rücksichtslos war.«

Nun lächelte auch die Köchin und legte eine ihrer großen, nicht mehr jungen Hände auf die zarte Hand der Señorita Prim.

»Wir beide waren ganz schön starrköpfig, Señorita. Ich bin kein einfacher Mensch, war ich noch nie. Und ich bin gewohnt, dass die Dinge auf meine Art geschehen. Mit der Mutter unseres Chefs hatte ich zu Beginn auch so meine Probleme.«

»Wirklich?«, fragte die Bibliothekarin, während sie erfolglos versuchte, sich die elegante alte Dame im Streitgespräch mit der Köchin vorzustellen.

»Na ja, natürlich ist sie nicht mehr so jung wie Sie und den Umgang mit Angestellten gewohnt. Sie weiß genau, dass die Köchin das Herz eines jeden Haushalts ist und man es sich mit ihr nicht verderben sollte. Aber auch sie ist kein einfacher Mensch. Wissen Sie eigentlich …«, sie senkte die Stimme zu einem Flüstern, »… dass sie zur Hälfte deutscher Abstammung ist?«

»Österreicherin.«

»Das ist doch das Gleiche. An dem Tag, an dem wir uns kennengelernt haben, hat sie mich gleich gebeten, einen Strudel für sie zu backen. Natürlich war das für mich kein Problem, denn für die Kinder hatte ich schon oft

Strudel gebacken. Aber sie wollte einen ganz besonderen Strudel, keinen normalen. Sie wollte einen Topfenstrudel. Wissen Sie vielleicht, was ein Topfenstrudel ist?«

Die Señorita Prim versicherte, dass sie noch nie davon gehört habe.

»Genau das habe ich auch gesagt. Und daraufhin hat sie mir das Rezept aufgeschrieben. Aber ist es nicht ein Unding, dass jemand gleich am ersten Tag in die Küche spaziert, einen Topfenstrudel haben will und einem auch noch das Rezept dafür gibt? Sie wissen, was ich meine, oder?«

Die Bibliothekarin nickte verständnisvoll.

»Und was ist nun ein Topfenstrudel?«

»Nichts weiter als ein ganz normaler Strudel, der mit Quark gefüllt ist«, brummte die Köchin. »Bei denen heißt der Quark Topfen. Nichts Schwieriges dabei, überhaupt nicht. Also nahm ich das Rezept und hab ihr den Kuchen gebacken. Natürlich hab ich ihn gebacken. Was hätte ich sonst tun sollen?«

»Und? Hat er ihr geschmeckt?«

Señora Rouan stand auf und ging zum Herd hinüber. Sie nahm den Deckel von dem Topf, beugte sich vor, um den Duft einzuatmen, nahm einen Holzlöffel und probierte mit zufriedener Miene.

»Das genau war das Problem«, erklärte sie und setzte sich wieder an den Tisch. »Ich habe den ganzen Morgen in der Küche gestanden, um diesen Topfenstrudel zu backen. Ich habe den besten Quark gekauft, den ich finden konnte, und habe das Rezept Schritt für Schritt befolgt. Und als er fertig war, habe ich ihn ihr auf einer hübschen Kuchenplatte aus Meißener Porzellan und mit Blütenblättern dekoriert serviert. Und wissen Sie, was sie gesagt hat?«

Die Señorita Prim meinte, dass sie nicht die leiseste Ahnung habe.

»›Señora Rouan‹, hat sie gesagt, ›Señora Rouan, aber da fehlt noch die Vanillesoße! Wo ist die Vanillesoße, Señora Rouan?‹«

Die Bibliothekarin beugte sich über ihre Suppentasse, um ihr Lächeln zu verstecken.

»Woher bitte hätte ich das wissen sollen? Woher hätte ich wissen sollen, dass man diesen Topfenstrudel mit Vanillesoße serviert?«

Die Bibliothekarin beeilte sich zu versichern, dass dieser seltsame Umstand nun wirklich nicht vorherzusehen war.

»Aber man muss ihr lassen, dass sie sich bei all dem wie eine Dame verhalten hat«, erklärte die Köchin. »Natürlich hat sie nicht gleich eingelenkt. Aber am nächsten Tag kam sie zu mir in die Küche und meinte: ›Señora Rouan, der Topfenstrudel gestern war köstlich. Allerdings ist mir aufgefallen, wie gern die Kinder den Strudel essen, den Sie üblicherweise backen. Tun wir ihnen also den Gefallen und vergessen wir den Topfenstrudel und die Vanillesoße und kehren zu Ihrem normalen Strudel zurück.‹«

»Und damit war die Sache erledigt«, seufzte die Señorita Prim lächelnd.

Señora Rouan stand auf und schaltete den Herd ab.

»Das muss jetzt noch zwei Stunden ziehen«, murmelte sie vor sich hin. »Was haben Sie gesagt?«

»Ich habe gesagt, dass damit die Sache wohl erledigt gewesen ist.«

Die Köchin sah sie erstaunt an.

»Wieso erledigt? Ganz im Gegenteil. Damit hat alles angefangen.«

Die Bibliothekarin nickte nachdenklich und blickte dann aus dem Fenster. Draußen fielen bereits wieder dicke Schneeflocken.

»Señora Rouan, erinnern Sie sich an den Kuchen, den ich an meinem Geburtstag gebacken habe?«

Die Köchin lächelte wohlwollend.

»Natürlich erinnere ich mich. Der Chef und die Kinder waren begeistert. Sie waren ja so nett und haben uns hier in der Küche auch davon angeboten. Er hat allen ausgezeichnet geschmeckt. Es ist ein altes Familienrezept, nicht wahr? Das sind die besten.«

Die Señorita Prim sah wieder aus dem Fenster. Von jenseits des Gartens, der Straße und der Felder klang aus der Ferne der feierliche Glockenschlag der Abtei herüber.

»Sie läuten zur Vesper«, sagte die Köchin.

»Ich weiß«, murmelte die Bibliothekarin, ohne den Blick von der Landschaft vor dem Fenster abzuwenden. »Señora Rouan, hätten Sie gern das Rezept von diesem Kuchen?«

Die Köchin sah sie überrascht an.

»Aber, Señorita, ich dachte, dass dieses Rezept …«

»Das dachte ich auch«, meinte die Señorita Prim lächelnd. »Möchten Sie es haben?«

Die Köchin, der Tränen der Rührung in den Augen standen, legte erneut ihre Hand auf die der Bibliothekarin.

»Es wäre mir eine Ehre, Señorita, eine große Ehre.«

4

Mit größter Sorgfalt erstellte die Señorita Prim eine Liste der Leute, von denen sie sich verabschieden wollte. Sie wusste, dass die Nachricht ihrer Abreise sich wie ein Lauffeuer im Ort verbreiten würde, und sie wollte nicht, dass ihre Freunde es von jemand anderem als ihr selbst erfuhren. Als sie auf dem Weg zum Haus von Horacio Delàs durch San Ireneo ging, erinnerte sie sich an den Tag ihrer Ankunft. Sie war durch die Straßen geeilt, hatte sich geärgert, dass kein Taxi zu finden war, und hatte weder auf die pittoresken Steinhäuser noch auf die hübschen, einladenden Geschäfte geachtet. Wie wenig Aufmerksamkeit hatte sie – ausgerechnet sie, die sie so empfänglich für alles Schöne war – damals für das Herz übrig gehabt, das hinter diesen Mauern schlug.

Inzwischen war es eine Woche her, dass sie ihren Irrtum über die Gefühle ihres Chefs erkannt hatte, und der heftige Schmerz, den dies in ihr ausgelöst hatte, war einer einsamen, stillen Traurigkeit gewichen. Es war nicht nur Liebeskummer, woran sie litt – die Señorita Prim wehrte sich innerlich gegen die Vorstellung, dieser Seelenqual anheimgefallen zu sein –, sondern auch die schmerzliche Aussicht, bald diesen herzlichen Ort, diese besonderen

Menschen, diese angenehme Lebensweise hinter sich lassen zu müssen. Sie wollte nicht gehen, gestand sie sich selbst ein, während sie durch den Ort spazierte, sie wollte es absolut nicht. Aber hatte sie eine andere Wahl?

»Ich erinnere mich noch gut daran, wie Sie hierhergekommen sind, so jung und unerfahren und ohne irgendetwas über diesen Ort zu wissen.«

Nachdem Horacio Delàs ihr einen Platz angeboten hatte, setzte er sich in den alten Sessel, von dem aus er gewöhnlich die Welt betrachtete – von einem niveauvollen, freundlichen und entspannten Blickwinkel aus –, und sah die Bibliothekarin aufmerksam an.

Die Señorita Prim räusperte sich, bevor sie etwas darauf entgegnete.

»Seitdem sind gerade mal sechs Monate vergangen, Horacio. Ich will doch sehr hoffen, dass ich in dieser Zeit nicht allzu sehr gealtert bin.«

Ihr Freund lächelte und bot ihr ein Glas Wein und ein Stück Käse an, das er mit einem großen Messer abschnitt.

»Aber inzwischen wissen Sie eine ganze Menge über uns.«

Die Bibliothekarin nickte, während sie das Glas zum Mund führte.

»Und trotzdem verlassen Sie uns«, fuhr er fort. »Hat das Gespräch mit Ihrem Chef Ihnen denn derartig zugesetzt? Gelingt es Ihnen nicht, das Thema hinter sich zu lassen und trotzdem bei uns zu bleiben?«

Die Señorita Prim sah ihn traurig an. Seit der Nacht ihrer fatalen Unterhaltung mit dem Mann im Armsessel hatte sie sich genau diese Frage immer wieder gestellt. Konnte es nicht einfach so weitergehen, wie es war? Konnte sie es nicht einfach vergessen, so tun, als wäre nichts geschehen, und ihre Arbeit so fortführen, wie sie es bisher getan hatte?

»Ich kann nicht«, sagte sie.

»So verliebt sind Sie in ihn?«

Die Bibliothekarin stand auf, um eines der Bilder an der Wand im Wohnzimmer ihres Freundes gerade zu rücken.

»Ich weiß es nicht«, entgegnete sie und setzte sich wieder hin. »Ich meine, es geht nicht nur um Liebe, und vielleicht ist es nur eine vorübergehende Verliebtheit. Aber das ist es nicht. Zumindest nicht nur.«

»Sondern?«, fragte er. »Was sonst noch?«

»Ich fürchte, ich kann es nicht erklären. Es ist nicht immer leicht zu verstehen, was man empfindet, Horacio. Es sind Strömungen, die ineinanderfließen, unterschwellige Strömungen, widersprüchliche Kräfte, die sich vermischen und durcheinandergeraten …«

»Ein Knäuel«, murmelte ihr Freund.

»Ein Knäuel?«

»Ja, ein Knäuel. Wie die, die wir, als wir Kinder waren, zusammen mit unseren Müttern oder Großmüttern gewickelt haben. Natürlich ist es nicht leicht zu verstehen, was man empfindet, Prudencia, vor allem, wenn die Gefühle besonders intensiv oder sogar widersprüchlich sind. Die menschliche Natur ist kompliziert.«

Die Bibliothekarin nahm ein weiteres Stück Käse entgegen.

»Irgendwie glaube ich, dass ich wütend auf ihn bin«, gestand sie.

»Das scheint mir völlig verständlich«, entgegnete ihr Freund. »Der Stolz ist einer der dicksten Knoten in dem Knäuel.«

»Ich bin nicht stolz«, widersprach sie, irritiert von dem Gedanken, ein Knäuel zu sein.

»Natürlich nicht, meine Liebe, aber was ist mit Selbstachtung?«

Die Bibliothekarin wägte die Frage sorgfältig ab.

»Ist möglich«, gab sie schließlich zu.

Horacio Delàs lächelte in sich hinein und entfernte die Käserinde.

»Nennen wir es also Selbstachtung. Sie fühlen sich zurückgewiesen, und das ist natürlich schmerzhaft. Obwohl Sie – wenn ich mich nicht irre – gar nicht wirklich zurückgewiesen worden sind, oder?«

»Ja, das stimmt«, entgegnete sie etwas lebhafter.

»Dennoch sind Sie sich sicher, dass er nichts für Sie empfindet, richtig?«

Die Bibliothekarin dachte darüber nach, ehe sie antwortete. Draußen, vor dem Fenster, hüllte ein drückender grauer Himmel den Ort ein.

»Ich glaube nicht, dass ich das mit Sicherheit sagen kann«, erklärte sie seufzend. »Was ich jedoch genau weiß, ist, dass er, wenn er Gefühle für mich hätte, niemals zulassen würde, dass sie intensiver werden. Ich habe entdeckt, dass es dafür einen Grund gibt, der stärker ist als alles, was ich mir vorstellen konnte. Einen derart wichtigen Grund, dass man nicht einmal von einem Grund sprechen kann, sondern eher, dass dieser Grund ein Teil von ihm ist. Verstehen Sie, was ich sagen will? Vielleicht fühlt er sich von mir angezogen, vielleicht auch nicht, Horacio. Aber selbst wenn es so wäre, würde er niemals erlauben, dass mehr daraus wird, und vielleicht hat er recht damit, weil es möglicherweise nicht funktionieren würde.«

»Wille und Vernunft«, murmelte ihr Freund. »Sie können es nicht verstehen, habe ich recht? Ihre Gefühle sind zu stark.«

Señorita Prim richtete sich in ihrem Sessel auf. Sie wollte nicht schon wieder über Verstand und Gefühle reden, wollte nicht erneut sentimental genannt werden, sie wollte auf keinen Fall eine weitere unerfreuliche Diskussion über das Thema führen. Als habe er erraten, worüber sie nachdachte, fragte Horacio Delàs: »Haben Sie schon einmal darüber nachgedacht, was passiert wäre, wenn die Sache so verlaufen wäre, wie Sie es erhofft haben. Wenn er sich tatsächlich in Sie verliebt hätte?«

Die Bibliothekarin gab zu, sich damit noch nicht beschäftigt zu haben.

»Sie hätten eine Beziehung begonnen und sicher bald geheiratet.«

Die Señorita Prim schloss die Augen, um sich die Szene vorzustellen.

»Und?«, fragte sie, offenbar zufrieden mit dem, was sie vor sich sah.

»Und was? Meine liebe Prudencia, einen solchen Mann zu heiraten ist ein radikaler Entschluss.«

»Was meinen Sie mit radikal?«

»Mit radikal meine ich: bis dass der Tod euch scheidet. Eine Scheidung käme für ihn nicht infrage, meine Liebe, das will ich damit sagen.«

Die Bibliothekarin nippte zerstreut an ihrem Wein. Der Gedanke, von jemandem bis zum Tod geliebt zu werden, hatte für sie immer etwas zutiefst Bewegendes gehabt, doch gleichzeitig beunruhigte sie diese Vorstellung auch. Die Wahrheit war, dass es sie sogar ein wenig verstörte.

»Gut«, sagte sie vorsichtig, »also keine Scheidung von seiner Seite. Aber was sollte mich davon abhalten, mich scheiden zu lassen, wenn es nicht gut gehen würde?«

»Gewiss, was sollte Sie davon abhalten? Aber Sie sind ein aufrichtiger Mensch. Halten Sie es für richtig, eine derartige Verpflichtung in dem Bewusstsein einzugehen, dass der Einsatz, den Sie beide leisten, derart unterschiedlich ist, dass der Ihre nicht einmal andeutungsweise dem seinen entspricht? Würden Sie sich mit diesem Unterschied wohlfühlen? Könnten Sie ihm noch problemlos in die Augen sehen, wenn Sie wüssten, dass im Falle eines Schiffbruchs Sie in ein Rettungsboot steigen und ihn an Deck zurücklassen?«

Die Señorita Prim, die daran noch nicht gedacht hatte, musste zugeben, dass sie sich unter diesen Bedingungen nicht wohlfühlen würde.

»Aber das ist noch nicht alles, Prudencia. Könnten Sie damit weiterleben, dass es trotz Ihrer Scheidung immer jemanden geben würde, der sich bis ans Lebensende mit Ihnen verheiratet fühlt?«

Gleichzeitig fasziniert und abgeschreckt von der verstörenden Schönheit dieser Vorstellung, gestand die Bibliothekarin ein, dass man auch diesen Gesichtspunkt berücksichtigen müsse.

»Im Grunde könnte ich mich auch gar nicht scheiden lassen«, wandte sie aufgewühlt ein. »Ich kenne ihn gut genug, um zu wissen, dass er auf einer kirchlichen Hochzeit bestehen würde, was diese Möglichkeit im Grunde ausschließt. Natürlich könnte ich ihn verlassen, aber würde das etwas ändern? Ich würde mich ein Leben lang an ihn gebunden fühlen, weil ich wüsste, dass er sich immer mit mir verbunden fühlen würde.«

Horacio Delàs lächelte, während er eine Havanna-Zigarre aus seiner Jacketttasche nahm.

»Stört es Sie, wenn ich rauche?«

Gemäß ihrer guten Erziehung versicherte die Señorita Prim, dass es sie in keiner Weise störe.

»Aber ich werde nie verstehen, warum die Leute Zigarren rauchen«, meinte sie lächelnd. »Sie haben ein derart stechendes Aroma. Warum rauchen Sie nicht Pfeife? Das ist wesentlich eleganter und riecht viel besser.«

Horacio zündete sich die Zigarre an, nahm einen Zug und sah sie durch den Rauch hinweg an.

»Weil die Pfeife Kompromisse voraussetzt, Prudencia, die Pfeife verlangt Beständigkeit, Treue und Kompromisse. In gewisser Weise und damit Sie es verstehen, könnte man sagen, dass eine Zigarre wie eine Affäre ist und die Pfeife wie die Ehe.«

Die Bibliothekarin lachte und sah ihren Freund liebevoll an.

»Und was jetzt?«, fragte dieser auf einmal. »Wohin zieht es Sie?«

»Nach Italien, wie ich es ja bereits gesagt habe.«

»Haben Sie das tatsächlich vor? Ich habe es für eine spontane Äußerung gehalten. Aber Sie glauben doch nicht tatsächlich diesen Unsinn, dass man die Welt erst dann wirklich verstehen kann, wenn man eine Weile in Italien gelebt hat?«

Von dem intensiven Geruch der Zigarre leicht irritiert, aber fest entschlossen, es sich auf keinen Fall anmerken zu lassen, wirkte die Señorita Prim einen Moment lang ein wenig gedankenverloren.

»Nein, das glaube ich nicht«, sagte sie schließlich. »Ich fahre nicht aus Bildungsgründen dorthin, Horacio. Was ich dort zu finden hoffe, ist Erfüllung, Vollkommenheit und Schönheit.«

»Ich verstehe. Und glauben Sie, dass Sie es finden werden?«

Die Bibliothekarin stand auf und trat ans Fenster. Der Garten war von einer dicken Schneeschicht bedeckt, aus der nur die Äste der alten Bäume wie dunkle, mit dem Kohlestift gezeichnete Linien herausragten.

»Ich weiß es nicht«, sagte sie seufzend. »Mir ist durchaus bewusst, dass das, was ich suche, vielleicht gar nicht existiert, dass ich es niemals finden werde. Aber abgesehen davon: Gibt es einen Ort auf der Welt, der mehr Schönheit verspricht als Italien?«

Als Horacio Delàs bemerkte, dass sein Gast immer bleicher wurde, machte er die Zigarre aus und sah die Señorita Prim mit unverhohlener Zärtlichkeit an.

»Ich möchte, dass Sie wissen, dass ich Sie außerordentlich schätze und dass ich Sie schmerzlich vermissen werde.«

Gerührt trat die Señorita Prim auf ihren Freund zu, setzte sich auf die Armlehne seines Sessels und nahm seine Hand in ihre.

»Ohne Sie wäre ich an diesem Ort nicht zurechtgekommen. Ich hätte wahrscheinlich nicht einmal das begriffen, was ich ohne Ihre Hilfe, Ihre Zuvorkommenheit und Ihre Gesellschaft verstanden habe. Es lässt sich gar nicht in Worte fassen, wie dankbar ich Ihnen bin, Horacio.«

»Unsinn«, entgegnete er und versuchte, seine Rührung hinter einem kräftigen Händedruck zu verbergen. Und nach längerem Schweigen fügte er hinzu: »Werden Sie irgendwann wiederkommen?«

Auch sie schwieg eine Weile, bevor sie antwortete.

»Wenn ich das wüsste, Horacio. Wenn ich das nur wüsste!«

Hortensia Oeillet stellte gerade einen prächtigen Rosenstrauß zusammen, als sie durch die Schaufensterscheibe sah, wie die Señorita Prim auf ihr Geschäft zukam. Sie lächelte gerührt, versteckte die Blumen schnell hinter der Theke und eilte in den hinteren Ladenbereich, um Tee aufzusetzen. Sie hatte gerade einen Möhrenkuchen aus der Speisekammer geholt, als sie das Klingeln der Türglocke hörte.

»Ich habe Sie schon durchs Schaufenster kommen sehen«, sagte Hortensia und umarmte die Bibliothekarin. »Virginia, Emma und Herminia sind schon unterwegs, und ich werde das ›Geschlossen‹-Schild an die Tür hängen, damit wir durch niemanden gestört werden. In einer Woche werden Sie nicht mehr hier sein, Sie ahnen nicht, wie sehr ich das bedauere.«

Señorita Prim folgte der Floristin in den hinteren Bereich des Ladens. Im Kamin brannte ein lustiges Feuer, und der kleine Teetisch, an dem die Geschäftsinhaberin auch die Buchhaltung erledigte, war mit einem blauen Damasttischtuch und allerlei Köstlichkeiten gedeckt. Die Bibliothekarin lächelte und atmete den Duft des Tees tief ein.

»Ach, wie sehr werde ich die alte Zivilisation von San Ireneo vermissen!«, sagte sie und zwinkerte ihrer Gastgeberin zu.

»Es ist nur ein kleiner Abschiedsimbiss«, entgegnete diese bescheiden. »Jede von uns hat etwas dafür hergerichtet. Emma hat die Zitronentorte und den Käsekuchen beigetragen, dessen Rezept sie niemandem verrät. Herminia hat sich um die Sandwiches mit Pastete und Apfel gekümmert und um die Roastbeef-Häppchen. Und von Virginia stammt der Tee aus Krasnodar;

und der Möhrenkuchen, das geröstete Brot und der Honig sind von mir. Schade, dass wir in Zukunft auf Ihren berühmten Geburtstagskuchen verzichten müssen.«

»Den kann von nun an die Señora Rouan beisteuern«, erklärte die Señorita Prim, während sie am Kamin Platz nahm, »ich habe das Geheimnis mit ihr geteilt.«

»Wirklich? Die Señora Rouan ist ein guter Mensch, wenn auch ein wenig starrköpfig«, meinte Hortensia Oeillet, während sie die Teekanne auf den Tisch stellte.

»Das bin ich auch.«

Während sie sich unterhielten, trafen nacheinander die drei anderen Damen ein. Als Erste erschien Emma Giovanacci etwas gehetzt und atemlos; dann Virginia Pille, die das Geschäft in einen dicken Kamelhaarmantel gehüllt betrat, in dem man sie kaum erkennen konnte, und schließlich Herminia Treaumont, zart und schön wie eine Treibhausblüte.

»Haben Sie es sich auch gut überlegt, Prudencia?«, fragte die Chefredakteurin der Zeitung von San Ireneo, als die fünf Frauen ein paar Minuten später am wärmenden Feuer die erlesenen Speisen genossen.

Alle sahen die Bibliothekarin erwartungsvoll an, während diese sich beeilte, ein Roastbeef-Häppchen herunterzuschlucken, um die Frage beantworten zu können.

»Sie hatten recht mit dem, was Sie gesagt haben, Herminia, wie immer. Nachdem ich nun die Bestätigung dafür habe, kann ich nicht länger hierbleiben.«

»Ich hätte lieber unrecht gehabt«, entgegnete Herminia mit einer Geste des Bedauerns. »Ich weiß, dass ich an jenem Nachmittag nicht besonders zartfühlend gewesen bin. Ich habe seitdem oft darüber nachgedacht und denke nun, dass es besser gewesen wäre, es Ihnen früher und unter vier Augen mitzuteilen. Ich möchte mich bei Ihnen entschuldigen, hier vor allen, und bitte glauben Sie mir, dass es nie meine Absicht war, Sie zu verletzen.«

Señorita Prim lächelte, rückte näher an den Tisch heran und legte ihre Hand auf die ihrer Freundin.

»Nicht einen Moment habe ich Ihnen etwas Derartiges unterstellt. Jetzt, da wir gerade darüber sprechen, muss ich zugeben, dass es mir lieber gewesen wäre, ohne Publikum davon zu erfahren, aber niemals habe ich an Ihren guten Absichten gezweifelt. Allerdings«, sagte sie mit einem Augenzwinkern, »war ich sehr eifersüchtig auf Sie.«

»Wirklich? Dafür gibt es keinen Grund, das versichere ich Ihnen. Er mag mich immer noch, aber nicht auf eine Art, die Sie beunruhigen müsste.«

Hortensia Oeillet erhob sich, um die Teekanne aufzufüllen. Erneut breitete sich das Aroma des Krasnodar-Tees im Zimmer aus.

»Also gut, nun ist alles vorbei«, meinte Emma Giovanacci fröhlich. »Offensichtlich haben wir es hier in San Ireneo de Arnois mit einem Herzensbrecher zu tun, wobei das Interessanteste daran die Tatsache ist, dass er selbst keine Ahnung davon hat.«

Alle lachten und füllten ihre Teetassen.

»Oh, ich bin davon überzeugt, dass er es weiß«, wandte Virginia Pille ein. »So etwas muss einem doch auffallen. Damit will ich nicht sagen, dass er irgendetwas beabsichtigt hat, denn er ist ein Kavalier – hier bei uns kann man dieses altmodische Wort ja durchaus noch verwenden. Aber wie könnte ihm etwas Derartiges entgangen sein?«

Die Bibliothekarin schien über diese Worte nachzudenken, während sie schwankte, ob sie als Nächstes ein Stück Möhrenkuchen oder geröstetes Brot mit Butter und Honig essen sollte.

»Das Einzige, was ich zu diesem Thema beitragen kann«, sagte sie, nachdem sie sich für den Kuchen entschieden hatte, »ist, dass er sich mir gegenüber immer absolut korrekt verhalten hat. Ich kann nicht behaupten, dass er in irgendeinem Moment wissentlich mit meinen Gefühlen gespielt oder versucht hätte, von der Situation zu profitieren.«

»Sicher, Prudencia, natürlich nicht. Aber genau das ist das Problem, denken Sie nicht?«, fragte Hortensia.

»Was meinen Sie?«

»Die Faszination der Korrektheit selbstverständlich. Gibt es etwas, was einem Menschen mehr Macht über andere verleiht?«

»Glauben Sie?«, erkundigte sich die Señorita Prim interessiert. »Denken Sie nicht, dass es genau umgekehrt ist? Man spricht doch immer von den Verlockungen des Bösen. Trifft das nicht auch auf die Männer zu?«

Sowohl die Floristin als auch die anderen anwesenden Damen wiesen diese Theorie der Bibliothekarin entschieden zurück.

»Das stimmt nicht, Prudencia, zumindest was Frauen von einer gewissen Reife und Ausgeglichenheit angeht«, erklärte Virginia Pille, als sie das Stück Zitronentorte, das sie gerade aß, heruntergeschluckt hatte. »Natürlich wissen wir alle, wovon Sie sprechen. Jedes junge Mädchen macht ihre Erfahrungen mit den düsteren Verlockungen, die Sie meinen, aber die Dinge ändern sich, wenn man zur Frau heranreift.«

»Ich bin mir nicht sicher, ob das richtig ist, Virginia«, entgegnete die Bibiothekarin. »Natürlich würde es für unsere Intelligenz und unsere Besonnenheit sprechen, aber ich fürchte, dass die Realität eine andere ist. Die Welt ist voll von erwachsenen Frauen, die in grässlichen Beziehungen mit äußerst unredlichen Männern leben.«

»Die Reife, die ich meine, hat nichts mit dem Alter zu tun, Prudencia, und diese Frauen sind, Gott sei Dank, die Minderheit«, insistierte die Buchhändlerin.

Herminia Treaumont schenkte sich eine weitere Tasse Tee ein, lehnte sich in ihrem Sessel zurück und ergriff das Wort.

»Auch wenn wir irgendwie immer beim gleichen Thema landen, erlaubt mir die Frage, was ihr von der Auseinandersetzung zwischen Darcy und Wickham haltet. Oder von der zwischen Knightley und Frank Churchill. Ich bin davon überzeugt, dass Jane Austen in dieser Angelegenheit Maßstäbe setzt. Ich glaube nicht, dass es irgendeine Frau gibt, die sich nach der Lektüre von *Stolz und Vorurteil* für Wickham anstatt für Darcy aussprechen würde, oder die, nachdem sie *Emma* gelesen hat, von Frank Churchill schwärmt und nicht Knightley vorzieht. Wie ich schon einmal gesagt habe – erinnert ihr euch? –, hassen alle Männer Darcy, weil sie im Vergleich mit ihm an Glanz verlieren. Und alle Frauen lieben ihn, weil er, nachdem er seinen Stolz überwunden hat, das Ideal eines Mannes ist: charakterfest, ehrlich und aufrichtig.«

»Und reich, vergessen Sie das nicht. Zehntausend Pfund im Jahr machen jeden begehrenswert«, fügte Emma Giovanacci boshaft hinzu.

»All das ist richtig«, sagte die Señorita Prim mit glänzenden Augen, »aber leider funktioniert die Welt inzwischen anders. Nur wenige Frauen lesen heute noch die englische Literatur des neunzehnten Jahrhunderts.«

Emma Giovanacci seufzte leise.

»Wir haben uns zu weit vom eigentlichen Thema entfernt, meine Lieben. Die ursprüngliche Frage lautete: ›Ist der Mann, von dem wir sprechen, sich dessen, was er anrichtet, bewusst, wie Virginia meint, oder handelt es sich dabei um, nennen wir es einmal eine Art Kollateralschaden seiner Persönlichkeit?‹«

»Ich war schon immer der Meinung, dass er viel Ähnlichkeit mit seinem Vater hat«, wandte Hortensia Oeillet ein. »Der war sich seiner Wirkung auf Frauen in jedem Fall bewusst.«

Die Señorita Prim hörte auf zu kauen und sah ihre Gastgeberin interessiert an.

»Sie kannten seinen Vater?«

»Natürlich«, entgegnete die Floristin. »Ich bin eine der Wenigen, die bereits in San Ireneo lebten, bevor die Kolonie gegründet wurde.«

»Und wie war er?«

»Ein Schuft, aber wie man ihm zugestehen muss, ein äußerst attraktiver Schuft mit einer gewissen Klasse. Attraktiv, bis man merkte, dass er eben ein Schuft war.«

Die Bibliothekarin wollte mehr wissen.

»Wenn Sie ihn als Schuft bezeichnen, was meinen Sie damit genau?«

»Dass er mehrfach seine Familie verlassen hat. Immer war eine andere Frau im Spiel, aber nie hat es lange gehalten. So sind diese Art Männer, ich habe viele von ihnen kennengelernt, sie ändern sich nie. Ich denke, er hat seine Frau geliebt, sie war eine Schönheit, ist sie ja heute noch, aber sie brauchte sich nur umzudrehen, und schon hat er etwas mit einer anderen angefangen. Sie hat sehr darunter gelitten.«

»Und die Kinder?«

»Die haben auch gelitten, wenn auch auf andere Art, denn er war ein sehr liebevoller Vater. Sie haben gelitten, als ihre Mutter, nachdem sie genug hatte, entschied, ihm endgültig die Rückkehr zu verweigern.«

Die Señorita Prim sah sich selbst in einer kalten Nacht unter einer Kamelie sitzen, mit einer alten Frau, die von der bitteren Angelegenheit sprach, zwischen zwei Wegen wählen zu müssen.

»Das war es also«, murmelte sie.

»Es ist sehr schwer, solche Situationen zu beurteilen. Viele Frauen hätten genauso wie sie entschieden, aber die Kinder vergötterten ihren Vater und haben sehr gelitten, als es endgültig vorbei war. Sie hat niemals nachgegeben, hat ihn nie wieder in ihr Leben gelassen und es ihm nicht leicht gemacht, die Kinder zu sehen. Er starb einsam und weit entfernt von seiner Familie.«

Herminia Treaumont stand auf und legte Holz im Kamin nach.

»Also, zu welchem Schluss kommen wir?«, fragte Virginia Pille nach einem tiefen Seufzer. »Ist unser Mann sich seiner Anziehungskraft nun bewusst oder hat er keine Ahnung von dem Schaden, den er anrichtet?«

Alle blickten erwartungsvoll auf die Bibliothekarin, die lächelnd ihre dritte Tasse Tee zum Mund führte.

»Ich würde sagen, er hat keine Ahnung«, sagte sie leise. »Und genau das macht seinen besonderen Charme aus.«

5

Señorita Prim hatte nicht damit gerechnet, dass es ihr so schwerfallen würde, sich von den Kindern zu verabschieden. Hätte ihr jemand dies bei ihrer Ankunft in San Ireneo vorhergesagt, hätte sie ihn mit einem herablassenden Lächeln stehen lassen. Nie war sie besonders empfänglich für das Gefühl der Zärtlichkeit gewesen, das Kinder in einem hervorzurufen vermögen. Das bedeutete nicht, dass sie Kinder nicht mochte, aber sie gehörte wohl zu den Menschen, die den kindlichen Zauber erst entdeckten, wenn sie selbst Mutter oder Vater wurden. Und die, auch wenn dies geschah, erleichtert feststellten, dass die einzigen Kinder, die sie wirklich interessierten, die eigenen waren. Prudencia Prim zählte nicht zu den Frauen, die auf der Straße stehen blieben, um ein Baby zu herzen, die in der Schlange vor dem Kino mit einem Kind, das an der Hand seiner Mutter hing, plauderten, die mit großem Vergnügen einen Ball zurück in eine Gruppe Schüler kickten. Deshalb war sie von sich selbst überrascht, als sie jetzt merkte, welche Gefühle der bevorstehende Abschied von den vier Kindern, mit denen sie in den letzten Monaten zusammengelebt hatte, in ihr auslöste.

»Und wir werden Sie nie wiedersehen?«, fragte die kleine Eksi an dem Nachmittag, als die Bibliothekarin noch einmal allen erklärte, dass sie das Haus verlassen werde.

Sie saßen in der Bibliothek zusammen, und die vier Kinder legten die Ernsthaftigkeit eines Kriegsrats an den Tag.

Die Señorita Prim machte eine lange Pause, bevor sie antwortete.

»›Nie‹ ist ein äußerst endgültiges Wort. Wer weiß, was in der Zukunft geschehen wird? Vielleicht sehen wir uns schneller wieder, als ihr glaubt. Vielleicht reist ihr nach Italien, um Bernini oder Giotto zu studieren, und wir treffen uns dort.«

Der Zweifel in den Gesichtern der Kinder ließ sie fortfahren.

»Stellt euch vor, dass ihr die Basilika San Francesco besichtigen wollt. Wisst ihr, wo die ist?«

»In Assisi«, antwortete Tesseris, die auf der alten Ottomane lag.

»Genau«, bestätigte die Bibliothekarin erfreut, »in Assisi. Stellt euch vor, ihr reist nach Assisi, um euch dort Giottos Fresken anzusehen. Ihr betretet die Oberkirche, seid völlig gefangen von der Schönheit der Decken und Wände, auf denen all die Szenen aus dem Leben von *Il Poverello* dargestellt sind, und während ihr voller Konzentration die Malereien bewundert, hört ihr plötzlich hinter euch eine bekannte Stimme, die sagt …«

»Bloß nichts anfassen!«, rief Deka mit einem frechen Lächeln aus.

Señorita Prim zwinkerte dem Kleinen zu, während sie eine Dose mit Apfelplätzchen öffnete. Von seinem Platz im Sessel des Mannes im Armsessel aus meldete sich nun Septimus zu Wort.

»Ich glaube nicht, dass wir Sie in Assisi wiedertreffen werden, weil wir Assisi schon kennen. Wir waren dort, als wir klein waren.«

Die Bibliothekarin unterdrückte ein Lächeln und begann, die Kekse zu verteilen.

»Ich denke, dass wir uns nie mehr wiedersehen werden«, wiederholte die kleine Eksi traurig vom Teppich her. »Sie gehen nach Italien, um dort ein aufregendes Leben zu führen, und nichts wird Sie hierher zurückziehen, so wie bei der Frau von Robert Browning.«

Die Señorita Prim lachte fröhlich.

»Da wäre ich mir nicht so sicher. Ich denke nicht, dass meine Reise viel mit der der Frau von Robert Browning gemeinsam hat, die übrigens Elizabeth Barrett hieß. Sie war verliebt und reiste der Liebe wegen, erinnerst du dich?«

»Genau wie Sie«, entgegnete die Kleine überzeugt.

»Ich?«, rief die Bibliothekarin überrascht aus. »Der Liebe wegen? Was für eine absurde Idee! Ich reise doch nicht der Liebe wegen! Wie kommst du denn darauf?«

»Darauf bin nicht ich gekommen, sondern der Gärtner«, entgegnete das Mädchen.

»Er hört alles durchs Fenster«, bestätigte ihr älterer Bruder. »Wahrscheinlich hört er uns jetzt auch.«

Die Señorita Prim warf einen flüchtigen Blick zum Fenster hinüber, um sicherzugehen, dass es fest verschlossen war.

»Der Gärtner kann nicht etwas gehört haben, was nicht stimmt. Glaubt ihr wirklich, ich würde es einfach so rumerzählen, wenn ich tatsächlich der Liebe wegen nach Italien reisen würde? Außerdem sollte man auf solche Klatschgeschichten nichts geben und sie auch nicht weitererzählen, das ist eine schlechte Angewohnheit. Es war sicher ein Irrtum, und der Gärtner hat nicht mich gemeint.«

»Doch, hat er«, sagte Deka absolut überzeugt.

Die Bibliothekarin verteilte eine weitere Runde Kekse und überlegte fieberhaft, wie sie aus dieser Falle entkommen könnte.

»Und woher weißt du das? Hat er denn meinen Namen genannt?«

Die Kinder tauschten beredte Blicke.

»Wenn wir es verraten, werden Sie dann wütend auf ihn sein?«, fragte Septimus vorsichtig.

»Natürlich nicht.«

Nach einer Pause, in der der Junge offenbar abwägte, wie offen er sein durfte, entschloss er sich weiterzureden.

»Er sagte: ›*Sie* reist nach Italien, weil sie einen Ehemann sucht.‹ Und *sie* sind Sie, so nennt er Sie nämlich immer«, erklärte er.

Die Señorita Prim atmete tief ein, sagte jedoch nichts. Für einige Minuten herrschte eine feierliche Stille im Zimmer, bis ein Geräusch an der Tür alle die Köpfe wenden ließ: Die beiden riesigen Hunde des Hauses kamen herein, strichen um die Knie der Bibliothekarin und streckten sich auf dem Teppich aus.

»*Sie*«, murmelte die Señorita Prim.

Dann hob sie den Kopf und wandte sich wieder den Kindern zu.

»Werdet ihr mich vermissen?«

»Sicher, obwohl wir das natürlich erst genau wissen, wenn es so weit ist«, antwortete Septimus philosophisch.

»Als die anderen gegangen sind, hat es uns nichts ausgemacht«, wandte Tesseris leise ein. »Aber sie waren nicht wie Sie, Señorita Prim.«

Die Señorita Prim blickte ins Feuer. Ihre Augen brannten ein wenig, aber es war kein unangenehmes, trockenes Brennen. Die Ehrlichkeit der Kinder tröstete sie, ihre aufrichtigen Worte, mit denen sie darüber sprachen, was sie nicht mochten und was ihnen gefiel; es gab keine Falschheit in ihren Urteilen, nicht diese riesigen Knäuel, die so oft die Beziehungen der Erwachsenen verwirrten.

»*Er* mag Sie auch. Er ist traurig, dass Sie gehen«, erklärte Eksi, während sie das lange, dichte Fell eines der Hunde streichelte.

Die Bibliothekarin errötete und richtete den Blick wieder auf die Flammen.

»Er hat sicher auch den letzten Bibliothekar gemocht. Er schätzt gute Arbeit, das ist alles.«

»Den letzten hat er nicht gemocht, der hat die Hunde geschlagen.«

»Wirklich?«, fragte die Señorita Prim entsetzt.

Die Kinder nickten.

»Ich würde gern mit Ihnen nach Italien reisen«, sagte Eksi erneut. »Wir könnten viele Dinge ansehen, und Sie könnten nach dem Ehemann suchen.«

Einen Moment lang sah die Señorita Prim sich selbst, wie sie durch Florenz ging, wie sie langsam und verträumt die Akademie betrat und begeistert Michelangelos *David* bewunderte. Sie stellte sich vor, wie plötzlich jemand neben ihr stand und mit scherzender Stimme in ihr Ohr flüsterte: »Und? Nehmen Sie jetzt das Lineal und den Zirkel aus der Tasche?«

»Ich habe gar nicht vor, nach einem Ehemann zu suchen, Eksi, wirklich nicht«, sagte sie etwas zu barsch, da die Vorstellung sie beunruhigte.

»Señorita Prim«, erklang da Tesseris' Stimme, als spräche sie in einem Traum, »ich glaube, dass wir uns wiedersehen werden.«

Die Bibliothekarin strich den drei Kleinen über die Köpfe und sah zärtlich zu dem Mädchen auf der Ottomane hinüber.

»Glaubst du das wirklich?«, fragte sie lächelnd.

Sie antwortete mit einem Nicken.

»Dann bin ich mir sicher, dass wir uns wiedersehen werden. Absolut sicher.«

Die Nachricht, die sie von Lulú Thiberville erhielt, überraschte die Señorita Prim. Die Tatsache, dass die alte Dame sich von ihr verabschieden wollte, beunruhigte sie. Sie hatte eine starke Persönlichkeit, wie sie an dem Tag, als sie sich kennengelernt hatten, feststellen konnte, und Prudencia Prim glaubte, dass starke Persönlichkeiten gefährlich und unvorhersehbar wie Naturgewalten waren. Als sie auf dem Weg zu Lulú Thiberville durch den Ort ging, lächelte sie vielen der Geschäftsleute und der anderen Einwohner grüßend zu, und alle reagierten mit großer Herzlichkeit. Sie grüßte den Metzger, von dem sie gelernt hatte, wie man einen richtigen Weihnachtstruthahn zubereitet. Sie lächelte dem Schuster zu, der sich in den letzten Monaten zuverlässig um ihre Schuhe gekümmert hatte. Sie wechselte ein paar Worte mit der Besitzerin des Papierwarengeschäfts, die jeden Monat ein Päckchen des besonders schönen Briefpapiers für sie zurücklegte, da sie sich inzwischen der örtlichen Gepflogenheit, Briefe mit der Hand zu schreiben, angepasst hatte. Sie suchte den Arzt in seiner Praxis auf, der ihr vor einigen Wochen den Hustensaft für die Kinder verschrieben hatte. Und sie verabschiedete sich in dem Geschäft, in dem sie inzwischen ihre Unterwäsche kaufte, nachdem sie herausgefunden hatte, dass die Wäsche in San Ireneo de Arnois von der gleichen guten Qualität war wie die in der Stadt.

Im Eingangsbereich des alten Hauses, in dem Lulú Thiberville wohnte, roch es nach Vogelfutter und Medikamenten, aber auch nach Kuchen und geröstetem Brot, die man in der Küche für den Gast zubereitet hatte. Die alte Dame empfing sie auf einem Sofa am Fenster ruhend. Neben ihr stand auf einem Tischchen ein schweres silbernes Teeservice. Die Señorita Prim trat näher und setzte sich auf einen kleinen, weichen Schemel.

»Um Gottes willen, Kind, setzen Sie sich doch bitte auf einen Stuhl!«, rief die alte Dame mit ihrer kratzenden Stimme aus. »Sonst bekommen Sie noch Rückenschmerzen.«

Die Bibliothekarin versicherte, dass sie ausgesprochen bequem sitze. Sie beuge niemals den Rücken, schon als Kind habe sie es so gelernt.

»Ja, das ist mir bereits aufgefallen. Sie sitzen immer genau richtig, aufrecht auf dem Rand des Stuhls. Es ist ein gutes Gefühl, festzustellen, dass es heutzutage noch Frauen gibt, die es verstehen, sich richtig hinzusetzen. Es macht mich krank, wenn ich all die jungen Mädchen auf der Straße sehe, die beim Gehen den Rücken krümmen, die Brust einziehen und die Schultern hängen lassen. Dafür sind diese neumodischen Schulen verantwortlich. Verraten Sie mir, Señorita Prim, haben Sie in einer solchen Schule gelernt, sich so hinzusetzen?«

Die Bibliothekarin erklärte, dass sie dies nicht in der Schule gelernt habe, sondern dass eine alte Tante ihrer Mutter für ihre disziplinierte Haltung verantwortlich sei, die sie von klein an dazu angehalten hatte, beim Laufen Bücher auf dem Kopf zu balancieren und mit der Würde einer ägyptischen Königin Platz zu nehmen.

»Früher haben sie das den Kindern in der Schule beigebracht. Damals konnte man in den Schulen noch etwas lernen. Heute sind es Fabriken, die undisziplinierte, ungebildete und schlecht erzogene Monster generieren.«

Die Señorita Prim sah die alte Dame beunruhigt an.

»Ganz so drastisch würde ich es vielleicht nicht formulieren«, murmelte sie.

»Natürlich würden Sie es nicht so formulieren, ich aber schon. Kennen Sie vielleicht die Schulen von früher?«

Die Bibliothekarin gestand gehorsam, dass sie die Schulen von früher nicht kenne.

»Dann können Sie den Vergleich gar nicht anstellen. Ihre Äußerung ist also nur ein wohlmeinendes Urteil, und Menschen mit optimistischen Ansichten, wie es bei Ihnen der Fall zu sein scheint, tragen absolut nicht dazu bei, die Dinge zu verbessern, sondern im Gegenteil, sie verschlimmern sie. Sie vermitteln den Eindruck, dass alles in Ordnung ist, während die Welt – täuschen Sie sich nicht – immer schlimmer wird. Aber erklären Sie mir doch bitte …« Mit einer Geste forderte die alte Dame die Köchin auf, die beiden Teller, die sie trug, auf einem Beistelltisch abzustellen, »… warum verlassen Sie uns? Gehen Sie wegen dieser Sache, über die wir bei Hortensia gesprochen haben?«

Die Señorita Prim nickte. Sie hoffte, das Thema nicht vertiefen zu müssen. Im Laufe der letzten Woche hatte sie immer mehr das Gefühl bekommen, nichts anderes mehr zu tun, als sich von Leuten zu verabschieden, die ständig diese Sache mit ihr erörtern wollten. Als hätte sie ihre Gedanken erraten, fuhr die alte Dame fort: »Keine Sorge, Sie brauchen mir nicht die ganze Geschichte zu erzählen. Das ist ein kleines Nest, und Sie können sich wahrscheinlich denken, dass ich nicht erst fragen muss, um gewisse Dinge zu erfahren.«

Die Bibliothekarin, die gerade eine Tasse mit Tee füllte, zuckte zusammen.

»Ich hoffe doch, dass nicht der ganze Ort über mein Privatleben diskutiert. Ich war wohl ziemlich naiv.«

Die alte Dame lächelte ironisch und nahm die Tasse entgegen, die ihr Gast ihr reichte.

»Sie sind nicht naiv, nur jung.«

»Ist das nicht in etwa das Gleiche?«

»Das war es einmal, und so sollte es auch sein. Aber heutzutage weiß natürlich jeder über alles Bescheid.«

Señorita Prim sah die alte Dame ernst an.

»Wie meinen Sie das?«

»Nun ja, die Jugend sollte so naiv sein, wie unsere Natur es zulässt, mein Kind. Ein junger Mensch geht noch mit einer gewissen Unschuld durchs Leben, erlebt die Welt noch voller Hoffnung und Überraschungen. Später, im Lauf der Zeit, stellt er fest, dass die Dinge nicht so sind, wie er sie sich vorgestellt hat, und er verändert sich. Dann verliert er dieses Strahlen, verliert er seine Unschuld, sein Blick trübt sich, verdüstert sich. Das ist in gewisser Hinsicht sehr traurig, in anderer Hinsicht jedoch unvermeidlich, denn es ist genau diese Art Kummer, durch den man erwachsen wird.«

Die Bibliothekarin nahm sich ein Stück geröstetes Brot mit Butter.

»Und Sie glauben, dass sich das verändert hat?«

»Sicher hat sich das verändert. Man muss verrückt sein oder sehr dumm, um das nicht zu bemerken. Die jungen Leute von heute dehnen ihre Kindheit weiter aus, als es vom Zeitverlauf her angemessen ist, sie sind unreif, verantwortungslos, wie sie es in ihrem Alter nicht mehr sein sollten. Doch gleichzeitig verlieren sie schon sehr früh ihre Unschuld und ihre Ungezwungenheit. Das, was ich jetzt sagen werde, klingt vielleicht verwunderlich, aber sie altern früh.«

»Altern? Was für eine seltsame Vorstellung.«

Die alte Dame nahm einen Schluck von ihrem Tee und lud ihren Gast mit einer Handbewegung ein, sich von dem Kuchen zu nehmen.

»Der Skeptizismus galt immer als eine Krankheit reifer Menschen, Prudencia, aber das ist er immer weniger. All diese Kinder sind aufgewachsen, ohne von den großen Idealen zu erfahren, die die früheren Generationen über Jahrhunderte geschmiedet haben und die sie stark machten. Man hat ihnen beigebracht, auf sie herabzusehen oder sie durch irgendetwas Schmalziges, Sentimentales zu ersetzen, was sie schon sehr bald enttäuscht und unzufrieden macht. Und damit töten sie das Wertvollste – ich würde sagen, dass einzig wirklich Wertvolle –, das die Jugend gegenüber dem Alter besitzt. Es ist furchtbar, so zu reden, glauben Sie nicht, dass mir das nicht bewusst ist.«

Señorita Prim fragte sich, wie eine fünfundneunzigjährige Frau, die die meiste Zeit auf einem alten Sofa verbrachte, zu einem derart drastischen Urteil über das aktuelle Schulsystem und die Jugend kam. Doch bevor sie etwas sagen konnte, beugte die alte Dame sich nach vorn und lächelte listig.

»Sie glauben, dass ich zu alt bin, um die heutige Welt und ihre Probleme zu kennen.«

»Natürlich nicht«, log die Bibliothekarin.

»Bleiben Sie ruhig bei der Wahrheit, mein Kind. Zum Teil stimmt es ja auch, aber Sie müssen eines berücksichtigen. Viele unterschiedliche Leute kommen hierher. Sie wollen den Ort besichtigen und die Kolonie, als wäre dies ein Museum. Ich bin ein aufmerksamer Mensch, meine Liebe, in meinem Alter bleibt mir kaum noch etwas anderes, als die Leute zu beobachten.«

Señorita Prim machte eine Geste des Protestes, über die die alte Dame einfach hinwegging.

»Aber das reicht natürlich nicht; man darf nicht nur auf die eigenen Erfahrungen vertrauen. Die Erfahrungen eines einzigen Lebens sind ein sehr eingeschränktes Studienfeld, auch wenn es sich um ein sehr langes Leben wie das meine handelt. Da kann man sich leicht irren, Gott weiß, wie leicht.«

Lulú Thiberville machte eine Pause, um Luft zu holen, dann fuhr sie fort. »Denn im Grunde ist es immer das Gleiche, wissen Sie? Immer geht es um das Gleiche. Die großen alten Irrtümer, die immer mal wieder aus der Dunkelheit auftauchen. Wie hartnäckige Monster, die nur darauf warten. Wenn jemand sich an ein Fenster setzen und die gesamte Menschheitsgeschichte an sich vorbeiziehen lassen könnte, wissen Sie, was er sehen würde?«

Die Señorita Prim meinte leicht beunruhigt, dass sie das nicht wisse.

»Ich sage es Ihnen. Er würde eine lange Reihe von sich im Laufe der Jahrhunderte immer wiederholenden Fehlern sehen. Sie wären unterschiedlich angezogen, trügen verschiedene Masken, wären verkleidet, aber immer die gleichen. Nein, es ist nicht leicht, das zu erkennen, natürlich ist es das nicht. Man muss sehr aufmerksam sein, die Augen immer offen halten, um diese alten Bedrohungen, die immer mal wieder ans Tageslicht kommen, zu enttarnen. Halten Sie das für irrsinnig? Nein, meine Liebe. Sie können es nur nicht sehen. Die meisten Menschen sind nicht in der Lage, es zu sehen. Aber es wird immer dunkler, und ich spüre, dass die Nacht nicht mehr fern ist. Die armen Kinder. Was, glauben Sie, wird ihnen in den Schulen vermittelt?«

Die Bibliothekarin blinzelte, während sie sich bemühte zu ergründen, was die alte Dame ihr genau sagen wollte.

»Wissen, nehme ich an.«

Lulú Thiberville richtete sich unerwartet behände auf.

»Sie irren sich. Es ist reiner Sophismus, stinkender, faulender Sophismus. Die Sophisten haben die Schulen übernommen und handeln allein in ihrem Interesse.«

»Ist das nicht ein wenig pessimistisch?«, fragte die Señorita Prim äußerst vorsichtig, während sie unauffällig auf die Uhr sah.

Die alte Dame betrachtete sie schweigend.

»Pessimistisch? Überhaupt nicht, meine Liebe. Was soll ein Wachtposten anderes tun, als die Leute zu warnen? Es gibt keine pessimistischen oder optimistischen Wachtposten, Prudencia. Es gibt lediglich wache oder schlafende Wachtposten.«

Die Bibiothekarin seufzte und blickte durch das Fenster. Sie verstand absolut nicht, worauf die alte Lulú Thiberville mit diesen ganzen Überlegungen hinauswollte. Sich mit der Persönlichkeit dieser Frau auseinanderzusetzen erforderte gewiss mehr als nur einen Nachmittag. Sie war zu komplex für einen Tee mit Gebäck und so dunkel und unergründlich wie eine Tasse heißer Schokolade.

»Ihr nächstes Ziel ist also Italien.« Die alte Dame wechselte plötzlich das Thema und füllte noch einmal die Tasse ihres Gastes. »Welchen Teil des Landes werden Sie bereisen?«

Die Señorita Prim gestand, dass sie dies noch nicht genau wisse. Natürlich konnte sie sagen, welche Stadt ihr erstes Reiseziel sein würde: Sie hatte sich für Florenz entschieden. Was sonst. Sie würde den Rest des Winters in Florenz verbringen, die Stadt würde ihre Operationsbasis sein, von wo aus sie einen Plan erarbeiten würde, wie sie das Land erobern wollte. Sie wollte die verborgenen Winkel kennenlernen, sich die Palazzi, Villen und

Kirchen ansehen, unter freiem Himmel und in der Sonne faulenzen, sich in all der Schönheit wälzen, nach der sie sich so sehnte. Sie glaubte auch schon das Ende der Reise zu kennen: Rom. Aber dazwischen? Die Señorita Prim wusste es noch nicht. Dennoch oder genau aus diesem Grund war sie ausgesprochen glücklich.

Lulú Thiberville hörte all diesen Erklärungen geduldig zu. Erst als sie alles gehört hatte, schloss sie die Augen, lehnte sich auf dem Sofa etwas mehr zurück und sagte: »Sie sollten nach Norcia reisen.«

Die Bibliothekarin schlug die Beine übereinander und sah resigniert aus dem Fenster. Seit sie angekündigt hatte, dass sie nach Italien fahren wolle, hatte ganz San Ireneo sich berufen gefühlt, ihr zu sagen, wohin sie unbedingt reisen müsse und was sie sich auf jeden Fall ansehen solle.

»Norcia«, wiederholte sie.

»Der Geburtsort des heiligen Benedikt«, fügte die alte Dame in einem Tonfall hinzu, als spräche sie von einem alten Freund. Dann meinte sie noch: »Dort leben ein paar Mönche, die ich sehr schätze.«

Die Señorita Prim schwieg. Die Vorstellung, dass Lulú Thiberville ihr mit Nachdruck den Besuch eines Ortes nahelegte, an den sie überhaupt noch nicht gedacht hatte, erfüllte sie mit Unbehagen. Sie hatte es schon immer für rücksichtslos gehalten, das Alter als Entschuldigung dafür zu benutzen, andere dazu zu bringen, etwas Bestimmtes zu tun. Schließlich hatte sie ihre eigenen Pläne, hatte sich vorgenommen, gewisse Dinge zu erledigen.

Sie hatte keine Lust, irgendwelche Mönche aufzusuchen, die Lulú Thiberville zu schätzen beschlossen hatte, überhaupt keine.

»Nicht so voreilig«, sagte da die alte Dame mit der Aura einer Bienenkönigin, die der Bibliothekarin schon bei ihrer ersten Begegnung aufgefallen war. »Ich habe nicht die Absicht, Sie mit einem Auftrag nach Italien zu schicken. Wären Sie so nett, mir das grüne Buch dort im Regal zu bringen? Und das rote, das auf dem Klavier liegt?«

Die Señorita Prim holte die beiden Bücher, zwei dicke Fotoalben, wie sich herausstellte. Die alte Dame nahm sie in die schlanken Hände und durchblätterte sie. Nach fünf Minuten, die der Bibliothekarin wie eine Viertelstunde vorkamen, fand sie, was sie suchte.

»Hier ist es«, sagte sie und zeigte ihrer Besucherin ein paar Fotos, die diese aufmerksam betrachtete.

»Ein wunderschöner Ort«, murmelte die Señorita Prim, »und ein wunderschönes Kloster.«

»San Benedetto«, sagte die alte Dame zustimmend mit leicht italienischem Akzent.

»San Benedetto?«

»Genau. Klingt das nicht wie Musik?«

»Ja, das tut es«, antwortete die Bibliothekarin, während sie die Fotos begutachtete. »Aber diese Mönche … ich hatte gedacht, sie wären schon alt.«

»Sie wissen noch wenig über das Leben«, murmelte Lulú Thiberville zufrieden. »Die Tradition ist alterslos, mein Kind, nur das Moderne altert. Bevor ich es vergesse: Sie müssen unbedingt in die Krypta hinuntergehen.«

»Warum?«, fragte die Señorita Prim, der die Vorstellung, in irgendeine Krypta hinunterzusteigen, nicht gerade verlockend erschien.

Die alte Dame sah sie so streng an wie eine Lehrerin ein Kind, das nicht verstehen will und von dem sie allmählich vermutet, dass es die Mühe des Unterrichtens nicht wert ist.

»Sehen Sie«, sagte sie, nachdem sie ein paar Seiten des Albums weitergeblättert hatte. »Ist das nicht wunderbar?«

Die Bibliothekarin betrachtete die Fotos und nickte. Offensichtlich gab es in Norcia einen großen Platz, in dessen Mitte sich eine Statue des heiligen Benedikt erhob. In einer Ecke des Platzes befand sich eine nach dem Heiligen benannte Basilika mit einer weißen Fassade, in die ein Rosettenfenster eingelassen war. Vermutlich dreizehntes Jahrhundert, archivierte das methodische Gehirn der Señorita Prim. Auf einem anderen Bild war eine riesige menschenleere Wiese zwischen Bergen zu sehen, auf der Tausende von Mohnblumen, Veilchen, Sonnenblumen und andere wild wachsende Blumen einen wunderschönen natürlichen Teppich bildeten.

»Unglaublich!«, rief die Bibliothekarin bewundernd aus. »Wie eine Hochebene.«

»Ein sehr treffender Vergleich, denn es ist tatsächlich eine Hochebene«, entgegnete ihre Gastgeberin. »In dem Ort gibt es ein hübsches Hotel, in dem Sie wohnen können. Es heißt Palazzo Seneca und wird von einer ganz reizenden Familie geführt. Es ist perfekt für Sie. Das Beste, was Sie dort tun können, ist, sich auszuruhen, das Leben zu betrachten und sich unter die Ortsbewohner zu mischen. Sie ahnen nicht, wie inspirierend es ist, durch den Ort zum Markt zu schlendern, die Einheimischen zu grüßen, den Mönchen beim Bestellen der Felder zuzusehen und ihre gregorianischen Gesänge in der Krypta zu hören.«

»Norcia«, wiederholte die Señorita Prim bedächtig, »wer weiß?«

Lulú Thiberville betrachtete sie mit neu erwachter Aufmerksamkeit.

»Ich denke, das würde Ihnen guttun, Prudencia. Es mildert ein wenig die Härte der modernen Welt.«

Die Bibliothekarin lachte, während sie die beiden Stücke braunen Zucker verrührte, mit denen sie ihren Tee süßte.

»Die Härte der modernen Welt? Was meinen Sie denn damit?«

Die alte Dame richtete sich auf, um ihren Gast besser betrachten zu können.

»Sehen Sie mich an, mein Kind, und sagen Sie mir, was Sie sehen. Eine niedliche kleine Oma?«

Prudencia Prim schüttelte lächelnd den Kopf. »So würde ich das nicht sagen.«

»Gut. Ich bin eine harte Frau. Und wissen Sie, warum? Ich bin hart, weil ich alt bin. Jetzt sehen Sie sich an. Was sehen Sie nun?«

Langsam verschwand das Lächeln aus dem Gesicht der Bibliothekarin.

»Keine Ahnung, es ist schwierig, sich selbst zu beurteilen.«

»Ich sage es Ihnen: eine junge harte Frau.«

»Ich weiß nicht, was Sie zu dieser Meinung verleitet«, entgegnete die Señorita Prim brüsk, die sich selbst noch nie als eine harte Frau betrachtet hatte.

»Seien Sie nicht beleidigt, mein Kind. Vielleicht habe ich mich falsch ausgedrückt. Ich wollte damit nicht sagen, dass speziell Sie hart sind, sondern dass die modernen Frauen, zu denen ich auch Sie zähle, alle eine gewisse Härte ausstrahlen.«

Die Bibliothekarin öffnete und schloss nervös den Reißverschluss ihrer Handtasche, bevor sie antwortete. Nach der zuletzt erfolgten Erklärung konnte man vielleicht nicht mehr sagen, dass sie persönlich beleidigt worden war, generisch allerdings schon; und sei es nun persönlich oder generisch, in jedem Fall zwang ihre Ehre sie zu protestieren. Lulú hörte schweigend und mit einem Lächeln auf den Lippen zu und ergriff dann wieder das Wort.

»Sie fragen sich, wie ich darauf komme, so etwas zu behaupten, nicht wahr?«

Die Señorita Prim bekräftigte, dass sie genau das habe sagen wollen.

»Man erkennt es am Zwang. Schlicht und einfach am Zwang.«

»Am Zwang? Was meinen Sie damit?«

Die alte Dame machte eine kaum merkliche Pause, bevor sie fortfuhr, und als sie wieder sprach, klang ihre Stimme, als würde sie nie mehr zu reden aufhören.

»Den Zwang, mit dem Sie alle ständig Ihre Fähigkeiten unter Beweis stellen wollen, um deutlich zu machen, dass Sie dies und jenes wissen, um zu versichern, dass Sie alles erreichen können. Den Zwang, zu triumphieren, und den – noch größeren – Zwang, nicht zu scheitern; den Zwang, nicht unter-, sondern hochgeschätzt zu werden, nur aus dem Grund, das zu sein, was jede von Ihnen zu sein glaubt oder was man Sie hat glauben lassen. Den unerklärlichen Zwang, dass die Welt die simple Tatsache, eine Frau zu sein, als Verdienst anerkennt. Oh, jetzt sind Sie wütend auf mich, oder?«

Die Bibliothekarin schwieg mit zusammengepressten Lippen und geballten Fäusten.

»Natürlich sind Sie wütend. Aber man muss Sie nur über Ihren Chef reden hören, um zu merken, dass etwas davon der Wahrheit entspricht. Warum sind Sie so verärgert? Warum vergleichen und betrachten Sie alles, als ließe sich die Welt mit Winkelmaß und Zeichendreieck ausmessen? Warum haben Sie so eine Angst davor, Ihren Bestimmungsort nicht zu finden, zurückzubleiben? Warum verteidigen Sie sich ständig?«

Prudencia Prim sah die alte Dame an und wusste nicht, was sie sagen sollte. Sie versuchte, sich zu entspannen, während sie über eine passende Antwort nachdachte. Doch in dem Moment erklang Lulú Thibervilles raue Stimme erneut.

»Sie sagen, dass Sie auf der Suche nach der Schönheit sind, aber so werden Sie sie nicht finden, meine Gute. Sie werden sie nicht finden, solange Sie sich um sich selbst sorgen, als drehte sich alles nur um Sie. Verstehen Sie nicht? Es ist genau umgekehrt. Sie sollten nicht umsorgt sein, sondern verletzt. Was ich zu erklären versuche, mein Kind, ist, dass Sie, solange Sie nicht zulassen, dass diese Schönheit, die Sie suchen, Sie verletzt, solange Sie nicht erlauben, dass sie Sie in Ihrem Innersten trifft und umwirft, so lange werden Sie sie nicht finden.«

Die Bibliothekarin stand auf und wischte sich entschieden zwei oder drei Kuchenkrümel von ihrem Tweedrock. Dann sah sie die alte Dame auf dem Sofa kühl an, die in einem schweigenden Abschiedsgruß mit dem Kopf nickte, und stürzte aus dem Zimmer und dem Leben Lulú Thibervilles, in der festen Absicht, niemals zurückzukehren.

6

Während ihrer letzten Tage in San Ireneo de Arnois bemühte sich die Señorita Prim, dem Mann im Armsessel so weit wie möglich aus dem Weg zu gehen. Sie mochte es sich nur einbilden, aber in dieser Zeit des Kofferpackens und der Abschiede hatte sie das Gefühl, dass er sie genauso konsequent mied. Draußen war es extrem kalt geworden, wie immer gegen Ende Februar, und die eisbedeckten Felder ließen das Haus und den Garten zwar malerisch, aber auch leblos wirken. Am Morgen ihrer Abreise befand sich die Bibliothekarin in ihrem Zimmer, um einen letzten Blick auf ihre Koffer zu werfen. Alles war eingepackt. Die wenigen Bücher, die sie mitgebracht hatte, Kleidung und Schuhe, ein paar private Dinge und die vielen Abschiedsgeschenke, die sie von Freunden und Bekannten aus jedem Winkel des Ortes erhalten hatte. Traurig betrachtete die Señorita Prim ihr umfangreiches Gepäck. Nachdem sie noch einmal die Schubladen der Kommode und des Tisches geöffnet hatte, um sich zu vergewissern, dass sie nichts darin vergessen hatte, blickte sie sehnsüchtig aus dem Fenster. Genau in dem Moment ließ ein dumpfer Knall sie zusammenzucken. Jemand hatte einen Schneeball gegen die Scheibe geworfen. Überrascht öffnete sie die Balkontür und sah in den Garten hinaus; der Wind schnitt in ihre Haut und drang durch ihre Kleidung. Draußen stand, warm eingepackt, der Mann im Armsessel.

»Kommen Sie runter?«, rief er.

»Ob ich runterkomme? Wir haben mehrere Grad unter null, nicht gerade der perfekte Tag, um einen Spaziergang im Garten zu machen.«

Der Mann im Armsessel lächelte, was die Bibliothekarin aus der Bewegung seiner Augenbrauen schloss, dem einzigen sichtbaren Teil seines Gesichts.

»Ich denke, der Tag ist perfekt, unter anderem, weil es für Sie und den Garten keinen besseren mehr geben wird. Ich werde nie wieder die Gelgenheit haben, Sie gemeinsam zu sehen.«

»Das stimmt«, murmelte die Señorita Prim.

»Wie bitte?«, rief er.

»Ich habe gesagt, dass das stimmt«, wiederholte sie mit lauter Stimme, »aber der Gärtner fährt mich in einer halben Stunde zum Bahnhof, es bleibt also nicht mehr viel Zeit.«

Der Mann im Armsessel trat näher zum Haus hin, bis er direkt unterhalb ihres Fensters stand.

»Prudencia, wollen Sie damit etwa sagen, dass Sie nicht mehr die Zeit haben, sich von mir zu verabschieden?«

Die Ellbogen auf das Balkongeländer gestützt, schien die Señorita Prim einen Moment über die Frage nachzudenken.

»Sie haben recht. Ich ziehe mir einen Mantel über und komme runter.«

Während sie die Treppen hinunterging, bemerkte die Bibliothekarin, wie nervös sie war. Auch wenn sie es nur ungern zugab, war dies in der letzten Zeit zum Dauerzustand geworden. Trotz all der Nächte, in denen sie nachgedacht hatte, trotz der Gespräche, der Ratschläge und der Vertraulichkeiten, trotz der vergossenen Tränen, der Vorwürfe und der pädagogischen Maßnahme, sich immer wieder zu sagen, wie absurd diese plötzliche Verliebtheit war, war sie nicht in der Lage, ihre Nervosität zu überwinden. Sie konnte diese Unruhe nicht besänftigen, diesen heftigen Aufruhr, die ihr einzigartiges, wunderbares und konsequent bewahrtes Gleichgewicht komplett ins Wanken gebracht hatten.

»Sie sollten etwas mehr Sport treiben, Sie sind ja knallrot im Gesicht.«

»Oh!«, sagte sie und fragte sich zum x-ten Mal, warum dieser Mann derart unfähig war, den Unterschied zwischen Ehrlichkeit und Unverschämtheit zu erkennen.

Es war kalt im Garten, extrem kalt, als sie in den südlichen Teil des Gartens gingen, wo sich in einer heruntergekommenen Gartenlaube alle möglichen Dinge angesammelt hatten: alte Gartenwerkzeuge, leere Blumentöpfe, jede Menge Gerümpel, ein weiß gestrichener Tisch und vier Gartenstühle, die sich schon länger dort befanden, als sich irgendjemand erinnern konnte.

»Warum räumen Sie hier nicht auf?«, fragte die Señorita Prim und setzte sich auf einen der Stühle.

»Weil es mir so gefällt.«

»Warum?« Irgendwo in ihrem Inneren hörte die Bibliothekarin ein leises Säbelrasseln.

Er sah sie schweigend an, als überlege er, ob ihre Frage einfach nur eine unschuldige Frage war oder eine Provokation beinhalte.

»Warum … was?«

»Warum gefallen Ihnen eigentlich nur alte Dinge?«

»Das stimmt nicht ganz. Es gibt auch neue Dinge, die mir gefallen.«

»Wirklich?«, fragte sie. »Was zum Beispiel?«

Der Mann im Armsessel lächelte auf jene Art, die die Señorita Prim inzwischen bestens zu deuten wusste.

»Sie zum Beispiel.«

Sie seufzte scheinbar kläglich.

»Ich weiß nicht, ob ich das als Kompliment verstehen soll. Ich freue mich, dass Sie mich als jung bezeichnen, aber mir war nicht klar, dass ich für Sie eine Sache bin.«

Der Mann im Armsessel lachte, und in diesem Moment spürte die Señorita Prim, dass ihr Tränen in die Augen stiegen. Sie senkte den Kopf, und als sie ihn wieder hob, sah sie ihn direkt an.

»Es tut mir leid«, sagte sie. »Ich bin wohl traurig, dass ich gehen muss.«

»Wirklich?«

Die Señorita Prim starrte ihn gleichzeitig vorwurfsvoll und überrascht an.

»Natürlich«, bekräftigte sie, und das Herz klopfte ihr bis zum Hals.

»Das freut mich«, entgegnete er, »weil ich es auch sehr bedauere. Sie waren eine hervorragende Gegnerin und eine großartige Gesellschaft. Ich werde unsere Diskussionen vermissen.«

Die Bibliothekarin senkte den Blick und lächelte argwöhnisch.

»Lügen Sie nicht. Wir wissen beide, dass ich Ihnen nicht das Wasser reichen kann. Sie haben jedes Wortgefecht für sich entschieden, haben meine Argumente immer irgendwie entkräftet und es geschafft, mir den letzten Nerv zu rauben.«

»Es geschafft?«, fragte er mit einem amüsierten Lächeln.

»Es geschafft«, bestätigte sie und sah ihm in die Augen. »Als ich hierherkam, ist es mir sehr schwergefallen, eine andere Sichtweise als meine eigene zu akzeptieren. Ich fürchte, was das angeht, sind wir uns sehr ähnlich.«

»Nun ja, ich meinerseits muss zugeben, dass unsere Streitgespräche mir durchaus geholfen haben, gewisse Dinge zu erkennen.«

Die Señorita Prim schloss die Augen und unterdrückte den Drang, zu entgegnen, dass sie niemals Streit gesucht habe. Dann richtete sie sich auf ihrem Gartenstuhl ein wenig auf und beugte sich über den Tisch, als mache sie sich bereit, etwas sehr Interessantes zu hören.

»Und was wäre das zum Beispiel?«

»Zum Beispiel das, was Sie als Feingefühl bezeichnen.«

»Was für eine Überraschung!«, sagte sie befriedigt. »Ich hatte immer den Eindruck, dass Sie das eher ablehnen.«

»Das stimmt nicht.«

»Ich dachte, dass Sie es – wie soll ich es sagen? – als ein Zeichen der Schwäche ansehen.«

»Ich halte es lediglich für eine weibliche Eigenschaft.« Die Bibliothekarin zog eine Grimasse. »Aber das heißt nicht, dass ein Mann nicht über ein gewisses Feingefühl verfügen kann. Er sollte sogar darüber verfügen«, beeilte er sich hinzuzusetzen.

»Sie verfügen jedenfalls nicht darüber.«

»Nein, das tue ich nicht. Deswegen war es eine Bereicherung für mich, Sie kennenzulernen.«

Beide schwiegen sie eine Weile und sahen zu, wie außerhalb der Laube der Schnee fiel. Es war die Señorita Prim, die schließlich wieder etwas sagte.

»Ich möchte mich bei Ihnen bedanken.«

»Wofür?«

»Für alles und nichts. Ich habe das Gefühl, dass ich es tun sollte, dass ich sicher irgendwann denken würde, dass ich es hätte tun sollen, und ich möchte, wenn es so weit ist, nicht feststellen, dass ich die Gelegenheit verpasst habe. Verstehen Sie?«

»Überhaupt nicht«, sagte er ruhig.

Die Bibiothekarin betrachtete ihn entmutigt und fragte sich, wie es möglich war, dass in einem Menschen gleichzeitig ein derart scharfer Verstand und eine so hoffnungslose und plumpe Unsensibilität nebeneinander existierten. Sie war der Meinung, dass das, was sie gerade gesagt hatte, absolut verständlich gewesen war. Die halbe Menscheit, wenn nicht sogar die ganze, hatte irgendwann einmal das Gefühl oder die Überzeugung verspürt, jemandem danken zu müssen. Und viele Menschen hatten versäumt, diesen Dank auszusprechen; die Señorita Prim wollte einfach nicht einer dieser Menschen sein.

»Sie sind ein seltsamer Mensch. Sie entbehren wirklich jeglicher Empathie«, sagte sie.

»Trotzdem schätzen Sie mich«, entgegnete er.

»Die Eitelkeit ist eine weitere Ihrer schlechten Eigenschaften«, fuhr sie fort, ohne sich erschüttern zu lassen. »Ich würde sagen, ich respektiere Sie und mehr nicht.«

Der Mann im Armsessel sah sie lächelnd an.

»Aber trotzdem sind wir Freunde«, meinte er und blickte ihr in die Augen.

»Das sind wir«, entgegnete sie leise. Und dann, in einem jener Momente des Gefühlsüberschwangs, wie sie sie manchmal überfielen und dazu verleiteten, unüberlegte Dinge zu sagen, fügte sie atemlos hinzu: »Glauben Sie wirklich, dass die Liebe zwischen zwei Menschen mit ganz unterschiedlichen Überzeugungen unmöglich ist?«

Er stand auf und lehnte die Tür der alten Gartenlaube an, um zu vermeiden, dass der Wind den Schnee hereintrug.

»Das habe ich nie gesagt«, antwortete er langsam, als er sich wieder hinsetzte. »Nein, ich halte sie nicht für unmöglich. Ich würde sogar sagen, dass dies sehr häufig vorkommt.«

»Aber Sie«, stotterte Prudencia Prim und fragte sich, welche seltsame Anwandlung der Unvorsichtigkeit sie dazu verleitet hatte, etwas Derartiges von sich zu geben. »Sie und Herminia ...«

»Haben unsere Beziehung beendet, weil wir so verschieden sind?« Der Mann im Armsessel schüttelte den Kopf. »Sie haben es nicht verstanden, Prudencia. Sie haben absolut gar nichts von dem verstanden, was ich Ihnen neulich zu diesem Thema zu erklären versucht habe.«

»Vielleicht haben Sie es nicht gut genug erklärt«, entgegnete sie kühl, da es sie störte, als eine Person bezeichnet zu werden, die »absolut gar nichts« verstand. »Vielleicht war es zu kryptisch.«

»Gut, also werde ich es noch einmal einfacher formulieren.«

Die Señorita Prim fragte sich, ob sie zur Wahrung ihrer Würde angesichts dieser pädagogischen Herablassung nicht protestieren sollte, aber wie es in den Gesprächen mit ihrem Chef meistens der Fall war, siegte ihre Neugier über ihre Würde.

»Ich höre.«

»Stellen Sie sich einmal vor, dass Sie und ich, zwei sehr verschiedene Menschen, uns dazu entscheiden würden, gemeinsam nach Sankt Petersburg zu reisen. Können Sie mir folgen?«

»Absolut.«

»Sie sind mit mir sicher einer Meinung, dass wir uns die ganze Reise über streiten würden.«

»Das halte ich für sehr wahrscheinlich.«

»Ich würde in Klöstern schlafen und mit alten Starzen debattieren wollen, während Sie darauf bestehen würden, in sauberen, gut klimatisierten Hotels zu logieren. Ich würde kleine Ortschaften und unbekannte Dörfer durchstreifen wollen, bevor wir unser Ziel erreichen. Sie dagegen hätten die Reise perfekt geplant und hätten keine Lust, sich in irgendwelchen historisch oder künstlerisch unbedeutenden Orten aufzuhalten. Aber trotz aller Schwierigkeiten würden Sie und ich früher oder später gemeinsam in Sankt Petersburg eintreffen.«

»Und?«, fragte die Bibliothekarin, die die Ellbogen auf den Tisch gestützt hatte.

»Lassen Sie mich fortfahren, ich versuche, nicht kryptisch zu sein. Nun stellen Sie sich vor, Sie und ich würden eine andere gemeinsame Reise planen. Diesmal würden Sie nach Sankt Petersburg wollen, ich dagegen nach Tahiti. Was, glauben Sie, würde geschehen?«

Die Señorita Prim lächelte traurig.

»Früher oder später würden unsere Wege sich trennen«, sagte sie.

»Ich sehe, Sie haben verstanden.«

»Es sei denn«, murmelte die Bibliothekarin nach einer langen Pause, »es sei denn, ich überzeuge Sie davon, mit mir nach Sankt Petersburg zu kommen.«

Er zog sich die Handschuhe aus und sah sie gespannt an.

»Aber genau das ist ein Teil des Problems, Prudencia. Ich möchte nicht, dass mich jemand davon überzeugt, mit nach Sankt Petersburg zu kommen; und wenn auch nur die kleinste Möglichkeit bestünde, dass dies jemandem gelingen könnte, würde ich sehr darauf achten, dass es nicht passiert.«

»Aber es wäre ja auch möglich …«, Prudencia Prim bemühte sich, die richtigen Worte zu finden, »… dass Sie mich davon überzeugen, mit Ihnen nach Tahiti zu kommen.«

Der Mann im Armsessel schwieg einen Moment, der der Bibliothekarin wie eine Ewigkeit erschien.

»Ich würde ans Ende der Welt reisen, um Sie davon zu überzeugen, mit nach Tahiti zu kommen«, sagte er mit seltsam eindringlicher Stimme. »Ich würde alles tun, was in meiner Macht steht, absolut alles, um Sie zu überzeugen. Aber ich fürchte, dass unsere Reise scheitern würde, kläglich scheitern würde, wenn bei Ihnen, bevor ich mit meinen Überzeugungsversuchen beginne, nicht das kleinste Interesse da wäre, Tahiti kennenzulernen.«

»Sie wollten mich nie davon überzeugen, mit nach Tahiti zu kommen«, sagte sie leise.

»Woher wollen Sie das wissen?«

»Woher ich was weiß?«

»Woher wollen Sie wissen, dass ich das nicht wollte?«

»Weil Sie mich nie zu etwas gedrängt haben, niemals Druck auf mich ausgeübt haben. Sie haben nichts getan, um mich zu überzeugen. Vielleicht sind wir deswegen Freunde; Sie haben meine Ansichten immer respektiert.«

Der Mann im Armsessel lehnte sich auf dem alten eisernen Stuhl in der Gartenlaube zurück.

»Das stimmt, ich habe Sie nie zu etwas gedrängt und Sie niemals unter Druck gesetzt. Aber wenn ich es nicht getan habe, dann deswegen, weil ich der Meinung war, es wäre kontraproduktiv, aus keinem anderen Grund. Rechnen Sie mir also keine Verdienste an – wenn dies in Ihren Augen ein Verdienst ist –, die mir nicht zustehen.«

»Aus welchem Grund auch immer«, entgegnete die Bibliothekarin, »jedenfalls sind Sie nicht ans Ende der Welt gereist, um mich zu überzeugen, mit nach Tahiti zu kommen.«

»Glauben Sie?«, fragte er lächelnd. »Vielleicht wird Ihnen eines Tages klar werden, dass man ans Ende der Welt reisen kann, ohne das Zimmer zu verlassen, Prudencia.«

»Jetzt sind Sie wieder kryptisch«, meinte sie daraufhin, und nach einer Pause fügte sie argwöhnisch hinzu: »Sagen Sie mir eins: Wenn ich nach Tahiti hätte reisen wollen und niemals an eine Reise nach Sankt Petersburg gedacht hätte, hätten Sie mich denn dann gebeten, gemeinsam mit Ihnen dorthin zu reisen?«

Der Mann im Armsessel senkte den Kopf und lächelte.

»Und Sie?«, fragte er leise und sah ihr in die Augen. »Wären Sie denn mitgekommen?«

Prudencia Prim öffnete den Mund, um zu antworten, doch bevor sie etwas sagen konnte, erschien ein reifes, mürrisches Gesicht in der Tür.

»Es ist Zeit, Señorita.«

Die Señorita Prim stand mit hochrotem Gesicht im selben Moment auf wie ihr Chef. Dieser streckte ihr die

Hand hin und sagte: »In Sankt Petersburg ist es sehr kalt, Prudencia. Das weiß ich, weil ich bereits dort war. Aber vielleicht, eines Tages …«, meinte er unschlüssig.

Die Bibliothekarin ging langsam und schweigend zur Tür. Bevor sie hindurchtrat, drehte sie sich noch einmal um und warf einen letzten Blick auf den Mann im Armsessel, der dort in der alten Gartenlaube stand.

»Ich glaube nicht«, murmelte sie.

Am Gartentor blieb die Señorita Prim einen Augenblick stehen, um ein letztes Mal das Haus und den Garten zu betrachten. Wie sie es gewünscht und mit der Deutlichkeit eines militärischen Befehls geäußert hatte, waren weder die Kinder noch die Köchin, noch die Frauen aus dem Ort, nicht einmal der Mann im Armsessel gekommen, um sie dort zu verabschieden. Die Señorita Prim hasste Abschiede. All die ungerechten Vorwürfe, sentimental zu sein, hatten sie nicht in ihrer Meinung erschüttert, dass sie solche emotionalen Szenen nicht mochte, nicht gut damit umgehen konnte und nie den richtigen Ton traf, wenn sie einen solchen Abschied dann doch einmal hinter sich bringen musste. Der Mann im Armsessel hatte damit jedenfalls kein Problem, dachte sie, während sie es sich auf dem Rücksitz des Autos bequem machte und unauffällig das entspannte Gesicht des Gärtners betrachtete. Er wusste immer, oder fast immer, wie er sich verhalten musste. Er war in der Lage, genau den Blick, das Lächeln oder die Ernsthaftigkeit an den Tag zu legen, die dem Moment angemessen waren. Die Señorita Prim glaubte, dass das nichts mit seinen Umgangsformen zu tun hatte. Nicht jedenfalls mit den Umgangsformen, die man in den Büchern über Protokoll und Etikette las oder auf Seminaren erlernen konnte. Es schien so natürlich, so aufrichtig, so haargenau passend, dass einem erst nach einer Weile, nach einigen Wochen oder sogar einigen Monaten auffiel, wie gelassen und harmonisch dieses Verhalten war, das inspiriert schien von den vergessenen Zeiten der ritterlichen Liebe.

Während sie noch darüber sinnierte, fuhr der Wagen um eine Kurve, und das massige Gebäude der Abtei von San Ireneo kam in Sicht. Die Bibliothekarin betrachtete die alten Steinmauern, bewunderte die Schönheit der klaren Linien und blickte dann auf ihre Uhr. Ihr blieb noch genügend Zeit, bis sie am Bahnhof sein musste. Sie hatte für den Weg zwei Stunden angesetzt, obwohl er in der Regel in einer halben Stunde zurückgelegt werden konnte. Die Señorita Prim war eine große Verfechterin nicht nur der Pünktlichkeit, sondern auch der Vorsorge. Und vorsorglich hatte sie beschlossen, zwei Stunden früher zum Bahnhof zu fahren. Und es hatte sich gelohnt, denn genau in diesem Moment, exakt in diesem Augenblick, verspürte sie, ohne zu wissen, warum, den dringenden Wunsch, diesen alten Mönch kennenzulernen, der in den Mauern des Klosters lebte. Den alten Mann, den sie während des langen und kalten Winters in San Ireneo de Arnois sorgsam zu meiden entschieden hatte.

»Könnten wir einen Moment am Kloster anhalten?«, fragte sie den Gärtner.

»Natürlich, Señorita. Möchten Sie etwas Honig kaufen?«

»Nein«, antwortete sie und sah das Gesicht des Mannes im Rückspiegel an, »ich würde gern einen Moment mit dem Pater sprechen.«

»Mit dem Pater?«, erkundigte der Gärtner sich verwundert. »Jetzt?«

»Jetzt«, sagte sie und hob entschieden ihr Kinn. »Könnten Sie so freundlich sein, dort vorbeizufahren?«

»Kein Problem«, versicherte der Gärtner und nahm die Abzweigung, die an den Feldern vorbei direkt zum Tor der Abtei führte.

Nach einer kurzen Unterhaltung mit dem Mönch an der Pforte betrat die Señorita Prim das Kloster und wurde in den Empfangsraum geführt, wo man sie bat, ein paar Minuten zu warten. Dort betrachtete sie die nackten Wände, bis ein junger Mönch mit einem Arbeitskittel über der Kutte sie lächelnd begrüßte und sie bat, ihr in den Garten zu folgen.

»Wir sind gerade an der frischen Luft«, lautete die einzige Erklärung, ohne dass er weiter auf seine seltsame Bemerkung einging, an einem Morgen, an dem das Thermometer mehrere Grad unter null anzeigte.

Sie gingen einen langen Flur entlang und durch einen schattigen, stillen Kreuzgang und betraten den kleinen Garten, wo in einer Ecke auf einer Bank ein sehr alter Mann saß.

»Die Señorita Prim ist gekommen, um Sie zu sehen«, sagte der junge Mönch und forderte dann die Bibliothekarin auf, näher zu treten.

Der alte Mann richtete sich auf, verabschiedete den Mönch mit einem Lächeln und lud seinen Gast ein, neben ihm Platz zu nehmen.

»Bitte setzen Sie sich«, sagte er mit einer feinen, wohltönenden Stimme. »Ich habe Sie erwartet.«

»Mich erwartet?«, fragte sie leicht beunruhigt, da sie fürchtete, mit jemand anderem verwechselt zu werden. »Ich weiß nicht, ob Sie wissen, wer ich bin, Pater? Ich heiße Prudencia Prim und habe in den letzten Monaten als Bibliothekarin bei ...«

»Ich weiß genau, wer Sie sind«, unterbrach der Mönch sie leise. »Sie haben lange auf sich warten lassen.«

Die Señorita Prim betrachtete das von Falten durchzogene Gesicht und den schmalen, schlanken Körper des Mannes und fragte sich, ob der Mann geistig wohl noch auf der Höhe war.

»Ich habe viel von Ihnen gehört«, sagte er und sah sie an. Für einen Moment meinte sie, in seinen Augen zu erkennen, dass er sich freute.

»Von wem? Meinen Sie den Mann, für den ich arbeite?«

»Ich meine all die Menschen, die Sie kennen und die Sie schätzen.«

Die Bibliothekarin errötete zufrieden. Sie wäre niemals auf die Idee gekommen, dass jemand diesen neunzigjährigen Mönch besucht haben könnte, um über sie zu reden.

Nie hätte sie es für möglich gehalten, dass die Nachricht über ihre Anwesenheit in San Ireneo die dicken Klostermauern durchdringen und bis in den stillen, gleichmäßigen Tagesablauf des alten Benediktinerklosters vordringen könnte. Doch bevor sie etwas auf seine Bemerkung sagen konnte, sprach der Mönch bereits wieder.

»Und nun sind Sie auf dem Weg nach Italien.«

Die Señorita Prim entgegnete, dass genau dies der Fall sei.

»Warum?«

»Warum?«

»Ja.«

Die Bibliothekarin zog die Augenbrauen unmerklich zusammen. Sie würde jetzt nicht all die Gründe und Ereignisse aufführen, die zu ihren Reiseplänen geführt hatten. All dies war privat, und es gab keinen Anlass, diesen alten Mann daran teilhaben zu lassen. Doch andererseits: Wie sollte sie ihre Reise erklären? Sogar mehr noch, überlegte sie auf einmal: Wusste sie selbst eigentlich so genau, warum sie nach Italien wollte?

»Ich glaube, dass ich es selbst nicht weiß«, sagte sie daher nach kurzem Zögern. »Wenn Sie die Leute fragen würden, die mich kennen, würden Sie sicher ganz unterschiedliche Antworten erhalten. Einige würden sagen, dass ich gehe, weil ich Liebeskummer habe, andere würden Ihnen erklären, dass ich mich von der Härte des modernen Lebens erholen müsse, und ein paar würden Ihnen versichern, dass ich mich auf die Suche nach einem Ehemann begebe.«

Der Mönch lächelte, und sein ungezwungenes, gelassenes Lächeln sorgte dafür, dass auch die Señorita Prim sich auf der Stelle entspannte.

»Und Sie?«, fragte er erneut. »Was glauben Sie?«

»Ich weiß es nicht«, antwortete sie aufrichtig.

»Es gibt nur zwei Gründe, warum Menschen einen Ort ohne ersichtlichen Grund verlassen. Entweder laufen sie vor etwas davon oder sie suchen etwas. Zu welcher der beiden Gruppen würden Sie sich zählen?«

Die Bibliothekarin dachte lange über eine Antwort nach. Als sie schließlich etwas sagte, bemerkte sie, dass der alte Mann die Augen geschlossen hatte.

»Ich glaube, ich gehöre zu beiden Gruppen«, sagte sie leise, da sie fürchtete, er könnte eingeschlafen sein. »Vielleicht ist es das, was ich herausfinden sollte.«

Der Mönch öffnete langsam die Augen und blickte in den verschneiten Garten.

»Bitte erlauben Sie mir eine Frage«, meinte er, als hätte er die letzten Worte seiner Besucherin nicht gehört: »Wie schließen Sie eine Tür hinter sich? Lassen Sie sie angelehnt, machen Sie sie leise zu oder mit einem Knall?«

Señorita Prim riss überrascht die Augen auf, fing sich jedoch sogleich wieder. Nun war sie sich sicher: Dieser alte Mann redete ein bisschen wirr.

»Ich denke, ich lasse sie angelehnt oder schließe sie leise. Ich knalle nicht mit Türen, das sicher nicht.«

»Die Karthäusermönche lehrt man während ihrer Zeit als Novizen, sich beim Schließen einer Tür umzudrehen und behutsam die Klinke herunterzudrücken, ohne die Tür ruckartig zuzuziehen oder gar ins Schloss zu werfen. Wissen Sie, warum das so ist?«

Die Señorita Prim antwortete, dass sie keine Ahnung habe.

»Damit sie lernen, sich für alles die erforderliche Zeit zu nehmen, damit sie lernen, eine Sache nach der anderen zu tun, um sie das Maß, die Geduld und die Ruhe zu lehren und jene Achtsamkeit, die sie jede Geste bewusst tun lässt.« Der alte Mann machte eine Pause. »Sie fragen sich sicher, warum ich Ihnen das erzähle. Ich erzähle es Ihnen, weil man genau in diesem Geist eine Reise unternehmen sollte, jede Reise. Wenn Sie sich zu sehr beeilen, ohne sich auszuruhen, ohne eine Rast einzulegen, werden Sie zurückkehren, ohne das gefunden zu haben, was Sie suchen.«

»Das Problem ist, dass ich nicht weiß, was ich suche«, entgegnete die Bibliothekarin.

Der Mönch sah sie mitfühlend an. »Vielleicht werden Sie es unterwegs herausfinden.«

Prudencia Prim seufzte. Sie hatte befürchtet, dass der Mönch versuchen würde, die Abgründe in ihrem Leben aufzuspüren, dass er sie mit dem Blick durchbohren und ihre tiefsten, dunkelsten Geheimnisse ergründen würde. Doch dieser Mann war nichts anderes als ein freundlicher, erschöpfter Greis und nicht der furchtbare Visionär, der gleichzeitig in dieser und jener Welt lebte und ihr Angst machte.

»Ich habe gehört, dass Sie in der Lage sind, im Bewusstsein der Menschen zu lesen. Man hat mir gesagt, dass Sie mir Dinge erzählen würden, die mich erstaunen oder verstören könnten«, sagte sie plötzlich.

Der alte Mann erschauderte und begann dann, mit einer eigenartigen Zärtlichkeit in der Stimme zu sprechen.

»Vor vielen Jahren, als ich noch jung war, hatte ich einen Lehrer. Er brachte mir bei, dass ein Priester, jeder Priester, immer die Höflichkeit wahren sollte.«

Die Bibliothekarin zwinkerte, ohne zu verstehen.

»Sie sind in der Furcht gekommen, dass ich Ihnen etwas sagen könnte, das Sie erstaunt, verstört oder beunruhigt. Wäre es höflich gewesen, wenn ich mich gleich bei Ihrem ersten Besuch und ohne dass Sie mich um Rat gebeten hätten, so verhalten hätte? Sie brauchen keine Angst vor mir zu haben, Señorita Prim. Ich werde für Sie da sein. Ich werde hier darauf warten, dass Sie finden, was Sie suchen, und mit der Bereitschaft zurückkehren, es mir zu erzählen. Und Sie können sicher sein, dass ich immer bei Ihnen sein werde, ohne meine Zelle zu verlassen, auch während Ihrer Suche.«

»Man kann ans Ende der Welt reisen, ohne das Zimmer zu verlassen«, murmelte die Bibliothekarin.

»Ich habe gehört, dass Sie das Feingefühl sehr schätzen und sich nach Schönheit sehnen«, fuhr der alte Mann fort. »Suchen Sie also nach der Schönheit, Señorita Prim. Suchen Sie sie in der Stille, suchen Sie sie in der Ruhe, suchen Sie sie mitten in der Nacht und suchen Sie sie auch im Morgengrauen. Halten Sie auf Ihrer Suche inne, um die Türen sorgfältig zu schließen, und seien Sie nicht überrascht, wenn Sie feststellen, dass die Schönheit nicht in Museen oder Palästen zu finden ist. Seien Sie nicht überrascht, wenn Sie schließlich herausfinden, dass die Schönheit nicht ein Was, sondern ein Wer ist.«

Die Bibliothekarin blickte in das Gesicht des alten Benediktiners und fragte sich, was sie von ihm hätte lernen können, wenn sie früher hergekommen wäre, wie ihr Freund Horacio Delàs es ihr geraten hatte. Dann ließ die Kälte sie auf die Uhr sehen. Es war höchste Zeit, zum Bahnhof weiterzufahren.

»Ich fürchte, ich muss jetzt gehen«, sagte sie. »Ich danke Ihnen für Ihre Worte, aber es ist bereits spät, und ich muss pünktlich am Bahnhof sein.«

»Gehen Sie nur«, meinte der alte Mann. »Sie sollten nicht zu spät kommen. Das wäre ein schlechter Beginn für eine so wichtige Reise.«

Prudencia Prim stand auf und verabschiedete sich freundlich. Sie ging auf das alte Gebäude zu, doch dann wendete sie sich noch einmal um, ging zurück und fragte den alten Mann, der nach wie vor auf der Bank saß: »Pater, eines würde ich gern wissen: In den letzten Monaten habe ich vieles gehört, was über die Liebe und die Ehe gesagt wurde. Ich habe viele Ratschläge erhalten, viele Theorien wurden mir erläutert. Bitte sagen Sie mir, was ist Ihrer Meinung nach das Geheimnis einer glücklichen Ehe?«

Der alte Mann öffnete die Augen, als wäre es das erste Mal, dass man ihm eine solche Frage stellte.

Mit einem Lächeln erhob er sich mühsam und trat langsam auf die Bibliothekarin zu.

»Wie Sie sicher verstehen werden, kann ich nicht allzu viel über dieses Thema sagen. Im Grunde kann das kein Mensch, der sein Leben so wie ich schon seit frühester Jugend Gott geweiht hat. Sicher wissen die Menschen, die Ihnen diese Ratschläge gegeben haben, wie eine Ehe ist, und können viel mehr darüber sagen als ich. Jedoch ...«

»Jedoch?«, fragte die Señorita Prim unruhig, weil die Zeit drängte.

»Jedoch glaube ich, Ihnen etwas über den spirituellen Kern einer Ehe sagen zu können, über das, was eine Ehe zu mehr macht als ein wackeliges Kartenhaus.«

»Und das wäre?«, drängte die Bibliothekarin, die nun den heftigen Drang spürte, durch die Tür zu stürzen und sie mit einem lautem Knall hinter sich zu schließen.

»Das Geheimnis, mein Kind, liegt darin, dass eine Ehe nicht von zweien, sondern von dreien geschlossen wird.«

Verblüfft von dieser Aussage, öffnete die Señorita Prim den Mund, um etwas zu erwidern, was sie angesichts des Zeitdrucks aber dann doch nicht tat. Sie reichte dem alten Mönch die Hand, wandte sich um und eilte aus der Abtei von San Ireneo hinaus in Richtung Bahnhof.

Norcia

Prudencia Prim stieg die Treppen zum Ausgang der Krypta der Basilika San Benedetto hinauf, und nachdem sie die rote Kordel, die den Eingang vom Rest des Gebäudes abgrenzte, zurückgezogen hatte, trat sie nach draußen. Sie spürte die kühle Luft des Morgens auf den Wangen, als sie die Stufen hinunterging und den großen Platz betrat. Die Marktstände waren noch geschlossen oder wurden gerade geöffnet, um den ersten Reisenden regionales Kunsthandwerk als Souvenir zu verkaufen. An den Geschäften mit *norcineria*, in denen die unterschiedlichsten Wurstwaren, *prosciutti*, Mortadellas und andere Lebensmittel wie Linsen, Pasta verschiedenster Form und Farbe, Reis und köstliche Trüffeln angeboten wurden, wurden Gitter in die Höhe geschoben, Schlösser entfernt, Türen geöffnet und Körbe mit Waren in den Auslagen arrangiert. Das *Consistorio*, das Rathaus, mit der italienischen Flagge, die im Wind wehte, und das breite Gebäude gegenüber, das das *Museo civico e diocesano* beherbergte, waren für sie bereits angenehm vertraute Orte. Dabei war sie erst seit vier Monaten hier.

Es war ein Freitagmorgen, und wie gewohnt bog die Señorita Prim an der Basilika um die Ecke und ging die Straße zur Terrasse der *Bar Venezia* hinunter, um dort zu frühstücken. Sie freute sich darauf, in aller Ruhe das Frühstück einzunehmen, setzte sich an einen Tisch, nahm die Speisekarte und blickte erfreut zu den verschiedenen angebotenen Sorten *prosciutto* und den *antipasti* in der Bar hinüber. Als der Kellner mit dem üblichen freundlichen Lächeln, mit dem er sie jeden Morgen begrüßte, herauskam, um ihre Bestellung aufzunehmen, seufzte die Señorita Prim glücklich.

»Buongiorno, Signorina.«

»*Buongiorno*, Giovanni.«

»Cappuccino?«

»Cappuccino«, bestätigte sie nickend. »Und ein wenig von Ihrem wunderbaren *prosciutto*.«

Der Mann sah sie zweifelnd an.

»*Prosciutto?* Sind Sie sicher?«

Die Señorita Prim blickte überrascht zu ihm auf. Sie öffnete den Mund, um etwas zu entgegnen, doch dann lächelte sie nur entschuldigend.

»Natürlich nicht, Giovanni, ich bin ein wenig zerstreut.«

»Ein Cornetto mit Vanillefüllung und etwas Foccacia vielleicht?«

»Das wäre wunderbar.«

Die Bibliothekarin lehnte sich in ihrem Stuhl zurück und schloss die Augen. Anfang Mai war sie hier angekommen, genau zur richtigen Zeit, um den wunderschönen Frühling zu genießen. Den Frühling, der jedes Jahr aufs Neue den *Piano Grande de los Montes Si-*

bilinos mit Blumen übersäte, jene weite, zwischen den Bergen eingebettete Hochebene, die sich wie ein stiller See bis wenige Kilometer vor Norcia erstreckte. Auf den Rat der Besitzerin ihres kleinen Hotels hin war sie eines Morgens dort hinaufgestiegen, um die grandiose Schönheit dieses scheinbar unendlichen Teppichs, der aus Tausenden von Mohnblumen, kleinen Margariten, Kleeblättern und Veilchen, Löwenzahnblüten, gelben, rosafarbenen und roten Ranunkeln, blauem Enzian, Glockenblumen und vielen anderen wilden Blumen gewebt war, zu bestaunen. An jenem Morgen war sie auf diesen Teppich getreten, hatte sich darauf niedergelassen, war bewundernd zwischen den Blumen umhergeschritten, hatte sich hingekniet und sich sogar – wer hätte das jemals für möglich gehalten – darin ausgestreckt. Von dort oben hatte sie mit zusammengekniffenen Augen das winzige abgelegene Castelluccio ausmachen können, das wie ein verlorenes Königreich in einer verzauberten Welt inselgleich aus dieser Pracht auftauchte.

Dennoch war es nicht diese »Explosion der Natur« gewesen, die sie hier festgehalten hatte. Es hatte nicht an den alten Sibillinischen Bergen gelegen oder dem leuchtenden Rot der Mohnblumen und auch nicht an den hohen Zypressen auf den Feldern. Auch nicht an den entspannten Gesichtern der Mönche oder der schlichten Feierlichkeit ihrer Gesänge. Es war ein bisschen von all dem und viel mehr als all das, was sie an diesem Ort hielt.

Sie hatte Italien von Norden nach Süden und von Osten nach Westen bereist. Sie hatte sich von den malerischen Städten und dem Zauber der Landschaften beeindrucken lassen. Sie hatte sich der überwältigenden Schönheit der Ligurischen und der Amalfiküste hingegeben, hatte das harmonische Florenz, das unvergleichliche Venedig und das spirituelle Rom bestaunt. Sie war in das quirlige Neapel eingetaucht und hatte an den Küsten der Cinque Terre das Gefühl für die Zeit verloren; sie hatte das leuchtende Bari und das elegante Mailand genossen. Zwei lange Monate lang war sie durch kleine Gassen, Häfen, Palazzi, Felder und Gärten spaziert; sie war durch die Dörfer der Toskana gestreift und durch die Landschaft des Piemont gewandert. Aber erst in Umbrien, hier an diesem Ort, hatte sie sich schließlich entschlossen, zu bleiben und ihre Koffer auszupacken.

»Was für eine gleichzeitig kleine und große Sache das Glück doch ist«, murmelte sie, während sie das Cornetto mit seiner süßen Füllung aß und an ihrem Cappuccino nippte.

Sie überlegte, was sie an diesem Tag machen wollte. Den Morgen wollte sie damit verbringen, ihre Post zu beantworten – die Señorita Prim war einer der wenigen Gäste des Hotels, wenn nicht der einzige, der Briefe erhielt und verschickte –, und am Nachmittag wollte sie Spoleto besichtigen. Was für eine angenehme Aussicht, dort stundenlang auf einer Terrasse zu sitzen, die Menschen zu beobachten, hin und wieder ein paar Gedichte zu lesen – seit sie in Italien war, konnte sie nichts anderes mehr lesen als Gedichte – und die weiche, warme, sommerliche Luft einzuatmen. Sie nahm eine Scheibe der frisch gebackenen Foccacia in Angriff und winkte dem Kellner, der von der Tür der Cafeteria aus zufrieden in den Morgen blickte.

»*Cappuccino, Signorina?*«

»*Cappuccino,* Giovanni.«

»Der Postbote hat gestern ein Einschreiben für Sie gebracht«, sagte Giovanni wenig später, als er den duftenden Cappuccino auf den Tisch stellte, dazu einen Teller mit einem weiteren Stück geröstetem Brot und ein Tablett mit drei Briefen.

»*Mille grazie.*«

»*Prego.*« Er zwinkerte ihr zu.

Die Señorita Prim öffnete den ersten Umschlag, las den Brief und legte ihn auf den Tisch. Sie trank einen Schluck vom Cappuccino, öffnete den zweiten Umschlag, las den Brief und legte auch ihn auf den Tisch. Sie führte das frische Brot zum Mund, öffnete den dritten Umschlag und legte das Brot zurück auf den Tisch. Einige Minuten lang tat sie nichts anderes, als den Brief zu lesen, der in dem Umschlag gesteckt hatte. Dann entfaltete sie die Zeitungsseite, die zusammen mit dem Brief gekommen war, breitete sie auf dem Tisch aus und studierte sie aufmerksam. Es war eine Seite des Anzeigenteils der *Gaceta de San Ireneo.* Am unteren Ende der dritten Textspalte war eine Anzeige mit Rotstift eingekreist worden.

Gesucht wird eine äußerst heterodoxe Lehrerin für eine sehr unorthodoxe Schule. Sie sollte in der Lage sein, Kindern im Alter von sechs bis elf Jahren das trivium *– griechische und lateinische Grammatik, Rhetorik und Dialektik – zu lehren, über viel Feingefühl verfügen und Einladungen zu gemeinsamen Reisen nicht ausschlagen. Akademikerinnen und Inhaberinnen sonstiger beruflicher Titel unerwünscht.*

Als ihr Blick auf die letzten Sätze fiel, begann ihr Herz schneller zu schlagen. Sie atmete tief durch, und ihr Herzschlag normalisierte sich wieder. Endlich! Da war es! Der Moment war gekommen. Während der ganzen Reise war sie mit einigen ihrer Freunde in San Ireneo in regelmäßigem brieflichem Kontakt geblieben. Keiner von ihnen hatte es erwähnt, weder sie noch die anderen hatten es erwähnt. Aber irgendwie hatten alle darauf gewartet, dass der Moment kommen würde. All die geschriebenen und erhaltenen Briefe, all die Anekdoten, die in Erinnerung blieben, all die kleinen auf Papier festgehaltenen Ereignisse, die von Norden nach Süden und von Süden nach Norden geschickt wurden, hatten die Verbundenheit der Bibliothekarin zu dem kleinen Ort bewahrt, den sie so schweren Herzens verlassen hatte und an den zurückzukehren sie sich so sehr fürchtete.

Alles hatte sich in diesen letzten Monaten verändert. Manchmal überraschte sie die Erinnerung an die Empörung, mit der sie an jenem kalten Februarmorgen aus

San Ireneo abgereist war. Ihre Verärgerung, mit der sie aus dem Haus von Lulú Thiberville gestürzt war, der guten Lulú Thiberville, mit der sie im letzten Monat so viele Briefe gwechselt hatte. Wie hätte sie ihr nicht schreiben können, nachdem sie zum siebten Mal in die Krypta hinabgestiegen war. Wie hätte sie ihr nicht schreiben können, nachdem sie über den bunten Teppich in den Sibillinischen Bergen gewandelt war, sich hineingekniet und sich sogar – wer hätte es gedacht – darin ausgestreckt hatte. Wie hätte sie ihr nicht mitteilen können, dass sie dort gelernt hatte, die Schönheit einer Blume zu sehen, den Horizont abzusuchen nach dem Licht, die Augen zu schließen und in die Vergangenheit zu blicken, die Monster zu erkennen und Eisbergen auszuweichen, die mühsame Aufgabe des Wachtpostens zu verstehen und wertzuschätzen.

Ebenso häufig tauschte sie Briefe mit dem liebens- und bewundernswerten Horacio aus. Natürlich hatte sie ihm von dem Tag berichtet, an dem es ihr zum ersten Mal gelungen war, Giotto zu betrachten, ohne Giotto zu analysieren. Natürlich musste sie ihm mitteilen, dass in einigen Orten der Region die Kinder noch Fußball in den Innenhöfen der Kirchen spielten, genauso wie alle Kinder in allen Orten Europas gespielt hatten, bevor die Innenhöfe und die Spiele in Europa in Vergessenheit geraten waren. Natürlich musste sie Horacio gegenüber die Stille an den Nachmittagen in Spoleto erwähnen, die Schönheit der kleinen Gassen in Gubbio, die Ruhe in den Gärten, die das Kloster San Damiano umgaben.

Sie vermisste ihren Freund, sehnte sich nach seiner Liebenswürdigkeit und seiner Zuvorkommenheit. Und da war noch etwas.

»Cappuccino, Signorina?«

»Nein, vielen Dank, Giovanni. Die Rechnung, *per favore.*«

Die Señorita Prim bezahlte ihr Frühstück, nahm die drei Briefe und verließ die Terrasse der *Bar Venezia* genauso wie an jedem anderen Tag. Sie überquerte die Piazza und blieb einen Moment stehen, um ein paar Worte mit dem Carabiniere zu wechseln, den sie nach seiner Frau und seiner Mutter fragte, genauso wie an jedem anderen Tag. Sie betrat das Geschäft des Klosters San Benedetto, kaufte ein paar Kleinigkeiten, bezahlte und ging wieder mit einem Lächeln auf den Lippen, genauso wie an jedem anderen Tag. Dann machte sie sich auf den Weg zu ihrem Hotel, das ganz in der Nähe der Piazza lag, trat an die Rezeption und wartete geduldig, bis die Hotelangestellte ein verliebtes japanisches Pärchen bedient hatte, das sich mit Gesten und Gelächter nach dem Weg nach Assisi erkundigte. Prudencia Prim betrachtete die beiden und lächelte ebenfalls.

Tutti li miei penser parlan d'amore.[4]

Seit sie ihre Reise begonnen hatte, dachte sie unaufhörlich an Gedichte. Die Poesie überschwemmte ihr

---

4 *Von Minne sprechen all meine Gedanken.* Dante Alighieri, *Das neue Leben.*

Bewusstsein mit der gleichen Fülle wie die wilden Blumen den *Piano Grande*. Glücklicherweise keimten die Gedichte nicht in ihr selbst. Die Señorita Prim hatte stets so viel Respekt vor der Poesie empfunden, dass sie sich nicht erlaubte, selbst zu dichten. Aber seit sie eines Morgens beim Anblick des Meeres in Santa Margherita Ligure voller Verblüffung vor sich hin gemurmelt hatte: *»E temo e spero; ed ardo e son un ghiaccio; e temo e spero; ed ardo e son un ghiacci«*[5], fühlte sie sich nahezu überflutet von vergessenen Gedichten, bearbeiteten Gedichten, gelernten Gedichten und analysierten Gedichten.

In Santa Margherita Ligure war es Petrarca, in Neapel Boccaccio, in Florenz Vergil, und in Venedig war es Iuvenalis. Und das Eigenartige war, dass die Señorita Prim während keiner dieser lyrischen Überflutungen auch nur den geringsten Wunsch verspürte, zu interpretieren oder zu analysieren. Die Poesie schien von ihr Besitz ergriffen zu haben, einfach so. Nicht sie war es, die die Verse genoss; die Verse vergnügten sich mit ihr. Sie vereinnahmten gleich am Morgen ihr Bewusstsein – oder ihre Seele? –, wenn sie aufstand, um den Sonnenaufgang zu betrachten. Sie bestürmten sie am Mittag, während sie den Mönchen bei der Feldarbeit zusah und wie sie pünktlich die Hacken fallen ließen, um das Angelus zu beten. Sie ergriffen sie in der Abenddämmerung, wenn sie im Café saß und las, bis das fehlende Licht

5 *Und ich fürchte und hoffe und brenne und bin aus Eis.* Francesco Petrarca, *Canzoniere*.

und die Kühle des Abends sie aus ihrer Versunkenheit rissen.

In diesen fieberhaften poetischen Anwandlungen hatte die Señorita Prim versucht, auf ihre Lieblingsautoren zurückzugreifen. Doch das Einzige, was derzeit über ihre Lippen kam, waren einzelne Verse Ronsards oder Terzette Dantes oder Stanzen von Spenser. Zunächst hatte es ihr widerstrebt, nicht rezitieren zu können, was sie rezitieren wollte, aber sehr bald stellte sie fest, dass die alte Metrik eine nahezu balsamische Wirkung auf ihre Seele hatte. Wer konnte schon angespannt oder besorgt sein, wenn ab und an die Echos der *Fünf Gesänge der Feenkönigin* in seinem Bewusstsein zu hören waren? Wie sollte es möglich sein, nicht ständig zu lächeln, wenn einem auf Schritt und Tritt eine Stimme eingab, dass das Jahr, der Monat, der Tag, die Jahreszeit, der Ort und sogar der Moment gesegnet waren? Es war unmöglich, dagegen anzukämpfen, und das wollte sie auch gar nicht. Die poetischen Bilder, die sie in ihrer hoffnungslosen Menschlichkeit schon immer aufgewühlt hatten, ließen sich nun kaum in ihrem Bewusstsein nieder, nahmen keinen Besitz von ihr, sondern verflüchtigten sich und verloren sich in der Helligkeit des Tages. Und dann kehrten die Schönheit und die Harmonie zurück; und die Señorita Prim ergab sich darin. Und gleichzeitig waren Dante, Vergil und Petrarca wieder da.

»Sie müssen diese Straße nehmen«, erklärte die Hotelangestellte in diesem Moment zum wiederholten

Mal dem jungen japanischen Paar. Als sie auf einmal bemerkte, dass ein anderer Gast auf sie wartete, machte sie eine entschuldigende Geste.

Señorita Prim seufzte wohlwollend, setzte sich auf einen Stuhl und lächelte wieder.

Sie hatte gelernt, die Türen zu schließen. Sie hatte gelernt, sie leise zu öffnen und sie achtsam wieder zu schließen. Und wenn man lernte, die Türen zu schließen, überlegte sie, während sie das verliebte Paar betrachtete, lernte man irgendwie auch, alles andere richtig zu öffnen und zu schließen. Die Zeit schien sich unendlich auszudehnen, wenn man etwas *richtig* machte. Sie gefror wie unter dem kühlen Atem einer Schneekönigin, sie hielt plötzlich an wie eine Uhr, die keiner mehr aufzog und deren betriebsames Pendel endlich stillstand. Und dann wurden am Ende des Tages die kleinen Dinge, die notwendigen Dinge, sogar die gewohnheitsmäßigen Dinge, besonders die, die man mit den Händen verrichtete – wie wundersam und zugleich erstaunlich es doch war, dass der Mensch schöne Dinge mit den Händen tun konnte –, zu wirklichen Kunstwerken.

Sie hatte das Bemühen aufgegeben, absolut tugendhaft zu sein, wie ein Uhrwerk zu funktionieren. Sie hatte festgestellt, wie anstrengend dieses Bemühen sein konnte, wie unmenschlich und falsch es auf die Dauer war, sich davon versklaven zu lassen. Nun, da sie sich ihrer Unvollkommenheit bewusst war, da sie aufgehört hatte, perfekt sein zu wollen, ihre Schwäche akzeptiert hatte und auch den Umstand, dass sich das Leben mit all seinen möglichen Erfahrungen nicht immer planen ließ, trug sie nicht mehr an der schweren Last, sich das Leben selbst zurechtmeißeln zu müssen. Nicht, dass sie sich dieser Unvollkommenheit völlig ergeben hätte, aber sie fühlte sich leichter, so viel leichter als sonst. Sie wusste, dass es nicht andauern würde, dass nach dieser Wärme auch wieder die Gruben, Grotten, Tunnel und Schluchten kommen würden. Aber im Moment erhielt sie nur Geschenke vom Leben, und sie beschränkte sich darauf, diese einfach anzunehmen.

»Nein, *Signori*, nicht diese Umgehungsstraße. Ich gebe Ihnen besser diese Karte, so ist es leichter zu verstehen.«

Vor einer Woche hatte Augusto Oliver, ihr ehemaliger Chef, angerufen. Er brauche sie dringend, vermisse sie, wolle, dass sie wieder für ihn arbeitete. Natürlich nicht mehr in der Verwaltung, eine Frau mit ihren Talenten und Fähigkeiten hätte niemals in dieser Abteilung eingesetzt werden dürfen, welche Verschwendung! Prudencia Prim hatte leise gelacht. Vierzig lange Sekunden über hatte sie kein Wort sagen können, weil sie nicht aufhören konnte, leise zu lachen. Dann hatte sie Nein gesagt und aufgelegt.

Sie wollte dort nicht mehr arbeiten. Nie mehr. Allein der Gedanke, wieder an diesem engen und düsteren Ort zu landen, in dieser eintönigen grauen Zelle eingeschlossen zu sein, in der sie einen großen Teil ihres Lebens verbracht hatte, war unerträglich. Sie hatte keine

Lust mehr auf lächerliche Gespräche, hatte keine Lust, sie zu hören, sich daran zu beteiligen oder gar selbst Thema solcher Gespräche zu sein. Ganz abgesehen davon, dass sie nicht die Absicht hatte, erneut die Spielchen ihres Chefs mitzuspielen.

Und dann war da noch die Luft. Die Señorita Prim brauchte nun Luft. Sie wollte sie im Gesicht spüren, sie riechen, schmecken und einatmen. Manchmal dachte sie daran, wie lange sie ohne dieses Bedürfnis nach Luft gelebt hatte. An den Wintermorgen in der Stadt hatte sie dick eingepackt das Haus verlassen, war zur U-Bahn gehastet, mit all den anderen Menschen die Treppen hinuntergeeilt und hatte sich in den Waggon gequetscht. Nach dem Aussteigen war sie in der freudlosen Menge die Treppen hinaufgestiegen, war zu dem Gebäude gelaufen, in dem sich ihr Büro befand, und hatte dort den Tag verbracht. Und wo war bei all dem die Luft gewesen? Wann in ihrem Leben, so fragte die Señorita Prim sich verwundert, hatte sie das Vorhandensein der Luft vergessen? Das Gehen, ohne rennen zu müssen, die einfache Freude, sich ohne Eile fortzubewegen, zu flanieren, umherzustreifen, Zeit zu haben, etwas auszukundschaften oder zu entdecken. Wann war etwas so Simples, so Bescheidenes zum Luxus geworden?

Nein, sie wollte niemals zurückkehren.

»Das wäre es dann, *Signori,* einen schönen Tag noch.«

Das japanische Paar verabschiedete sich dankbar lächelnd von der Hotelangestellten. Diese sah zu dem wartenden Gast und machte mit einer weiteren entschuldigenden Geste deutlich, dass sie nun zur Verfügung stehe. Aber der Gast saß nur da, offenbar in Gedanken.

»Kann ich Ihnen helfen, *Signorina*?«

Die Señorita Prim, den Blick unverwandt auf das Klavier gerichtet, das im Eingangsbereich des Hotels stand, antwortete nicht.

»Signorina«, wiederholte die Rezeptionistin, »kann ich Ihnen helfen?«

»Es ist etwas Unvorhergesehenes geschehen«, sagte die Señorita Prim schließlich und ging langsam zur Rezeption hinüber. »Leider muss ich bereits in einer Stunde abreisen. Es tut mir sehr leid, dass ich so überstürzt aufbrechen muss, ich hoffe, ich bereite Ihnen keine Unannehmlichkeiten, doch könnten Sie mir bitte gleich die Rechnung fertig machen?«

»Aber natürlich«, entgegnete die Angestellte etwas konsterniert. »Ich hoffe, es handelt sich nicht um eine schlechte Nachricht.«

»Eine schlechte Nachricht? Oh nein, überhaupt nicht«, sagte die Señorita Prim selig, die in diesem Moment ihre Gedanken durch Spiegelgalerien wandeln ließ.

Die Rezeptionistin erwiderte ihr Lächeln herzlich.

»Tatsächlich«, fuhr die Señorita Prim mit glänzenden Augen fort, während sie sich eine mit unendlicher Geduld geschlossene Tür vorstellte, »ist es eher eine gute Nachricht, eine ganz besondere Nachricht. Ich würde sagen …«, sie seufzte glücklich, ohne auch nur einen

Moment mit dem Lächeln aufzuhören, »es ist eine seltsame und wunderbare Nachricht.«

»*L'amor che move il sole e l'altre stelle*«[6], murmelte eine halbe Stunde später die Hotelangestellte, als sie zusah, wie die zarte, schöne Frau mit leicht erhobenem Kinn und einem Lächeln auf den Lippen das kleine Hotel verließ und zu dem Taxi ging, das vor der Tür wartete.

---

6 *Die Liebe, welche die Sonne und die anderen Sterne bewegt.* Dante Alighieri, *Die Göttliche Komödie.*

Zitate und Quellenangaben

Seite 48 ff.
François Rabelais: *Gargantua und Pantagruel.* Erstdruck 1532–1564. 2. Buch, Lyon 1534. Hier in der Übersetzung von Gottlob Regis.

Seite 50 f.
Hieronymus: *Brief an Laeta.* Des heiligen Kirchenvaters Eusebius Hieronymus ausgewählte Briefe. (Des heiligen Kirchenvaters Eusebius Hieronymus ausgewählte Schriften Bd. 2–3; Bibliothek der Kirchenväter, 2. Reihe, Band 16 und 18), Kempten/München 1936–1937.

Seite 100
Fritz Usinger: *Opal und Pfauenfeder. Englische Gedichte deutsch.* Arnshaugk Verlag, 1975.

Seite 356
Dante Alighieri: *Das neue Leben.* Übersetzt von Albert Ritter, Berlin 1922, Gustav Grosser Verlag.

Seite 357
Francesco Petrarca: *Canzoniere.* Zweisprachige Gesamtausgabe, München 1993, Deutscher Taschenbuch Verlag.

»Es war so schön romantisch, das *Lächeln der Frauen*. Ganz ohne Kitschklischees zu bedienen. Jetzt schreibt Nicolas Barreau wieder über die Liebe, leise und zauberhaft.«

COSMOPOLITAN

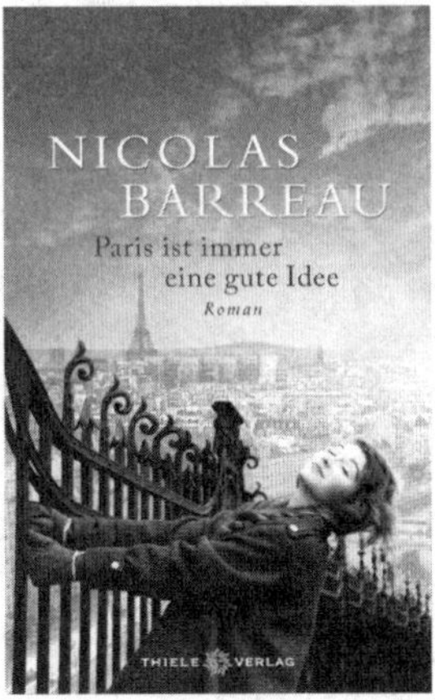

Nicolas Barreau
Paris ist immer eine gute Idee
Roman
Thiele Verlag
ISBN 978-3-85179-235-5

Wenn Rosalies Lieblingsfarbe nicht Blau gewesen wäre, hätte sie vielleicht niemals die Geschichte »Der blaue Tiger« illustriert und das Buch in die Auslage ihres kleinen Postkartenladens gelegt. Sie hätte niemals den Literaturprofessor mit den azurblauen Augen kennengelernt, der aufgebracht hereinstürzte, einen Postkartenständer umwarf und sie beschimpfte, die Geschichte gestohlen zu haben. Sie hätte nie vor einem Rätsel gestanden. Sie hätte nie nach der Wahrheit gesucht. Und sie hätte – wer weiß? – vielleicht den glücklichsten Moment in ihrem Leben verpasst …

»Pariser Lebensgefühl, ein Geheimnis und die Suche nach dem Glück. Ein Roman, der etwas durch und durch Liebevolles hat.«

WDR

THIELE VERLAG